EL ALIENTO
DE LOS AHOGADOS

Alice Blanchard

EL ALIENTO
DE LOS AHOGADOS

OCEANO

Ésta es una obra de ficción. Los nombres, personajes, lugares e incidentes son producto de la imaginación del autor, o se usan de manera ficticia. Cualquier semejanza con personas (vivas o muertas), acontecimientos o lugares de la realidad es mera coincidencia.

EL ALIENTO DE LOS AHOGADOS

Título original: A BREATH AFTER DROWNING

© 2018, Alice Blanchard

Publicada según acuerdo con Sandra Dijkstra Literary Agency
y Sandra Bruna Agencia Literaria S.L.,
Todos los derechos reservados.

Traducción: Lorena Amkie
Diseño de portada: Julia Lloyd
Imágenes de portada: Shutterstock.com

D. R. © 2018, Editorial Océano de México, S.A. de C.V.
Homero 1500 - 402, Col. Polanco
Miguel Hidalgo, 11560, Ciudad de México
info@oceano.com.mx

Primera edición: 2018

ISBN: 978-607-527-643-4

Impreso en México / Printed in Mexico

A Doug, por siempre.

Parte 1

1

Kate Wolfe abrió la puerta para encontrarse con su cita de las 3 p.m., que esperaba en el pasillo luciendo una minifalda como para dejar boquiabierto a cualquiera que la viera, una camiseta azul cielo, calcetas cuadriculadas hasta las rodillas y un par de toscas plataformas. Nikki McCormack, de quince años de edad, sufría de trastorno bipolar. Se creía el centro del universo. Vivía en un mundo propio.

—Hola, Nikki —saludó Kate cálidamente—. Pasa, por favor.

La adolescente dio tres pequeños pasos al interior de la espaciosa oficina y miró a su alrededor como si no reconociera el lugar: era parte de su ritual. Examinó el tapete color carbón, las paredes azul grisáceo con los diplomas enmarcados, la silla giratoria de Kate y su gran escritorio de roble como si algo pudiera haber cambiado en su ausencia. Llevaba siete meses en terapia y lo único que había cambiado en ese lapso era el ambiente del otro lado de la ventana —nublado, soleado, lo que fuera—, pero Nikki quería que el lugar permaneciera idéntico siempre. Otra peculiaridad relacionada con su condición.

—Mmmm —dijo la chica, con el dedo índice apoyado entre los brillantes labios.

—¿*Mmmm* bueno o *mmmm* malo? —preguntó Kate.

—Sólo *mmmm*.

De acuerdo, éste iba a ser uno de esos días.

Todos los pronósticos del tiempo predecían nieve. En lo que no se ponían de acuerdo era en cuántos centímetros habría que esperar. Estaban en febrero, en pleno invierno de Boston, pero Nikki no estaba vestida para el frío, sino para impresionar. Lo único que llevaba sobre su escaso atuendo era una ligera chamarra de vinil y una mascada de seda roja: nada de guantes, suéteres, mallas. Todo su delgado y pálido cuerpo tenía la piel de gallina y sus pezones erizados se transparentaban a través de la insignificante camiseta, pero Kate sabía que si le sugería vestirse de acuerdo con la estación, Nikki podría largarse de su consultorio como había hecho otras veces, y eso resultaría contraproducente para su terapia, de modo que ignoró su instinto maternal y se concentró en los ojos de Nikki. En la azul profundidad de su caprichosa inteligencia.

—Toma asiento.

Nikki permaneció en el umbral, titubeando, y Kate podía leer sus emociones como si la chica llevara el anuncio panorámico de Times Square: Nikki no sentía que era bienvenida en ningún lugar. No se sentía amada. Creía que la gente se burlaba de ella. A Kate le había entristecido mucho descubrir que una joven tan inteligente, sana y prometedora pudiera tener una autoestima tan baja. Resultaba muy preocupante.

—Te estaba esperando —dijo Kate, tratando de convencerla de entrar como si se tratara de una cachorrita—, por favor, siéntate.

La chica entró haciendo gala de su torpe dignidad de adolescente, se sentó en el sillón de piel color camello y cruzó las esqueléticas piernas. Los abultados zapatos con esas gruesas plataformas le iban ridículos y probablemente eran peligrosos para caminar en la nieve. Nikki llevaba anillos esmaltados en todos los dedos y una delgada cadena de oro en el cuello. Estaba maquillada en exceso, con cuidadosas pinceladas de lápiz labial color durazno en la escéptica boca y demasiado rímel en los ojos. A primera vista, podía parecer inocente, torpemente seductora, pero había algo pasivo-agresivo en ella que resultaba perturbador.

—Bueno —comenzó Kate—, ¿cómo estás?

La atención de la chica se paseaba por todas partes. Estudiaba los grabados que colgaban de las paredes, el creciente altero de papeles sobre el escritorio de Kate y, finalmente, a Kate misma.

—Sí, a ver. Me he estado preguntando... ¿cómo lidias con tus pacientes y todo eso?

—¿Mis pacientes? —repitió Kate.

—Sí, o sea, porque estamos tan jodidos. ¿Cómo le haces? ¿Cómo soportas eso día tras día? ¿Cómo le haces para sentarte ahí y escucharnos lloriquear y quejarnos? ¿Cómo lo soportas?

Kate sonrió. Había abierto su consultorio recientemente y su práctica era incipiente. Sus títulos no alcanzaban a cubrir ni un metro cuadrado de todo el espacio que había detrás de su escritorio. Tenía una licenciatura en Psiquiatría y Neurociencia de la Universidad de Boston y un doctorado médico de Harvard. El librero de abedul tenía docenas de revistas científicas con artículos que había escrito en conjunto con otros profesionales. Sobre el escritorio tenía el manual de trastornos psiquiátricos, el DSM-V, que era la biblia de su área, el libro que más a menudo consultaba.

—¿Cómo soporto qué, exactamente?

—El estrés de estar lidiando con tanto loco.

—Para empezar, no considero que mis pacientes estén *locos*. Cada quien lidia con el estrés de distinta manera. Por ejemplo, a mí me gusta correr, hacer senderismo y escalar, y así me relajo.

—¿En serio? —preguntó la chica poniendo los ojos en blanco—, porque no te imagino corriendo el maratón de Boston ni nada por el estilo, doc.

—¿Cuándo mencioné algún maratón? No, eso no es para mí —rio Kate—, pero el ejercicio ayuda con el estrés —repitió, quitándole importancia. La verdad era que *adoraba* correr, hacer caminatas por la montaña y escalar. Aquellas actividades eran su mayor desahogo, eso y acostarse con su novio.

—¿Cómo fue que te convertiste en loquera? —preguntó Nikki, cambiando el tema.

—Fue un proceso largo. Me gradué de la licenciatura, hice mi doctorado y después vinieron el internado, la residencia y la tesis de investigación. El año pasado al fin comencé a ver pacientes de forma privada, como a ti.

—Ah —dijo Nikki con una sonrisa burlona—, así que soy tu conejillo de indias.

—Yo no diría eso.

—¿Ah, no? ¿Qué dirías?

Kate sonrió. Disfrutaba de la manera en que Nikki confrontaba al mundo, en parte escepticismo adulto y en parte ingenua bravuconería adolescente.

—Bueno, diría que te considero un ser humano brillante, intuitivo y sensible, que además tiene desorden bipolar y necesita ayuda para manejarlo.

Nikki comenzó a sacudir un pie con impaciencia.

—¿Qué edad tienes? —soltó.

Vaya, eso sí que no venía al caso.

—Estoy por cumplir treinta y dos años.

—¿Cuándo?

La sonrisa de Kate contenía una pizca de frustración, pero hizo lo posible por hacer acopio de la infinita paciencia que había aprendido a desarrollar durante su residencia en el Hospital McLean de Belmont, donde había tenido que lidiar con los más locos de los locos. Casos realmente difíciles. Tragedia humana en escala épica. A Nikki le habría impresionado.

—Un día de éstos —respondió Kate vagamente.

—Guau, treinta y dos. ¿Y todavía no estás casada?

—No.

—¿Por qué no?

—Mi novio me pregunta lo mismo todo el tiempo.

—¿En serio? —rio Nikki—, pues James tiene razón. Deberías casarte con él.

James. Kate lo había mencionado un par de veces, pero no le gustó escuchar su nombre de esa manera, como si ella y James fueran un par de personajes de algún programa de televisión.

—Tienes una risa increíble —dijo, redirigiendo la conversación—, y una sonrisa preciosa.

—Eres de las pocas afortunadas que la han visto —replicó Nikki con una mueca—, no sonrío muy a menudo.

—Ya lo sé. ¿Por qué?

La chica se encogió de hombros.

—¿Tal vez porque la vida es una mierda?

—A veces es una mierda, otras veces no.

—Guau, qué honesta. La mayoría de los adultos no dicen *mierda.*

—Pues si quiero que confíes en mí, tengo que ser honesta —replicó Kate.

—Sí confío. Bastante.

—Muy bien.

—Así que te vas de vacaciones y me abandonas —dijo Nikki con un puchero—. No te vayas. Por favor. No ahora. Ah, ya sé... soy una egoísta.

—Bueno —comenzó Kate, vacilante, y después sonrió—. Todo el mundo se merece unas vacaciones de vez en cuando, ¿no crees?

—Estaba bromeando, ja, ja —dijo, aunque las dos sabían que no era cierto—. ¿James irá contigo de vacaciones?

La sesión se estaba desviando peligrosamente, y todas aquellas preguntas sólo distraían a la chica de su terapia. Kate intentó devolver el barco a su curso, pero no era su mejor día. Pensó en todo lo que les faltaba por empacar.

—¿Por qué tantas preguntas? ¿Qué es lo que te preocupa de mis vacaciones?

Nikki se rascó la barbilla con una de sus uñas pintadas y miró algo detrás del hombro de Kate.

—¿Qué hace eso ahí? —y señaló el librero—. ¿Estás tratando de decirme algo, doc? ¿Como que estoy chiflada, quizás?

A Kate le sorprendió encontrarse con una lata de nueces en una de las repisas de su librero.* Ira debía haberlas dejado ahí. El doctor Ira Lippencott era el mentor de Kate, un brillante psiquiatra educado en Harvard que tenía un extraño sentido del humor y una aproximación un tanto rebelde a la psicoterapia.

—No —replicó Kate tranquilamente—, se trata de una coincidencia.

—¿Estás segura? Porque bueno, la verdad es que teóricamente sí que estoy chiflada.

—Te aseguro que fue totalmente sin intención —dijo Kate, sin poder evitar sonreír.

—¡Ajá! Nada se hace sin intención —exclamó Nikki, señalándola con un dedo acusador al tiempo que sonreía—, tú eres la que me dijo eso alguna vez, ¿te acuerdas?

—Ajá —repitió Kate con calma, intentando parecer sabia pero sin poder evitar preguntarse si Ira había dejado esas nueces ahí a propósito, a modo de prueba. Y Kate no las había notado. ¿Cuánto tiempo llevaban ahí, acumulando polvo? Él se estaría preguntando qué le pasaba a su residente favorita, que ni siquiera notaba los *locos* en su librero.

—¿Qué es eso? —preguntó Nikki, señalando esta vez el escritorio de Kate—, ¿es nuevo?

—Ah. Es un pisapapeles. Un trilobite.

—Guau, y uno grande — Nikki McCormack tenía interés en la paleontología, así que sabía perfectamente lo que era un trilobite—. *Coltraenia oufatensis.* Del orden de los *Phacopida* —enunció, y se movió en su silla, inquieta. Jaló su corta minifalda hacia abajo—. Se me acaba de ocurrir algo. ¿Y si yo acabo así?

---

* En inglés, *nuts* son nueces, pero la expresión *"to be nuts"* significa estar loco. Al ver las nueces en el librero, la chica juega con el doble significado de la palabra. *(N. de la T.)*

—¿Así cómo?

—Como un trilobite, tal vez dentro de mil años. O tal vez sólo mi cráneo, usado para que un montón de papeles no se vuele. Yo podría acabar así, ¿cierto?

—Lo dudo mucho.

—¿Por qué lo dudas? ¿Por qué no podría acabar siendo un fósil en el escritorio de alguien algún día? —cuestionó Nikki.

—¿Eso es lo que te preocupa? ¿Que te esté estudiando ahora mismo? —preguntó Kate, levantando el trilobite—. ¿Que no signifiques para mí más que este trilobite?

Los ojos de Nikki se nublaron y apartó la vista.

—Porque nada podría estar más alejado de la realidad. Para mí tú eres muy real y estás muy viva, y mi mayor esperanza es que algún día muy cercano aprendas a quererte a ti misma tanto como los demás te queremos.

Las lágrimas cayeron de los hermosos ojos de Nikki y bajaron por sus mejillas. Ocho meses atrás, Kate la había diagnosticado durante una estancia de cuatro semanas en la unidad psiquiátrica infantil del Hospital Tillmann-Stafford, y había llegado a la conclusión de que la chica sufría de bipolaridad y depresión, por lo que no se podía predecir si seguiría viva dentro de un par de décadas. ¿Llegaría ella a los treinta y dos años? Kate quería pensar que sí, pero las estadísticas no estaban a su favor. Su papel era mejorar esas posibilidades.

—Nikki —dijo suavemente—, ya hemos hablado de esto, pero quiero que te quede muy claro. Como estaré de vacaciones la semana entrante, el doctor Lippencott estará encantado de verte para que no pierdas tu sesión de terapia mientras no estoy. ¿Hacemos la cita?

—No.

—¿Estás segura?

—Confianza —dijo la chica con voz temblorosa.

—¿Confianza?

—No *confío* en las personas. Debería confiar, ¿cierto? Bueno, no confío —tomó un pañuelo de la caja de diseño floral

17

situada estratégicamente en la pequeña mesa de madera junto a su silla y se sonó la nariz.

—Lo entiendo. Confiar en los demás toma tiempo. Pero puedes confiar en el doctor Lippencott. ¿Te apunto la cita para el próximo martes? ¿Misma hora?

La duda nublaba su rostro.

—Que *tú* digas que debo confiar en él no significa que yo pueda o quiera hacerlo.

—No. Lo que quiero decir es... yo confío en él. Y tú confías en mí. Así que...

—Uno más uno no siempre es igual a dos —replicó Nikki.

—Eso es cierto, pero...

—Espera, casi lo olvido —interrumpió Nikki, y levantó su mochila del suelo. La acomodó sobre su regazo y comenzó a hurgar dentro—. Te traje unas cosas —anunció, emocionada.

—Ya sabes que no puedo aceptar regalos de mis pacientes, Nikki —dijo Kate, reconociendo la señal de alerta—, ya hemos discutido esto...

—No son regalos *per se* —sacó un puñado de objetos maltrechos que fue acomodando a la orilla del escritorio de Kate: un par de lentes oscuros carcomidos de los años cincuenta, un peine traslúcido de carey y una brújula oxidada—. En la playa se encuentran las cosas más increíbles. La gente tira todas estas cosas, terminan en la red de algún barco pesquero en el océano y ellos las tiran por la borda y de algún modo acaban en la costa. Hay cosas muy viejas —dijo, casi sin aliento—, y mira, guardé lo mejor para el final —rebuscó en un compartimiento secreto dentro de su mochila para sacar una pieza circular de metal, que puso sobre la mano de Kate—: está hecho de plomo. Adivina qué es, doc, vamos, adivina.

Kate estudió el objeto en su palma.

—¿Un botón sin los huecos?

—Es un peso para falda de los años veinte. Increíble, ¿no? Las mujeres los cosían a los dobladillos de sus vestidos para evitar que se levantaran con el viento. ¿Qué tal?

—Muy interesante —concedió Kate, sonriendo.

—Eran tan modestas en esos tiempos... —dijo Nikki con un dejo de nostalgia.

—Era otra época —replicó Kate, cerrando los dedos sobre el peso de plomo.

—Eran unas damas y caballeros muy propios —dijo Nikki, exagerando un acento inglés al tiempo que jalaba del dobladillo de su minifalda.

Kate intentó devolverle los regalos, pero Nikki negó con la cabeza.

—Quédatelos. Me los llevaré de vuelta en nuestra próxima sesión: así tienes que volver —y sonrió forzadamente—, ¿adónde irán de vacaciones?

—No te preocupes por eso —respondió Kate, decidiendo no insistir con el tema de los regalos—, estaré de vuelta en dos semanas.

—Dos semanas... —musitó Nikki, llevándose las manos a las acaloradas mejillas—, pero ¿y si necesito algo? O sea, ¿y si pasa algo?

—Puedes llamar al doctor Lippencott o puedes llamarme a mí —dijo Kate—, tienes todos mis números, ¿cierto? Háblame en cualquier momento, Nikki. Lo digo en serio. De día o de noche —insistió, sacando una tarjeta del tarjetero de madera de su escritorio. Volvió a escribir en ella sus números personales y se la tendió—. Todo va a estar bien. Eso es lo que quiero que entiendas.

—Gracias —dijo Nikki, tomando la tarjeta y dejándola sobre su regazo.

—Prométeme que me llamarás si necesitas algo. Estoy hablando en serio. ¿Está bien?

—Está bien —replicó Nikki suavemente.

Kate le sonrió para darle ánimos.

—¿Sabes? Mi hermana y yo teníamos un juego cuando éramos chicas: yo medía su altura en la pared de la cocina una vez por semana, siempre en el mismo lugar, para ver si había crecido. Savannah era muy bajita y era una pequeña muy impaciente... no podía esperar para ser más alta. Y entonces, para complacerla, yo hacía trampas y le agregaba unos milímetros a la tabla. Se emocionaba mucho, creyendo que había crecido durante la semana —Kate se inclinó hacia delante—, pero aquí no puedo hacer eso, Nikki. No puedo agregar unos milímetros a tu tabla. No puedo modificar la verdad. Siempre seré absolutamente honesta. Nada de trampas, ¿de acuerdo? Nos queda mucho camino por andar, pero te prometo que llegaremos juntas. No estás sola.

Nikki asintió con el cuerpo rígido.

—¿Y volverás en dos semanas?

—Dos cortas semanas —aseguró Kate con una sonrisa.

2

El novio de Kate no pudo esperar y le dio un mordisco a su humeante trozo de pizza antes de que se enfriara.

—Auch, auch —se quejó el doctor James Hill al tiempo que agitaba una mano frente a su boca y sorbía un trago de cerveza.

James era psiquiatra en la sección de alta seguridad para adultos del mismo hospital en el que Kate trabajaba. Sus pacientes solían ser los más difíciles: psicóticos o esquizofrénicos que habían caído entre las rendijas del sistema, muchas veces sin hogar, muchas veces sin esperanza. James lidiaba con la presión por medio del cinismo y la crítica al sistema de salud mental, que a todas luces era inservible y no hacía nada para ayudar a esa gente. Compartía sus historias con Kate y se reía de algunas de las hazañas de sus pacientes. El humor negro era un mecanismo de defensa, e incluso los psiquiatras necesitan defenderse de cuando en cuando.

—Muy bien, ya puedes burlarte —dijo, limpiándose la boca con una servilleta de papel.

—¿Yo? Jamás me burlaría de ti.

—Ja. Te burlas de mí todos los días. De hecho, si no lo hicieras, lo extrañaría.

—Está bien. Dame un segundo —replicó Kate, fingiendo pensar.

—Ya se te ocurrirá algo —rio él.

—En fin —sonrió Kate alegremente—, gracias por traerme a mi lugar favorito de todo el mundo y no insistir en que fuéramos a algún lugar elegante —pronunció la palabra *elegante* como si tuviera comillas invisibles.

—¿Quién necesita algo elegante? Feliz cumpleaños, amor. ¿Qué tal tu pizza?

—Adoro esta maldita pizza.

—Es la mejor pizza del planeta —concordó él, sorbiendo un hilo de mozzarella y limpiándose la grasa de la barbilla. Estaban acurrucados en su local favorito de Back Bay. Era un martes por la noche y prácticamente tenían todo Duke's para ellos solos.

—Pues adivina qué traía puesto mi paciente de las tres de la tarde —dijo ella en voz baja, aunque no había nadie remotamente cerca para escuchar su conversación. Habían elegido un reservado aislado, su predilecto, pero siempre rompían la confidencialidad doctor-paciente en voz muy baja. Aunque Kate y James lo compartían todo, nunca lo hacían fuera de su burbuja privada—. Traía el atuendo más absurdo posible. Zapatos de plataforma, una minifalda y una chamarra de vinil. Con este clima. Nada de abrigos, nada de botas, nada de guantes. No entiendo, ¿dónde está su mamá? Me sorprende que no tuviera hipotermia.

—Qué te digo. Los padres están lidiando con sus propias estupideces.

—Me rompe el corazón en mil pedazos. Debí estudiar derecho para poder hacer algo al respecto.

James la miró a los ojos.

—Los dos sabemos por qué elegiste este campo, Kate.

—Sí, y ése es otro tema. Hoy volví a mencionarla... a Savannah.

—¿Y?

—Nikki es muy curiosa. ¿Qué tal que empiece a hacer preguntas?

—Lidiarás con eso si sucede —replicó él, encogiéndose de hombros.

Kate negó con la cabeza.

—Fue una tontería. Apenas comienza a confiar en mí. Le dije que siempre sería honesta con ella, pero no sé si podré manejar que empiece a hacer preguntas sobre mi hermana.

—Lo manejarás perfectamente. Todo tu entrenamiento acudirá en tu ayuda.

—Tal vez. En fin. Quería darme un montón de cosas y tuve que recordarle: nada de regalos.

—¿Qué clase de regalos? —preguntó él.

—Cosas que encontró en la playa. Un peso para faldas de los años veinte. ¿Habías oído de eso alguna vez?

—¿Pesos para faldas? No, pero me intriga. ¿Por qué le dio a mi novia un peso para falda? ¿Sabrá algo que yo ignoro?

—Ja, ja. Mi novio es hilarante. Y no, al parecer las chicas de los veinte los cosían a sus faldas para que el viento no las levantara y revelara sus piernas —sacudió la cabeza—. Es tan triste... una chica brillante, graciosa, valiente e ingenua hablando de los viejos tiempos, cuando las mujeres eran mucho más modestas. No dejaba de jalarse la minifalda hacia abajo, cuando la debía de hacer sentir poderosa y dueña de sí misma —se lamentó Kate, y volvió a sacudir la cabeza—: no parecía muy poderosa.

—Son las consecuencias de la presión social y la falta de control parental.

—Te digo. Me rompe el corazón.

Él se detuvo cuando tenía la pizza a un centímetro de la boca, para decir:

—No puedes ponerte emocional con respecto a tus pacientes. No les sirve. En absoluto.

—Pero ¿y si les fallo? Si aun después de todos mis años de entrenamiento, soy incapaz de ayudarles, ¿qué probaría eso?

—Arreglarás a algunos y a otros no —dijo James encogiéndose de hombros—. "Nunca te prometí un jardín de rosas."

Kate arqueó una ceja al reconocer que James hacía referencia a una canción de los setenta.

—¿Más burlas? ¿En mi cumpleaños?

—Y sin cargo extra —sonrió James.

Kate se recargó en el asiento.

—Tú jamás dudas de ti mismo, ¿cierto?

—Jamás. Pero eso es lo que te gusta de mí, ¿no es así? Mi ciega confianza en mí mismo.

—Sí, algo hay de eso —admitió ella con una carcajada.

—¿Ves?

—Sólo digo que...

—¿Adivina qué? Tengo algo para ti —interrumpió él.

—Lo siento, no puedo aceptar regalos de mis pacientes —bromeó ella.

—Cierra los ojos —ordenó James mientras dejaba su rebanada de pizza para limpiarse las manos en una servilleta arrugada. Esperó a que ella obedeciera y sacó algo del bolsillo de su abrigo. Cuando Kate abrió los ojos, vio que él sostenía una cajita de joyería en la mano.

—James, no —se estremeció—, ¿qué haces?

—Relájate. No es lo que crees —dijo él.

Ella se cubrió el rostro, avergonzada. Era su cumpleaños número treinta y dos y le había dicho muchas veces que no quería fiestas, gente ni regalos: *Sólo tú, yo y la pizza de tocino y queso de Duke's.*

—Feliz cumpleaños —y le tendió la cajita.

Tenía el peso perfecto. El rostro de Kate se suavizó con deleite y miedo mientras la abría para encontrarse con el delgado anillo de plata con una hermosa amatista en el centro.

—Guau —susurró.

—Es sólo un anillo —intervino James—, sin significado.

—Es precioso.

—Combina con tus ojos.

—Bueeeno... no exactamente —dijo Kate. Sus ojos eran color lavanda. Se ruborizaba con facilidad y estaba ruborizándose en ese instante. Sacó el anillo de la cajita de terciopelo y se lo puso en el dedo—. Ay, James, no sé qué decir.

—Es sólo un anillo, no es la gran cosa —dijo con ternura—. Lo veía todos los días en una joyería camino al trabajo, y siempre me hacía pensar en ti. Pensaba en tus ojos. Aunque sí, ahora que lo mencionas, arruinadora de regalos, tienes razón: no es el mismo color. Pero casi. Así que déjame en paz.

—Es hermoso.

—Feliz cumpleaños —repitió él, inclinándose para besarla.

Ella respondió a su beso agradecida y tiernamente, y luego le mostró la mano.

—¿Qué tal, te gusta mi anillo de no-compromiso?

—Sí, sí —replicó él sonriendo con sarcasmo—, tu anillo de *nunca voy a casarme.*

—Mi anillo de *sólo somos novios* —agregó ella.

—Dios. Sí que le tienes fobia al compromiso.

—Puedes culpar a mi infancia miserable por ello.

—Relájate. Es un anillo de regalo, nada más, ¿de acuerdo? Porque te amo.

—Yo también te amo.

Kate no solía usar anillos o collares, un hecho que debía haberle mencionado ya mil veces antes. Su sensible piel no toleraba la joyería, ni siquiera la exquisita, la costosa. Pero como psiquiatra, James asumía que lo que le causaba urticaria era más la idea del matrimonio que el anillo en sí mismo, así que esto era una especie de prueba, de experimento para ver cuánto tiempo toleraba el anillo antes de quitárselo y guardarlo de regreso en su caja. O quizá no era que la estuviera probando (eso sonaba manipulador), sino que buscaba respuestas.

Kate no quería casarse pero estaba locamente enamorada de él, lo cual la llevaba al mismo punto sensible en su cerebro, esa área gris a la que no podía dejar de pinchar. *¿Qué demonios pasa contigo? ¿Por qué no te casas con él? James es increíble. Es todo lo que habías soñado. ¿Cuál es tu maldito problema?* Le parecía que se dirigían hacia allá, pero estaban esperando a que ella se decidiera. Otra manera de decirlo era que ella estaba esperando enamorarse de la idea del matrimonio; de James ya lo estaba.

La realidad era que Kate tenía problemas de confianza. Problemas con el abandono. Ella y su hermana Savannah habían perdido a su madre muy temprano, y su padre se había mantenido emocionalmente lejano. El doctor Bram Wolfe, médico de cabecera al viejo estilo, tenía la increíble habilidad de desaparecer emocional, psicológica y mentalmente, aun si permanecía sentado frente a ti. Sus ojos se nublaban y su boca se cerraba y viajaba a un millón de kilómetros de distancia en segundos. Se mantenía alejado por largas temporadas y era imposible tocarlo, alcanzarlo. A Kate nunca dejó de asombrarle su capacidad de desaparecer. Lo llamaba el *tren bala de los padres*, porque podía despegar con la velocidad de un disparo.

Y los golpes siguieron cayendo. Seis años después de la muerte de su madre, la hermana menor de Kate desapareció. El asunto no terminó bien y entonces su padre se ausentó, psicológicamente hablando, de manera definitiva. Para cuando Kate cumplió diecisiete años, su familia entera se había desvanecido. Madre: muerta. Hermana: muerta. Padre: no disponible emocionalmente. Esta trifecta de traumas era la raíz de todas sus ansiedades y del porqué dudaba de sí misma, pero era también la fuente de su fortaleza. Era la razón principal por la que había decidido dedicarse a la psiquiatría en vez de al derecho o a la medicina.

—Me alegra que te haya gustado el anillo —dijo James con súbita seriedad.

—Me encanta.

Diez minutos más tarde, el anillo seguía en su dedo. Pagaron la cuenta y empujaron la pesada puerta del local, riendo ante la señal, escrita a mano, que indicaba empujar fuerte. Kate hacía el mismo chiste cada vez:

—Más fuerte, James, más fuerte.

Y él respondía lo mismo cada vez:

—Estoy empujando, estoy empujando.

—Dios, qué fácil nos divertimos —suspiró ella, tomándolo del brazo y enfrentándose al frío viento nocturno. Invierno en Boston. Calles oscuras y aliento vaporoso. Pronto sería primavera, aunque no tan pronto como ella quisiera.

Caminaron las dos calles y media hasta el Lexus plateado de James y subieron. Ella seguía temblando en el interior, que todavía olía a nuevo, mientras lo miraba, suspicaz.

—¿Qué? —preguntó él mientras activaba la calefacción de los asientos y encendía el motor.

—Amo mi anillo. Amo la pizza de Duke's. Y te amo a ti.

—¿En ese orden?

—Ja, ja. Mi novio es...

—Hilarante. Ya sé —interrumpió James, tomándole la mano. La giró entre sus dedos y besó las viejas cicatrices de su muñeca con ternura. Suavemente—. Te amo, Kate. Qué bueno que te gustó el anillo.

Entonces ella sintió el peso de sus tres años de relación y se deleitó en la calidez y familiaridad de ésta mientras avanzaban hacia Harvard Square. Comenzó a nevar y el parabrisas pronto se llenó de gruesos copos blancos. La brillante ciudad se tornó tan mágica como un cuento de hadas y Kate decidió ignorar sus preocupaciones. Nikki McCormack estaría bien. Kate no podía sentirse culpable por tomar vacaciones, las primeras en años. *Tienes derecho a tu propia vida*, se dijo.

Le echó un vistazo al anillo. Quizá debería casarse con él. ¿Cuál era su problema? Era guapo e inteligente, y una de las personas más graciosas que hubiera conocido; la hacía reír a verdaderas carcajadas, de esas que se originan en el fondo del estómago. Quería pasar el resto de su vida con él, pero no lograba dar el siguiente paso por su hermana, por su madre. Por el nudo de tragedias que le desfiguraba el alma como una fea cicatriz.

El Lexus atravesó la rampa de salida y se dirigieron a Harvard Square, que estaba nevada y con las luces encendidas.

Bajaron por la avenida Massachusetts, dejando atrás la concurrida universidad con sus dormitorios de siglos de antigüedad y enfilaron hacia Arlington, la aburrida ciudad hermana de Cambridge. Justo antes de llegar al límite de la población, giraron a la izquierda en una tranquila calle residencial. El código postal seguía siendo el de Cambridge, aunque estaban justo en la frontera, y eso era importante para James.

Encontraron un sitio para el Lexus en su nuevo vecindario, James acomodó su flamante permiso de estacionamiento sobre el tablero, y bajaron a respirar el rejuvenecedor aire de invierno. Las preocupaciones de Kate se encogieron. Pronto estarían escalando en el suroeste, subiendo por los cañones de arcilla roja de Sedona, brindando por los atardeceres espectaculares y las cómodas camas de hotel.

Pero esta noche nevaba y estaban en la fría e intelectual ciudad de Cambridge, y la luna era apenas una mancha detrás de las nubes. Los copos de nieve empolvaban sus pestañas. James la tomó de la mano y anduvieron juntos por los adoquines congelados, en parte paseando y en parte tambaleándose entre las construcciones victorianas y góticas en donde los estudiantes de maestrías y doctorados de Harvard estudiaban en solitaria negrura. El silencio en las calles resultaba inquietante, y lo único que se oía era el susurro de la nieve y el ocasional paso de algún auto y sus llantas girando en la nieve.

Al final de la cuadra giraron hacia una calle peatonal de siglos de edad. Los antiguos faroles estaban rodeados de un halo de luz amarillenta y nieve. Su condominio de ladrillo había sido construido en 1915 y recientemente lo habían renovado. Tenía escalones de granito y amenazantes gárgolas sobre el tejado. Meses atrás habían cerrado el trato en el increíble departamento de dos habitaciones ubicado tan favorablemente, y habían pasado los últimos seis o siete fines de semana pintando las paredes de distintos tonos de blanco y cambiando las instalaciones de luz. Algunos días atrás habían acomodado el resto a su gusto y ahora estaban listos para disfrutar el resto de sus vidas juntos. Resultaba un poco abrumador: el anillo, el condominio, las vacaciones de dos semanas. Era como si ya estuvieran casados.

James abrió la puerta principal y entraron a la recepción de madera oscura. Las luces estaban atenuadas, dando una sensación de elegancia, y había un extraño aroma de pieles de animales en el cargado ambiente.

—¿Es mi imaginación, o somos los únicos inquilinos en este edificio?

—Ya sé —concordó Kate—, ¿dónde están todos?

—¿Por qué nunca vemos a nadie? ¿Dónde está el comité de bienvenida?

—Supongo que nos toparemos con ellos eventualmente —comentó Kate, levantando la mirada al techo abovedado.

—Quizzzzzá... quizzzzá... —siseó él en su oído, ante de lanzarse con la canción de *La familia Addams*. La tomo por la cintura y ella percibió un olor a algo ahumado e impreciso en él. Era un hombre atlético a la mitad de sus treinta, con grueso cabello oscuro y cálidos ojos castaños. En el verano, su cabello parecía más dorado que marrón. Era el típico varón norteamericano: viril, apasionado en exceso por los deportes y los videojuegos; a veces era ruidoso y testarudo, y otras, vago e introspectivo, pero siempre respetuoso y cordial. Cuando estaba con él, Kate se sentía indestructible. Y sentirse así le parecía un tanto peligroso. Presionó el botón del elevador.

—¿Estás listo? —y le mostró el dedo con el anillo—, ¿listo para vivir en pareja?

—Más que tú, por lo visto —replicó él, y se llevó la mano al pecho para hacer un juramento al más puro estilo de los boy scouts—: Jamás volveré a hablar en singular.

Kate rio. Su teléfono sonó y ella comenzó a hurgar en su bolsa, pero para cuando lo encontró, la persona había desistido. En la pantalla no había un número, sólo el mensaje: *No disponible*.

—Hey —dijo él fingiendo sospechar—, ¿era tu otro novio?

—Sí, es tan irritante...

—Eso me da celos. Se supone que yo debo ser el irritante.

—No te preocupes. Lo eres —bromeó ella.

El ascensor se detuvo frente a ellos con un salto. Era un modelo antiguo, una jaula de metal que se abría y cerraba de manera manual. Se metieron a la caja, que se mecía ligeramente, cerraron las tambaleantes puertas y presionaron el botón del octavo piso. En el instante en que comenzaron a moverse, se abalanzaron uno sobre el otro, besándose y acariciándose apasionadamente como un par de adolescentes.

Pareció que el ascensor tardaba una eternidad para llegar hasta el octavo piso. James se fue quedando más y más quieto a medida que subían, hasta quedar completamente inmóvil mientras la jaula de metal se balanceaba en sus chirriantes cables. El miedo que les tenía a los ascensores estaba arraigado en su interior y no era ningún secreto para Kate. Se había quedado atorado entre pisos cuando era niño y visitaba a su abuela en Nueva York. Había presionado el botón de ayuda, golpeado las puertas y gritado con todas sus fuerzas mientras el elevador se llenaba del humo de un motor fundido en el sótano. Larga historia, final feliz.

Ahora, sus labios estaban fríos y sabían a nieve y a ozono. A ella, el anillo no le incomodaba. Milagro de milagros. Estaban camino a su propio hogar, a un paso de Harvard Square. Tenía treinta y dos años. Estaba profundamente enamorada. Quería que ese momento durara para siempre.

El elevador se detuvo con un salto y se sacudió en sus viejos cables. James se sobresaltó.

—Tendré que acostumbrarme a eso —dijo con un suspiro.

—¡Última parada! ¡Todos fuera! —exclamó ella.

Abrieron las pesadas puertas entre los dos.

—Más barato que una membresía para el gimnasio —bromeó James, y la rodeó con el brazo.

Avanzaron por el húmedo corredor dejando migajas de nieve sobre la alfombra color malva. La luz indirecta funcionaba bien para ocultar los defectos del elegante techo de yeso. Se detuvieron frente a la puerta barnizada de su departamento, con su viejo letrero de latón rayado: 8D.

—Hogar, dulce hogar —suspiró Kate. Mientras James buscaba las llaves, la línea de teléfono comenzó a sonar en el interior—. A ver, vuélveme a explicar por qué le dimos a tu mamá nuestro teléfono.

—En fin. Que deje un mensaje en la contestadora —replicó James, despreocupado. Para él era mucho más fácil ignorar a su rica y ociosa madre, que para Kate. Vanessa Hill era un eterno chirrido de uñas en un pizarrón. Estridente. Solía llamar para presumir de las caridades bostonianas a las que había donado dinero y las organizaciones sin ánimo de lucro en las que participaba, pero casi nunca recordaba preguntarle a James acerca de su vida, cosa que irritaba mucho más a Kate que a él. James se lo tomaba con el tipo de resignación que dedicaba a los aeropuertos y al rellenado de formatos del seguro.

Él abrió la puerta y se tambalearon al interior junto con un rayo de luz que iluminó el suelo de madera. Estaba oscuro, salvo por el lejano resplandor azul de las luces de la ciudad, pisos abajo. James tanteó la pared y encontró el interruptor, y el lugar se iluminó. El teléfono dejó de sonar.

—Ah —dijo ella con un suspiro agradecido.

—Sí —concordó él.

Esperaron a escuchar la inevitable grabación del mensaje, pero Vanessa debía haber colgado, lo cual resultaba extraño: su personalidad no tendía al silencio. Comenzaron a despojarse de capas y capas de ropa exterior: desabotonando, bajando cierres, deshaciendo nudos.

—Dios —se quejó James—, es como un horno aquí dentro.

A pesar de lo encerrado, a Kate le encantaba el condominio. Era el primer lugar que le pertenecía y se sentía muy afortunada de tenerlo. La sala era un enorme espacio abierto con una chimenea de mármol y un umbral en forma de arco que daba entrada al espacioso comedor. Adoraba el dormitorio principal, con su gama neutra de colores y sus toques hogareños. La cocina y el baño resultaban preciosos en su estilo de época, en especial la bañera antigua, con patas en forma de garras doradas, en la que planeaba estar por horas tras un largo día en el hospital. Los ventanales de la cocina serían perfectos para su jardín de hierbas aromáticas.

—Estoy sudando como un cerdo —se quejó James mientras se deshacía del abrigo, los guantes y la bufanda, y lanzaba todo al sofá.

—Los cerdos no sudan.

—No entiendo, ¿cómo es que no te estás derritiendo aquí? —jadeó, batallando contra su suéter, que crepitó de estática. Después, dirigió la mirada al culpable: un siseante radiador en la esquina de la sala. Caminó a grandes zancadas y luchó contra la perilla atorada.

—Cuidado, amor, no vayas a...

—¡Auch!

—... quemarte.

James se llevó el dedo a la boca y le lanzó a ella una mirada de arrepentimiento mientras las pipas de cobre vibraban dentro de las paredes.

—Pobre bebé —dijo Kate, caminando hacia él—, tan acalorado y todo.

Encontró el cinturón de él, lo aferró y atrajo a James hacia ella. Frotó la pelvis contra la de él y lo besó apasionadamente. Él la levantó en brazos y la hizo girar, causando que ella riera desde lo más profundo de su garganta mientras él la cargaba hacia la recámara y provocaba que sus botas de invierno casi rozaran las paredes.

—¡Cuidado! —exclamó entre risas. Él la soltó en la cama y le quitó una a una las botas. Le arrancó los gruesos calcetines y le desabotonó los jeans.

—Dios, qué hermosa eres.

Abrió los botones de su blusa y se inclinó para besar las diminutas y apenas perceptibles cicatrices que salpicaban su piel. Años atrás, Kate solía cortarse. Había usado navajas, clips, chinchetas, tijeras. Lo que había comenzado como una respuesta extrema ante la muerte de su hermana, se había convertido en un trastorno de ansiedad incapacitante. Se había hecho pequeñas heridas en el estómago, muslos y brazos, y usaba mangas largas para ocultárselas al mundo, pero sobre todo para que su padre no se diera cuenta.

Cortarse le había parecido una especie de venganza por su negligencia. También le ayudaba a aliviar algo de la presión que sentía en la preparatoria por mantener un buen promedio y entrar a una universidad de prestigio. El trastorno había durado varios años, hasta que entró a terapia y aprendió a lidiar con sus asuntos. Su mentor, Ira Lippencott, le había salvado la vida. Había detenido sus conductas autodestructivas y la había puesto en el camino del bienestar.

El teléfono volvió a sonar.

—¡Por Dios! —gruñó—, tenemos que ponerle algunos límites a tu madre. Nada de llamadas antes del mediodía ni después de las ocho de la noche.

—Sólo ignórala —dijo él, deslizando las manos al interior de su blusa con un jadeo lleno de urgencia—, es lo que hago siempre.

—Ay, por favor —se quejó, y le detuvo las manos—. Lo último que quiero es escuchar la voz de tu madre en el fondo mientras hacemos el amor —dijo.

Podía imaginar a Vanessa golpeteando sus largas uñas esmaltadas en su isla de cocina de mármol, mirando el reloj y preguntándose por qué diablos no contestaban. Al menos vivía a una hora de distancia en auto, al otro lado de la ciudad. James colapsó sobre ella.

—Contéstale, James —suplicó.

La contestadora se activó y ambos volvieron sus cabezas para escuchar.

—¿Kate? —era la voz de Ira Lippencott flotando desde el pasillo—. Tengo malas noticias. Nikki McCormack está muerta. Llámame en cuanto escuches esto.

3

Nikki McCormack fue encontrada colgando de la viga central de la sala de sus padres. Había una silla volcada bajo sus pies. Se había colgado con una vieja cuerda para tender ropa, aunque nadie sabía cómo había logrado acomodarlo allá arriba. Sus padres descubrieron el cuerpo de regreso de una recepción de caridad en el Museo Isabella Stewart Gardner. Su padrastro la sostuvo por la cintura mientras su madre llamaba al 911. Juntos levantaron el cuerpo y lo tendieron sobre el suelo. Diez minutos más tarde, los paramédicos la declararon muerta. Nikki se había preparado vistiéndose de negro de pies a cabeza. La piel del cuello y el rostro estaba inflamada, y sus ojos, negros y brillantes como aceitunas.

Lidiar con el dolor y la vulnerabilidad de la familia, así como con su propia conmoción y pesar durante toda la noche y la mañana siguiente, le produjo a Kate una jaqueca que ninguna cantidad de Tylenol podría aliviar. La policía había sido cortés, pero minuciosa. La entrevista había sido corta, por suerte. El resto del personal del hospital estaba triste pero todos estaban demasiado ocupados como para hablar de eso por mucho más tiempo. Nikki había sido admitida en Cuidados Intensivos ocho meses atrás y algunos empleados la recordaban y hablaban bien de ella, pero eso era todo. Los suicidios no eran tan poco inusuales, pero a Kate nunca le había pasado algo así.

Fue de reunión en reunión hasta las 10:30 de la mañana, cuando Ira Lippencott la acorraló en el cuarto de descanso. Para ese momento, Kate temblaba tanto que no podía ni sostener con firmeza la cafetera.

—Santo Dios. Pareces un fantasma — dijo él—, ¿dónde está James?

—Lidiando con sus propios problemas. Agatha está teniendo una de sus crisis.

Él asintió. La reputación de la paciente más problemática de James era bien conocida en el hospital.

—Ven conmigo —dijo, y la guio hasta su propia oficina, donde la obligó a sentarse y le sirvió una taza de café de su máquina Breville de expreso. La oficina estaba llena de muebles modulares y decorada en tonos neutros. Las plantas habían sobrepasado a sus macetas hacía mucho y ahora sus hojas pegaban contra la ventana, como si buscaran escapar.

Ira había estado a cargo de ella durante su residencia y sabía todo acerca de las tragedias que la habían convertido en quien era. Como estudiante, había tenido que ir a psicoanálisis con él como su terapeuta: era un requisito. *Tienes que saber cómo se siente estar en la otra silla, antes de poderte sentar en la mía*, le había explicado. Ese hombre lo sabía todo acerca de ella. Le tendió el expreso.

—Aquí tienes. Ahora habla.

Las manos temblorosas de Kate amenazaban con derramar el café sobre su regazo, así que le dio un trago y lo dejó a un lado.

—No hay nada de qué hablar —dijo secamente—, le fallé.

—Hiciste lo mejor que podías, Kate. Te das cuenta, ¿cierto?

—Soy su psiquiatra y no lo vi venir... le fallé.

—Éste no es el momento de sentir lástima por ti.

—¿Lástima por...? —repitió ella.

—La autocompasión no te queda bien —su mentor no soportaba a los tontos—. Escúchame, Kate. No estás sola en esto. Yo despierto cada día con un par más de canas.

—Ya lo sé, pero...

—Pero nada.

Eso era lo que necesitaba. Había logrado controlarse durante toda la mañana, pero ahora se sentía devastada por el suicidio. Sacó un pañuelo de la caja de diseño floral, se lo llevó a los ojos y se permitió llorar.

—Ya sé, ya sé —la tranquilizó Ira—. Mira, la verdad es que sucede. Todos hemos tenido pacientes que se suicidan. Es devastador pero aprenderás a vivir con ello, aunque no lo creas.

Ella asintió. Se compuso.

—A ver. Revisemos qué pudiste haber hecho de otra manera —dijo Ira—, cuéntame cómo iba la terapia de Nikki.

—Estábamos teniendo algunos progresos. Ella estaba respondiendo bien a los nuevos medicamentos.

—¿Qué pasó con las sesiones familiares?

—Sus padres comenzaban a considerar la idea de que pudieran tener algo que ver con los problemas de Nikki.

—¿Y sus conductas adictivas?

—Hasta donde sé, había dejado de beber y de tomar drogas —dijo Kate—. Estaba retomando su vida poco a poco.

—Excelente. ¿Entonces? ¿Qué más podías haber hecho? ¿Cancelar tus vacaciones? Estas cosas pasan, Kate. Es parte del trabajo.

—Bueno, pues ahora sí que tengo que cancelar mis vacaciones —dijo. La noche anterior, sus sueños habían estado llenos de tensión e involucraban niñas pequeñas perseguidas por monstruos que las rompían en dos como si fueran ramas—. Elizabeth McCormack quiere que vaya al funeral.

—Bien. Es recomendable permanecer en contacto con la familia al menos hasta el funeral. Y por supuesto, hasta que los resultados de la autopsia estén disponibles.

Autopsia. La fría palabra hacía todo más real.

—Me he estado devanando los sesos tratando de comprender cómo pudo pasar esto.

—Kate, por favor —dijo Ira, pellizcándose el puente de la nariz—. No me vengas con eso. Nada de esto es culpa tuya, sabes bien que a veces la oscuridad lo domina todo.

Ella lo miró llena de escepticismo. Se conocían desde hacía muchos años.

—¿En serio? *¿A veces la oscuridad lo domina todo?* ¿Eso debería animarme?

—Mi trabajo no es animar a nadie —replicó él.

—Claro, supuestamente no tenemos que reconfortar ni animar a nuestros pacientes, sino redirigirlos para que se hagan cargo de su propia recuperación... bla, bla, bla.

—Exactamente.

—Estaba siendo sarcástica.

—Lo sé —dijo él.

Kate sintió el familiar murmullo que precede a una tormenta eléctrica. Los eventos que le habían dado forma a su vida nunca se desvanecerían, pero al menos había logrado mantenerlos al margen por un tiempo... los había metido en una caja, sellado mentalmente la tapa y metido la caja dentro de un clóset bajo llave. Pero la muerte de Nikki McCormack acababa de hacer volar las bisagras de la puerta del clóset.

—Escúchame, Kate, puedes manejar esto. Has sufrido más dificultades de las que la mayoría de la gente enfrenta en una vida —dijo, y entrelazó los dedos sobre su escritorio—, pero éste es el asunto: la muerte de Nikki también repercute en mí. Repercute en todo el departamento. Y ya sé lo que estás pensando, así que quiero que sepas que lo que pasó ayer en la noche no tiene absolutamente nada que ver con tu hermana. ¿Aceptas eso?

—Intelectualmente, sí.

—Bueno, pues necesito que lo aceptes aquí —dijo Ira, dándose unas palmadas en el pecho—, por completo.

Savannah Wolfe, con sus rizos dorados, sus delicados ojos del color del mar y su exaltada risa, había sido una niña de doce años tan feliz y confiada, que cualquier depredador del barrio podría haber abusado de ella. Era el tipo de niña emprendedora que rescataba hormigas de la carretera y curaba pajaritos de alas rotas. No había comercial de alimento para perros que no la hiciera llorar. Estaba dispuesta a ayudar a cualquiera: amigos, vecinos, extraños. Hasta a un hombre de ojos enrojecidos. Lo único que él había tenido que hacer era preguntar: *Oye, niña... ¿podrías ayudarme por un momento?* Kate sintió que sus ojos palpitaban.

—Mira, entiendo que mis viejos sentimientos respecto a mi hermana no aplican, pero...

—Deja de lado tus emociones —dijo Ira, cruzándose de brazos—, necesito que manejes esto como una profesional.

—Claro que puedo manejarlo —replicó ella, a la defensiva.

—Lo único que cuenta es que tú le brindaste el cuidado estándar normativo de acuerdo con sus síntomas. Eso es lo único que el hospital necesita saber. ¿Le brindaste el cuidado estándar?

Kate guardó silencio por un instante antes de comprender.

—¿El cuidado estándar?

—Legalmente, eso es lo único que el hospital necesita. ¿Usaste los cuantificadores adecuados para asegurarte de que el diagnóstico era el correcto? —preguntó él. Ella asintió—. Al hospital no le interesa escuchar lo que pudiste haber hecho de otra manera, Kate. Tienes que dejar de dudar de tus decisiones. No le ayuda a nadie. Eres una psiquiatra brillante, muy preparada y con excelentes referencias. Estabas tratando a Nikki por su trastorno bipolar. Estabas monitoreando sus medicamentos y redirigiendo su conducta por medio de terapia. La paciente parecía estable y tú documentaste sus mejorías. Nada más importa. Ahora —y se inclinó hacia delante—, ¿puedes manejarlo?

—Sí —respondió Kate, sin estar muy convencida. Nunca antes había perdido a un paciente. Era un nuevo territorio para ella. Ira, por otro lado, no estaba actuando como siempre. Nunca antes había conocido esta versión de él, la que se preocupaba por salvar su propio trasero.

—Cuando hables con Gestión de Riesgos, les das tus observaciones clínicas y punto. No te pongas emocional. ¿Necesitas un abogado?

—¿Un abogado? —repitió ella. Su corazón comenzó a acelerarse: ser demandada por negligencia médica era la peor pesadilla de cualquier doctor.

—El hospital va a cuidar sus propios intereses, en caso de que haya algún pleito. Es lo normal. Y tú tienes que cuidarte a ti misma.

¿Pleitos? ¿Demandas?

—Mira, te voy a dar el contacto de mi abogado. Lo recomiendo mucho —y abrió su cajón del escritorio para tenderle una tarjeta—, dile que yo te envié.

—Gracias.

—Y no te preocupes. Todo va a estar bien. Todos hemos pasado por algo parecido. Ahora, si me disculpas, tuve una noche muy pesada y sigo teniendo montañas de papeleo pendiente. Perdón por quejarme. Voy a archivar mis reportes de progreso e irme a casa. Tú deberías hacer lo mismo.

En ese momento, Kate notó un cambio de luz en sus ojos.

—Ira —le dijo—, ¿fuiste tú el que dejó las nueces en mi oficina?

Él la miró, confundido.

—¿Qué nueces?

—Hay una lata de nueces en mi librero.

—No fui yo. ¿James? —sugirió Ira.

—Ya se lo pregunté. No fue él.

—Yo no le daría mucha importancia. Alguien te estará jugando una broma. En fin, hablemos de nuevo en la mañana, ¿de acuerdo?

Ella se puso en pie y le tendió la mano.

—Gracias, Ira.

—No te preocupes, superarás esto. Velo como un rito de iniciación.

Kate se apresuró pasillo abajo, se encerró en su oficina, tomó

40

su abrigo, se amarró la bufanda y se puso los guantes de invierno. Tomó el ascensor hasta el primer piso, atravesó la concurrida recepción del hospital y empujó las puertas automáticas de cristal como si fueran un par de enormes almohadas. Salió y le pidió un cigarrillo a una de las residentes. Inhaló la nicotina hasta lo más profundo de sus pulmones y recordó las últimas palabras que su hermana le había dicho.

—*¿Cuánto tengo que esperar?*
—*Sólo unos minutos. Vuelvo enseguida —había prometido Kate.*
—*¿Adónde vas?*
—*Ahí. ¿Ves esos árboles? No tengas miedo.*
—*No tengo miedo —había dicho Savannah.*
—*Ya lo sé. Eres mi preciosa valiente.*
—*No le tengo miedo a nada, Kate.*

Suprimió un sollozo y los otros fumadores voltearon a verla. Tosió un par de veces para enmascarar su angustia, y los demás desviaron la mirada cortésmente. Se quedó ahí, tosiendo y fumando y mirando cómo su aliento nublaba el aire invernal.

4

Kate no quería irse a casa, menos cuando había tanto trabajo por hacer. Tomó el ascensor para ir a Admisiones y hablar con la enfermera Yvette Rosales acerca del estado mental de Nikki ocho meses atrás, ya que ella había sido quien la había admitido. El personal de la Unidad Psiquiátrica siempre estaba muy ocupado. Sus teléfonos siempre estaban sonando. El trabajo de una enfermera nunca terminaba.

Kate dejó atrás a los ayudantes camino a la estación de enfermeras, el único sitio con algún orden dentro de aquel caos. Tamara Johnson era una gruesa mujer de mediana edad que conocía el hospital al derecho y al revés. Era la jefa de enfermeras pero se encargaba de todo, desde las labores más importantes hasta las de apariencia insignificante.

—Buenos días, Tamara. ¿Has visto a Yvette por aquí?

Tamara negó con la pesada cabeza.

—Ya debería haber llegado. Seguro quería una de sus rosquillas y perdió el camión de nuevo. Le juro que usa ese camión como excusa para llegar tarde todo el tiempo. ¿Cómo le va, doc?

—No muy bien.

—Me lo imagino. Recuerdo cuando admitimos a Nikki. Era una cosita escuálida pero atrevida como pocas. Echó un vistazo a su alrededor y declaró dementes a todos *los demás*

—Tamara rio—. Ella no, sólo los demás chiflados que estaban en la sala.

—Ésa es nuestra Nikki —dijo Kate con una sonrisa afligida.

—¿Quiere un café? Acabo de preparar una jarra.

—No, gracias. Esperaré en la sala —dijo Kate. Había traído algunos papeles de trabajo y encontró dónde sentarse. La sala de admisiones era una oda a la mediocridad: sofás de pana, sillas de imitación piel, dibujos de acuarela colgando de las desnudas paredes de ladrillo. Había montones de brillantes folletos publicitarios en todas las mesas.

Abrió un sobre manila y comenzó a revisar sus notas. Para el momento de su admisión en junio del año anterior, Nikki se había vuelto incontrolable. Peleaba con sus padres constantemente, tomaba drogas y bebía alcohol. Su padrastro era muy estricto y exigía un alto nivel de disciplina, y la rebelde adolescente extrañaba a su propio padre. El divorcio había sido especialmente duro para ella.

—¡Quítame las manos de encima, mierda pestilente! —gritó alguien.

Kate levantó la mirada. Había docenas de personas esperando a ser evaluadas y ella conocía a la mayoría de ellas tras su breve temporada de entrenamiento en el ala de adultos. Sospechaba que los dos hombres a los que nunca había visto y que se habían acomodado las gorras de beisbol de modo que la cámara de seguridad no pudiera captarlos, eran drogadictos que fingían sus síntomas para obtener un shot de Demerol. También había un par con trastornos emocionales, una anoréxica, una joven madre con depresión posparto, un hombre mayor que no dejaba de limpiarse las manos con toallitas desinfectantes y una preadolescente que no conocía y que se había sentado lo más lejos posible de los demás en actitud melindrosa.

Kate se concentró en el conflicto central: un esquizofrénico de apariencia cadavérica había dejado sus medicamentos y estaba atacando a una mujer mayor con depresión, gritándole obscenidades y gesticulando con sus delgadísimos brazos. La mujer permanecía sentada en su silla, torcida como un trapo mojado, con los ojos legañosos llenos de confusión mientras el hombre se erguía sobre ella, amenazante... si es que una escuálida ramita podía ser amenazante.

Un ayudante que llevaba su juego de llaves colgando de su cinturón se apresuró a disolver la disputa. Clive Block era famoso por sus habilidades de negociación. Calmó la situación y separó a los dos internos rápidamente. Nadie se metía con Clive. Cuando él estaba ahí, las enfermeras ni siquiera se molestaban en llamar a Seguridad. Ese tipo de riñas eran comunes en la Unidad Psiquiátrica. Uno podía escuchar puertas azotándose y gente gritando a cualquier hora del día o de la noche.

Kate concentró su atención en la preadolescente de la esquina. La niña tenía una coleta de cabello rubio pálido, somnolientos ojos verdes y una actitud relajada. Por un instante, le recordó a Savannah: el parecido era impresionante. Llevaba un par de jeans bien planchados y una camisa rosa abotonada hasta su garganta. Su chamarra de plumas de ganso estaba doblada en dos y acomodada junto a ella con cuidado. Había algo remilgoso en ella, de cuidada rigidez. A Kate le pareció que tenía unos doce años y que estaba sola en la sala de espera. ¿Dónde estaban sus padres?

No había podido *detectar la locura*, como algunos de sus colegas decían, hasta que notó la joyería que la niña llevaba: alrededor de su cuello colgaban docenas de cruces en delgadas cadenas de plata, y ambas muñecas estaban envueltas en rosarios. A Kate le dio la impresión de que se trataba de una niña que había sido aislada del mundo... irradiaba tristeza. Una soledad que encogía el corazón. Los pacientes jóvenes de Kate solían encorvarse en sus sillas, recargarse en las paredes o llevar los hombros hacia delante como si estuvieran encogiéndolos todo el tiempo, pero esta niña mostraba una ensayada elegancia. Parecía contener una perfecta soledad dentro de su pequeño cuerpo, y su autocontrol era muy inusual para alguien de su edad. De nuevo, ¿dónde estaban sus padres? Quizá la madre había ido al baño. Kate estaba a punto de averiguarlo cuando Yvette Rosales llegó a toda prisa a la unidad, disculpándose con todos los que andaban por ahí.

—¡Lo siento! ¡Perdón! Mi estúpido camión llegó tarde otra vez.

—¿Tu camión llegó tarde? ¿O tú llegaste tarde? —preguntó Tamara poniendo las manos en las caderas.

—Estuve esperando y esperando.

—Sí, claro. Pero te dio tiempo de ir por tu rosquilla, por lo que veo.

—¿Estás bromeando? No puedo empezar mi día sin un café y una rosquilla —argumentó Yvette.

—Por eso tenemos café aquí —replicó Tamara.

—¿Esa porquería? No hay manera.

Yvette tenía labios rosa oscuro y unas mechas en el cabello muy mal aplicadas. Siempre llevaba un lápiz o un cigarro apagado entre los labios, y en su descanso solía salir apresurada a fumar.

—¿Y qué? ¿Ahora eres mi madre?

—Así es —dijo Tamara sarcásticamente—, te estoy espiando.

—Pues sí, así se siente, como si me observaran. Como si las paredes respiraran.

—¿Acabas de decir que las paredes te están observando? —preguntó Tamara.

—¿Puedes asegurarme que no?

Tamara estalló en carcajadas. Todo estaba perdonado.

—En fin. La doctora te está esperando.

—¿Quién? —preguntó Yvette, y giró sobre sus talones—. Ah, buenos días, doctora Wolfe. Por Dios, Nikki McCormack, Dios la tenga en su gloria.

—Sigo conmocionada —dijo Kate, dirigiéndose hacia allá—, es un día muy triste. ¿Tienes un minuto? Me gustaría preguntarte acerca del día en que fue admitida.

—Claro. Déjeme quitarme el abrigo y estoy con usted.

Kate se recargó contra el mostrador de admisiones mientras Yvette guardaba sus cosas en un armario.

—¿Quién es la niña del rincón? —preguntó. Yvette echó un vistazo.

—No sé. ¿Tamara?

—A ver... Ah. Su madre la trajo —respondió la jefa de enfermeras, encogiéndose de hombros—, justo andaba por aquí.

—Llevo diez minutos sentada ahí y no he visto a nadie —comentó Kate.

—Tal vez alguien más del personal sabe algo. Voy a averiguar —dijo Tamara, y desapareció en la sala de descanso de las enfermeras. En ese instante se abrieron las puertas del ascensor y James caminó hacia Admisiones decididamente. Se llevó a Kate a un lado.

—Vamos a ir a ver al abogado que Ira recomendó —dijo—, hice una cita para las once y media. Vámonos.

—Espera un momento —se resistió Kate—, no hay por qué exagerar.

—No estoy exagerando. Sólo quiero asegurarme de que nadie se meta contigo.

—Nadie se va a meter conmigo —se quejó ella con el ceño fruncido.

—Sólo te estoy cuidando, amor. Vámonos, no quiero llegar tarde.

5

En el camino hacia Boston, Kate intentó controlar la respiración llena de pánico que amenazaba con convertirse en algo peor. Por las ventanas, las vistas de la ciudad cubierta de nieve eran como escenas de una película muda en blanco y negro. Había hecho lo mejor posible por presentarse como una profesional aquella mañana: se había arreglado el cabello en un moño y se había maquillado cuidadosamente, pero sus nervios estaban a flor de piel. Se sentía extenuada.

Tomaron la ruta que el GPS indicaba hacia el rascacielos en el corazón del centro de Boston en donde estaba situado el despacho de abogados. Entraron al garaje subterráneo y dejaron que el valet estacionara su auto. Mientras esperaban el ascensor, Kate no podía dejar de estremecerse. James le apretó la mano.

—¿Estás bien?

—¿Tengo alguna otra opción? —replicó ella.

—Te voy a ayudar en todo esto, pase lo que pase —le aseguró.

Subieron hasta el último piso, el veinticuatro, y entraron a la recepción de mármol rosa del despacho. Las paredes estaban cubiertas con obras de arte que complementaban el logo corporativo de acero. La recepcionista lucía ropa de diseñador.

—Buenos días, ¿en qué puedo ayudarles?

—Tenemos una cita con Russell Cooper —dijo Kate.

—Un momento, por favor —indicó la mujer. Levantó el teléfono y pulsó un botón—. ¿Russ? Tu cita de las once y media está aquí —anunció, y tras dejar el auricular, se volvió hacia ellos—. Adelante. Última puerta a la izquierda.

Russell Cooper era un hombre de mediana edad con escrutadores ojos grises tras sus gafas con armazón metálico. Llevaba un traje de corte clásico y una corbata de seda azul.

—Buenos días. Soy Russell. Tomen asiento —hizo una seña hacia las dos sillas forradas de piel frente a su escritorio.

Kate se tomó un momento para admirar la vista panorámica de la ciudad. Podía ver el edificio de Prudential desde ahí, brillando a lo lejos gracias a los materiales altamente reflejantes de su superficie.

—James me dio un resumen en el teléfono —dijo Russell dirigiéndose a Kate—, ¿por qué no me cuentas tú lo que sucedió en tus propias palabras?

Kate se aclaró la garganta y se alisó la falda sobre las rodillas.

—Nikki fue admitida en el ala de psiquiatría infantil hace unos ocho meses. Era suicida, tomaba drogas y ya había tenido un par de escenas alarmantes. Cumplía con los nueve criterios de un episodio depresivo severo. Se quedó por cuatro semanas y fue dada de alta para empezar con su tratamiento como paciente externa. Desde entonces, la vi una vez por semana para su terapia de comportamiento. Ajustamos sus medicamentos varias veces y las últimas dosis parecían estarle funcionando bien. Estábamos teniendo un buen progreso y entonces... bueno, pues entonces sucedió.

—De acuerdo. Tengo algunas preguntas —dijo Russell, echando un vistazo a la lista en su escritorio—. ¿Explicaste los posibles efectos secundarios de los medicamentos tanto a Nikki como a sus padres?

—Sí.

—¿Ignoraste algún llamado de ayuda?

—No. Bueno, hay una cosa...

—¿Sí? —preguntó Russell, levantando la mirada.

—Estaba por salir de vacaciones dos semanas, y eso pareció afectarle.

—¿Amenazó con suicidarse si te ibas?

—No.

—¿Le ofreciste un terapeuta alternativo?

—Sí. Le insistí en que viera al doctor Ira Lippencott mientras yo estaba fuera, pero se negó. También le di mis contactos personales y le dije que me llamara en cualquier momento, de día o de noche.

—Bien. ¿Te llamó?

—No que yo sepa —replicó Kate, y pensó en la llamada que el identificador había mostrado como *No Disponible,* pero el número de Nikki siempre aparecía en su pantalla y si los padres de Nikki la hubieran intentado contactar, ella habría reconocido la clave lada de Newton. Además, había recibido aquella llamada apenas diez minutos antes de que Ira le diera las malas noticias.

—¿Había mencionado la posibilidad de suicidarse en sus sesiones de terapia recientes?

—No en los últimos dos o tres meses. Pero seguíamos en un proceso terapéutico, por lo que se asume que no estaba completamente fuera de peligro.

—¿Se encontraba estable?

—Relativamente estable, a mi juicio.

—Si todo esto es cierto, es lo único que tenemos que saber —aseguró Russell. Kate reconoció el cinismo impreso en el rostro del abogado. Hasta donde ella sabía, Cooper había sido amigo de Ira desde que ambos estudiaban en Yale, y había manejado exitosamente dos demandas en contra suya.

—Nuestra defensa, si llega a ser necesario, es que tú proveíste el cuidado estándar normativo.

—Dudo mucho que su familia vaya a demandarme —murmuró Kate.

—Nunca se sabe. Cuando el polvo se asiente, después del funeral... ésa es la zona de peligro. La familia puede ir contra ti y el hospital en cualquier momento, hasta que el delito prescriba. Así que la pregunta es: ¿en algún momento te alejaste del *cuidado estándar* aceptado por no haber evaluado bien el estado mental de Nikki?

Ella negó con la cabeza mientras James se aclaraba la garganta.

—Kate es una de las mejores psiquiatras infantiles que tienen. Ganó un premio de la Asociación Americana de Psiquiatría, que es algo grande en nuestra línea de trabajo. Es compasiva, se preocupa por sus pacientes y actúa de acuerdo con los lineamientos.

—No lo dudo —sonrió Russell, y deslizó las gafas hacia el puente de su nariz—, Ira habla muy bien de ti, Kate. Pero el hospital va a querer asegurarse de que siempre proveyó el cuidado estándar normativo y mantuvo a la paciente a salvo de todo peligro. Querrán estar seguros de que estuvo bien diagnosticada, de que su historial había sido anotado correctamente y sus medicamentos eran los apropiados.

James se inclinó hacia delante.

—Kate haría lo que fuera por sus pacientes.

—James —musitó Kate en tono de reproche, sonrojándose.

Russell Cooper sonrió.

—Estoy seguro de que así es. Y las cortes han decidido que a un proveedor médico no se le puede hacer responsable por simples errores de juicio. Pero tenemos que cubrir todas las bases. Desafortunadamente, las demandas por negligencia médica son cada vez más comunes, en especial si un paciente se suicida.

James la miró de reojo con los ojos llenos de preocupación.

—¿Y qué hay del funeral? —preguntó Kate.

—En cuanto a asistir, es lo mejor que podrías hacer —dijo Russell—. De hecho, recomendaría que la mayor cantidad de empleados fuera. Es una excelente forma para que el hospital muestre su preocupación. Sin embargo, si vas a ayudar con los arreglos del funeral, te recomendaría que mantuvieras reuniones cortas. Puedes estar abierta al dolor de la gente, pero si te preguntan acerca del tratamiento de Nikki, tienes que recordarles que es confidencial.

—Por supuesto.

—Puede que a la familia no se le haya ocurrido demandarte, pero hay por ahí un montón de abogados que han tomado como misión responsabilizar a los psiquiatras. Así que, claro, reúnete con la familia para discutir discursos, donaciones, tarjetas, lo que quieras. Honra sus deseos, pero no lo hagas por tu cuenta: que sean ellos los que llamen. Básicamente, queremos que sirvas de apoyo, pero sin abrirte a la posibilidad de una demanda —concluyó Russell con un suspiro—. ¿Alguna pregunta?

—¿Qué va a pasar ahora? —preguntó Kate con el ceño fruncido.

—Primero, el hospital llevará a cabo una investigación interna a la que a veces llaman una *autopsia psicológica*. Será meticulosa pero rápida. No quieren ser tomados por sorpresa por descubrimientos que pueda hacer el abogado del demandante. Sin embargo, tienes que recordar que Gestión de Riesgos estará cuidando los intereses del hospital, no los tuyos, Kate. Mi consejo es que cooperes por completo, pero con cautela. Elige tus palabras con cuidado. Me gustaría estar ahí cuando suceda esa entrevista. Sólo por precaución.

—¿Cuándo pasará esto? —quiso saber James.

—Por lo general, es de inmediato.

Kate se apartó un mechón de cabello que la estaba distrayendo.

—He estado tratando de entender qué pude haber hecho de otra manera... —comenzó.

—No hagas eso, por favor —interrumpió Russell negando con la cabeza—. No compartas esos pensamientos con nadie. Hay una frase que les digo a todos los doctores que atraviesan la puerta de este despacho: la familia está llena de cargas de culpabilidad. Lo único que no necesitan es un psiquiatra igualmente cargado— declaró. Revisó su reloj y los miró uno a uno—. ¿Alguna otra pregunta?

—Me parece que no —dijo Kate y miró a James, quien negó con la cabeza.

—Bien —sonrió Russell, aunque su sonrisa era más parecida a una mueca—, avísenme cuando Gestión de Riesgos se ponga en contacto y acordaremos la reunión.

Los tres se pusieron en pie al mismo tiempo. James le tendió la mano y le dio un buen apretón.

—Gracias por la ayuda —dijo.

—Encantado de conocerlos —replicó Russell con calidez, al tiempo que le estrechaba la mano a Kate, que sonreía agradecida.

—Me siento mucho mejor —expresó.

—No te preocupes. Yo te cuidaré las espaldas.

6

El trayecto en ascensor hasta el estacionamiento parecía no terminar y después tuvieron que esperar una eternidad a que el valet les trajera su auto.

—¿Dónde quieres comer? —preguntó James.

—Tenemos cosas en el congelador —respondió Kate poniéndose los guantes.

—Muy bien, escucha: acabando de comer me gustaría que practicáramos para la entrevista con los de Gestión de Riesgos.

—¿Estás hablando en serio?

—No puedes tomarlo a la ligera. Recuerda lo que Russell dijo: tienes que escoger cuidadosamente cada palabra.

Kate se encogió de hombros con indiferencia.

—Preferiría regresar al trabajo.

—No hay nada que hacer hoy. Estás exhausta, yo estoy exhausto. Para este momento tendríamos que estar en Sedona, ¿recuerdas? Así que no, vamos a casa y punto.

—Sólo digo que estaría... estaría bien mantenerme ocupada —objetó Kate sin demasiada convicción.

—Nadie espera que vuelvas al trabajo, salvo tú.

—Está bien, vamos a casa, pero no esperes que esté feliz al respecto —dijo ella.

—Lo entiendo, pero hoy yo estoy a cargo. Es por tu bien —dijo James.

La calefacción del auto arrojaba aire caliente sobre sus tobillos mientras se dirigían de regreso a Cambridge. Estaba nevando de nuevo: los limpiadores barrían gruesos copos que aterrizaban con sorprendente claridad sobre el cristal. Dejaron atrás el río congelado mientras las ráfagas desdibujaban el camino al frente. Ella se estremeció, helada como el mármol bajo su abrigo de invierno. De pronto, un sedán azul oscuro se les atravesó y frenó de súbito. James pisó el freno para evitar una colisión y el Lexus se patinó por el pavimento y resbaló hacia el muro de contención antes de frenar abruptamente en el carril de emergencia.

—¡Mierda! —gritó él, mientras sus cabezas latigueaban y los cinturones de seguridad se tensaban. Kate se mordió la lengua y el sabor de la sangre caliente le inundó la boca.

—¿Viste a ese imbécil? —preguntó James con los dientes apretados mientras encendía las luces intermitentes. El auto azul tomó la siguiente salida y desapareció entre la nieve que caía más adelante—. Ese idiota se metió, ¡pudo habernos matado! Me sorprende que las bolsas de aire no se hayan activado —comentó, furioso. La miró y parpadeó, bajando de la cumbre de su indignación—. ¿Kate?, tu labio está sangrando. ¿Kate?

Ella escuchó un aleteo y se dio cuenta de que era el salvaje latido de su corazón. Vio algo extraño moviéndose hacia ellos a través de la nieve, algo raro y juguetón, como un caballito de mar que estuviera cabeceando en un acuario: era una niña pequeña. El hecho la sorprendió tanto, que se quitó el cinturón de seguridad y salió del auto.

—¿Adónde vas? —exclamó James—, ¡regresa al auto!

Kate se detuvo junto a la carretera, mirando la tormenta mientras los copos grumosos se pegaban a su cabello, a su rostro. Miró la nieve y murmuró:

—¿Savannah?

Los copos bailaban con el viento y creaban distintas figuras en el aire. A Kate le dio la sensación de que le estaban advirtiendo algo. *Peligro más adelante.*

—¿Kate? —gritó James.

La cabeza le daba vueltas. Su cráneo palpitaba. ¿Estaría teniendo una embolia? En un parpadeo, la visión había desaparecido. James salió del Lexus y corrió a través de la nieve.

—Esto es peligroso. ¿Qué haces?

—Acabo de ver algo...

—¿Qué cosa?

Ella titubeó. Por la expresión en el rostro de él, supo que no le creía. Que estaba temiendo por ella.

—¿Qué viste? —y señaló furiosamente hacia la tormenta—, ¡no hay nada aquí!

—Me duele la cabeza.

—Los dos tuvimos un día increíblemente estresante. Vamos a casa —dijo él, e intentó tomarla del codo, pero ella lo apartó—. Kate, por favor...

Al fin, volvieron al Lexus. Él intentaba ver si venía algún auto antes de incorporarse al tráfico mientras Kate contemplaba el río congelado y los pequeños remolinos de nieve que giraban sobre la superficie. Se frotó las sienes y él le lanzó una mirada de preocupación.

—¿Sientes que te viene una migraña?

—Sí...

Las sufría un par de veces al año. A veces el dolor era tan intenso que debía permanecer acostada por veinticuatro horas. Su estómago, además, daba saltos mortales en su interior.

—Este día fue absolutamente asqueroso.

Él asintió con solemnidad pero no pudo evitar, al final, estallar en carcajadas. Típico de James. Pronto los dos estaban riendo. Era el tipo de humor enfermo que te agarraba y te sacudía y no te dejaba ir. Kate rio tan fuerte que el estómago le dolía y sus sienes palpitaban.

—Todo va a estar bien —suspiró él con lágrimas en los ojos.

—Sólo llévanos a casa completos, tonto.

7

Las gárgolas parecían ominosas bajo la tormenta. Se encorvaban en las esquinas del edificio como si estuvieran listas para abalanzarse sobre una presa distraída. La recepción les pareció mucho menos elegante que la noche anterior. Kate y James ya no reían y tampoco tenían ganas de besarse o juguetear en el ascensor.

La puerta de entrada se atoró un poco y James tuvo que hacer algo de fuerza para abrirla. Kate caminó hacia la sala de techo alto y se dejó caer en el sofá.

—¿Café? —preguntó él desde la cocina.

—¿No nos queda algo de vino?

—Sólo cerveza. ¿Quieres que vaya a comprar una botella? —ofreció él.

—No, amor. Quédate conmigo —suplicó Kate. Él se dirigió a la sala y le dio un par de aspirinas y una botella de agua.

—Tómate esto —dijo, y se sentó junto a ella, listo para consolarla. Sin embargo, ella no toleró su compasión y se puso en pie de un salto para después pasearse nerviosamente por la sala sin zapatos y con las gruesas medias todavía puestas, sintiéndose claustrofóbica. Quería golpear algo.

Afuera ya había dejado de nevar. De acuerdo con los pronósticos del tiempo, el cielo se despejaría por la tarde, pero Kate no quería que el sol saliera. Prefería la pesada penumbra invernal. Quería acostarse en posición fetal e hibernar, sin tener que darle explicaciones a nadie.

Se detuvo frente al ventanal que daba a la avenida Massachusetts y miró el tráfico que avanzaba como en cámara lenta: otro efecto de la migraña. Se acurrucó en el regazo de James y cerró los ojos.

—Hoy fue un mal día, pero lo voy a superar... y después seré más fuerte por ello.

—Ésa es mi chica —le besó la frente y acarició su cabello; su grasoso moño se deshizo bajo sus dedos. Inhaló profundamente y suspiró.

—Tengo miedo de decirte lo que vi.

—No voy a juzgarte, amor.

—Vi a mi hermana caminando hacia mí entre la nieve... trataba de advertirme algo —explicó Kate en voz baja.

—Debió ser una alucinación visual por culpa de la migraña.

—Eso es lo que pensé...

—Combínalo con los torbellinos de nieve creando ilusiones ópticas... con el accidente que estuvimos a punto de tener... con la noche que pasaste sin dormir... —enumeró él.

—Ya...

—No habías tenido pesadillas de Savannah en años. Estás bajo una cantidad increíble de presión en este momento, y la muerte de Nikki fue un shock muy fuerte. Es obvio que te removió todo dentro.

—Así que ¿no estoy loca?

—No, y yo lo sabría. Tengo un diploma de médico con mi nombre y todo —sonrió él y ella también, a pesar del dolor—. Oye, tengo una idea. Después del funeral, hay que tomarnos unos días para ir al Cabo.

Ella puso los ojos en blanco.

—No puedo ir a ninguna parte todavía. Tengo la entrevista con los de Gestión de Riesgo.

—De acuerdo.

—¿Y si los padres de Nikki me demandan?

—Deja que el hospital se encargue de eso —dijo James.

—De cualquier modo, no podré relajarme hasta que todo haya pasado. Siento mucho que hayamos perdido tu depósito, amor, pero voy a tener que regresar al trabajo. Ahora no puedo irme.

—Escucha, amor —dijo él, frunciendo el ceño—, eres una doctora muy dedicada y amo eso de ti. Pero hasta los superhéroes tienen sus límites, ¿cierto? Has estado despierta toda la noche. Estás bajo una cantidad increíble de presión. No me sorprende que estés viendo cosas, porque en algún momento la presa va a reventar y...

—Oye —interrumpió—, no quiero lecciones.

Él suspiró.

—Sólo digo que ha pasado más de un año desde que tomamos vacaciones, y no puedes seguir así. Además, yo creo que tu adicción al trabajo es una manifestación de un problema mucho más profundo que...

—Shhh —y le puso un dedo sobre los labios—. Vamos a estar bien.

—Pero...

—Te lo prometo, todo va a estar bien. Cuando haya pasado el funeral, planearemos nuestras dos semanas de vacaciones para finales de abril. Te lo juro.

—¿Finales de abril? —se quejó él.

—Es lo mejor que puedo ofrecer.

—Trato hecho —y la besó—. Olvídate de Sedona, no estábamos pensando en grande. Vámonos a Cancún, o a las Islas Caimán.

Ella se acurrucó a su lado y lo escuchó planear su viaje. Estaba tan cómoda y se sentía tan bien ahí a solas con él, que no quería tener que moverse nunca. Al fin James dejó de hablar.

—¿Qué estás pensando? —preguntó.

Ella se acercó más.

—Estaba pensando en cómo no me dejaron entrar a la morgue, esa vez... porque era demasiado joven. Así que papá entró solo, pero dejó la puerta un poco abierta y la alcancé a ver ahí, tendida sobre la mesa y cubierta con una sábana. Recuerdo haber visto las plantas de sus pies. Es curioso, porque uno no suele notar los pies de la gente. Los de Savannah eran muy pequeñitos y azules, y recuerdo que pensé que era extraño... eran del azul del atardecer. Y había un hombre, el médico forense, y me sorprendió mirando. Se enojó mucho. Mi padre tuvo que llevarme a casa. En el camino a casa no hablamos. Y nunca llegamos a mencionar el tema.

Savannah había sido secuestrada por un hombre con un amplio historial de abuso doméstico y por haber manejado alcoholizado varias veces, un monstruo que la había enterrado viva en su jardín. *Viva*. Kate no podía ni imaginarlo. Incluso ahora, tantos años más tarde, apenas podía procesarlo. *Enterrada viva*.

El asesino de Savannah estaba condenado a muerte. Su nombre era Henry Blackwood. Sonaba a asesino serial... le quedaba bien. Kate odiaba pensar en él o considerar siquiera su existencia; habría deseado borrarlo por completo de su cerebro. Habían pasado por apelación tras apelación y ella vivió años deseando que ese asunto terminara. Y al fin, muy pronto, así sería: la ejecución estaba agendada para la siguiente semana. Pero había algunas personas con motivaciones equivocadas, un montón de opositores a la pena de muerte que querían ser los buenos de la historia y que creían ciegamente en la inocencia del asesino. Seguían encontrando la dirección de correo electrónico de Kate, aunque ella la cambiaba cada tanto, y le escribían constantemente rogándole que detuviera la ejecución y le salvara la vida a Blackwood. ¡Al asesino de su hermanita! ¿Qué tan absurdo era eso? Resultaba *enfermo*. A veces, ella deseaba que todos estuvieran muertos. Pero se guardaba esos pensamientos para sí misma, almacenándolos en una repisa junto a los pequeños pies azules de Savannah.

Unas horas más tarde, James estaba ocupado trabajando en su oficina compartida mientras Kate permanecía en silencio, mirando el PDF que la madre de Nikki había enviado con el anuncio del funeral. La ansiedad mordisqueaba las esquinas de este nuevo dilema: en su correo electrónico, Elizabeth McCormack le había pedido a Kate que dijera algunas palabras en el funeral y Kate no tenía ni idea de cómo comenzar. ¿Qué podía decir sin entrar en territorio prohibido? Todo estaba protegido por el privilegio médico-paciente. Nikki se habría muerto de vergüenza si sus padres se enteraran de la mitad de las cosas que había dicho acerca de ellos.

El timbre sonó.

—Yo voy —dijo Kate, dirigiéndose a toda prisa al pasillo. Abrió la puerta y se encontró con una mujer mayor en el umbral. Era pequeña, con cabello plateado y llevaba una falda azul marino y una blusa de Ann Taylor. Su sonrisa era apologética.

—Hola, soy Phyllis Wheaton, su vecina del departamento de abajo, del 7D. Siento mucho molestarlos, pero el techo de mi baño está goteando y estoy segura de que el agua viene de tu departamento.

—¡Oh, no! Pase, por favor. Soy Kate —y se estrecharon las manos—. Encantada. Espéreme un segundo, iré a echar un vistazo.

Kate corrió al baño, donde un charco se había acumulado sobre las baldosas, alrededor del pedestal del escusado, que estaba gorgoteando.

—¡James! —llamó—, ¡nuestro baño tiene una fuga!

James salió a toda prisa de la oficina y se puso a inspeccionar el baño mientras Kate volvía con Phyllis Wheaton. Las dos podían escuchar cómo movía la manija del escusado y, después, cómo retiraba la tapa para revisarlo.

—Una disculpa —dijo Kate—, llamaremos a un plomero de inmediato.

—¿Conocen a alguno?

—No en realidad —confesó Kate—, nunca habíamos sido propietarios. Estamos acostumbrados a llamar al casero para cualquier pequeña cosa.

Phyllis sonrió y le tendió un trozo de papel.

—Me tomé la libertad de apuntar el número de mi plomero, por si acaso. Espero que no te importe. Es muy bueno.

—Perfecto.

—Mientras tanto, ¿sabes cómo cerrar la llave de paso del agua?

Kate negó con la cabeza.

—¡James! ¿Sabemos cómo cerrar la llave de paso del agua?

—¡No! —gritó él.

—Somos un par de inútiles —sonrió Kate, apenada.

—Déjame enseñarte —dijo la mujer—, está debajo del lavabo de la cocina.

Kate la siguió y miró mientras Phyllis se hincaba en su elegante falda azul y explicaba lo que estaba haciendo.

—Listo —dijo—, ahí está. El baño dejará de gotear en unos cuantos minutos. ¿Hubo mucho daño?

—No demasiado. Sentimos mucho esto, en verdad. Ni siquiera nos dimos cuenta —se disculpó Kate.

—No hay problema —replicó Phyllis, limpiándose las manos—, llámame si necesitas algo. También apunté mi nombre ahí.

—Gracias —dijo Kate, mirando el papel. Acompañó a Phyllis a la puerta y se despidió de ella. A continuación llamó al plomero, que prometió llegar una hora más tarde—. ¿Qué más puede salir mal? —murmuró, agotada. Caminó hasta la oficina y miró a James, que estaba encorvado sobre su computadora, tecleando furiosamente. Le anunció—: Llamé al plomero.

—¿Tenemos plomero? —preguntó él levantando la mirada.

—Bueno, técnicamente es el plomero de Phyllis. Ahora es nuestro también.

—¿Eso es bueno?

—Sí, confío totalmente en ella. No tiene miedo de ponerse de rodillas en la cocina —dijo Kate, esperando que James hiciera algún chiste al respecto—. Vamos, ¿de rodillas en la cocina? ¿Nada que decir?

—Perdóname, amor. Estoy a la mitad del infierno con el asunto de Agatha.

—¿Qué pasó ahora?

—Atacó a Larry Milroy, uno de los tipos más agradables que has conocido en tu vida, un pusilánime total. Lo tomó como rehén.

—Entonces, ¿vas a volver al trabajo?

James asintió, distraído.

—En un rato. Quieren mis notas de la última sesión de grupo y voy a tener que ir a una reunión de equipo después. Pero primero voy a esperar a que nuestro nuevo plomero aparezca, a ver si aprendo algo. Y tú te vas a ir a descansar un poco.

—Sólo porque insistes —dijo ella.

—Bien —dijo él y siguió tecleando.

Kate decidió sacar la mochila de su hermana, aunque James odiaba que lo hiciera. Decía que sólo fomentaba el resurgimiento de todas las emociones negativas que había logrado embotellar dentro de su cerebro adulto. No obstante, a Kate le parecía terapéutico, así que fue hasta la recámara, sacó la caja de cartón del clóset y le quitó la tapa. La caja estaba llena de objetos de su infancia: tarjetas de cumpleaños de su madre, muñecas antiguas y peluches con las orejas desgastadas. La mochila de Savannah estaba en el fondo. Era de lona rosa y las correas de cuero del color de la carne seca estaban manchadas de sudor.

Se aseguró de que James no viniera antes de sacarla de la caja y ponérsela sobre el regazo. Rebuscó entre el montón de chucherías del interior, todas las cosas que su hermana había considerado esenciales alguna vez: un gran peine morado, un paquete de goma de mascar, un espejito de Hello Kitty, una libreta de *El extraño mundo de Jack*, una botellita casi vacía de perfume cítrico. Kate le quitó el tapón e inhaló profundamente. Olía justo como Savannah. Podía imaginar su rostro de rasgos élficos, sus ojos traviesos y el gesto que hacía cuando se burlaba de sí misma. *Qué tonta soy, eructé frente al niño que me gusta.*

Ahora Kate examinaba cada objeto como si le pudiera dar alguna nueva pieza de información. Sacó el diario Moleskine de su compartimiento de lona y lo hojeó. Había leído cada página muchas veces a lo largo de los años. Eligió un pasaje al azar y estudió la diminuta y borrosa caligrafía de su hermana.

¿Qué pasaría si estuvieras caminando por el bosque y recogieras una piedra y resultara ser la piedra más valiosa del mundo? Podría parecer una piedra normal, pero ¿y si fuera una piedra mágica que pudiera concederte tres deseos?

O imagínate que la ignoras y sigues caminando. ¡Hey, tonta! Te acabas de perder algo increíble y tal vez maravilloso. ¿Imagínate si la hubiera recogido? TRES DESEOS. ¿Qué pedirías? Yo pediría que mamá regresara, un poni y que papá estuviera contento. Mis amigos me preguntan por qué colecciono cosas como guijarros o plumas o conchas o papas o rocas y yo les digo TÚ TAMBIÉN DEBERÍAS HACERLO. Porque podría cambiar tu vida para siempre. Nunca sabes.

Kate sonrió. Tendría que perder el miedo. Tendría que recoger esas piedras de apariencia ordinaria, porque nunca sabes. Su teléfono sonó.

—¿Hola?

—Disculpe que la moleste, doc —dijo Tamara del otro lado de la línea—, pero tenemos un problema.

8

Kate se dirigió a la estación de enfermeras, donde Tamara la esperaba con las manos sobre sus anchas caderas.

—Ya sé que esto es lo último que usted necesita, pero preguntó por usted —dijo, inclinando la cabeza hacia la niña que estaba sentada en la esquina de la sala de espera—. Dijo que necesita hablar con la doctora Wolfe... yo supongo que vio su gafete.

—No hay problema. ¿Cuál es la historia?

—Su nombre es Maddie Ward. Su madre la dejó aquí en la mañana, pero ahora no podemos encontrarla en ninguna parte. No habló con nadie del personal ni llenó las formas de admisión. Nada.

—Está bien —asintió Kate—, voy a ver qué averiguo.

Las docenas de crucifijos seguían cubriéndole el cuello y llevaba los rosarios alrededor de las muñecas. Mientras Kate se aproximaba, notó algo que no había visto antes: curitas en el cuello y en las manos de la niña.

—Hola, soy la doctora Wolfe. ¿Te importa si me siento?

—Está bien —dijo la niña suavemente.

Kate se sentó junto a ella.

—¿Puedo llamarte Maddie? ¿Te importa?

Maddie asintió con timidez y a Kate le volvió a impresionar el parecido que tenía con Savannah: los mismos ojos verdes, la melena dorada, el rostro con pálidas pecas. Incluso tenía el mismo remolino en el cabello, bajo su flequillo rubio.

—¿Dónde están tus padres? —preguntó Kate.

—Mami se fue.

—Oh. ¿Adónde se fue?

—A casa.

—¿Va a regresar?

—No sé —replicó Maddie encogiéndose de hombros, y se puso a jugar con las cuentas de su rosario.

—¿Para qué es toda esa joyería?

—Mami dice que para protegerme.

—¿Protegerte de qué?

—No sé —admitió Maddie.

—Guau. Parece que en verdad quiere que estés a salvo.

El ánimo de Maddie pareció ensombrecerse.

—No me gustan —dijo, y empezó a quitarse los rosarios y las cruces con súbita desesperación, como si hubiera estado esperando la oportunidad de deshacerse de todo aquello. Le tendió los montones a Kate.

—Muy bien. Les pediré a las enfermeras que te guarden esto, ¿sí? Ahora mismo regreso —dijo Kate, y se dirigió a la estación de enfermeras, donde pidió un sobre para guardar las cadenas y cuentas.

Lo rotuló con el nombre de Maddie y le pidió a Tamara que lo guardara en el casillero que contenía el resto de las pertenencias confiscadas de la niña. Lo primero que pasó por su cabeza fue: *De acuerdo, así que la madre es una fanática religiosa. Esta reacción es perfectamente normal.* Al verla volver, Maddie sonrió.

—Cuando quieras tus cadenas de vuelta, me avisas —ofreció Kate, tomando asiento.

—No las quiero volver a ver nunca. Jamás.

—Entonces, ¿tu mamá te trajo aquí en la mañana y se fue a casa? —preguntó Kate, y Maddie asintió—. Ella no puede hacer eso, Maddie. Tenemos un proceso. No puede simplemente dejarte aquí. Me gustaría hablar con ella, ¿podrías darme el teléfono de tu casa?

Maddie se lo dictó con voz temblorosa y Kate reconoció la clave lada.

—¿Vives en Blunt River, New Hampshire?

—En Wilamette.

—Guau, del otro lado del río —observó Kate—, estás muy lejos de tu casa.

Maddie se encogió de hombros. Wilamette estaba pegado al pueblo donde Kate había crecido, pero las distancias económicas y sociales entre ambos poblados eran inconmensurables. Wilamette era, básicamente, la hermanastra fea de Blunt River.

—Somos casi vecinas: yo crecí en Blunt River —le dijo a la niña, y ésta sonrió—. Espérame aquí. Ahora regreso.

Kate se alejó de Admisiones y se dirigió al corredor, donde la recepción era mejor. Llamó al teléfono que le había dado Maddie y le respondió una mujer de suave y titubeante voz.

—¿Hola?

—Señorita Ward, soy la doctora Wolfe. Le llamo del hospital Tillmann-Stafford. Usted dejó a su hija aquí esta mañana, y necesitamos que...

Clic. Kate miró su pantalla y volvió a marcar.

—¿Hola? —dijo la temblorosa voz.

—Lo siento, al parecer se cortó la llamada. O usted me colgó.

—¿Qué quiere? —estalló la mujer. Kate se sorprendió, pero no sería la primera vez que tuviera que lidiar con un padre o madre poco cooperador.

—Su hija lleva todo el día sentada en la sala de espera. ¿La dejó usted aquí esta mañana?

—Está enferma. Necesita ayuda.

—Ésta es la unidad psiquiátrica. ¿Qué tiene? ¿Necesita ser internada en urgencias?

—No, está enferma de la cabeza.

—Lo siento, señorita Ward, pero...

—Es señora Ward, ¿sí? No soy ninguna *señorita* —interrumpió la mujer. Tenía voz de fumadora.

—¿Por qué no llenó los papeles y esperó a que su hija fuera admitida, señora Ward? ¿Qué está pasando?

—No sé qué decirle.

Kate ya se había hecho una imagen mental de la señora Ward. Se parecía a algunas de las mujeres de su pueblo que no habían tenido vidas muy afortunadas, ya fuera porque se habían casado con hombres indeseables o abandonado el colegio tras quedar embarazadas, y después se mataban de hambre para poder comprar una cajetilla de cigarros, pero eso sí, nunca privaban a sus hijos. Los amaban con locura pero no sabían cómo ser buenas madres y podía vérselas golpeándolos en algún supermercado si no dejaban de gritar o quejarse, y retando a los demás compradores a juzgarlas, a decir algo. *El que esté libre de pecado...* Sus vidas estaban fuera de control porque no podían huir de sus terribles pasados.

—No puede usted dejarla aquí e irse a casa. Hay un procedimiento, papeles que tienen que llenarse. Su esposo y usted deben venir para que discutamos la situación de Maddie, o usted tendrá que venir por ella y llevársela a casa. No quiero tener que llamar a la Asistencia Social, pero...

—Está bien —interrumpió la mujer—, iré.

—¿Y su esposo? —insistió Kate. Le preocupaba que la madre no fuera estable, y prefería conocerlos a ambos.

—Sí, está bien.

—Muy bien. ¿Cuándo pueden venir?

—Puedo estar ahí a las cuatro.

—Entonces nos vemos aquí a las cuatro de la tarde. Mientras, me aseguraré de que Maddie coma algo y...

Clic.

—¿Qué diablos...? —musitó Kate mirando su pantalla—. ¡Por Dios, señora!

Le tomó un momento recomponerse y obligar a la Kate profesional a volver a la luz. A veces, los padres de sus pacientes

70

estaban mucho más dañados psicológicamente que sus hijos. Cuando volvió a Admisiones, encontró a Maddie en el mismo lugar, sólo que ahora se picoteaba el muslo con la punta de un lápiz. Parecía no darse cuenta. Estaba ausente, enterrando la punta de grafito en su pierna a través de los perfectamente planchados jeans.

—¿Maddie? —dijo Kate suavemente, para no asustarla, e intentó quitarle el lápiz de entre los dedos.

—No van a venir, ¿o sí?

—A las cuatro —asintió Kate.

—No, no van a venir —replicó Maddie, y enterró el lápiz con más fuerza en su muslo izquierdo. Sus jeans tenían pequeñas manchas de sangre.

—Maddie, por favor —y le tendió la mano—, dámelo. Ahora mismo.

La niña se paralizó y miró el lápiz como si ignorara cómo había llegado a su mano.

—Dámelo.

Tras un instante, se lo dio. Tenía sangre en la punta. Kate llamó a Yvette. Aunque las enfermeras parecían rigurosas y severas, solían ser increíbles con los niños.

—Dígame, doc.

—Tenemos que admitirla —dijo Kate, levantando el lápiz sanguinolento—, se está cortando.

—¿Tamara? —llamó Yvette mientras se ponía un par de guantes.

Un suspiro colectivo pareció levantarse entre las enfermeras que andaban por ahí, aunque ningún paciente lo habría detectado. Parecían decir, resignadas: *Ah, otra chica que se corta. Qué divertido.*

Yvette se puso en cuclillas y la piel de su papada se balanceó.

—Te lastimaste, mi amor. Estás sangrando. Estamos en un hospital y podemos ayudarte —le dijo a Maddie. La niña se puso a jugar nerviosamente con su flequillo rubio. Miró a Kate con escepticismo. Su nerviosismo parecía generar calor—.

Tenemos que curarte eso y ponerte una curita para que no se infecte —explicó Yvette—, ¿está bien?

—¿En verdad van a venir? —le preguntó Maddie a Kate.

—Tu mamá dijo que vendrían a las cuatro.

—Si vas a esperar, espera sentada —dijo Maddie, y Kate vaciló. Había sonado tan adulta... Yvette le tendió la mano a la niña.

—¿Me acompañas, querida?

Maddie recogió su chamarra del sofá y se puso en pie como si fuera una prisionera condenada.

9

Había algo perturbadoramente sincero en los enfermos mentales. Tenían una cierta claridad de la que la mayoría de la gente carecía, una habilidad para dejar las formalidades y decir exactamente lo que tenían en mente, sin importar qué tan perverso o confuso fuera. Incluso sus alucinaciones tenían capas y capas de significado y verdad.

La sala de exploración número cuatro era una amalgama de superficies estériles y desinfectadas llenas de suministros médicos: abatelenguas, hisopos, gasas y cinta quirúrgica. Maddie estaba sobre la mesa acolchonada, pateando hacia atrás con una y otra pierna mientras detenía la cubierta de papel con las manos. Parecía más curiosa que asustada.

Las intensas luces fluorescentes iluminaban la multitud de cicatrices y costras en el cuerpo de la malnutrida niña. Kate contó al menos cincuenta heridas antiguas y algunas más recientes, sobre todo raspones y pequeños pinchazos. Habría que determinar si habían sido autoinfligidas o resultado de un constante abuso.

Yvette frunció el ceño, disgustada, mientras terminaba de cubrir las heridas más frescas.

—Le di una aspirina infantil para el dolor. La pondré en un cuarto individual hasta que esté admitida.

—Quieres decir *si es* admitida —corrigió Kate.

—Si esa niña no es admitida para cuando acabe el día, yo misma llamaré a Asistencia Social —gruñó Yvette, y se marchó. Cuando se quedó a solas con Kate, Maddie le preguntó:

—¿Qué tipo de doctora eres tú?

—Soy psiquiatra.

—Ah —dijo Maddie, arrugando la nariz.

—¿Por qué? ¿Tiene algo de malo?

—No me gustan los psiquiatras.

—¿Por qué no? —preguntó Kate con una sonrisa.

—No me gustan.

—¿A cuántos has conocido, Maddie?

—A tres.

—¿En Wilamette?

—En Blunt River. En el hospital de ahí —explicó la niña.

—¿Y ninguno te cayó bien?

—El peor era el doctor Quillin. Olía raro.

Kate no pudo evitar reír.

—Bueno, la verdad es que los doctores somos personas normales. Aunque tengamos batas blancas e impecables y diplomas elegantes, tenemos nuestros defectos también. Por ejemplo, cuando tengo hambre, mi estómago ruge. A un volumen impresionante. En verdad.

—El mío también —rio Maddie—, me da pena.

—El mío suena como un león —dijo Kate.

—El mío es más como un mapache enojado —comentó Maddie, y ambas rieron con aquello.

—Dime más del doctor Quillin. Además de su olor.

—Decía que era un *escuchador profesional* —dijo Maddie con la nariz arrugada—. Yo tenía que hablar por los dos, pero mamá dijo que no le pagaba por escuchar, que le pagaba por arreglarme, así que me llevó a ver al doctor Hoang, pero él tampoco me arregló. Y tampoco el doctor Madison.

—La verdad —intervino Kate—, es que los psiquiatras no pueden *arreglar* a las personas.

—¿Ah, no? —preguntó Maddie, genuinamente sorprendida.

—No tenemos esa clase de poder, ¿sabes? —explicó Kate, y levantó las manos—. Mira. No tengo varitas mágicas ni polvos mágicos. No puedo hacer hechizos. No te puedo arreglar sola, Maddie, pero puedo ayudar a que tú te arregles a ti misma. Y eso sí que funciona. Lo sé porque lo he visto con mis propios ojos.

La niña sonrió, esperanzada.

—¿Te puedo preguntar algo? —continuó Kate—, ¿alguna vez has visto cosas que los demás no ven? ¿Visiones? ¿Ángeles o tal vez algo más aterrador?

Maddie negó con la cabeza.

—¿Has escuchado voces? ¿Dentro de tu mente?

—Sólo una —admitió la niña.

—¿Una voz? ¿Y qué te dice?

—Cosas malas.

—¿Como qué?

—Como que soy tonta y estúpida y apestosa. Cosas así.

—Ah —asintió Kate—, ¿y cómo suena?

—Como... eh...

—¿Es masculina? ¿Femenina?

Maddie se encogió de hombros.

—¿Suena como una niña? ¿Como un niño? ¿Como un bebé?

Maddie negó con la cabeza en silencio.

—¿Suena más como un adulto? —inquirió Kate. La niña asintió—. Bien, un adulto. Pero no sabes si es hombre o mujer —preguntó, aunque sonó más como una aseveración. No tuvo respuesta—. ¿Suena como algún personaje de la televisión? ¿O quizá como alguien que conoces en la vida real? ¿Un maestro, algún pariente? ¿Tu papá?

Maddie no dijo nada, pero toda la piel de las piernas se le había erizado. Kate se dio cuenta de que la niña sabía exactamente de quién era la voz, pero no estaba lista para revelarlo aún.

—¿La voz te ha ordenado que te lastimes?

—Tengo frío...

—Maddie...

—Hace frío aquí.

Kate decidió no presionarla más. A veces uno tiene que elegir sus batallas. Los pacientes nuevos tendían a espantarse fácilmente, y si los presionabas mucho al principio, te arriesgabas a perderlos para siempre. Envolvió una manta del hospital alrededor de las piernas de Maddie.

—Podemos hablar de esto otro día. Ya te puedes vestir. La ayudante de enfermería vendrá pronto. ¿Tienes hambre?

Maddie pareció animarse.

—Mi barriga ha estado gruñendo —dijo emocionada mientras se llevaba las manos al estómago—, ¿la oíste?

Kate se llevó el expediente y se dirigió a la puerta.

—La ayudante te llevará a la cafetería del hospital. Tienen pizza y un montón de cosas más —dijo, se dio la media vuelta y se fue. Una vez fuera de la sala de exploración, mientras garabateaba unas notas, se dio cuenta del error que había cometido. Le había fallado a su paciente. No había reaccionado cuando la niña mencionó la única conexión que tenía con ella: el tema de sus estómagos rugientes. Al no responder y compartir al chiste interno que tenían, Kate se había portado como la típica y distante doctora. Peor: había respondido como lo habría hecho su padre. Y eso le caló profundamente.

Al mismo tiempo, uno no podía acercarse demasiado a sus pacientes, o éstos podían confundirse. Los roles se fusionaban, las líneas se volvían borrosas. ¿Qué tan cerca es demasiado cerca? De Kate dependía mantener una relación médico-paciente sana y definir los límites. Pero casi podía escuchar las preguntas que debían estar pasando por la cabeza de Maddie. *¿Por qué no me llevas tú misma a la cafetería? ¿Por qué me abandonas cuando empiezas a caerme bien?* Kate debía ser capaz de obtener la información más profundamente personal de la niña, sin acercarse de más. Era un balance complicado.

La ayudante de turno, Claire, estaba ocupada enviándole mensajes de texto a su novio en la sala de descanso. Kate la puso al tanto de la condición de Maddie y le pidió que llevara a la nueva paciente a la cafetería. Después subió hasta su oficina en el tercer piso y llamó a James.

—¿Adivina qué? Tengo una nueva paciente —le dijo—, una niña que se corta. Escucha voces. Bueno, una voz, al menos. Una voz adulta de género indeterminado. Su madre la abandonó aquí esta mañana. Simplemente la dejó y se fue.

—Así que... ya estás de vuelta en las andadas, ¿eh? —dijo él seriamente. Era evidente que no estaba muy contento con el asunto.

—Preguntó por mí específicamente —explicó Kate—. Nos conocimos esta mañana. Resulta que los psiquiatras hombres no le caen bien. Huelen raro, entre otras cosas. Pero es algo bueno, ¿no crees? Lo mejor es que me mantenga ocupada.

—Supongo —murmuró él.

—No puedo quedarme sentada sin hacer nada —replicó ella, a la defensiva.

—Nadie está sugiriendo que te quedes sentada sin hacer nada.

—Además, me necesita —argumentó Kate.

—Todos nos necesitan, Kate. No te dejes llevar por esa trampa. En fin, tengo que irme. El plomero está aquí.

—¿Y parece saber lo que está haciendo?

—Más que yo, seguro. Está a punto de terminar. Después voy para allá.

—¿Para la reunión del equipo? —preguntó ella.

—Sí. El drama de Agatha no termina. Te cuento luego. Pero hazme un favor... vuelve a casa tan pronto como hayas ubicado a tu nueva paciente, ¿de acuerdo? Prométemelo.

—Te lo prometo —dijo Kate.

—Te amo.

—Nos vemos al rato.

Mientras esperaba a la señora Ward, Kate se puso al corriente en su papeleo y organizó su agenda para retomar todas sus citas regulares: habían sido distribuidas entre los demás psiquiatras infantiles de la unidad, pero ahora que sus vacaciones estaban pospuestas indefinidamente, Kate decidió volver a sus obligaciones cotidianas. Por supuesto, sus compañeros de trabajo no tuvieron ningún problema al respecto. Alrededor de las tres de la tarde, su teléfono sonó: la señora Ward.

—Estoy en el estacionamiento —dijo con su árida voz.

Kate volvió a mirar la hora.

—¿No habíamos quedado a las cuatro?

—Estoy aquí, ¿no? —estalló la señora Ward.

Kate suspiró para sus adentros.

—Mi oficina está en el tercer piso. Sólo tiene que seguir las indicaciones en la...

—No. No entiendes. No voy a entrar —interrumpió la mujer.

—¿Disculpe?

—Yo no voy a entrar al hospital.

Kate se levantó de su escritorio y caminó hasta la ventana. Más allá del pequeño y bien conservado patio, estaba el estacionamiento de varios pisos del hospital. Cada piso estaba unido al edificio principal por un paso peatonal de cristal.

—Señora Ward, por favor... tenemos que discutir el caso de Maddie.

—¡Que no voy a entrar! —chilló la mujer.

De acuerdo. Así que además de sus obsesiones religiosas, sufría de miedo a los hospitales o nosocomefobia. Demonios. Kate respiró hondo.

—¿Dónde está usted ahora?

—Segundo nivel, al fondo. Junto a una escalera.

—Voy para allá —dijo Kate, y colgó.

Encontró a la madre de Maddie al volante de un Toyota Camry azul con la defensa llena de calcomanías de Six Flags. Se había estacionado en reversa y tenía el motor encendido, como si estuviera lista para escapar a la primera oportunidad. Llevaba pantalones deportivos rosas de Gap y se veía confundida. Apretaba el volante con ambas manos y a Kate le pareció extrañamente familiar.

—¿Hola? —dijo Kate golpeando suavemente en el cristal—, ¿señora Ward?

La mujer abrió la ventana. Estaba en sus treinta, llevaba el oscuro cabello muy corto y grandes gafas de sol ocultaban sus ojos. La nariz, en el centro de ese rostro demacrado, parecía haber cicatrizado mal después de haber sido rota en algún momento. Kate notó algunas pequeñas heridas en tonos verdes en su cuello. Había cierta resequedad en ella, en su piel, en su cabello, que combinaba con su voz rasposa. Tenía la actitud encogida y endeble de una mujer golpeada. Parecía haber sido maltratada durante toda su vida.

—¿Dónde está su esposo? —preguntó Kate.

—Trabaja lejos de casa. Acababa de regresar de un turno de tres semanas y se quedó dormido en el sofá. No quise despertarlo.

—¿Ni siquiera por algo tan importante como esto?

—Por nada del mundo —replicó la mujer, tajante.

—¿Por qué? ¿Se enojaría?

—Mira —comenzó la mujer, y giró la cabeza para mirarla—, estoy aquí, como me pidieron. Yo y nadie más. Y punto.

—Está bien. Podemos hablar en mi oficina —dijo Kate firmemente—, por favor, venga conmigo.

—No —replicó la señora Ward con la misma firmeza. Le tendió a Kate una pesada bolsa de plástico por la ventana—. Toma. Llévate esto.

Kate vaciló.

—¿Qué es?

—Ropa. Para Maddie. Por favor.

Al ver que Kate no tomaba la bolsa, la señora Ward la dejó caer al suelo y aterrizó en un charco de aceite. Kate la levantó.

—No puede dejar a su hija aquí así sin más. Tenemos que

discutir su situación y evaluarla. Y entonces, si decidimos admitirla, usted tiene que llenar una serie de formatos...

—A ver, dame los formatos. Los voy a llenar aquí.

Kate retrocedió, deseaba irse de ahí con todas sus fuerzas, pero ésa podría ser su única oportunidad de obtener una firma legal. Sacó su teléfono, llamó a la estación de enfermeras y le pidió a Yvette que le llevara los papeles al estacionamiento. Después se acercó a la ventana abierta.

—¿Qué está pasando, señora Ward?

—Nelly.

—¿Está usted bien, Nelly? ¿Está todo bien en casa?

—Vine por el asunto de mi hija.

—¿Cuál es el problema con Maddie? La encontramos lastimándose en la sala de espera. Enterrándose un lápiz en el muslo. Y encontramos docenas de cicatrices en su cuerpo.

—Eso es lo que hace —balbuceó Nelly—, está enferma de la cabeza. Poseída o algo así.

—Lo más posible es que sufra de un trastorno mental y que la manera en que se lastima sea un síntoma —dijo Kate. Nelly pisó el acelerador y Kate tuvo que retroceder de un salto. Estuvo a punto de tropezar con un tope de cemento. Nelly frenó abruptamente y gritó:

—¿Crees que esto es fácil para mí? ¿Eso crees?

Kate temblaba, profundamente perturbada, pero hizo un enorme esfuerzo por tranquilizarse. La mujer había estado a punto de atropellarla. Inhaló, repitiéndose que aquí lo importante era Maddie, no su madre y no ella misma.

—No, no creo que esto sea fácil para usted —replicó—, por favor, no se vaya. Están trayendo los papeles ahora mismo.

Nelly apretaba el volante con ambas manos, temblando y respirando agitadamente.

—¿Tú vas a ser su doctora? —preguntó.

—No si usted no lo desea.

—Justo lo contrario —respondió Nelly mirando al frente—. Tal vez tú sí puedas ayudarla.

—¿Podría explicarse? Necesitamos más información de la enfermedad de Maddie, sus síntomas. ¿Cuándo empezaron? ¿Por qué cree que su hija está poseída?

—No nos hace caso. Se encierra en su cuarto y se niega a salir. Nos odia a su papá y a mí. Acumula porquerías en su cuarto como una pequeña urraca. Se muerde y se corta. No quiere ir a la escuela. Oye cosas que yo no oigo y la verdad es que me aterroriza. Me estoy volviendo loca. Por eso la traje, porque sé que aquí la van a cuidar bien.

Yvette llegó corriendo al estacionamiento, resoplando y sudando; su gafete saltaba de un lado al otro. Se frenó en seco y le tendió los papeles a Kate.

—¿Está todo lo que necesita? —jadeó.

—Sí, está perfecto. Gracias, Yvette.

—Qué bueno, porque no hay manera de que haga esto otra vez —replicó la enfermera. Saludó a Nelly con una inclinación de cabeza y se dirigió de regreso al hospital a su ritmo habitual, pesado y firme.

—Muy bien... —comenzó Kate, revisando los formatos estándar de admisión—. Tenemos que admitir a Maddie para tenerla en observación, porque queda claro que es un peligro para sí misma. Por favor, apunte aquí su dirección y un segundo número donde podamos contactarla en caso de emergencia. Y por favor, necesito que reconsidere venir a mi oficina con calma para que podamos discutir el tratamiento de Maddie. Sería de mucha ayuda que...

—Pluma —escupió Nelly. Sacó un escuálido y moreteado brazo por la ventana y lo agitó con exagerada impaciencia—. No tenemos otro número. No nos alcanza para celulares y esas cosas.

—Aquí tiene —dijo Kate, tendiéndole la pluma y los papeles, y miró mientras Nelly firmaba en la línea punteada.

—¿Es todo?

—Y la fecha de hoy ahí... y voy a necesitar su número de identificación. Y tiene que firmar ahí y ahí —señaló a través

81

de la ventana—, y si puede llenar su historial médico, si tuvo algún problema...

—Fue una niña sana. ¿Qué más? ¿Es todo?

—Y ahí —señaló Kate—, y en el anuncio de privacidad de historiales médicos... ahí. En la última página. Eso.

Nelly terminó de firmar los formatos y le devolvió todo a Kate.

—¿Terminamos? ¿Todo bien?

—Sí —replicó Kate, y después decidió intentarlo una última vez: no porque creyera que iba a funcionar, sino para decir que había hecho todo lo posible por brindarle a Maddie el cuidado normativo estándar—. Por favor, ¿por qué no viene conmigo? Sólo unos minutos. Entre más información tengamos, mejor.

La mujer suspiró y apretó el volante.

—Era una buena niña. Y preciosa, además. Ahora sólo es trabajo, y trabajo duro. Extraño a mi hija. Quiero a mi nena de vuelta.

—Muy bien. Se puede quedar una semana con nosotros, para observarla, y...

—Está sana —interrumpió Nelly—, tiene todas sus vacunas. En eso fui buena.

—Estos papeles nos permitirán tenerla aquí siete días, diez, máximo. Pero necesitaré que usted y su esposo vengan mañana a una reunión para...

—¿Puedo irme ya?

Kate tomó un respiro.

—Mañana en la tarde, ¿a qué hora les queda bien? —preguntó, lo más tranquilamente que pudo. Entonces Nelly se quitó las gafas oscuras y se frotó los ojos, revelando su rostro por primera vez. Kate se quedó paralizada. Nelly no pareció notarlo.

—Por favor. Cuida a mi nena. Cúrala. Porque yo no puedo —declaró, soltando el freno de mano. El auto aceleró, dejando una estela de polvo.

—¡Espere!

El Camry dobló la esquina y Kate pudo escuchar el chirrido de las ruedas tomando las curvas para salir del estacionamiento. Miró la titubeante firma de la mujer en los formatos y sintió náuseas. *Nelly Ward*. Sólo que ése no era el nombre que utilizaba cuando Kate la había visto por última vez. En la preparatoria había sido Penelope Blackwood, sobrina de Henry Blackwood, el asesino de Savannah.

Kate salió corriendo tras el auto, sintiéndose mareada. Bajó los escalones de cemento de dos en dos hasta llegar al primer piso y atravesó el patio lo más rápido que pudo. Pero para cuando llegó a la entrada, Nelly Ward se había ido.

10

Kate encontró a James en el ala psiquiátrica de adultos, en el sector donde cuidaban a los pacientes más violentos. Estaba en pie frente a la puerta del que llamaban el *cuarto de la tranquilidad*, y miraba a través de la pequeña ventana. Se trataba de una sala en donde los pacientes podían gritar y hacer rabietas sin lastimarse a sí mismos ni a otros. Básicamente, una celda acolchonada.

—Hola —saludó Kate. Él se volvió con gesto distraído.

—¿Kate? ¿Todo bien?

—Sí... ¿podemos hablar?

—Dame un segundo —dijo él, y luego se dirigió a un residente que llevaba una carpeta entre las manos y le pidió que vigilara al paciente que estaba en el cuarto de la tranquilidad. Se trataba de un hombre de mediana edad que nunca sonreía y rara vez se movía, pero que ahora estaba maldiciendo al mundo entero a gritos. James la guio a la sala comunal, donde el sol se filtraba a través de las ventanas enrejadas.

La mayoría de los pacientes que rondaban el descuidado salón estaban muy medicados. Los muebles estaban atornillados al suelo y los cuadros pegados a las paredes.

—¿Qué pasó? —preguntó James, preocupado.

—Mi nueva paciente, de la que te hablé... su madre acaba de firmar los formatos de admisión. ¿Ves su firma? Nelly Ward.

Al principio no la reconocí, pero cuando se quitó las gafas de sol, me di cuenta de que había ido a la misma escuela que yo. Envejeció mal y se pintó el cabello de color marrón, pero es ella. Se llamaba Penelope Blackwood. Penny. Es la sobrina de Henry Blackwood.

—¿Estás segura?

—Viven en Wilamette, justo al otro lado del río de donde yo crecí. No había muchos Blackwood en Blunt River, sólo Henry y la familia de su hermano.

—¿Le preguntaste al respecto? —preguntó James, frotándose la barbilla.

—No. Para cuando la reconocí, ya se había ido. Esto es lo que no entiendo: la noche que Savannah desapareció, Blackwood dijo que había estado con su sobrina Penny todo el tiempo. Ella era su coartada. Pero en el juicio, Penny testificó, bajo juramento, que su tío había desaparecido por seis horas aquella noche. Luego debió cambiarse el nombre de Penny a Nelly —dijo Kate, y sacudió la cabeza—. No entiendo. ¿Por qué vendría hasta acá para dejar a su hija en mi hospital? Ella sabe quién soy, yo no me cambié el nombre, no estoy tratando de ocultar mi identidad. Además, hay una excelente clínica psiquiátrica del otro lado del río, con muchas psiquiatras infantiles... ¿por qué yo? No tiene sentido.

—Respira hondo.

Kate retrocedió.

—¿*Respira hondo*? ¿En serio?

—Suenas alterada.

—¡Estoy alterada!

Algunos pacientes voltearon en su dirección. James la tomó de un brazo con gentileza y la guio hasta el rincón más alejado de la sala.

—Ven —susurró—. Lo siento, pero tienes que calmarte. De por sí estás bajo mucha presión, y esto no ayuda.

—Estoy teniendo una reacción perfectamente normal ante un encuentro muy pero muy escabroso.

James la estudió con compasión.

—El mundo está lleno de desquiciados, Kate. Los dos lo sabemos. Quizá sea una coincidencia inocente, más que escabrosa... Quizá no fue intencional. Tu reputación te precede: no todos recibimos premios de la Asociación Americana de Psiquiatría. Penny... Nelly... como sea que se llame, lo más probable es que se haya topado con el artículo del *Globe* sobre ti, y que te recordara de la escuela. Y resulta que tiene una hija muy enferma que necesita una psiquiatra y ella, desesperada, piensa en ti antes que en nadie más. No suena tan raro, ¿o sí? ¿Que deje a su hija enferma mental en el hospital donde tú trabajas porque ha leído un artículo que habla maravillas sobre ti?

—Si es así, ¿por qué tanto secreto? ¿Por qué no me dijo quién era?

—Quizá tenía miedo de que no trataras a su hija si sabías la verdad.

—Lo más probable es que no la habría aceptado como paciente —admitió Kate con una mueca.

—Ahí está, ¿ves? Por eso no dijo nada —sonrió James. Kate guardó silencio y él tomó su mano—. Veo que no te has quitado mi anillo.

—No he tenido tiempo de analizar si soy alérgica o no.

—Llamémoslo *anillo de compromiso* y ya verás cómo te llenas de ronchas —dijo él levantando una ceja.

—¿Estás tratando de hacerme enojar?

—No, no, ya llené mi cuota por el día —y levantó las manos en son de paz. De pronto, ahí estaba: esa sonrisa torcida tan suya y que siempre lograba subirle los ánimos—. La vida elige maneras extrañas de jodernos, Kate.

—Así que estoy jodida. Eso es lo que estás diciendo.

—No, tonta. Los dos estamos jodidos.

—Ay, cállate —sonrió ella.

—Te urge una inyección de ironía.

—Que te calles, tonto.

—Dale, insúltame todo lo que quieras. Para eso estoy. Podré soportarlo.

—Idiota.

—Ahí está. ¿Te sientes mejor? —preguntó él.

—La verdad es que sí.

—Cuando quieras. Sólo... tómalo con más calma, ¿sí? —y acarició su mejilla—. Sé mi héroe, Kate. Necesito que seas fuerte, por mí.

—Sí, soy Lara Croft.

—Sí que lo eres. Y eso significa que *yo* me estoy acostando con Lara Croft.

—Ja, ja. Mi novio es hilarante.

—Nos vemos en la noche, preciosa —y le presentó el puño para que ella lo chocara con el suyo. Antes de irse, Kate se quedó pensando.

—Tengo que admitir a Maddie, así que puede que llegue un poco tarde.

—¿Un poco? —y sonrió con cinismo—, esa canción ya me la sé.

—Bueno, tal vez un mucho... —admitió. Al no recibir respuesta, agregó—: Pero esto viene con el trabajo, ¿cierto? Es de esperarse.

Él asintió.

—No te preocupes. Sólo... cuídate, Kate.

—Te llamo luego, amor.

11

Kate pasó el resto del día con Maddie Ward, que resultó tener catorce años y no doce, como había asumido. La chica actuaba de modo demasiado infantil para su edad, cosa que Kate tomó como una señal de alarma. Los retrasos en la llegada de la adolescencia eran bastante comunes y tenían diversas causas: genéticas, hormonales, ambientales. A veces, el crecimiento en una pubertad normal se daba a lo largo de varios años, pero Maddie era demasiado pequeña para su edad, no tenía nada de la precocidad de una típica adolescente y ni siquiera había comenzado a menstruar. Su inmadurez podía ser síntoma de un patrón serio de abuso.

Le habían confiscado a Maddie su playera rosa y sus jeans, así como su mochila y la chamarra de plumas, y ahora llevaba la pijama que su madre le había llevado en la bolsa de plástico, y un par de calcetines antiderrapantes que venían en el kit de bienvenida del hospital. Las enfermeras le habían dejado elegir el color y había optado por el rosa brillante.

Estaba sentada en una silla de ruedas para adultos y se le veía pequeña y huérfana mientras varios empleados del hospital iban y venían rodándola de un departamento al otro, para monitorear sus signos vitales, escanear sus entrañas y hacerle un montón de pruebas a fin de descartar que hubiera algo físicamente mal con ella. Cada tanto, Kate salía al pasillo e intentaba llamar a los Ward, pero nunca respondieron. Debían haber desconectado su contestadora, además, porque ni siquiera pudo dejar un mensaje.

El psiquiatra forense del hospital fotografió todas las cicatrices y costras en el cuerpo de Maddie y se marchó para hacer una valoración profesional, mientras Kate reunía en su computadora las notas y diagnósticos de médicos anteriores del expediente electrónico de Maddie para intentar crear un historial médico: enfermedades de la infancia, lesiones, alergias a medicamentos. Estaba buscando algún patrón de negligencia y abuso, pero no encontró mucho.

Estaba el registro de la vez que se rompió un dedo a los cinco años de edad, cuando se cerró la puerta del auto sobre la mano *accidentalmente*. A los ocho años se había roto dos costillas y había sufrido una contusión cuando *cayó de un árbol* en su jardín. Había tenido algunas torceduras y heridas menores en el colegio, pero no había registro de quemaduras por cigarros, señales de estrangulamiento o desnutrición. Lo que a Kate le pareció más problemático era la ausencia de visitas regulares al pediatra: sólo había visto médicos generales para las emergencias y, por otro lado, estaba la serie de psiquiatras que la habían tratado. Esto no habría resultado inusual si los padres no hubieran tenido seguro médico, pero estaban bien cubiertos. La mayoría de los padres llevaban a sus hijos al médico a la primera señal de un resfriado, pero los Ward no, y eso resultaba bastante sospechoso. Maddie podía parecer sana, pero definitivamente no estaba bien.

Tras una abundante comida en la cafetería, la paciente se veía mejor. Sus ojos estaban claros y sus mejillas rosadas. Se había animado un poco. Kate la empujó hasta Radiología para que sacaran rayos X de sus huesos ya que cualquier fractura, fuera fresca o antigua, podía proveer evidencia de abuso en el hogar. Los niños abusados tenían la tendencia a proteger a sus padres, a veces por amor, otras por miedo.

Al terminar cada procedimiento médico intrusivo, Kate le hacía preguntas a su paciente con la intención de calmarla y franquear su arraigada aprensión. Mientras esperaban al técnico de rayos X, Kate se puso en cuclillas frente a ella.

—Cuando vivía en Blunt River, tenía un árbol favorito. Era un roble grandísimo. Me gustaba escalarlo tan alto como podía porque... porque desde ahí, la vida no parecía tan intimidante.

—Una vez me caí de un árbol. Dolió un montón —dijo Maddie con una sonrisa. Kate asintió. Qué manera tan infantil de hablar, pensó—. Tuve que ir a Urgencias.

—¿Cuándo pasó esto?

—Tenía ocho años. Me golpeé contra una rama y me rompí las costillas.

—Auch —dijo Kate con una mueca.

—Y tuve que quedarme a dormir en el hospital.

—¿Sabes por qué estás en el hospital ahora mismo?

—¿Porque estoy enferma de la cabeza? —sugirió Maddie encogiéndose de hombros.

—Estamos intentando averiguar qué es lo que pasa —explicó Kate, y acercó el brazo para apartarle algunos cabellos de la frente, pero Maddie se apartó, asustada. Aquella reacción le resultó bastante significativa a Kate—. Lo lamento, no quise asustarte.

—No me asusté —replicó ella, a la defensiva, y se puso a jugar con su cola de caballo.

—¿A qué se dedica tu papá, Maddie?

—Maneja un camión. Casi nunca está.

La actitud de Maddie era como la de una niña de diez años, tanto emocional como mentalmente, y Kate estaba muy preocupada.

—Pero ahora está en casa, ¿no?

—Llega dentro de unos días —contestó Maddie.

—¿Ah, sí? —preguntó Kate. Nelly le había dicho que el señor Ward estaba descansando en casa—. ¿Estás segura?

Maddie asintió y Kate decidió dejar pasar este asunto por el momento.

—Entonces, ¿sólo son tu mamá, tu papá y tú en la casa? ¿Tienes algún hermano o hermana?

—No. Sólo yo.

—¿Tienes alguna mascota? ¿Un perrito?

Maddie negó con la cabeza.

—Una vez tuvimos un hámster de mascota en la escuela.

—¿Ah, sí? —sonrió Kate—, yo también tuve uno. Se llamaba Felipe.

Maddie soltó una risita.

—El nuestro se llamaba Snark.

—¿En serio? ¿Snark, el Hámster Sarcástico?*

Maddie volvió a reírse con aquella risa suave de niña pequeña.

—¿Alguna vez deseaste tener hermanos o hermanas?

—Sí, pero mami dice que conmigo es suficiente trabajo.

—Ya veo.

¿Mami? Ninguna chica de catorce años llamaría así a su madre. *Mamá* y *papá* era lo más común.

—Mi mejor amiga tiene dos hermanos y tres hermanas —comentó la niña.

—Guau, eso sí que es una casa llena. ¿Quién es tu mejor amiga?

—Melissa.

—¿Qué es lo que más te gusta de Melissa? —quiso saber Kate.

Maddie lo pensó por un momento.

—Su familia —respondió.

—¿Qué exactamente?

—Son buenos.

—Buenos... ¿a qué te refieres? —insistió Kate.

Maddie se mordió el labio antes de responder.

* *Snark* en inglés es sarcasmo.

—No pelean. Se ríen mucho. Les gusta hacerse bromas y son chistosos. A veces cenan pollo frito y helado de chocolate.

—Guau, eso es genial.

—Eso es *en verdad* genial —enfatizó Maddie con una risita.

Entonces Kate aprovechó la oportunidad de entrar en territorio peligroso.

—¿Tus padres pelean mucho?

—Un poco —dijo la niña.

—¿Te incomoda cuando pelean? — preguntó Kate, y Maddie asintió con la mirada baja—. ¿Qué hacen? ¿Gritan?

—Mucho.

—¿Qué más? —presionó Kate. Maddie no respondió—. ¿Hay empujones o jaloneos?

—A veces —musitó la chica, y miró a Kate a través de sus largas pestañas—. A veces papi empuja a mami. Sobre todo cuando ella lo llama *perdedor*.

—¿La ha lastimado?

—No —afirmó Maddie, claramente en negación.

—¿Estás segura?

—No sé —dijo entonces. Vacilación.

—¿Y a ti? ¿Te ha empujado? ¿Te grita?

—Tal vez.

Aquello era casi una confesión. Ahora venía la gran pregunta, que era como cruzar un campo minado, psicológicamente hablando.

—¿Te ha pegado tu padre alguna vez, Maddie?

La niña se quedó en silencio por unos cuantos segundos.

—Tengo que ir al baño —dijo al fin.

—Está bien. Llamaré a la ayudante.

Susie Potts estaba de turno. Se trataba de una chica de veinticinco años tan alegre y dulce que su personalidad se derramaba como mermelada de frambuesas de un pay. Tomó a Maddie de la mano.

—Hola, nena. Yo soy tu guardaespaldas. ¿Tienes que hacer pipí? Vamos.

Maddie no tenía permitido ir al sanitario sin un acompañante pues se sospechaba que tenía tendencias suicidas. A Susie se le daba entretener a los niños. Los distraía haciendo figuras de sombras con sus dedos y contándoles anécdotas divertidas, aunque fuera un poco distraída. Kate, en cambio, tenía la pesada labor de averiguar la verdad.

Cuando Maddie volvió, estaba mucho menos responsiva a las preguntas de Kate. La última pregunta había ocasionado que se cerrara. *¿Te ha golpeado?* Quizás había ido demasiado lejos. Maddie se removía y se quejaba de que la silla de ruedas del hospital era incómoda. Kate canceló el último examen, envió a Susie de vuelta a su intercambio de mensajes de texto con su novio y empujó a Maddie más allá de la estación de enfermeras, donde las chicas del turno de la noche chismeaban en entusiasmados susurros llenos de jugosos signos de exclamación.

El cuarto que le habían asignado a Maddie estaba al final del pasillo, y lo compartiría con otra joven paciente que ya estaba dormida. Eran las once de la noche, y tras un largo día que comenzó con su abandono y continuó con una serie de piquetes, exámenes y revisiones, Maddie se derrumbó, inconsolable.

—¡Quiero irme a casa! —sollozó—, ¿dónde está mami? ¡Quiero irme a casa!

Kate intentó consolarla como pudo, pero por ese día, la niña había llegado a su límite. Su compañera de cuarto despertó y se quejó del ruido. Kate autorizó un sedante y una de las enfermas del turno de la noche entró al cuarto con una jeringa e inyectó a Maddie en el trasero. Mientras le hacía efecto, Kate decidió explicarle todo lo que le estaba sucediendo: por qué había decidido darle un sedante, lo que había dicho su madre acerca de por qué necesitaba ayuda, por qué Kate estaba tan preocupada por la manera en que se lastimaba y todo lo que el personal del hospital estaba intentando hacer: en resumen, ayudarla.

Maddie comenzó a entrar en un letargo. Finalmente, dejó de hablar y ya no podía moverse. Al menos ya no estaba alterada... a la pobre niña no le quedaba energía ni para eso. Sus pupilas se encogieron. Sedarla era lo mejor, Kate lo sabía tras años de experiencia, pero no le gustaba tener que hacerlo. Por fin, Maddie cerró los ojos y se quedó dormida. Una vez en el pasillo, Kate intentó hablar de nuevo con Nelly, pero del otro lado de la línea sólo respondía el vacío.

Monitoreó a Maddie el resto de la noche y consultó los resultados de sus exámenes con varios especialistas. Había algunos callos óseos por las fracturas en sus costillas que correspondían con el reporte de que años atrás se había caído de un árbol, pero eso no descartaba la presencia de abuso. Se compararon las marcas de mordidas en sus antebrazos con las impresiones de su dentadura y se determinó que se las había hecho ella misma. Las costras y cicatrices en sus brazos, muslos y pantorrillas eran superficiales y lo más seguro es que fueran autoinfligidas, ya que no presentaba lesiones en ninguna parte de su cuerpo que ella misma no pudiera alcanzar. Aquello tampoco excluía la posibilidad de abuso, pero la disminuía de manera considerable. Algo muy significativo era que no había evidencia de trauma vaginal o abuso sexual de ningún tipo. *Gracias a Dios*, pensó Kate.

Se hallaba exhausta pero satisfecha por haber logrado admitir a Maddie según el protocolo. Puso a Susie a cargo de la niña y subió a su oficina a pasar en limpio sus notas. Cuando el amanecer se aproximaba, volvió al piso de abajo, despidió a la agotada ayudante y contempló cómo el horizonte rosado se tornaba rojo carmesí en cuestión de un par de espectaculares minutos.

Entró al cuarto de Maddie para ver cómo había pasado la noche. Estudió las inflamadas venas de su frente y se preguntó qué podía haber llevado a la niña a cortarse y morderse de ese modo. Sin embargo, partiendo de la problemática historia de Penny Ward, la verdad era que no resultaba tan extraño. Más allá de la única voz que escuchaba en su cabeza, no había otros signos claros de esquizofrenia: nada de alucinaciones visuales, emociones planas, conductas excéntricas o temas con el arreglo personal. Pero la esquizofrenia no era la única opción. Un paciente que se lastimaba podía ser diagnosticado con algún trastorno de la personalidad, bipolaridad, trastorno de ansiedad y un montón más de síndromes. Kate tendría que buscar un significado más profundo que una simple enfermedad o un desbalance químico. Quería saber por qué Maddie Ward estaba ahí y qué le habían hecho sus padres.

Maddie despertó alrededor de las seis de la mañana.

—¿Cómo te sientes? —le preguntó Kate. Se había ocupado respondiendo sus correos electrónicos y la cabeza le zumbaba por el exceso de trabajo y la falta de sueño.

—Semirrara —replicó la niña, acurrucándose en sus mantas.

—Ésa nunca la había oído. Me gusta —sonrió Kate—. Yo me siento bastante semirrara, también. ¿Sientes algún entumecimiento? ¿Cosquilleo?

—No.

—Lamento que los exámenes hayan sido tan pesados. Y lamento lo de la inyección también.

—Dices que lo lamentas todo el tiempo —comentó Maddie arrugando la nariz.

—¿En serio? —dijo Kate, haciendo una mueca—, pues lo lamento —bromeó.

Maddie soltó una risita.

—Lamento mucho lamentar tanto todo el tiempo —dijo ella.

—Lamento terriblemente todas las veces que digo lo lamento —añadió Kate.

Las dos rieron.

—¿Qué es lo que me pasa? —preguntó Maddie.

—Es lo que estamos tratando de averiguar.

—Pero... ¿voy a estar bien?

—Yo pienso que sí, por supuesto —replicó Kate firmemente.

La niña cerró los ojos y se quedó dormida en cuestión de minutos. Claire, la ayudante de enfermera del turno matutino, hizo su aparición; se veía descansada y fresca como una lechuga. Kate le encargó a su paciente y al salir de su cuarto tuvo un feroz antojo de nicotina que sabiamente ignoró. En lugar de eso, decidió ir por una taza de café. Se topó con Ira en la sala de descanso.

—Por Dios —exclamó él—, te ves fatal.

—Muchas gracias.

—Ven a mi oficina un segundo.

Kate lo siguió. La luz matinal se derramaba alegremente a través de las ventanas selladas herméticamente. Ira se sentó detrás de su escritorio y desde afuera les llegaba el sonido de una barredora de nieve que arrastraba su pala a lo largo del patio.

—¿Qué haces aquí? Creí que te ibas a tomar unos días.

—Estuve toda la noche con una nueva paciente, Maddie Ward. Su madre la envolvió en crucifijos y rosarios y la abandonó aquí ayer, literalmente. Tiene catorce años pero actúa como si fuera mucho más joven, como si tuviera sólo diez. Ha estado teniendo alucinaciones auditivas y su madre cree que está poseída.

—¿En serio? —y los ojos de Ira se abrieron, interesados—, ¿son fanáticos religiosos?

—No lo sé, podría ser. El caso es que su madre se negó a entrar al hospital. Firmó los papeles en el estacionamiento y se largó —explicó Kate, y decidió no decirle todavía acerca de su conexión personal con Nelly. Sólo complicaría las cosas. Además, quería averiguar un poco más al respecto por su cuenta.

—Tengo noticias para ti, Kate. No puedes trabajar veinticuatro horas al día, siete días a la semana. Acabas de perder una buena noche de sueño, justo cuando más lo necesitas. ¿Me explicas por qué?

—No podía dejar que pasara su primera noche en el hospital sola —confesó Kate—. Sospecho que hay abuso en el hogar. Su padre. No tengo pruebas conclusivas, es un presentimiento.

—¿Desde cuándo eres una madre sustituta? No puedes difuminar las líneas, Kate. Esto no se trata de ti. No se trata de apaciguar tus culpas por algo que hiciste o no hiciste dieciséis años atrás.

Kate bajó la mirada y tragó saliva.

—Guau, Ira —musitó—, por favor, no te reprimas.

—Ya me conoces. Me gusta decir las cosas tal como son.

—Esto no tiene nada que ver con lo que pasó hace dieciséis años, ¿de acuerdo? —dijo Kate mirándolo mientras sentía que el rubor subía a sus mejillas—, y tienes razón, no sería una buena madre sustituta. Pero al menos estuve ahí para Maddie cuando despertó esta mañana. Si confía en mí, quizá se abra y me cuente qué demonios está pasando.

Ira sonrió.

—Me gusta cuando defiendes tus decisiones —comentó.

—¿Me estabas poniendo a prueba?

—Tal vez.

—No estoy de humor para hacerla de tu conejillo de indias, Ira —gruñó ella. Él se encogió de hombros—. En fin, hasta ahora parece que todas las heridas se las hizo ella misma, incluyendo las marcas de mordidas en sus brazos, que concuerdan con sus impresiones dentales.

—Autolesiones.

Kate asintió.

—Pero la señora Ward cree que está poseída.

—Interesante —comentó Ira—. ¿La niña también cree que está poseída?

—Difícil decirlo. Se deshizo de las cruces y los rosarios a la primera oportunidad, lo cual podría implicar que es religiosa y que al creerse poseída por el diablo *tenía* que rechazar todos los símbolos religiosos, como el diablo haría. Podría ser un caso de *síndrome de posesión*.

—Bueno, sigamos con esa teoría —indicó Ira—. No cuestiones sus creencias. Aceptemos la fantasía como base y lidiemos con ella a través de los ojos de la paciente.

—Perfecto —concordó Kate—. Si está teniendo un episodio agudo debe sentirse confundida y lista para aferrarse a cualquier respuesta. Y quien se la está dando es su madre.

—Es una respuesta demente, claro, pero sigamos adelante y hablemos de demonios, si es lo que ella quiere hacer —dijo Ira.

—Usar el sistema de creencias del paciente para tratarlo —repitió Kate.

—Exactamente. ¿Cuál es su afiliación religiosa? ¿Cómo fue criada? Ahondemos en la historia familiar. Averigua algo más de sus padres. Me gustaría asesorarte en este caso, si te parece bien.

—Más que bien. Me parece fantástico.

El teléfono de él sonó.

—Un momento —le indicó a Kate, y habló un par de minutos con el jefe del departamento. Al colgar, volvió a mirarla—. ¿Cómo va lo demás, Kate? ¿Cómo estás manejando el suicidio de Nikki?

—Supongo que bien —y se encogió de hombros—. Para serte honesta, esta distracción me viene bien.

Él asintió. Y esperó.

—Quiero decir, estoy lidiando con ello, ¿sabes? Pero me hace cuestionar todo lo que he hecho los últimos años. ¿Cuántos otros errores habré cometido? ¿Se irán a suicidar más de mis pacientes? ¿Estoy poniendo suficiente atención a las señales? Tengo que admitir que esto me ha demolido la confianza en mí misma.

—Déjame contarte una historia —dijo Ira—. Hace diez años, un hombre muy exitoso se tomó una sobredosis de pastillas para dormir. Todo en la vida le iba bien: tenía dinero, familia, una carrera... pero estaba profundamente deprimido. Lo tomé como paciente y tras unos años en terapia, comenzó a mejorar. Ya no corría el riesgo de suicidarse. Reanudó su trabajo como un abogado de las altas esferas y se reconcilió con su esposa. No te imaginas lo feliz que estaba yo. Hasta que un día, ¿adivina qué pasó?

—¿Se suicidó?

—No. Tuvo un ataque cardiaco. Irónico, ¿no? Ahí tienes que logré salvar la vida de este hombre contra todas las probabilidades, pero murió de cualquier manera. ¿Por qué? Porque somos humanos, Kate. No somos Dios ni nada parecido.

—Supongo que tú manejas las ironías de la vida mejor que yo —comentó Kate con el ceño fruncido.

—¿Sabes? No podemos luchar contra la realidad. El que seamos psiquiatras no significa que podamos controlar los destinos de nuestros pacientes, cuando ni siquiera podemos controlar el propio. Lo único que podemos hacer es ayudarlos a encontrar su propio camino a través de la oscuridad. Si tenemos suerte.

—Así que somos linternas, básicamente.

—Sí —rio él—, somos linternas.

El eco de la vivaz risa de Savannah la recorrió. Una cálida noche de verano, dieciséis años atrás, Kate le había dado a su hermanita una linterna, pero en vez de encontrar el camino de regreso a casa, Savannah se había perdido para siempre.

Antes de enterrarla viva en su jardín, Henry Blackwood le había rasurado toda la cabeza a Savannah, incluyendo las cejas. La policía nunca encontró los mechones. Dentro de las muchas preguntas que aún atormentaban a Kate, ésa la hacía estremecer. ¿Dónde estaba la larga cabellera rubia de su hermanita?

12

Kate se fue a casa a prepararse para la entrevista de Gestión de Riesgos y ver si lograba dormir un poco. James estaba trabajando. Encontró una nota que le había dejado en la isla de la cocina:

Me gustas, ¿yo te gusto a ti? Marca la casilla que corresponda.
Sí _____   No _____

Sonrió y marcó la casilla de *Sí*. Se quitó los zapatos, se sirvió una copa de vino y se acurrucó en el sofá, donde apuntó en una libreta sus respuestas a preguntas imaginarias. Después de un rato, dejó de comprender sus propios jeroglíficos y se quedó dormida.

¿Soy una mala persona?
No, Savannah. Eres buena de la cabeza a los pies.
Pero a veces pienso cosas malas.
Todos lo hacemos. Se llama ser personas.

El día después de la desaparición de Savannah, docenas de reporteros bajaron al pueblo. Durante las primeras cuarenta y ocho horas, los carteles con su fotografía aparecieron a lo largo y ancho de la región. Brigadas de voluntarios recorrieron los bosques y los campos. Cuatro días más tarde, los perros de la policía encontraron su cuerpo enterrado detrás de la casa de Henry Blackwood, a menos de diez metros de su puerta trasera. La tragedia de Savannah fue la historia principal de las noticias por semanas.

Blackwood vivía en un área suburbana y tenía una camioneta pick-up estacionada al frente. Su esposa y él se habían divorciado años atrás. No habían tenido hijos. Las niñas Wolfe no solían cruzar palabra con el señor Blackwood aunque pasaran frente a su casa todos los días, camino al colegio. Tenía cabello rubio, piel pecosa, ojos verdes y la línea de cabello en forma de V en medio de la frente, conocida como "pico de viuda". Era el típico vecino poco amistoso que mantenía su propiedad impecable, recogía la basura de las banquetas y amarraba las tapas de los contenedores de basura para mantener fuera a los mapaches. Más tarde, esa misma cuerda había sido usada en su hermana.

A lo largo de los años, cada tanto, Kate había tenido el mismo sueño. Se encontraba de vuelta en la cabaña del bosque, pero Savannah no estaba ahí, sólo sus zapatos deportivos con las grandes N a los lados. En el sueño, algo salía de la oscuridad y la jalaba de los tobillos, arrastrándola irremediablemente hacia atrás. Enterraba las uñas en los astillados tablones de madera gritando el nombre de su hermana, pensando que ella se escondía en las sombras. Siempre luchaba pero nunca podía escapar de esa fuerza que la arrastraba y, cuando despertaba, la boca le sabía a polvo.

Ahora estaba sentada, jadeando y furiosa de que estuviera pasando de nuevo. Las pesadillas, los ataques de ansiedad, las dudas de sí misma. Kate creía que había logrado seguir adelante, pero algunas cosas jamás te abandonaban.

Tomó su cartera y sacó la deslavada foto de Savannah del compartimiento escondido detrás de sus tarjetas de crédito. Se sirvió otra copa de vino y miró la vieja imagen. Su pequeña hermana era como una rosa de azúcar: tan dulce y delicada que era imposible imaginar que algo malo pudiera sucederle. Su madre solía decirle que estaba hecha de caramelo y rayos de luna. Kate sólo había querido protegerla. Nunca había querido lastimarla.

En el funeral había tenido que decirle adiós a su hermana muerta, dentro de su pequeño ataúd. La piel de Savannah tenía el color de la leche rancia y llevaba una peluca porque su cabello había desaparecido. El asistente del embalsamador incluso le había delineado cejas, cosa que a Savannah le habría encantado: ¡una peluca de adulto y cejas de adulto! ¡Genial!

Kate estaba a punto de sucumbir al pánico. Guardó la foto y trató de pensar en otra cosa. Cualquiera. Se sentó en el sofá y analizó su precioso departamento. ¡Cuánta suerte tenían! Estuvo tentada de llamar a James sólo para escuchar su voz, pero su área estaba siempre tan ocupada que no quiso molestarlo. Además, no podía ser su apoyo cada segundo de cada día. Ella debía ser capaz de manejar ciertas cosas sola.

Recordó cómo las pesadillas habían ido aumentando tras el asesinato de Savannah. Recordó cómo se despertaba gritando *mami*, pero su madre no estaba. Nunca gritó *papi*. Cuando las pesadillas se volvían insoportables, se levantaba a media noche y caminaba por la casa buscando a su padre. Era mucho más común que no estuviera. Entonces se asomaba al exterior, comprobaba que su auto no estaba y que, de nuevo, tendría que enfrentar el horror del asesinato de su hermana completamente sola. Kate solía susurrarle a la casa vacía: *Lo siento, Savannah... ¿me perdonas?* Y cuando volvía a quedarse dormida, tenía el terrible sueño de la cabaña otra vez.

Le tomó años superar sus miedos y al fin dejar de atormentarse. Una noche, en un sueño radicalmente distinto, su hermana apareció entre la niebla y Kate pudo sentir sus delgados y gráciles dedos paseándose entre sus cabellos. En aquel extraño y pacífico sueño, Savannah se sentó junto a ella y le trenzó el cabello. *Perfecto*, dijo al terminar. Kate despertó sollozando.

Ira interpretó ese sueño como una muestra de que Kate se había perdonado a sí misma. Había dicho que no tenía nada que ver con espíritus ni fantasmas: era una metáfora de sanación. Pero Kate no había podido evitar sentir que su hermana la había visitado aquella noche de alguna u otra manera. Era una creencia irracional, pero se aferró a ella. Porque el perdón de Savannah significaba absolutamente todo para ella.

Kate se sirvió otra copa de vino. Y después otra. Pronto había terminado con toda la botella y el mundo parecía más suave, esponjoso y acolchonado. Podía rebotar en él. Se levantó del sofá y se detuvo frente a las ventanas panorámicas, balanceándose ligeramente con cada respiración.

Más tarde aquella noche, James volvió a casa completamente agotado. Kate nunca lo había visto tan exhausto. Colapsó en su cama *queen size* sin siquiera molestarse en desvestirse.

—Hola, tú —musitó con la cabeza enterrada en la almohada, a instantes de quedarse dormido.

—¿Qué hay?

—Hola, hermosa.

Ella le quitó las botas y se tumbó en la cama junto a él, que la rodeó con los brazos.

—¿Cómo estás, preciosa?

—Bien. Hace rato estaba fatal. Hace muchas, muchas copas de vino —respondió ella alargando las vocales.

—Lo que te funcione...

—¿Me estás animando a que me vuelva alcohólica?

—No. Te estoy animando a que las cosas te importen un poco menos —explicó él.

—Ja. Pues síguelo intentando —rio ella con sarcasmo.

—Mírame a mí. Tuve un día de mierda, turno de diez horas, no he tomado ni una pizca de alcohol, y nada me importa. ¿Ves?

—Supongo que eres más fuertísimo que yo —balbuceó ella.

—¿Más fuertísimo?

—Ajá —replicó ella, y lo besó.

Unos minutos después a James le entró un segundo aire, de modo que se levantó de la cama y fue por su bolso. Hurgó en los compartimientos interiores y sacó un montón de brillantes folletos.

—Mira, pasé por unos de éstos en el camino —anunció. Los dejó caer sobre la cama y se sentó junto a Kate—. ¿Qué opinas? ¿Cancún o las Islas Caimán? ¿O tal vez Hawái? No sé, creo que lo que más se me antoja es Cancún.

—Guau —musitó Kate, levantando el folleto más cercano—. No tenemos que decidir en este momento, ¿o sí?

—Abril no queda tan lejos, querida. Mira esto. Impecables playas, kayaks, margaritas, las ruinas mayas en Coba... esnórquel, atardecer... ¿mencioné las margaritas? Es justo lo que nos recetó el doctor.

—Eh... —murmuró Kate poniéndose seria.

—¿Qué pasa?

—Perdón. No tengo la mente clara. No estaba lista para planear todo nuestro futuro esta noche.

—¿*Todo nuestro futuro?* Sólo son unas vacaciones.

—Tengo muchas cosas en la cabeza... —replicó Kate, y dejó caer el folleto sobre la cama.

—Entiendo, pero mira esto...

—No puedo ver nada hasta que hayan pasado el funeral y la entrevista de Gestión de Riesgos. Es lo que habíamos dicho, ¿cierto?

—Sí, pero siempre habrá otra crisis, Kate. Siempre habrá otro paciente. Nos merecemos esto, ¿no crees? ¿Días soleados, el océano...?

—¿Por qué tengo que decidir justo ahora? —preguntó ella, poniéndose a la defensiva.

La expresión de él cambió. Reunió todos los folletos y los metió de vuelta en su bolso.

—Entiendo que estás bajo mucha presión, Kate. No quiero parecer insensible, pero estoy preocupado por ti. No me gusta cómo esto te está afectando.

—¿Esto qué? —vaciló Kate—, ¿estás hablando de la alu-cinación?

—En parte —admitió él—, eso me preocupó bastante.

—¿No habíamos acordado que era un síntoma de mi migraña?

—Puede ser síntoma de un montón de cosas —suspiró él. Ella lo miró fríamente—. Escucha, te amo. No soy el ene-migo. ¿Y lo que habíamos dicho de bajar al Cabo la semana entrante? ¿Aunque sea por un par de días?

—Maddie me necesita —respondió ella, y sintió que el dedo le escocía. Miró el anillo de reojo—. Sólo la tendré bajo supervisión por siete días y...

—Tienes razón —suspiró él, frustrado—. Lo siento, amor. Entiendo que esto es muy difícil. Yo he pasado por lo mismo... ¿te acuerdas de Desiree? Se bebió una botella de destapaca-ños. Qué horrible manera de morir. Pero tienes que creerme cuando te digo que quiero ayudarte. Quiero protegerte de las horribles cosas que sucedieron en tu infancia, Kate. ¿Tienes idea de lo aterrorizante que es esto para mí? La ejecución es la semana entrante. No debíamos estar aquí cuando sucediera, ¿recuerdas? Íbamos a estar en un jacuzzi en Sedona, tomando margaritas, sin televisión ni internet. Sólo tú, yo y las estrellas.

—Ya lo sé —cedió ella tristemente—, pero ahora es ine-vitable.

La estrechó entre sus brazos y la atrajo hacia él. Ella apoyó la cabeza sobre su pecho y escuchó su corazón, que latía más lento que el de ella. James le tomó las manos y comenzó a tra-zar las líneas de sus viejas cicatrices con los dedos. Se había tratado de suicidar en su cumpleaños número dieciocho, pero lo había hecho mal y no había cortado la vena.

—Mira —comenzó él—, no puedo ni imaginarme la clase de infierno que has vivido ni lo difícil que ha sido tu vida. Y ahora... ahora tienes que revivirlo todo. Pero mi instinto es protegerte. Quizá por ser hombre, no lo sé. ¿Me entiendes?

Kate asintió con solemnidad.

—¿Quizá no debimos mudarnos juntos?

Él retrocedió.

—¿Qué?

—¿Tal vez nos apresuramos con esto? —insistió ella.

—¿Ésa es tu conclusión de toda nuestra plática? ¿Que deberíamos terminar?

—Todavía estás a tiempo —musitó ella encogiéndose de hombros mientras las lágrimas se acumulaban tras sus párpados. En vez de enojarse o sentirse ofendido, James soltó una carcajada.

—Es muy feo que digas eso —dijo, abrazándola—. Lo siento, pero ya no estoy a tiempo, para nada. Estás condenada a estar conmigo.

Ella suspiró, profundamente aliviada.

13

A las 8:50 de la mañana del viernes, Kate llegaba al estacionamiento de seis pisos del hospital. Se repitió mentalmente su declaración, retrasando el momento de tener que abandonar la calidez de su auto para enfrentarse a la entrevista con Gestión de Riesgos a las nueve de la mañana. Después de todo, el riesgo era principalmente para ella.

Aflojó su agarre en el volante, apagó el motor y salió del auto. Se quedó en pie en la enorme estructura por un momento. Era un lugar frío y lleno de eco. Una especie de no-lugar. Podías escuchar el flujo constante de vehículos subiendo y bajando todos aquellos niveles en círculos. El sonido le recordó a la marea alta, y pensó que una persona podría acabar ahogándose entre tantas vueltas.

En vez de tomar el paso peatonal que la llevaría directamente al ala oeste, se dirigió impulsivamente a la escalera y cruzó el patio, más allá de la fuente congelada y las desgastadas bancas. Hacía mucho que no entraba al hospital por la puerta principal.

El hermoso y viejo edificio tenía un aura de somnolienta dignidad. Las paredes eran de bloques gruesos de granito y las ventanas en forma de arco recordaban a párpados que querían cerrarse, como si el hospital estuviera siempre a punto de quedarse dormido. Frente a la entrada principal había un niño que avanzaba y retrocedía sobre el tapete de hule para obligar a las puertas eléctricas a abrirse y cerrarse a su voluntad, deslumbrado por su nuevo superpoder. Kate lo observó genuinamente divertida mientras el viento agitaba las solapas de su abrigo de invierno sobre las rodillas. Finalmente llegó la madre del niño y se lo llevó. *Si tan sólo pudiera controlar mi propia vida de esa manera*, pensó al tiempo que daba un paso sobre el tapete, haciendo que las puertas se abrieran. Qué simple.

Una vez dentro, saludó a Bruce, el guardia de seguridad, un tipo amable con el rostro perfectamente afeitado y expresión abatida que le pasaba a la gente los detectores de metal por el cuerpo con la gracia de Fred Astaire.

—Que tenga un excelente día, doctora —le deseó tras agitar su varita mágica.

—Tú también, Bruce.

Kate alcanzó a tomar un ascensor repleto hacia el departamento de psiquiatría, en el segundo piso, y usó su gafete electrónico para abrir las puertas dobles de la unidad infantil. Del otro lado del pasillo, cruzando otro par de puertas, estaba el Centro para el Tratamiento de Abuso de Sustancias. En el tercer piso estaba la unidad psiquiátrica de cuidados intensivos para adultos, que sólo era accesible por medio de un elevador privado o una escalera con cerradura. Sólo el personal tenía acceso. La admisión a cualquiera de los tres programas era voluntaria, pero las salidas tenían llave para que el hospital no fuera responsable si algún paciente escapaba de las instalaciones sin haber sido dado de alta de acuerdo con el procedimiento.

Había dos salas de juntas y la más pequeña había sido reservada para la entrevista de ese día. El abogado de Kate ya estaba ahí, junto a la representante de Gestión de Riesgos: una mujer corpulenta en un traje de casimir que esperaba sentada con los dedos entrelazados. Russell Cooper resultaba intimidante con su traje Armani, su reloj Bvlgari y sus mancuernillas de oro.

—Kate, ésta es Felicia Hamilton, de Gestión de Riesgos. Felicia, la doctora Wolfe.

—Mucho gusto.

—Igualmente —y se saludaron con un apretón de manos.

Kate tomó asiento en una silla junto a Russell y estudió a Felicia Hamilton. Parecía estar en sus cuarenta, sus ojos grises denotaban inteligencia y llevaba el corto cabello pegado a la cabeza. Toda una profesional con una expresión imposible de leer. Abrió su portafolios sobre la mesa y sacó una cámara digital, una pluma fuente y una libreta. Instaló la grabadora sobre la mesa.

—¿Tengo su permiso para grabar esta entrevista? —preguntó. Kate miró a su abogado de reojo y Russell asintió.

—Sí —replicó Kate entonces. Su corazón estaba muy agitado. Había varias botellas de agua sobre la mesa y Russell le pasó una. Abrió la tapa y le dio un trago—. Gracias.

Entonces comenzaron las preguntas. Se repitió que debía mantener sus respuestas breves.

—El día dos de junio del año pasado, Nicole McCormack llegó al hospital requiriendo tratamiento psiquiátrico de emergencia y fue admitida para tenerla bajo observación —comenzó Felicia en el tono más neutral imaginable—. ¿Por qué la dio de alta cuatro semanas después?

—Normalmente, los pacientes de bajo riesgo son tratados de manera extrahospitalaria.

—Entonces, ¿ya no se le consideraba suicida?

—Estaba trabajando para encontrar maneras más sanas de expresar sus emociones negativas. Decidí que el riesgo de suicidio ya no era alto para ese momento.

—¿Qué quiere decir con que *no era alto*? —preguntó Felicia.

—Nikki llegó a arrepentirse de lo que había intentado. Su estado psicológico había mejorado significativamente y ya no se le notaba deprimida. Tras cuatro semanas de tratamiento, concluí que ya no estaba en riesgo de lastimarse a sí misma.

—¿Cómo era el tratamiento extrahospitalario?

—La paciente debía seguir con sus medicamentos y venir una vez por semana a verme para continuar con su terapia de conversación.

—¿Cómo iba eso?

—Muy bien. Estaba totalmente involucrada con su trabajo emocional.

—¿Cómo era su estado mental antes de su muerte?

—Como dije, iba bastante bien —dijo Kate—. No había tenido episodios y no había faltado al colegio. No había mencionado ningún pensamiento suicida por meses y no había regalado ninguna de sus posesiones, excepto... —entonces vio de reojo la expresión de alarma de Russell, diciéndole que no ofreciera información que no le había sido expresamente requerida—. Nada, no es importante.

—Déjeme decidir eso a mí —dijo Felicia.

—Me dio algunos objetos que había encontrado en la playa —explicó Kate—. Tuve que recordarle que no podemos aceptar regalos de nuestros pacientes por política del hospital.

—Ya veo. ¿Qué clase de objetos?

—Sólo un... —comenzó Kate, pero no supo explicar lo del peso para las faldas—. Unas conchas de mar —mintió.

—¿Cómo era su situación familiar?

—Ella y su madre seguían discutiendo con bastante frecuencia —dijo Kate—. A Nikki le parecía que su padrastro era muy controlador. No obstante, estaba aprendiendo a comunicarles sus necesidades y preocupaciones.

—¿Había tenido otros intentos de suicidio en el pasado?

—Sólo el que la trajo aquí.

—Ya veo. ¿Qué método utilizó aquella vez?

—Sobredosis de aspirina —replicó Kate.

—Y más recientemente, ¿estaba tomando alcohol o drogas?

—Podría asegurar que ya no tomaba drogas, pero es posible que no fuera totalmente honesta con relación a su consumo de alcohol.

—De acuerdo. Pero ¿mostró algún síntoma de adicción?

—No, en absoluto.

—¿Antecedentes de enfermedad mental en la familia?

—Según su madre, no.

—¿Tenía alguna fobia?

—Sólo le tenía miedo a la lengua de las personas.

—¿La lengua? —repitió Felicia.

—Sí. Las puntas de las lenguas la irritaban. Y además le tenía miedo a la plomería... a las viejas tuberías de su casa, por los ruidos que hacían en las noches.

—En su opinión, ¿esto era una señal de alarma?

—No. Mucha gente tiene fobias extrañas, y en su caso no tenían nada que ver con su enfermedad principal, que era trastorno bipolar.

Hablaron de medicamentos y discutieron el estado mental de Nikki durante su última sesión con Kate. Felicia hablaba de forma monótona, sin conferir a sus preguntas u observaciones ninguna emoción identificable. Finalmente, concluyó la entrevista preguntando:

—¿Hay algo más que quisiera agregar?

—Sólo que estuve asesorada por mi supervisor, el doctor Ira Lippencott.

Felicia asintió cortésmente.

—Gracias por su cooperación, doctora Wolfe —y tras recoger sus cosas, se puso en pie—. Nos pondremos en contacto en unas cuantas semanas. Mientras tanto, aquí está mi tarjeta.

—La llamaremos si tenemos alguna pregunta —dijo Russell. En cuanto Felicia se hubo retirado, el abogado se volvió hacia Kate—. Lo manejaste muy bien.

Kate se disculpó y corrió al baño. Tuvo que luchar contra la ola de desorientación que la acometió cuando estudió su rostro en el espejo. Podía sentir la tensión acumulándose detrás de sus ojos. Se salpicó agua fría en el rostro y tomó una toalla de papel. Odiaba su propia vulnerabilidad.

En términos psiquiátricos, la vulnerabilidad más esencial de una persona era el estado emocional que resultaba más aterrorizante: miedo al daño físico, temor al ridículo o al aislamiento. Para Kate, era la sensación de fracaso al no haber podido ayudar a su hermana y, por lo tanto, a sus jóvenes pacientes. Eso hacía que trabajara más de la cuenta, que tuviera que luchar para convertirse en mejor doctora. Había fracasado en su intento por proteger a Nikki. No fracasaría de nuevo.

14

Kate encontró a Maddie Ward sola en su cuarto.

—Buenos días —dijo—, ¿cómo estás?

—Supongo que bien —replicó la niña, frotándose los cansados ojos.

—Todas tus pruebas salieron negativas. Lo cual es bueno.

—¿Cómo es que lo negativo es bueno?

—Significa que podemos descartar una lesión cerebral y otras causas neurológicas —replicó. No agregó que aún tenían que descubrir de dónde venían sus alucinaciones auditivas, por qué Maddie se cortaba y mordía, y qué combinación de disfunción familiar, factores psicológicos y desbalance químico estaba causando su depresión—. ¿Cómo te sientes en general?

—No sé —dijo Maddie encogiéndose de hombros con indiferencia.

—Han sido un par de días bastante pesados, ¿cierto?

Esta mañana Maddie se veía diferente: mayor. Más cercana a sus catorce años que a los doce que había estado aparentando. Las enfermeras le habían confiscado sus aretes dorados, por lo que sólo quedaban unos pequeños huecos en sus lóbulos. Su larga cabellera rubia estaba liberada de su cola de caballo y caía por sus hombros en una cascada de rizos. Estaba sentada con las piernas cruzadas sobre la cama y miraba con melancolía hacia la ventana. Sus ojos estaban llenos de pesar adulto. Por lo general, si andabas por el pabellón psiquiátrico durante las horas de visita, las habitaciones estaban llenas de familiares trayendo regalos y alegrando a los pacientes, pero a Maddie la habían dejado sola por cuarenta y ocho horas. Nada de tarjetas. Nada de flores. Nada de llamadas ni visitas. Aquello era negligencia, pensó Kate.

—¿Te llevas bien con tu compañera de cuarto?

—Sí.

La cama de su compañera estaba hecha. Probablemente se encontraba en la sala general. Era una chica anoréxica de dieciséis años: una de sus viajeras frecuentes.

—¿Todo lo demás está bien? —preguntó Kate, intentando iniciar una conversación.

Los ojos de Maddie se tornaron suaves y frágiles y de pronto la pequeña niña estaba de regreso.

—¿Ella también está en riesgo de suicidio, como yo?

—¿Quién? ¿Tu compañera?

—¿Es por eso que entraban a vigilarnos a cada rato?

—Las enfermeras sólo buscan asegurarse de que estás sana y salva —explicó Kate, y notó que el ánimo de Maddie cambiaba.

—Pues no saben con qué se están metiendo —dijo en tono siniestro. Aquello puso a Kate en alerta de inmediato. Era una frase sumamente adulta.

—¿Qué quieres decir con eso? ¿Con qué se están metiendo?

—Están peleando por mi alma —susurró Maddie en tono conspiracional.

—¿Quiénes?

—Mis padres.

—¿Estás hablando del Diablo? ¿De posesión? —preguntó Kate. Maddie miró hacia la ventana y no respondió. Kate jaló una silla y se sentó junto a su cama—. Maddie, ¿hay algún teléfono a donde podamos llamar a tu padre?

La niña negó con la cabeza.

—No debemos llamarle al trabajo.

—Ya... y entonces, ¿cómo lo contactarían en caso de emergencia?

—No sé —y se encogió de hombros. Kate decidió probar una táctica distinta y sacó un paquete de goma de mascar de su bolsa.

—¿Quieres uno? Son de hierbabuena.

—Gracias —sonrió Maddie. Kate le dio la goma de mascar y miró mientras la desenvolvía y la metía a su boca. La chica se llevó las rodillas al pecho y masticó felizmente. El aroma de hierbabuena flotó hasta Kate.

—Si pasa algo en la escuela y tu mamá no está disponible, ¿a quién llamaría el director? —preguntó Kate en tono casual—, ¿tienes algún pariente por aquí? ¿Tías, tíos? ¿Primos o abuelos?

—No.

—¿Nadie? —insistió Kate. Maddie negó con la cabeza—. ¿Si la escuela quisiera contactar a tu padre en caso de emergencia...?

—Llamarlo no me detendría —gruñó la niña.

Kate vaciló.

—¿Qué quieres decir?

—Si digo que me quiero matar, es en serio.

La mayoría de las chicas de catorce años no eran capaces de articular su alienación tan claramente, y mucho menos admitir sus tendencias suicidas de esa manera.

—¿Por qué querrías matarte?

—No sé.

—¿La voz dentro de tu cabeza te dice que te mates? —presionó Kate. Maddie dejó de masticar—. Cuando tu padre se enoja, ¿te lastima a ti o a tu mamá?

—¿Por qué sigues preguntándome eso?

—Porque no has respondido todavía.

El rostro de la chica enrojeció y estudió a Kate como si fuera el enemigo... y quizá lo era.

—Una vez me empujó, porque no lo dejaba de molestar.

—¿Qué le dijiste para molestarlo?

—Cosas.

—¿Qué tipo de cosas?

—A veces me dan ganas de molestarlo —dijo Maddie, y se encogió de hombros con indiferencia.

—¿Y él te empuja?

—Me hace a un lado. Sólo porque lo irrito. Así —y apartó a Kate con suavidad.

—¿Así de suavemente?

—Sí.

—¿Nunca te empujó más fuerte?

—¡Ya te lo dije! —exclamó Maddie, y su rostro se oscureció. Sus ojos se humedecieron—. ¿Por qué me sigues preguntando esto? —chilló mientras las lágrimas bajaban por sus mejillas.

—Lo lamento, no quería molestarte —Kate dio marcha atrás. Maddie se limpió el rostro mojado—. ¿Es religioso?

—No sé —suspiró la niña.

—¿Y tu mamá es religiosa?

Maddie sorbió por la nariz y Kate le pasó una caja de pañuelos.

—Es católica. Cree en Dios. Cree en Jesús y el Espíritu Santo y el Diablo, el infierno y las maldiciones. Papi no.

—¿Y tú en qué crees? ¿Crees en el Diablo?

Maddie abrió mucho los ojos. Miró a Kate con creciente angustia.

—Mami dice que fue a la escuela contigo, hace mucho, y que un día tu hermana desapareció y todo el pueblo la fue a buscar y cuando al fin la encontraron estaba muerta. La habían enterrado viva.

El corazón de Kate dio un vuelco.

—Mami dice que eso les pasa a las niñas malas. Las matan.

Kate permaneció en silencio y su mente viajó a su adolescencia. Ella tenía dieciséis años cuando Savannah desapareció y Penny debía haber tenido dieciocho, pues estaba en el último año de la preparatoria. Kate apenas recordaba a la tímida

118

y torpe chica rubia que casi siempre estaba sola. Nadie le hacía mucho caso, para ser honestos, pero cuando llegó el juicio de su tío, de pronto estaba en todas partes: televisión, periódicos, internet. Penny había sido la testigo estrella del estado y había metido a Blackwood a la cárcel, pero era evidente que odiaba estar bajo los reflectores. Cuando las cámaras la acosaban, Penny agachaba la cabeza y se tapaba el rostro con las manos.

—¿Qué más te dijo tu mamá? —preguntó Kate.

—Dice que tú puedes arreglarme —dijo Maddie con el ceño fruncido.

—¿Es todo?

Como respuesta, la niña se encogió de hombros.

—Me acababas de decir que no tenías parientes, ¿habías olvidado al tío de tu mamá? ¿Henry Blackwood?

Maddie se sobresaltó.

—Está en la cárcel.

—¿Sabes por qué?

—No.

—¿Estás segura?

La niña se tornaba más y más evasiva. Probablemente intentara proteger a su madre del escrutinio de Kate.

—¿Qué más te dijo de mí? —insistió Kate—, además del hecho de que mi hermana fue asesinada y de que fuimos juntas a la escuela.

—¿Estás enojada conmigo? —preguntó Maddie con gesto preocupado.

—No.

—Pero tu rostro está rojo —arguyó Maddie.

Kate respiró hondo.

—Sólo estoy sorprendida. Cuando perdí a mi hermana estuve muy triste, y me sigue doliendo mucho.

Maddie asintió con solemnidad. Su expresión se llenó de empática calidez. Kate, en cambio, experimentó una paranoia que iba en escalada, pero tendría que dejar su enojo y confusión en la puerta y lidiar con ello después.

—Está bien —dijo—. Vamos a retroceder por un momento. Tengo más preguntas acerca de la voz. ¿Cuándo fue la primera vez que la escuchaste?

—No me acuerdo —suspiró Maddie—. Hace mucho.

—¿Qué es lo peor que te ha dicho?

—Que me tirara por la ventana.

—¿Te dijo que saltaras por una ventana?

—Estaba arriba, en el ático, y me dijo *Hazlo*. Y yo le entendí, porque salté por la ventana.

Malas noticias. El que una voz le exigiera a su anfitrión hacer algo terrible y el anfitrión obedeciera, era una clara señal de psicosis.

—¿Cuándo fue esto?

—Cuando tenía ocho años de edad.

Kate inclinó la cabeza a un lado.

—¿No tenías ocho años cuando te caíste de un árbol?

—No. Salté por la ventana y entonces me golpeé contra el árbol.

—Entonces nunca te caíste de un árbol —confirmó Kate.

—No.

—¿Te empujó alguien de esa ventana?

Maddie hizo una mueca.

—La voz me dijo que lo hiciera, así que lo hice.

—¿Y puedes escuchar la voz ahora? —Maddie pensó por un momento y luego negó con la cabeza—. ¿Cómo describirías tu relación con tu madre y tu padre?

La chica la miró con recelo.

—Sólo di lo primero que te venga a tu mente.

—Me tienen miedo —dijo Maddie.

—¿Por qué?

—No me entienden.

—¿Y cómo expresan ese miedo? ¿Qué hacen? —*Además*, pensó Kate con sarcasmo, *de envolverte en rosarios y abandonarte en un hospital lejano para después huir a casa.*

—Mami reza todo el tiempo.

120

—¿Qué pide cuando reza?

—Reza porque yo mejore.

—¿Ella cree en las posesiones? —preguntó Kate.

—Eso es una especie de eufemismo —replicó Maddie.

Otra extraña respuesta adulta viniendo de una adolescente aniñada.

—¿Ella cree que estás poseída?

—No habla mucho al respecto.

—¿Por qué no?

—Papá le dijo que no lo hiciera.

—¿Así que tu padre no quiere que ella diga que estás poseída?

—Una vez, ella dijo que había un demonio adentro de mí, y él le pegó.

Al fin, pensó Kate.

—¿Ah, sí?

—Le dio una bofetada.

—¿Sólo una vez? ¿O más de una vez?

—Así —dijo Maddie, y lo demostró abofeteando el aire.

—¿Y a ti, Maddie? ¿Te ha abofeteado tu padre alguna vez?

—No —replicó, adoptando una postura defensiva.

—¿Segura?

—Probablemente me lo merecía —soltó.

—Pero dijiste que nunca te había pegado.

—A veces invento cosas —admitió Maddie.

Oh, no. Esto agregaba una complicación más. Aunque decir mentiras y la psicosis no eran mutuamente exclusivas. Los niños abusados a veces mentían para ocultar los pecados de sus padres, volviendo casi imposible desenredar la verdad de la fantasía y las mentiras llanas.

—¿Te pegó? ¿Por qué? ¿Qué pasó? ¿Cómo fueron las circunstancias?

—Le dije algo que él no quería escuchar.

—¿Qué cosa?

—No me acuerdo...

—Intenta.

—¡Deja de preguntarme! —chilló Maddie—, ellos me aman.

—Por supuesto, no lo dudo —accedió Kate.

—¿Y tu padre...?

—Mi padrastro —soltó Maddie.

—Ah, ¿entonces es tu padrastro? —se sorprendió Kate. Maddie asintió con la mirada fija en la vista más allá de la ventana—. No sabía...

—Mi padre verdadero está muerto.

—Lo lamento.

—No lo hagas.

Kate frunció el ceño.

—Voy a pedirle a tus padres que vengan hoy a visitarte.

—Buena suerte con eso —dijo Maddie.

Otra respuesta extraña.

—¿Por qué dices eso? —preguntó Kate. Como no obtuvo respuesta, continuó—: No he podido encontrarlos en casa. ¿Hay algún otro número donde pueda contactarlos?

Maddie negó con la cabeza enfáticamente.

—A mamá no le gustan los celulares. Dice que el gobierno podría estar escuchando.

—¿Escuchando qué?

—Estoy cansada de hablar.

—Está bien. Bueno, espero que te vengan a visitar hoy.

Kate sabía que sus preguntas eran cada vez más intrusivas, y era obvio que Maddie necesitaba algo de espacio. Salió del cuarto y se quedó en el pasillo, mirando a su angustiada paciente desde afuera. Llamó a los Ward a su casa. Esta vez su máquina respondió y Kate dejó un breve mensaje.

Sólo había perdido a Maddie de vista por un instante, pero cuando volvió la mirada hacia el cuarto, la chica estaba golpeando la ventana con los puños, intentando romper el cristal. Kate se apresuró a entrar y aferró a Maddie de los brazos.

—Shhh, shhh, todo está bien.

Esto era un paso atrás. Ahora, Maddie no podía quedarse sola. Ni por un segundo.

15

Kate subió a la unidad psiquiátrica de cuidados intensivos para adultos para hablar con James. Estaba sentado en la sala de día en un círculo junto con doce pacientes, terminando una sesión de terapia de grupo. La paciente más difícil de James, Agatha, estaba en pie en el centro del círculo emitiendo el agudo chillido de un gato en celo. Agitaba los brazos en una especie de danza. Al parecer estaba tratando de explicarse, pero parecía incapaz de producir algo más que lágrimas que dejaban rastros de rímel por sus mejillas.

Kate esperó en un rincón. Había un montón de viejas y arrugadas revistas regadas por toda la sala. Todos los sofás estaban manchados de café y el horrendo tapiz de la pared parecía un test de Rorschach. Unos minutos más tarde, la sesión había terminado y los participantes se miraban unos a otros con ojos anormales y nublados antes de dispersarse. James llegó hasta Kate y le dijo:

—Tengo una jaqueca horrible. Vámonos.

Bajaron a la cafetería, que olía a aros de cebolla y a pastel de carne recalentado. Los médicos, residentes, académicos que iban de visita y demás personal del hospital rotaba con sus bandejas sirviéndose comida preempacada y llena de aditivos, mientras los fumadores se daban gusto en la terraza.

James se metió un par de pastillas de Excedrin a la boca y

tomó un par de bandejas para ellos. Le dio una a Kate y ordenó una hamburguesa con queso, unas papas fritas y un té helado; ella pidió una taza de café y un trozo de pastel de manzana de apariencia miserable. Encontraron una mesa cerca de los botes de reciclaje. Un aroma fétido flotaba desde ellos, y Kate sintió náuseas. Miró cómo James engullía su hamburguesa y se limpiaba la grasa con un montón de servilletas, impasible ante el asqueroso olor.

—¿Cómo te va con la nueva paciente? —le preguntó.

—Estoy muy preocupada por su ambiente. Maddie me ha contado historias contradictorias, pero me inclino hacia un padrastro potencialmente abusivo, lo que podría explicar su comportamiento del otro día. He estado tratando de llamarla. A Nelly, quiero decir, pero no responde mis llamadas. No tiene celular, por lo visto, así que estaba pensando darme una vuelta por ahí esta tarde. Para llegar al fondo del asunto.

—Sí, como, por ejemplo, por qué te eligió justamente a ti para tratar a su hija.

—Y por qué no mencionó el hecho de que íbamos juntas a la escuela. O quién demonios es su tío.

—¿Sabes? He estado pensando —dijo James— que podría estar buscando tu apoyo para hacerle una petición al gobernador e intentar retrasar la ejecución de la semana entrante.

—A mí también se me ocurrió —dijo ella.

—La coincidencia en tiempos es sospechosa.

Kate asintió, con actitud derrotada.

—¿Quieres mi pastel? No tengo hambre —dijo.

James negó con la cabeza pero lo deslizó hasta su lado de la mesa de cualquier modo. Levantó su tenedor y tomó un bocado.

—No dejes que te presione, ¿de acuerdo? Quizás intente arrastrarte a toda esa propaganda en contra de la pena de muerte. Si lo saca a colación, piensa que no tienes por qué quedarte ahí y aguantarlo. Puedes irte y tu conciencia estará limpia. No dejes que te haga sentir culpable.

—No lo permitiré.

—Ésa es mi chica —dijo él. Su ardua mañana estaba graba-
da en su rostro—. ¿Quieres que vaya contigo?

—No. Entonces, sí que se cerraría.

—¿Estás segura?

—Es bastante nerviosa. Será mejor que vaya sola —afirmó,
y estiró el brazo para apretarle la mano—. ¿Cómo está tu
jaqueca? ¿Estás bien?

—Si *bien* significa molido a golpes por mi dizque profesión, seguro.

Ella apoyó la mano sobre la frente de él. Su piel estaba
húmeda y fría, y tenía manchas rojas, febriles, en las mejillas.

—Respira hondo. Dentro... fuera...

—Cállate —rio él.

—Vamos... ¿dónde está mi psiquiatra confiado preferido?

James levantó la mano como un alumno aburrido.

—Aquí. Yo.

—¿Sí? No lo he visto últimamente.

—Está debajo de toda esta terapia intensiva colaborativa,
dinámica y de corto plazo —suspiró.

Se miraron uno al otro.

—En serio, dime... ¿estás bien?

Él sonrió, desafiante.

—Hey, que tengo mis efímeros momentos de lucidez.

—¿Qué ha pasado con Agatha?

—Siento que estoy dentro de esa película, *¿Qué pasó con Baby
Jane?* No me cabe duda de que está planeando mi destrucción.
Quizá debería inyectarme una buena dosis de antipsicóticos, a
ver si me disminuye la paranoia.

—¿Quieres que la muela a golpes por ti?

—No —y le dio un trago a su té helado—, creo que eso es
ilegal. ¿Sabes qué me jode? Lo inteligente y observadora que
es. Es una tragedia. Podría ser alguien valioso, que aportara
algo a la sociedad, si no fuera por su trastorno de personalidad.
Odio admitirlo, pero la mayoría de la gente que llega aquí no

se cura. Uno los libera con la esperanza de que así sea, pero sabiendo que volverán una y otra vez. Toda la vida.

—Finales de abril —prometió ella—. Cancún. O las Islas Caimán.

—¿En verdad? —exclamó él. Sus ojos se iluminaron.

—A menos que prefieras ir a Disneylandia.

—No, no, nada de eso —y enterró el tenedor en el pastel de manzana, reanimado. En ese momento, Jerry Mainhard caminó hacia su mesa.

—Buenas, damas y caballos, ¿qué hay?

Kate farfulló internamente. Jerry era el payaso del departamento de psiquiatría, y no un doctor al que ella le habría confiado su salud mental.

—Jerry —saludó James secamente.

—Todo bien —musitó Kate.

—Te tengo uno nuevo: los psicóticos construyen castillos en el aire y sus psiquiatras cobran las hipotecas —y los miró, esperando su reacción—. ¿Le entendieron? ¿No? —y soltó una estentórea carcajada—, ¡a mí me pareció gracioso!

Kate le lanzó una mirada severa.

—Auch, doctor, a tu novia no le caigo bien.

—¿Podrías dejarnos solos, Jerry? —dijo Kate—, estamos teniendo una conversación entre adultos aquí.

—Ay, ay, qué sensibles. Está bien, me regreso a la mesa de los niños —dijo, y se fue.

—Hey —susurró James—, ¿no habrá sido él quien puso las nueces en tu oficina?

—¡Ah, claro! —dijo Kate—. Por supuesto. Jerry el Gracioso.

—¿Quieres que le rompa la cara? —ofreció James.

—No. Me da la sensación de que eso sólo lo animaría a seguir.

—Cierto. A ésos lo mejor es ignorarlos.

—Ya me desquitaré —dijo Kate, inclinándose hacia delante y arqueando una ceja.

—¿Cómo?

—No sé todavía, pero nunca sabrá de dónde le llegó —susurró ella.

Y ahí estaba la sonrisa torcida de James que tanto le gustaba.

—Me gusta como piensa, doctora Wolfe.

16

Al terminar su turno, Kate tomó la carretera 95 al norte de Boston, dejando atrás pequeños centros comerciales, polígonos industriales, bosques y lagos en su camino a Blunt River, New Hampshire. Era media tarde y el tráfico no estaba nada mal para ser viernes.

Dieciséis años atrás, Penny Blackwood había sellado el destino de su tío dentro de una corte en Manchester, después de que sus abogados defensores declararan que había estado con ella aquella maldita noche: Penny contradijo la declaración jurada, y testificó que su tío se había ido de la casa por seis horas aquella noche y había vuelto en un estado lamentable. El jurado le creyó a ella, no a él. El Estado lo habría podido condenar basándose solamente en la evidencia, tal vez, pero Penny se había asegurado de que el monstruo fuera encerrado. Kate sólo conservaba algunos vagos recuerdos de ella: una tímida rubia que se deslizaba por los pasillos de la escuela como un fantasma, sin llamar jamás la atención. Una niña invisible como tantos de los pacientes problemáticos de Kate.

Aunque no se le había permitido estar dentro durante el testimonio de Penny, Kate había visto muchos videos de la testigo estrella del Estado abandonando el tribunal en el noticiero de las seis, acosada por los reporteros y fotógrafos que le bloqueaban el paso y le gritaban preguntas. Solía envolverse la cabeza en un suéter para ocultar su rostro. En la televisión, Henry Blackwood siempre se veía igual. Fruncía mucho el ceño, una horrenda sombra cruzaba su rostro. A Kate se le dificultaba recordarlo fuera de aquellas imágenes reproducidas por los medios, como si no hubiera existido más allá de esas líneas, esa estática, esa memoria catódica.

Ya llevaba más de una hora manejando a través de parches nevados y zonas soleadas, y había caído en una especie de trance. Apagó el radio y condujo en silencio a lo largo del ramal oriental del río. Estaba en la región del suroeste de New Hampshire, con sus montañas llenas de niebla y paisajes invernales: una paleta de platino, oro y plata. Algunas casas eran majestuosas, mientras que otras tenían un montón de basura acumulada en sus patios.

El pueblo de Blunt River había sido un centro de producción de zapatos y su universidad privada, perteneciente a la *Ivy League*, era tan vieja como Yale. La más grande vergüenza del pueblo era su decrépito manicomio, que había cerrado en 1996 y ahora era un conglomerado de edificios deteriorados enclavados en áreas protegidas, no muy lejos del hospital Blunt River, afiliado a la universidad, que tenía un pabellón psiquiátrico moderno y humanitario.

La madre de Kate había sido ingresada al viejo asilo cuando ella tenía diez años y Savannah seis; las dos eran demasiado pequeñas para comprender lo que estaba pasando. En el principio de su enfermedad, Julia Wolfe escuchaba voces. Veía cosas que nadie más veía: rostros en las ventanas, luces extrañas enroscándose en el vacío. Estaba convencida de que alguien la seguía cuando caminaba por el pueblo. En la institución la trataron por bipolaridad y por un episodio depresivo muy agudo.

La bipolaridad, o depresión maniaca, era un trastorno químico del cerebro, una enfermedad crónica con cambios de ánimo que iban de la depresión a la manía. En algunos casos, el trastorno bipolar iba acompañado de alucinaciones visuales o auditivas. Estos síntomas psicóticos estaban más comúnmente asociados a la esquizofrenia y, como resultado, muchos pacientes con cambios de ánimo severos y que además alucinaban, solían ser diagnosticados de manera incorrecta.

Los doctores insistían en que el trastorno bipolar de Julia se había manifestado a través de las alucinaciones, pero éstas eran tan severas que Kate a menudo se cuestionaba si no la habrían diagnosticado mal. El llamado trastorno bipolar esquizo-afectivo habría sido más preciso. Los doctores la dieron de alta tras seis meses de tratamiento. Unas cuantas semanas después, se llenó los bolsillos de piedras y se ahogó en el río como Virginia Woolf, su escritora favorita.

Kate tomó la rampa de salida de la carretera y siguió las familiares curvas de terracería hacia Blunt River. No había vuelto a casa en tres años, pero no era que su padre se quejara al respecto. Era raro que escuchara de él, salvo por la tarjeta de Navidad de cada año y un regalo de cumpleaños: siempre enviaba un libro. Había intentado llamarle un par de veces al año y se encontraba con el mensaje de su máquina contestadora: *Se está usted comunicando con el doctor Wolfe. Por favor, deje un mensaje después del tono.* Eventualmente, había dejado de dejarle mensajes, porque no había mucho que decir.

Ahora se sentía inundada de angustia y un toque de nostalgia. Tenía algo de curiosidad. Nada había cambiado: Blunt River era el mismo pueblecillo pintoresco de Nueva Inglaterra que siempre había sido, encantador y tranquilo, con una prestigiosa universidad enclavada en el centro. Su pueblo natal. Dejó atrás las casas, algunas de estilo gótico, otras de estilo victoriano y algunas más campestres, donde algunos de sus amigos de la infancia solían vivir, gente con la que había perdido contacto años atrás. Había jugado al doctor con el hermano de Ashley Walsh en aquella casa verde; había vomitado en la bañera de aquel dúplex donde vivía Dara Bogdanova, y había sido la invitada más odiada de la fiesta de pijamas en aquella casa estilo Tudor, donde años atrás no había podido dejar de criticar a Alanis Morissette.

Frenó un poco ante un semáforo preventivo, giró a la derecha en la calle de Three Hills y sintió una ligera aprensión al avanzar por las tres colinas, arriba y abajo, arriba y abajo, como si se tratara de una montaña rusa.

Estaba a punto de llegar a casa. Bueno, no exactamente. No le había mencionado a su padre que haría aquella excursión y no planeaba visitarlo sin avisar. En cambio, decidió tomar un atajo a través de su antiguo vecindario camino a Wilamette. *Hola, papá. Adiós, papá. Lo lamento, papá.*

El sistema de GPS le daba indicaciones y Kate obedecía sin pensar, girando a la izquierda, avanzando un kilómetro y medio, girando a la derecha, etcétera. Wilamette, el pueblo donde los Ward vivían, era una horrible protuberancia al otro lado del río. Cruzó el puente de acero que se levantaba sobre el helado río azul y dejó atrás el letrero: BIENVENIDO A WILAMETTE, CAPITAL MADERERA DEL MUNDO. Mentiras, todo mentiras.

De ese lado del río, el paisaje cambiaba por completo. Las calles estaban muy descuidadas, la mitad de las tiendas de la calle principal estaban clausuradas y la tienda de materiales de construcción estaba tapizada de letreros de promociones de sesenta por ciento de descuento. Las viejas cafeterías familiares ahora eran locales de comida rápida y el único cine del pueblo había sido cerrado definitivamente. Tras un kilómetro y medio que mostraba lo deprimente que era la vida comercial de Wilamette, la calle terminaba en un callejón sin salida. Para continuar avanzando, Kate tuvo que girar a la izquierda en las vías del tren.

El pueblo que había sido próspero gracias a su tala y madererías, ahora intentaba reinventarse como un idílico destino turístico rodeado de árboles... bueno, suerte con eso. Wilamette estrenaba carriles para bicicletas y senderos para andar por el monte, pero la infraestructura se caía en pedazos y las calles estaban llenas de baches. Había demasiados campamentos para remolques abandonados y cabañas decadentes que

132

habían pasado de generación en generación. Algunas tiendas de dulces y recuerdos habían emergido aquí y allá, pero la pobreza era expansiva. La gente luchaba por sobrevivir, pero el alcalde era corrupto y la situación no parecía mejorar.

Kate giró a la derecha en la intersección y serpenteó por kilómetros al interior de las montañas, pasando sembradíos ilegales de mariguana y criaderos ilícitos de cachorros y minks. Los habitantes de Wilamette parecían ser ávidos coleccionistas de partes de autos y viejos barriles. Algunos amigos de Kate, nacidos ahí, solían burlarse de las extrañas conductas de sus padres, y ella se preguntó si aquella generación había logrado huir de ahí o si seguirían atrapados. Quizás algunos estuvieran esforzándose por llevar a su pueblo hacia un futuro mejor.

Para cuando llegó frente a la apagada casa de Nelly Ward, era ya muy entrada la tarde. El Toyota Camry azul estaba estacionado en la entrada. La residencia debía tener al menos sesenta años y estaba mal construida, como si una costurera enojada la hubiera desarmado: las grietas en el revestimiento delataban los cimientos hundidos.

Kate se estacionó y bajó de su auto. El hielo había formado filas de estalactitas que colgaban del techo. Caminó hacia la puerta principal con decisión y tocó el timbre.

Nelly se quedó sin aliento cuando abrió la puerta

—¿Qué haces aquí? —dijo.

—Tenemos que hablar.

—Me debías haber avisado que venías.

—Lo intenté. ¿Recibiste todos mis mensajes? —dijo Kate.

Tras un instante, Nelly cedió. En el instante en que Kate entró a la casa, estuvo a punto de retroceder a causa de la multitud de olores: moho, basura, cigarros. Esperaba ver cruces y otros símbolos cristianos colgando de las paredes, pero se encontró con un revoltijo de supersticiones de todo tipo: tótems de las tribus nativas, amuletos *New Age*, tréboles de cuatro hojas y talismanes primitivos. Había un par de crucifijos de aspecto medieval, pero se perdían entre el resto de objetos.

Nelly siguió su mirada y después estiró los escuálidos brazos para permitirle inspeccionarlos: de sus muñecas colgaban docenas de brazaletes de plata y turquesa.

—Los aztecas y los mayas creían que la turquesa y la plata alejaban a los malos espíritus, así que pensé: ¿por qué no? Entre más aliados mejor. No es que haya funcionado —musitó—. Tengo la peor maldita suerte del mundo.

Kate pensó en Maddie y en cómo sería crecer en aquella casa tan desordenada, donde parecía que las paredes se te venían encima. Alguien se había esforzado en alegrar el lugar y darle luz, pero las persianas venecianas estaban totalmente cerradas y por ellas no se colaba ni un rayo de sol. Kate vio una fotografía enmarcada sobre la chimenea: la feliz pareja en el día de su boda. El esposo de Nelly, alto y grueso, llevaba esmoquin y el oscuro cabello hasta el cuello. La novia parecía resplandecer de alegría mientras que él lucía una mueca que parecía profetizar la infelicidad por venir.

—¿Puedo sentarme?

—Donde quieras —dijo Nelly encogiéndose de hombros.

Kate tomó asiento en la orilla de un gran sofá a cuadros que conservaba el viejo aroma de algún perro. Decidió no dar rodeos.

—Eres Penny Blackwood, ¿no? ¿La sobrina de Henry?

—Sí —admitió Nelly secamente—, me cambié el nombre por obvias razones.

—¿Por qué no me lo dijiste el otro día?

—No sé.

Sus ojeras eran negras y profundas. Resultaba difícil creer que fuera sólo dos años mayor que Kate: Nelly parecía mucho más vieja. Llevaba un suéter de cuello de tortuga rosa, pantalones marrón y un par de pantuflas de felpa de talón abierto.

—No lo entiendo —confesó Kate—, ¿por qué llevar a tu hija hasta Boston cuando hay un excelente pabellón psiquiátrico del otro lado del río? ¿Por qué hacer tanto esfuerzo?

—No sé —respondió Nelly, dejándose caer en una butaca de vinil.

—Hay muchas psiquiatras excelentes en Blunt River —dijo Kate suavizando un poco la voz—, ¿por qué me elegiste a mí?

—Bueno, para empezar, leí de ti en el *Globe*. Que habías ganado el premio ese. Y ya estaba hasta la coronilla de hablar con tanto *experto* —gruñó Nelly—. En mi opinión, no tienen idea de nada.

—¿El doctor Quillin y los demás? Maddie los mencionó.

—Quillin, Madison, Hoang. Impostores sobrepagados, todos. Cada uno decía otra cosa. Es bipolar. No, es esquizofrénica. Las drogas que le daban sólo empeoraban las cosas y nadie me hablaba claro. Mientras, ella se ponía peor y peor.

—¿Y entonces decidiste escogerme a mí? —preguntó Kate, intentando mantener un tono de voz neutral—, de todos los doctores del Tillmann-Stafford? ¿Porque te frustraste con los de Blunt River y leíste acerca de mí en el *Globe*?

—¿Qué quieres que te diga? —preguntó Nelly, poniéndose en pie ansiosamente.

—La verdad estaría bien.

—¿La verdad? —repitió Nelly, que ahora temblaba un poco, como un perro que estuviera retrocediendo aterrorizado—. Mi tío no mató a tu hermana —soltó, como si llevara años necesitando decirlo—, ¿qué tal esa verdad?

El estómago de Kate se le fue a los pies.

—Y ahora va a morir por algo que no hizo.

—Pero fue tu testimonio el que lo condenó —farfulló Kate a través de sus dientes apretados.

—No importa. Sé que no lo hizo.

—¿En verdad? Qué raro, porque encontraron a mi hermana *enterrada en su jardín*. ¿Cómo explicas eso? ¿Y por qué testificaste en su contra, entonces?

—Lo único que sé es que un hombre inocente va a morir —repitió Nelly.

Kate sintió que todos sus músculos se tensaban. Ahora todo quedaba claro. *Por eso me trajiste a Maddie. Esto tiene que ver con tus sentimientos de culpa. Acusaste a tu tío en el juicio y ahora que lo van a ejecutar decidiste cambiar tu historia y arrastrarme a tu nuevo plan. Pues buena suerte con eso.*

Kate se puso en pie.

—Hay muchos psiquiatras excelentes en el área de Boston. Mientras tanto, le pediré a mi colega, el doctor Ira Lippencott, que tome el caso de Maddie por ahora. Es un psiquiatra infantil muy reconocido, uno de los mejores que...

—¡No! —exclamó Nelly, acercándose a Kate sin dejar de temblar y con los ojos como platos—, por favor. Lo siento, no quise alterarte. Te recuerdo de la escuela. ¿Tú te acuerdas de mí?

—Vagamente —replicó Kate.

—Tu hermana y tú pasaban frente a la casa de mi tío camino a la escuela todos los días. A veces las saludaba desde las ventanas de arriba... ¿ahora me recuerdas? En mi mente, todavía puedo verlas a las dos: la pelirroja bonita y su pequeña sombra rubia.

Kate se sorprendió de que Penny las hubiera tenido tan presentes, porque ella no podía recordar a nadie saludándolas desde la casa de Blackwood. Pero más allá, no quería discutir acerca de su hermana muerta con esta mujer, porque aunque Nelly Ward era inocente, estaba manchada de la monstruosidad de su tío. Kate sentía el impulso de castigarla de alguna manera.

—¿Por qué no has venido al hospital? Maddie te necesita más que nunca.

—No lo sé —chilló Nelly, llevándose las manos al rostro.

—¿Qué está pasando? ¿Tienes problemas con tu esposo?

—No, por Dios.

—Mira, puedo recomendarte a un par de mujeres psiquiatras...

—¡No! —gritó Nelly con los ojos llenos de lágrimas.

—¿Necesitas que sea *yo*? ¿Por qué?

Nelly negó con la cabeza.

—Mira, te he estado siguiendo a lo largo de los años... no como una acosadora ni nada por el estilo. Me sentí tan mal por lo de tu hermana, es tan horrible... y mi tío no lo hizo. Sé que es inocente. Entonces pensé que... ¿Qué? No sé, tal vez ni siquiera estaba pensando. ¡Tal vez sólo soy una estúpida! —gritó con inesperada ferocidad. Ahora Kate comprendía de dónde venía la voz dentro de la cabeza de Maddie.

—Escucha —dijo con suavidad—, no eres estúpida. Sólo estás confundida, como todos nosotros.

—¿Confundida? Absolutamente. ¿Con la peor suerte posible? También. No todos tenemos vidas perfectas —dijo Nelly con amargura. Kate sintió aquello como un ataque directo.

—¿Estás diciendo que mi vida es perfecta? —preguntó Kate, intentando controlar su rabia.

—No, no —retrocedió Nelly—, perfecta no. Pero privilegiada sí.

—¿Privilegiada? Mi madre se suicidó. Mi pequeña hermana fue secuestrada y asesinada de la peor manera imaginable y...

—Lo sé, lo sé. ¡Perdóname! No quise decir eso —interrumpió Nelly agitando sus delgados brazos como si intentara disolver la indignación de Kate—. Por favor, te lo ruego... mi tío no lo hizo. Lo juro por Dios. Él no lo hizo.

—Deja de decir eso.

—Nunca se fue de la casa aquella noche. Estuvo conmigo todo el tiempo.

—Entonces ¿mentiste en el juicio?

—Estaba loca. Tenía muchos problemas —musitó.

—Pero le dijiste al juez que tu tío se había ido por seis horas. ¿Por qué mentirías al respecto?

—Porque estaba avergonzada.

—¿De qué? —presionó Kate.

—De algo —y agitó los brazos.

—¿Qué?

—¿Te lo tengo que deletrear? —gritó Nelly.

—Pues sí, eso parece.

Nelly tomó un paquete de Marlboro de la repisa sobre la chimenea y tras un par de intentos logró abrir una caja de cerillos y prender un cigarrillo.

—Mi tío abusaba de mí —dijo al fin, exhalando una nube de humo. Kate se paralizó, aunque no supo por qué aquello le sorprendía tanto—. Lo hizo por años.

Por primera vez, Nelly le hacía sentido. Porque si aquello era cierto, la víctima podía cargar con la culpa y la vergüenza de lo que había pasado para siempre.

—Entonces, ¿esas seis horas...?

—Estábamos solos en la casa de mis padres —suspiró Nelly—. No estaban en el pueblo. A veces salían y le pedían al tío Henry que me *echara un ojo*. Ja. Sí que lo hacía, sí señor. Le encantaba encargarse de mí, lo había hecho por años. Mi padre se preocupaba demasiado, pensaba que no debían dejarme sola en la casa, no fuera a ser que llevara a algún chico y me metiera en problemas. ¿Yo? ¿La chica más invisible del colegio? Pero confiaban en el tío Henry, claro... Me hacía cosas y luego comíamos algo frente a la televisión. Después hablaba de sí mismo. Como si a mí me importara. Y luego volvía a hacerme cosas y veíamos más televisión. Nunca se acababa. En su mente retorcida, éramos una pareja de amantes secretos. Yo vivía aterrorizada —dijo Nelly mientras las lágrimas se derramaban por sus mejillas—. La policía me presionó para que mintiera. *¿Qué hacía todo el tiempo que estaba contigo en la casa? ¿Cómo que veían televisión? ¿Eso es todo? ¿No salió nunca? ¿No fue por una cerveza? ¿Por qué nos estás mintiendo? No te creemos. Te podemos arrestar por mentir. Seguro que salió de la casa en algún momento.*

Nelly se limpió la nariz con el dorso de la mano.

—No querían la verdad. Me tuvieron encerrada en un cuarto diminuto sin darme nada de tomar, sin dejarme ir al baño ni hablar con un abogado. Me sentí como una criminal. Moría de miedo. Me fueron desgastando... sólo quería irme a casa. *¿Cómo que estuvo contigo todo el tiempo? Seguro que salió en algún momento. Salió, ¿no?* Estaban tan convencidos de su culpabilidad, que pensé que si les decía lo que querían escuchar, lo encerrarían y nunca saldría y yo ya no tendría que lidiar con nada de eso. Lo pensé mucho, ¿sabes?

—A ver —dijo Kate con suavidad—, si tu tío no lo hizo, ¿quién mató a mi hermana? ¿Quién la enterró en su jardín?

—No sé. Él tenía muchos enemigos. Le debía dinero a mucha gente del pueblo —dijo Nelly negando con la cabeza—, pero te digo que nunca me dejó sola. Siempre estaba tocándome. Siempre ahí.

—Pero la evidencia contra él era abrumadora —argumentó Kate—. Sus huellas dactilares estaban en la pala y había cabellos suyos enredados en la cuerda —dijo, y después se tomó unos instantes para pensar en cuál sería la mejor manera de explicárselo—. Escucha, te entiendo. Nuestras memorias pueden ser tramposas. ¿Cómo sabes que no estás mezclando días, eventos, lugares? Hay una cosa llamada el síndrome de la falsa memoria. Tal vez en el fondo no quieres ser responsable de la ejecución de tu tío.

Los labios de Nelly estaban tan apretados que formaban una línea recta. Miró a Kate con frialdad. En algún momento de su tratamiento, todos los pacientes de Kate la habían mirado de ese modo.

—Mire, doctora Wolfe, no estoy mintiendo. Mi tío era un hombre brutal. Lo odio por lo que me hizo, pero él no mató a su hermana. No sé quién lo hizo, pero quien haya sido, sigue ahí afuera.

17

Cinco horas más tarde, Kate estaba sentada en el suelo de su recámara con ganas de vomitar. Intentó llamar a James de nuevo, pero su número la enviaba directamente al buzón de voz. Frente a ella había una botella de vino vacía y un plato lleno de colillas de cigarro. Había estado viendo un álbum de recuerdos lleno de fotos descoloridas de su familia en fiestas de cumpleaños y vacaciones. La tensión se había acumulado detrás de sus ojos. Tragar saliva le dolía. La aflicción en su máxima expresión estaba ahí, cerca, todas sus emociones a punto de desbordarse. Pero se negaba a llorar. Necesitaba lidiar con esto de manera profesional. Tenía que controlarse. Escuchó el sonido de la puerta principal.

—¿Amor? —llamó James desde el vestíbulo.

—¡James, por Dios! ¿Dónde estabas? ¿Por qué tenías apagado el teléfono? ¡Llevo horas tratando de contactarte!

—Lo siento, mi vida —dijo él, apareciendo en el umbral de la habitación y cargando una bolsa de papel del supermercado—. Se me olvidó llevar mi cargador. ¿Qué pasa? ¿Estás bien?

—Nelly Ward me dijo que Henry Blackwood no mató a mi hermana... que quien sea que lo haya hecho sigue ahí afuera. Dice que la policía la presionó para mentir, que su testimonio fue mentira y que él nunca se fue de su casa por seis horas. Que su tío no se separó de ella ni por un segundo.

—Hey, hey, a ver, un poco más lento —dijo James, entrando al cuarto. Dejó la bolsa de las compras en la cama y se sentó junto a Kate en el suelo—. Antes que nada... —dijo, tomando su rostro entre las manos para darle un cariñoso beso. Ella se alejó.

—¿Y si es cierto? ¿Y si él no lo hizo? ¿Y si van a ejecutar a un hombre inocente?

—¿En verdad crees eso? —preguntó él, lanzándole una mirada escéptica.

Ella sacudió la cabeza.

—Ya no sé qué creer. Estoy bastante convencida de que Nelly me dijo la verdad. Me contó que su tío había abusado de ella por años, y eso suena real. Y si él nunca se fue de esa casa aquella noche, eso podría significar que...

—A ver, un segundo. Éste es un clásico comportamiento culposo. Probablemente se está arrepintiendo de la ejecución. ¿Que él estaba abusando de ella? De acuerdo. Pero el jurado vio la evidencia, Kate. Era un caso sólido, con o sin su testimonio.

—Pero sonaba tan convincente...

—Puede ser que ella lo crea. Eso no lo hace verdadero.

—Cierto —asintió ella—, el síndrome de la falsa memoria. Sí me pasó por la mente.

—Y si fuera el caso, ¿por qué no ha contactado al equipo de abogados defensores para darles esta información? Ésa sería la manera correcta de manejarlo. ¿Por qué te lo dice a ti y no a alguien más?

—Porque está avergonzada...

—Kate...

—Tienes razón —dijo ella con un pesado suspiro. Luego lo miró con el ceño fruncido—. No podía encontrarte. ¿Dónde estabas? En el hospital me dijeron que te habías ido hacía horas.

—Le cambié el turno a Peter y me tomé un tiempo libre.

—¿Saliste temprano de trabajar?

—Necesitaba aclarar mi mente. Me tomé un par de tragos. Anduve por un Best Buy. Ya sabes, cosas de hombres —explicó, y levantó la botella de vino vacía—. Uf, qué lástima. Nos podríamos haber emborrachado juntos.

—¿Qué traes en la bolsa del súper? —quiso saber ella.

James la ayudó a levantarse y se sentaron juntos en la orilla de la cama. Él volteó la bolsa y lo único que cayó en el colchón fue una bolsa tamaño familiar de malvaviscos.

—¿Malvaviscos? ¿En serio?

—Estaba ebrio y fui de compras, entiéndeme —sonrió él.

—Me estaba volviendo loca porque no lograba encontrarte.

—Lo siento, amor. No volverá a pasar. Te lo prometo —y abrió la bolsa—. ¿Quieres uno? Son medicinales.

—No, gracias.

—Vamos, ¿no te puedo convencer? —y se metió uno a la boca—. *Yumi.*

—¿Entonces te fuiste a un bar? ¿Te tomaste unos tragos?

—Escucha, he estado pensando mucho acerca de nosotros. Acerca de nuestro futuro. No puedo ni imaginar todo lo que has vivido, Kate, todo el asunto de Nikki y la ejecución... así que tengo una sugerencia.

—¿Cuál?

—No te enojes conmigo, ¿está bien?

—Dímelo y ya.

—Tal vez tú no seas la persona adecuada para tratar a Maddie Ward —soltó él.

—James...

—Intenta ser objetiva al respecto, Kate. Mira lo complicado que se está volviendo.

—Tienes razón, es complicado. Estuve un buen rato aquí sentada pensando en lo complicado que es, pero después llegué a la conclusión de que no puedo tomar decisiones basándome en el comportamiento de Nelly. Maddie apenas comienza a confiar en mí. Estamos conectando. Sé que puedo ayudarla.

—Si crees que estás a punto de tener un momento mágico

con ella en el que se abrirá contigo y todo parecerá claro, te garantizo que te romperá el corazón. Tú sabes tan bien como yo que nosotros sólo somos una parte del proceso de nuestros pacientes. La mayoría pasará el resto de su vida entrando y saliendo de instituciones como la nuestra. No podemos arreglar a ninguno nosotros solos. No somos dioses.

—Sólo le quedan cinco días. Ocho, máximo. No podemos permitirnos cambiar de terapeuta a la mitad del camino.

—Kate...

—No voy a permitir que nada nuble mi juicio profesional, ¿de acuerdo? —declaró ella, y se dio cuenta de que él había decidido dejar de discutir: había dejado caer los hombros. Siempre hacía eso cuando se daba por vencido. Ella miró los malvaviscos sobre la cama—. ¿Eso es lo que vas a cenar?

—Acuéstate conmigo —dijo él mientras se quitaba los zapatos.

—James...

—Acuéstate —insistió él, dándole un par de palmadas al colchón. Ella dejó escapar un suspiro y se acomodó a su lado. Él la rodeó con sus brazos y respiraron al unísono suavemente.

—Ya no quiero pelear —dijo ella.

—Perdón, ¿estábamos peleando?

—Un poco.

—Ah, bueno, pues tengo la solución perfecta —dijo él, tomando la bolsa de malvaviscos—. No podemos discutir si tenemos la boca llena. Dale, únete a este viaje exquisito —Kate rio y él la miró con dulzura—. Tienes la risa más increíble.

Kate metió la mano en la bolsa y comieron malvaviscos mientras la luz del día se disolvía en la oscuridad.

El dolor estaba siempre ahí, como una piedra redonda que no podía ni tragar ni escupir. Cuando Kate era una niña, el mundo parecía seguro y acogedor porque estaba limitado a su casa, sus muñecas, sus padres y su irritante hermana pequeña. La vida era palomitas de maíz, juegos y su padre cantando "Whip It" de Devo con una graciosa voz. Pero Kate había sido confrontada con el hecho de que la vida no era cálida ni amistosa. A la tierna edad de dieciséis, todo se había vuelto siniestro. Ella dejó de confiar en la gente y dejó de confiar en la habilidad de su padre para protegerla. El futuro ya no era un horizonte brillante al que se dirigía sin titubear: ahora sabía que cada paso dolería, y a veces dolía demasiado.

El día del funeral de su madre, veintidós años atrás, cayó una gran tormenta. Kate era una niña delgadita de diez años y no podía abrir las puertas de la iglesia. Empujó la puerta derecha con todas sus fuerzas, pero no cedía. ¿Estaba cerrada con llave? Ella y Savannah empujaron juntas la puerta izquierda, pero tampoco pudieron. Las niñas se llenaron de pánico y golpearon ambas puertas.

—¡Déjennos entrar! ¡Déjennos entrar!

Después, su padre les había demostrado lo que había que hacer. Jala, no empujes. Quizás eso fuera una metáfora para la vida. Una vez dentro de la rebosante iglesia, se sentaron juntas en el banco del frente. Su padre había perdido la vitalidad a tal grado que parecía un cadáver. Kate recordaba haber pensado que su madre se veía más viva dentro de su ataúd que su padre fuera y caminando. Más tarde, en el cementerio, cuando bajaron la caja a la tierra, Savannah había colapsado en los brazos de su hermana. Pero años después, en el funeral de Savannah, Kate no había tenido los brazos de alguien para dejarse caer.

Ahora tenía a James. Se acurrucó más en su abrazo y cerró los ojos.

18

En la mañana del sábado, Kate despertó y miró el reloj con los ojos entrecerrados.

—¡Dios mío, dormí de más!

—Relájate, tienes tiempo —dijo James, que estaba en pie frente al espejo, recién rasurado, bañado y listo para irse a trabajar.

—¡Pero el funeral es a las diez!

—¿No habías dicho que era al mediodía?

—¡Mierda! La madre de Nikki me pidió que dijera unas palabras —dijo Kate saltando de la cama—, planeaba escribirlas mientras me tomaba mi café.

—Bueno, ¿cuál es el plan B?

—Ése era el plan B.

—¿Puedo ayudarte en algo? —ofreció él mientras anudaba de modo experto el nudo de su corbata.

—No sé. Estoy bloqueada. Tengo la cabeza llena de clichés.

—Sólo di lo que sientes, suene a cliché o no. Expresa lo que hay en tu corazón.

—Ah, guau —dijo ella mirándolo fijamente—, jamás se me habría ocurrido.

—Cállate —sonrió él.

—¿Puedo citarte? *Di lo que sientes. Expresa lo que hay en tu corazón.*

—Ya, ya entendí. Soy un pretencioso de mierda.

—Bueno, te graduaste de Harvard, ¿no?

—¿De Harvard? Nunca sería así de pretencioso. Por favor. Yale de pedigrí —dijo, fingiendo estar ofendido por la confusión. Le dio un beso en la mejilla—. Relájate. Lo harás perfecto, como siempre.

Cuando James se marchó, Kate se apresuró a prepararse y perdió mucho tiempo valioso decidiendo si vestirse de gris, negro o azul marino. ¿Cómo se vestía la gente para los funerales hoy en día? Rasgó sus medias y perdió cinco minutos más buscando un par que no tuviera rasgaduras. Eligió un traje gris claro. No le quedó tiempo de preparar café.

Mientras conducía hacia las afueras de la ciudad, intentó darle forma a un discurso dentro de su cabeza, pero la conversación del día anterior con Nelly nublaba cualquier otro pensamiento. Su estómago estaba revuelto. ¿Y si James estaba equivocado? ¿Y si Nelly estaba diciendo la verdad? Había dejado que James la tranquilizara porque en el fondo quería creerle. No quería pensar en la posibilidad de que el asesino de su hermana siguiera libre y secuestrando niñas pequeñas. Durante la última década había habido un par de casos similares en el área de Blunt River y ambos habían tenido lugar cuando Henry Blackwood estaba encarcelado. Sin embargo, eso no significaba nada: las adolescentes solían ser blanco de depredadores.

Golpeteó el volante, intentando recordar algo más de aquellos casos. Diez años atrás, un hombre que hacía senderismo se había topado con los restos de una adolescente asesinada en el área boscosa de los Balsams, al oeste del pueblo. Hannah Lloyd, de catorce años, había sido estrangulada. El juicio dominó las noticias por un rato y el principal sospechoso, un pedófilo que tenía historial y era el vecino de Hannah, había quedado en libertad después de que el jurado no llegara a una decisión unánime. Antes de que el fiscal pudiera llamar a un segundo juicio, el sospechoso se pegó un tiro en la cabeza.

Después, hacía un año aproximadamente, Makayla Brayden, de quince años, desapareció. Nunca la encontraron. Se ofrecía una recompensa de quince mil dólares a cambio de cualquier información que llevara al arresto del secuestrador. No había razón para conectar los dos casos: el asesino de Hannah Lloyd ya tenía un nombre y los periódicos habían informado que Makayla Brayden era adicta y había escapado de su hogar, lo que la había convertido un blanco fácil.

Kate sabía que aquella línea de pensamiento no la llevaría a ninguna parte. Vio un Dunkin' Donuts y se estacionó. Corrió al interior y compró una rosquilla y un café grande. Volvió al auto y sacó su libreta de espiral y una pluma. Miró la hoja en blanco. *Escribe lo que hay en tu corazón.*

Pérdida. Dolor. Kate entendía lo que era perder a un ser amado. Te cierras, te rompes, te caes en pedazos. Te enfureces contigo misma y con Dios. Amenazas con no creer en Él, pero lo amenazas a gritos. Lo maldices, le suplicas, te vuelves loca. Pierdes el apetito. Te hundes en la autocompasión. No encuentras nada que valga la pena en el mundo. ¿Por qué? La eterna pregunta se repite en tu cabeza como el tañido de una campana de catedral. ¿Por qué, por qué, por qué se tuvo que ir esa hermosa persona? ¿Por qué lo permitió el universo? Odias la sensación de vacío perpetuo. Odias al sol por salir. Los atardeceres te hacen llorar. Las noches son duras. Las semanas pasan y el dolor no se atenúa.

Echó un vistazo al reloj del tablero. Hora de irse. Había escrito dos páginas apenas legibles y las metió en su bolsa. No había tocado la rosquilla. Se terminó el café y encendió el motor. Diez minutos más tarde escuchó las campanas de la iglesia del elegante suburbio de Boston donde vivían los McCormack. Era una hermosa mañana soleada de febrero. En el estacionamiento había tantos autos híbridos como normales y de ellos bajaban los familiares, amigos y compañeros de clase de Nikki, que se tomaban de las manos para darse ánimos en su camino a la iglesia. Kate se unió a la multitud, temiendo el momento en que se enteraran de quién era ella. ¿Qué pensarían? *Ah, ahí está la psiquiatra que no pudo salvar a Nikki.*

El funeral de Savannah había estado invadido de extraños: reporteros, camarógrafos, curiosos y voluntarios de todas partes presionando en las barricadas que la policía había colocado en un esfuerzo por respetar a la familia en su dolor y protegerlos del escrutinio de los medios. Pero una buena historia era difícil de ignorar. Los rostros aturdidos de Kate y su padre estaban en todos los noticieros y periódicos, imágenes tomadas mientras se apresuraban al interior de la iglesia o caminaban en la procesión funeraria. En aquellas granulosas imágenes, Kate parecía una niña experimentando un dolor adulto por primera vez.

Ahora sus nervios estaban crispados. Las notas que había hecho para el discurso estaban arrugadas en el fondo de su bolsa. El padre biológico de Nikki emergió de entre la multitud y se acercó a saludarla cálidamente.

—Doctora Wolfe, gracias por venir —dijo, y le dio un abrazo—. Nikki la adoraba. Aprendió mucho de sí misma en sus sesiones con usted.

El hombre era pelirrojo y llevaba el cabello muy corto. Sus ojos color avellana estaban enrojecidos. Era un par de años mayor que Kate, pero le pareció tan educado y lleno de buenas intenciones que por alguna razón se sintió muy vieja.

Le presentaron a otras personas, intercambió buenos deseos y pésames y la multitud se dirigió al interior de la iglesia. El ataúd de madera de cerezo estaba frente al altar, entre un arreglo de globos y una foto ampliada de Nikki. Estaba cubierto de rosas. La foto era la de su anuario escolar y Kate sabía que su paciente la odiaba: decía que la hacía ver artificial.

Kate se sentó junto a los primos de Nikki, mientras el ministro se acomodaba detrás del púlpito tallado en caoba.

—Estamos aquí reunidos para celebrar una hermosa vida que abandonó este mundo demasiado pronto...

Habló por veinte reconfortantes minutos y después presentó a la maestra de escritura creativa de Nikki, una mujer de mediana edad que habló de los dones que la chica tenía para la literatura. Luego fue el turno de la mejor amiga de Nikki, una chica de cabello rosa con los ojos delineados de negro que habló del ingenioso sentido del humor de su amiga. Tras los discursos de más amigos y parientes, llegó el turno de Kate.

Camino al podio recordó la predilección de Nikki por los dulces de regaliz y Minecraft. Le gustaba decir *al demonio contigo*. Le gustaba vestirse de blanco y usar aretes en forma de gotas de sangre, como la novia de Drácula. Kate sabía algunas cosas que no podía compartir con esa audiencia: que Nikki había tomado éxtasis más de una vez, que había llamado a su madre *una bruja frígida incapaz de amar* y que culpaba a su padrastro por beber demasiado. Los quería a ambos, pero no la dejaban ser ella misma. Se sentía una perdedora la mitad del tiempo y la otra mitad, Miss Universo. Tenía cambios de humor autodestructivos. Podía publicar cien *selfies* en Instagram una semana y cancelar la cuenta al día siguiente.

Kate no podía revelar lo que había precipitado la ruptura inicial de Nikki con la realidad ocho meses atrás: el año anterior se había enamorado de un chico que no la quería. Kate pasó meses uniendo los trozos de la psique de Nikki mientras intentaba explicarle que a veces el amor que sentíamos no era recíproco.

Al tomar su lugar detrás del podio y enfrentarse a la congregación, su mente se puso en blanco. La presión era intensa. Más de doscientas personas esperaban una explicación. *Al fin, he aquí una experta que puede decirnos qué salió mal. Al fin, alguien con todas las respuestas.*

Honestamente, no tenía idea de por qué la chica había decidido acabar con su vida en aquel momento y de aquella manera. ¿Qué podía decir? Inhaló profundamente.

—Lo peor que puedo decir de Nikki es que su enfermedad, al final, la venció. Lo mejor que puedo decir es que... bueno, hay muchas cosas. Su sonrisa podía iluminar la mitad del planeta. Irradiaba una increíble energía que no era reflejo de nadie más, sólo suya. Nunca olvidaré el día que llegó a mi oficina empapada. Era el inicio de septiembre, uno de esos cálidos y lluviosos veranos, y había olvidado su paraguas. Le ofrecí mi suéter pero se negó. Me dijo que amaba la sensación de estar tan cerca de la naturaleza que te sumergías en ella. Ese día hablamos de su futuro. Le entusiasmaban las infinitas posibilidades que tenía. Hicimos muchos planes. Me deslumbró con su entusiasmo. Parte de lo que hacía a Nikki tan especial es la misma cosa que la derrotó: su enfermedad. Tenía visiones, buenas y malas. Tenía días muy buenos y días muy malos. Los malos eran difíciles, pero los buenos eran extraordinarios. Un día, hace no mucho tiempo, llegó a su sesión cargando un gatito imaginario. Y para el final de nuestro tiempo juntas, era yo quien acariciaba al gatito en mi regazo —dijo Kate, y sonrió—. Se lo devolví, claro. Aunque no de muy buena gana.

La congregación se llenó de sonrisas de ternura. En el fondo de la iglesia un hombre mayor permanecía en pie, y cuando ella lo miró, asintió. A Kate le pareció conocido, pero le fue imposible situarlo.

—Un día, Nikki me contó que le habían dejado una tarea. Sus compañeros y ella debían escribir sus propios epitafios. Ella ya había redactado el suyo: *Aquí yace Nikki McCormack. No había nadie más valiente*. Y sí que lo era. Valiente, graciosa, intrépida, inteligente, sensible, curiosa... Quizá todos podamos honrar su memoria siendo tan valientes como ella. Yo, al menos, lo voy a intentar.

Kate recogió sus papeles arrugados y se dirigió a su asiento, sintiéndose extenuada y con las emociones a flor de piel. Un conjunto de compañeras de clase de Nikki se puso en pie y cantaron "Angel", de Sarah McLachlan. Cuando terminaron, no había una sola persona sin lágrimas en los ojos. El ministro agradeció a la congregación por haber ido. La ceremonia se había terminado. Los globos en forma de corazón fueron llevados fuera y liberados. Kate había hecho lo mejor que había podido. Sólo quedaba esperar que fuera suficiente.

19

La multitud se dispersó hacia sus vehículos para dirigirse al cementerio. Una tormenta invernal se aproximaba:
las nubes galopaban por el horizonte como una manada de
búfalos.

El entierro fue muy conmovedor. Hubo canciones y poe-
mas. Pronto comenzó a nevar: los primos de Nikki estuvieron
de acuerdo en que los ángeles estaban llorando. Al final, la
madre de Nikki se quebró, sollozando sin control de rodillas
sobre la nieve. El padre y el padrastro de Nikki la incorpo-
raron y la llevaron de regreso al abrazo familiar, donde fue
acogida hasta que se calmó.

Se sirvió un almuerzo en la residencia posmoderna de los
McCormack, ubicada en el exclusivo vecindario de Newton.
Kate nunca pudo dejar de pensar en la viga de cedro que
recorría el techo del salón, donde Nikki se había colgado.
¿Cómo podrían vivir bajo esa viga? Deambuló por la casa
y encontró todas las evidencias de cómo sus padres habían
adorado a su hija: cuadros infantiles en marcos elegantes, fotos familiares atrapadas en cubos de cristal, repisas dedicadas
a los premios, menciones y trofeos de Nikki por su talento
en el futbol soccer y el atletismo. En la entrada había un
gancho del que colgaba la chamarra de vinil rojo de Nikki y
debajo había un banquito sobre el que descansaban sus viejos

zapatos Converse, con las agujetas amarradas como si fueran un viejo matrimonio.

El padrastro de Nikki, George, era un abogado especializado en impuestos que no había reparado en gastos para su única hijastra. Era dolorosamente evidente que su madre y sus dos padres habían amado a Nikki con todo el corazón, a pesar de que el divorcio no había sido de lo más amistoso.

Afuera, la nieve caía como si se tratara de una celebración. Dentro, la gente estaba reunida en pequeños grupos, conversando en voz baja acerca del dolor, la pérdida y seguir adelante. Decidió seguir el consejo de su abogado y permitir que los McCormack tomaran la iniciativa y la buscaran si así lo querían. Eventualmente, llegó al cuarto de juegos, que había sido conquistado por un grupo de adolescentes que jugaban videojuegos o estaban enfrascados en sus celulares. Uno de los chicos tomó una pelota roja de hule tan desgastada por los años, que parecía un enorme globo ocular inyectado en sangre, y se lo lanzó a una de las chicas. Todos ignoraron a Kate, de modo que se fue y deambuló por otro pasillo decorado con fotos de Nikki en diferentes etapas de su desarrollo: niña regordeta de cuatro años, preadolescente alargada de diez, adolescente torpe y desproporcionada, y cisne hermoso. Kate sacó su celular y le escribió a James: *Muy triste. Linda familia. Preciosos discursos. Hice lo mejor que pude. Hablé desde el corazón.*

Sirvieron el almuerzo y la gente tuvo que hacer acrobacias para balancear sus copas de vino con los platos de cartón de los que comían ensalada de arúgula y pequeños sándwiches. James le escribió de vuelta: *Aquí parece un manicomio. Te extraño.*

Cuando dejó de llover, los jóvenes salieron. Kate observó desde las puertas estilo francés cómo los amigos de Nikki la honraban a su manera muy propia, combinando las risas con los sollozos y formando nubes blancas con su aliento. Se lanzaron bolas de nieve e intercambiaron anécdotas y a Kate le pareció que su estridente duelo era mucho más honesto que las caras largas en el interior de la casa.

Tras un momento, sintió una presencia que la observaba y se volvió para encontrarse con que el hombre mayor que había visto en la iglesia estaba unos metros más allá, con los ojos fijos en ella. Estaba en sus sesenta y parecía muy cómodo en su curtida piel. Era alto, como el padre de Kate, pero más musculoso, de presencia formidable y mandíbula cuadrada. Su estilo era de la vieja escuela y le recordaba a algún personaje de una película en blanco y negro del Viejo Oeste. Fuerte, orgulloso, confiado. Sin vergüenza por ser distinto. Llevaba una chaqueta con flequillos de piel y una corbata de bolo. Parecía peculiar, pero a la vez irradiaba una cálida aura de profesionalismo.

—Hola, doctora Wolfe.

—Perdón, ¿nos conocemos?

—Palmer Dyson —y le tendió la mano para estrechársela firmemente—, fui uno de los detectives en el caso de su hermana.

Kate sintió la sorpresa en sus entrañas. Lo había conocido dieciséis años atrás, sólo que él era mucho más joven y delgado, con cabello corto y oscuro, y un par de patillas largas y horrendas. Y no usaba atuendos de vaquero como los de ahora, sino trajes elegantes. El detective Palmer Dyson había sido uno de los muchos investigadores asignados al caso de su hermana y lo recordaba como un hombre cortés, respetuoso y observador que no llamaba la atención y trabajaba de modo discreto. Por otro lado, se acordaba vívidamente de Ray Matthews, el jefe de la investigación, un hombre mayor de aspecto temible con cabello rojizo y cicatrices de acné. Había muerto hacía unos años. Recordaba también al detective novato, Cody Dunmeyer, que ahora era jefe de policía. Siendo un hombre joven y guapo, había logrado calmar los nervios de Kate mientras le hacía preguntas muy difíciles. Por último, estaba el médico forense, Quade Pickler, con su peinado anticuado y sus ojos desconfiados y llenos de cinismo. Él era quien se había enfurecido cuando Kate se asomó por la puerta entreabierta de la morgue.

Había habido tantos profesionales involucrados que resultaba difícil recordarlos a todos. Inicialmente el caso había sido tomado por el FBI por tratarse de un secuestro, pero habían colaborado con la policía de Blunt River, elementos del estado, trabajadores sociales, médicos forenses, voluntarios de varias organizaciones de personas desaparecidas, abogados de la fiscalía, detectives privados y los medios. Kate había olvidado a la mayoría de ellos porque la actividad que había rodeado la muerte de Savannah había sido para ella como una bruma espesa. Y habría olvidado a Dyson, pero él no se lo había permitido.

A lo largo de los años había recibido docenas de cartas suyas pidiéndole que se reunieran para discutir un asunto importante relacionado con el caso de su hermana. Siempre firmaba con su nombre, simplemente: *Palmer*. Kate había tirado sus cartas junto con otros cientos de peticiones por parte de reporteros, autores con propuestas de libros, psíquicos con visiones, detractores de la pena de muerte, blogueros, fanáticos de asesinos en serie y un montón de locos que ni valía la pena mencionar. No había querido hablar con ninguno de ellos y no quería hablar con el detective Dyson ahora.

—Lo siento —le dijo—, no lo reconocí.

—Ha pasado mucho tiempo.

—Y usted tenía patillas.

—Ah, sí, las patillas —rio—, una herencia de los años setenta. Tiendo a aferrarme a las cosas más allá de su fecha de expiración.

—¿Qué hace aquí? —preguntó Kate con una sonrisa nerviosa.

—El tío de Nikki —replicó él señalando a un hombre canoso al otro lado del cuarto— trabajaba para la fiscalía en Concord.

—Ah.

—Nelly Ward me dijo que usted es la psiquiatra de su hija, Maddie.

—¿Le dijo...? —vaciló Kate.

—El mundo es un pañuelo en nuestra pequeña esquina de New Hampshire. Seguramente por eso usted se fue. Todo el mundo se mete en la vida de los demás. Para algunos es claustrofóbico y para otros el paraíso —sonrió—. Como dije, tiendo a aferrarme a las cosas. Como al caso de su hermana, por ejemplo.

Kate lo miró fijamente. Así que ésa era la forma de operar de los detectives, al menos los que no dejaban ir casos cerrados hacía dieciséis años. Metían las narices en tus asuntos y te escribían cartas para que te reunieras con ellos. Te obligaban a rememorar lo que tanto habías tratado de enterrar, aunque siguiera vivo en tu corazón. Tenían sus propias motivaciones y no les importaban tus sentimientos.

—Escuche, doctora Wolfe, siento molestarla —dijo él, poniendo una enorme mano sobre su brazo. Era como ser cortejada por un oso muy civilizado—. No sé si leyó alguna de mis cartas, pero he estado investigando varios casos sin resolver. Chicas locales desaparecidas. Quizás escuchó de alguna de ellas... Makayla Brayden era de Blunt River. Ha habido otros casos, menos conocidos, de pueblos cercanos. Y me parece ver un patrón.

—Tengo que irme —dijo Kate, sintiéndose aterrorizada, acorralada. Escuchar el nombre de Makayla cuando ella misma había estado pensando en ella, era demasiada coincidencia. Volteó a su alrededor buscando una salida.

—Está bien, lo entiendo.

—¿Qué dijo?

—Que entiendo que no quiera lidiar con el asunto.

—No sé ni qué contestarle —dijo Kate, enojada—. Y en cuanto a sus cartas, las tiré todas. Llevo años intentando seguir con mi vida.

—Comprensible.

—Y ahora, si me disculpa...

—No quise insultarla —y volvió a apoyar su manaza en su brazo—, pero si me concede un momento... Es que Nelly ha

157

hablado bastante conmigo en los últimos años. Y hace poco me confesó que mintió en el tribunal hace dieciséis años. Insiste en que encerraron al tipo equivocado.

—¡Cómo se atreve! —exclamó Kate, con el corazón acelerado. Algunas personas voltearon en su dirección. Se apresuró a buscar su abrigo, pero el detective la siguió hasta el pequeño estudio en el que las prendas de los asistentes estaban amontonadas sobre un sofá.

—Por favor, déjeme explicarle —suplicó él, mientras ella revolvía la pila de chamarras y sacos buscando su abrigo Hugo Boss, que le había costado un dineral—. No quiero presionarla —insistió suavemente—, pero si me regalara un minuto de su tiempo...

—Ya le di todos los minutos que podía —dijo ella, y encontró su abrigo.

—Por favor, déjeme ayudarla con eso —y trató de quitárselo.

—No, gracias —bufó ella, arrebatándoselo bruscamente. Se lo puso y se apresuró a salir de la sofocante casa. El detective la alcanzó cuando estaba a punto de llegar a su auto.

—¿Doctora Wolfe? Sólo una cosa. Me gustaría explicarle cómo su hermana me cambió la vida.

Kate se quedó paralizada. Su hermana... la muerte de su hermana. ¿Cómo se atrevía a decir algo tan hiriente?

—¿Fue usted? ¿Usted la convenció de buscarme?

—¿Qué? ¿De qué habla? —titubeó el detective.

—Nelly Ward. ¿Fue usted quien la convenció de que llevara a su hija hasta Boston para que yo la tratara?

—No —replicó él, y retrocedió. Parecía profundamente ofendido—. En absoluto. Me topé con Nelly ayer y me dijo lo que estaba pasando. Soy un detective. Soy entrometido, cosa que es una bendición o una maldición, dependiendo de cómo se vea. Escuche, ¿podemos hablar de esto con un café?

—Tengo que irme —repitió ella.

—Sólo para que quede claro: no tuve nada que ver con la decisión de Nelly de llevar a su hija a Boston —dijo enfáticamente—. No es mi asunto. Maddie es una niña inocente que por alguna razón se lastima a sí misma una y otra vez. Es lo único que sé. No quise alterarla, tiene que saberlo. Quizá no soy bueno con las personas.

Kate se metió a su auto y azotó la puerta. Se puso el cinturón de seguridad. Él golpeteó su ventanilla y ella la bajó unos centímetros.

—Por favor, tome mi tarjeta —y se la tendió. Ella la aceptó en silencio, esperando así librarse de él—. Si hay algo que entiendo es la maldad, doctora. He vivido con ella, la he cazado. Y créame, hay un asesino allá afuera. Oculto, del que nadie sospecha, que anda libre. Llámeme si cambia de opinión.

20

Lección de psicología básica: cuando se les enfrenta con una verdad incómoda con la que son incapaces de lidiar, la mayoría de las personas huyen. Kate huyó a casa, a Blunt River, New Hampshire. Necesitaba ver a su padre, pues era la única persona capaz de comprender la profundidad de sus pérdidas.

El centro de Blunt River, con sus calles distribuidas en forma cuadriculada, como un tablero de Monopoly, era un animado distrito comercial lleno de restaurantes, cafés y tiendas en donde circulaban multitudes de peatones, sobre todo estudiantes universitarios y empleados de las oficinas cercanas. La mayoría de las antiguas fábricas de zapatos habían sido preservadas y convertidas en condominios elegantes y conjuntos de oficinas, pero a pesar del barniz de modernidad de la zona, en el fondo nada importante había cambiado durante el último par de décadas. El Stoned Café era tan popular como siempre y el cine retro proyectaba una retrospectiva de Fellini. La cafetería más típica y decadente, la Thyme-to-Eat, seguía abierta y las meseras seguían llamándote *muñeca* y sirviendo la misma comida grasienta.

Kate abandonó la calle principal y condujo por las calles aledañas por las que sus amigas y ella solían pasear al salir del colegio. Ahí estaban las boutiques únicas en su clase: la de ropa *vintage*, la de discos independientes, la acogedora librería feminista donde solía tomar café orgánico con su mejor amiga, Heather, sintiéndose sofisticada y adulta.

Dejó el centro atrás y tomó una ruta panorámica y llena de curvas hacia su viejo vecindario. Vislumbró los ladrillos amarillos de la casa funeraria en la que habían recogido las cenizas de Julia y sintió que una pesada roca se instalaba en su estómago. Saliendo de ahí, Savannah había insistido en llevar la caja de cartón sobre el regazo. No dejaba de agitarla para confirmar que contenía las cenizas de su madre y algunos trozos de hueso. *¿Ves, Kate? ¿Escuchas eso?* Agitar, agitar, agitar. Kate se había sentido mortificada y a la vez fascinada, lo cual explicaba por qué sus intentos de detenerla habían sido más bien tibios. Su padre no había dicho ni una palabra. Savannah siguió agitando la caja buscando provocar alguna reacción en él, pero no funcionó. Cualquier cosa, incluso un regaño a gritos, habría sido mejor que aquel silencio.

Condujo hasta dejar atrás campos nevados y zonas boscosas, sicómoros y abetos de los que se desprendían madejas de nieve como si de la Danza de los Siete Velos se tratara. Casi en casa. Su estómago saltaba con cada punto de referencia que dejaba atrás. Su aprensión se duplicó al pasar por las tres colinas que subían y bajaban. Su padre vivía en una joya de madera pintada con los tonos del bosque: verde oscuro con bordes del color gris de la roca. La combinación imitaba la armonía del bosque y creaba una cálida sensación acogedora. La residencia podía haber sido arrancada de cualquier revista de casas de campo elegantes, pero todo era una ilusión. Su padre vivía ahí completamente solo. Su familia había desaparecido.

Kate se estacionó detrás de su camioneta. Inhaló profundamente y salió del auto. El viento helado del invierno tenía un aroma fresco y delicioso. Las faldas blancas de las colinas estaban delineadas por filas y filas de arbustos perennes. Bram Wolfe apareció en el umbral con una sonrisa en el rostro, cosa que la sorprendió. Parecía feliz de verla, al menos ese día.

¿Quizá las cosas podrían cambiar? Tras su última visita, Kate había estado deprimida por días. Su relación con James era relativamente reciente y recordaba haberse quejado con él: *Sigo esperando que mi relación con mi padre mejore, pero nunca sucede. Hacer exactamente la misma cosa y esperar resultados distintos es la definición de la locura*, había citado James en tono bromista. Él no había esperado que lo tomara tan en serio, pero no había vuelto a aquella casa en tres años.

Su padre llevaba un suéter de lana, pantalones de pana y mocasines. Su nariz era prominente y aristocrática, y su rostro tendía a sudar. El cabello, que le llegaba hasta los hombros, se había vuelto completamente blanco, y lo mantenía detrás de sus grandes orejas. Era bastante alto y, como la mayoría de los hombres de su altura, tendía a encorvarse. Kate nunca se había hallado en él: se parecía a Julia, por suerte. Tanto ella como Savannah compartían el mismo rostro en forma de corazón de su madre, su complexión delgada, su gracia de bailarina y la risa fácil.

—Hola, papá —saludó ella con la mano, y comenzó a avanzar hacia la entrada—, ¿cómo estás?

—Bien, ¿tú?

—Bien.

—¿Cómo te trató el camino?

—No me puedo quejar.

La incomodidad de él era contagiosa: cruzaba los brazos, los descruzaba, y ella a su vez titubeó mientras avanzaba por la nieve y se tropezó con los escalones del porche. Planeaba saludarlo con un abrazo, pero él fue más rápido y la atrajo tomándola del codo para darle un casto beso en la mejilla... sólo que ambos inclinaron la cabeza hacia el mismo lado y sus labios acabaron tocándose.

—Ay, Dios —musitó Kate, riéndose mientras se limpiaba la boca. *No puedo creer que estoy aquí.* Los labios de su padre raspaban como una lija—. Finjamos que eso jamás sucedió. James quería venir —mintió—, pero había una crisis en el hospital.

—Ah. Bueno, espero que todo esté bien.

—El pabellón de adultos es un universo de realidades alternativas —dijo ella encogiéndose de hombros.

Él ignoró su comentario y se fijó en sus manos.

—No veo un anillo de compromiso —comentó. Ella se había quitado el anillo de cumpleaños precisamente para evitar esa pregunta.

—No —replicó en tono ligero—, si fuera a casarme te lo diría, papá.

—Ya veo —asintió él. ¿Qué era lo que veía? ¿Qué le parecía entender acerca de ella? ¿Qué había entendido alguna vez?—. Espero que la próxima vez lo traigas. A James, quiero decir. Quiero conocerlo.

—Claro, él también a ti.

Permanecieron en silencio y los músculos de ella se tensaron. ¿Era todo? ¿No tenían nada más que decirse?

—Pasa, pasa —invitó él al fin. El vestíbulo estaba limpio y ordenado. El abrigo de invierno de su padre colgaba del perchero de acero y sus botas para nieve estaban debajo de un banquillo de pino como si fueran soldados en posición de firmes, esperando órdenes. El correo del día estaba en la cesta tejida navajo de siempre. El tazón de cerámica china contenía las llaves de su auto y algunas monedas.

Kate golpeó sus botas contra el último escalón del porche para sacarles la nieve, se quitó el abrigo y puso todo junto a las cosas de su padre. Después lo siguió a la sala, donde las cortinas de gasa blanca colgaban como fantasmas, reflejando la luz plateada del invierno. La casa era grande y espaciosa, con muebles tipo colonial de madera oscura y pilas y pilas de libros y revistas.

—Te ves muy bien, Kate.

—Tú también, papá.

A ver, ¿cuántos más comentarios amables iban a intercambiar? Tenía que romper aquella pared de negación costara lo que costara.

—Bueno, papá, creo que pasaron un par de años desde la última vez que nos vimos.

—Tres.

—Exacto, tres. Mucho tiempo.

—¿Quieres una copa de vino? —ofreció él amablemente.

—Seguro —aceptó Kate, y se dejó caer en la butaca individual, su mueble favorito de todo el cuarto. A Savannah le gustaba acurrucarse en el sofá de terciopelo que estaba cerca de las puertas francesas y hacer su tarea a la luz de la tarde.

—Ahora vuelvo —dijo su padre, y desapareció en el interior de la cocina. Ella escuchó cómo descorchaba una botella de vino y tomaba un par de copas de la vitrina—. ¿Cómo estuvo tu viaje? —volvió a preguntar él.

—Sin novedades.

—Eso es bueno.

Por Dios, estaban a un paso de hablar del clima. La casa estaba muy callada: nada de música, nada de mascotas. Sólo su padre y su amada soledad. Kate se levantó y estudió el retrato familiar sobre la chimenea. Ahí estaba ella a los diez años de edad, antes de que su madre se quitara la vida. Qué niña tan inocente y feliz. Nada de intentos de suicidio. Nada de cicatrices de cortes. En el cuadro, sus padres sonreían y el brazo de Kate rodeaba los hombros de su hermana Savannah de manera protectora. La imagen le provocó ganas de gritarse a sí misma: *¡Cuídala mejor! ¡Es frágil!*

—El almuerzo está servido —anunció Bram.

Kate lo acompañó al comedor, donde la mesa estaba puesta con la vajilla de los días de fiesta. El almuerzo consistía en ensalada de alcachofa y salmón frío.

—Guau, no me esperaba esto —dijo ella, complacida de que su padre hubiera hecho el esfuerzo. Por lo general compartían sobras del congelador—. Gracias, papá.

—Bueno, es una ocasión especial —replicó él, tendiéndole una copa de vino.

—¿Especial?

—Como bien dijiste, hace mucho que no nos veíamos. Salud.

Chocaron sus copas y hablaron de trivialidades, poniéndose al tanto de sus vidas y hablando de sus conocidos. Él la observaba atentamente mientras la conversación se dirigía a asuntos más familiares: amigos, parientes, negocios locales cambiando de dueños, obituarios. Al final se quedaron sin temas de conversación. Kate se tensó, sin saber cómo comenzar, cómo abrir el tema. Así que se lanzó sin preámbulos.

—Henry Blackwood será ejecutado pronto.

—La semana entrante —asintió su padre con solemnidad.

—¿Recibiste la invitación por parte del Departamento Penitenciario?

—La tiré —dijo él.

—Yo también.

—Me basta con escuchar al respecto en las noticias.

—¿Papá? —comenzó musitó ella—, ¿crees que es posible que no haya sido él?

Bram la miró en silencio. Dejó su tenedor sobre la mesa. Una especie de cansancio opresivo le hizo encorvar los hombros.

—¿Con quién has estado hablando? ¿Los que están en contra de la pena de muerte? No se rinden, es increíble. Por eso no contesto el teléfono.

—No —susurró ella—. Es que en los últimos años han desaparecido otras chicas locales... y algunas han aparecido muertas... Hannah Lloyd y Makayla Brayden... No sé, me preguntaba si tú habías pensado en la posibilidad de que...

—No —interrumpió él—, no hay posibilidad.

—Pero papá...

—No quiero hablar de esto, Kate —ella sintió su furia como una cubeta de agua helada—. ¿Para eso viniste a casa? Porque estás perdiendo el tiempo.

—¿Perdiendo el tiempo? —repitió ella. James tenía razón. Nada cambiaba.

Siguieron comiendo en silencio. Entre bocado y bocado, su

padre miraba por la ventana. Después de un rato en silencio absoluto, él comenzó a relajarse. La tensión en sus hombros pareció reblandecerse y los músculos de su rostro también. Parecía tranquilizarse a medida que la distancia entre ellos crecía. Para Kate, en cambio, la amargura crecía. En Boston, era doctora. Aquí, la hija de un doctor. En Boston, curaba niños enfermos. Aquí, nadie pudo curar a su madre enferma. Aquí, era alguien a quien tenerle lástima. Era nadie. Nada.

Subió a lavarse las manos. La madera del suelo crujía en los mismos lugares de siempre mientras caminaba hacia el cuarto de Savannah, al fondo del pasillo. Se detuvo en el umbral y pensó en la noche en que había perdido a su pequeña y amada sombra.

¿Adónde vamos Kate? ¿Por qué tanto secreto?

Shhh, no digas nada. Prométeme que no dirás nada.

¡Ni una palabra! ¡Lo prometo!

Si papá se entera nos meteremos en problemas.

¡No le diré ni a un alma! ¿Adónde estamos yendo?

Su hermana había estado emocionadísima ante la perspectiva de un viaje nocturno en auto. *¡Sí! ¡Qué divertido!* Cualquier cosa la emocionaba. Su padre estaba trabajando hasta tarde, como siempre, y a Kate acababan de darle su licencia de manejo.

¿Puedes guardar un secreto?

¡Sí!

Es totalmente confidencial.

Mira mis labios. Los estoy cerrando con candado y tirando la llave.

Kate llegó a la mesita donde la bola mágica de Savannah acumulaba polvo. La levantó y le dio la vuelta. *Respuesta borrosa, inténtalo de nuevo.* La vieja patineta estaba en la misma esquina de la habitación. Su cama con dosel estaba intacta y cubierta de Barbies y muñecas de trapo. En el buró descansaba su amada mochila de Hello Kitty con el medallón amarillo de Nickelodeon en una de las correas. La recámara no había cambiado en dieciséis años. Savannah tendría veintiocho años. Se habría convertido en un cisne hermoso. Kate dejó la bola mágica y abrió la vieja caja de puros llena de las cosas que su hermana coleccionaba: canicas, plumas, una muñeca de porcelana sin cabeza... aquella muñeca había sido de Kate pero un día desapareció. Kate supo dónde había terminado tras la muerte de Savannah. Ahora, la muñeca sin cabeza le pertenecía a su pequeña hermana.

Se detuvo frente a la ventana que daba al jardín trasero y distinguió su árbol favorito a través del cristal resquebrajado. Se trataba de un grueso roble con ramas que habían sostenido una casa. Y allá estaba el cobertizo donde solían guardar sus bicicletas y patines. Nada había cambiado, pero la ausencia de su hermana resultaba ensordecedora. Un escalofrío bajó por su espalda y se apresuró a bajar las escaleras.

—¿Papá?

—En la sala.

Se había instalado en su silla favorita, una horrible y vieja butaca de piel. Se había quitado los mocasines y tenía los pies cruzados sobre un taburete a juego. Sus calcetines eran marrones. Tenía el *New York Times* sobre el regazo y la miró por sobre sus lentes de lectura. Era evidente que ella interfería con su rutina y él, de manera sutil, se lo dejaba saber.

—¿Podemos hablar? —preguntó Kate—, pero hablar en verdad.

—No acerca de eso —negó él con la cabeza.

—De acuerdo, de eso no.

—Me niego a abrir viejas heridas.

—Está bien. Lo prometo.

—Bueno —y bajó el periódico—, soy todo oídos.

Había envejecido bastante en el tiempo que no se habían visto. Las entradas en su cabello se habían acentuado, tenía más barriga y su papada había crecido. La gravedad ganaba terreno. Ella se dejó caer en su butaca.

—No es fácil para mí volver aquí después de haber perdido tanto siendo tan joven —confesó—, no es fácil de superar.

—No —dijo él—, supongo que no.

—Pero tengo algunas preguntas acerca de esos años. ¿Te importa?

—No sé si tenga respuestas, pero adelante.

—Recuerdo haber sentido tensión entre mamá y tú —dijo Kate.

—Yo amaba a tu madre.

—Ya lo sé, pero no siempre fue feliz, ¿cierto?

—Nadie es feliz todo el tiempo —dijo él encogiéndose de hombros.

—Eso es verdad, pero me parecía que no era feliz en su matrimonio.

—Es posible —concedió él, entrelazando los dedos de sus moteadas manos—, puedo ser un tipo difícil.

—Me imagino que su enfermedad fue muy dura para ti...

—Yo pienso que por eso quisiste convertirte en psiquiatra, Kate, para averiguar qué fue lo que salió mal.

—Puede ser. Pero siempre quise ser una doctora, como tú.

—Ah —asintió Bram, como si nunca se le hubiera ocurrido. A pesar de que le había pedido un estetoscopio para su cumpleaños número cinco, y un microscopio al año siguiente—. ¿De qué más quieres hablar? Tienes toda mi atención.

—¿Toda? —preguntó ella mirándolo con escepticismo.

—¿Por qué lo dices? ¿No te parece que te estoy escuchando?

—Una mitad tuya sí, pero la otra mitad quiere que me vaya para seguir leyendo el periódico.

Él cerró la sección que había estado leyendo como si eso pudiera probar su punto, aunque los dos sabían que ella tenía razón.

—Te escucho —dijo él, claramente incómodo. Ella dejó escapar un suspiro lleno de frustración.

—Puede que estés escuchando, pero no estamos conectando realmente, ¿o sí?

—¿Y eso es mi culpa? —preguntó él con los ojos entrecerrados.

—Tienes que admitir que no eres la persona más fácil.

—Lo admito.

—Y ésta es la conversación más larga que hemos tenido en... no sé cuántos años.

—Soy un hombre ocupado —argumentó él encogiendo los hombros—, y tú una mujer ocupada.

Kate se recargó en su butaca.

—Nunca te volviste a casar —dijo—, ¿por qué?

—Supongo que nunca sentí la necesidad. Amé a tu madre. Eso me bastó.

—Recuerdo que peleaban mucho.

—No peleábamos —replicó su padre.

—Discutían, reñían. Tenían muchos desacuerdos.

—*Mucho* es un término relativo —argumentó Bram—. Probablemente peleábamos lo normal. Para una niña, pudo haber parecido mucho.

—Cierto.

—Gracias, Kate. Me alegro de tener la razón en algo.

—Lo siento, ¿parecía que te estaba criticando?

—No, sólo siendo muy precisa. Como yo —dijo Bram, y sonrió.

—¿Qué fue lo que precipitó el colapso de mamá?

—¿No lo recuerdas? Se deprimió al punto de escuchar voces que le decían que me dejara. Que nos dejara a todos —dijo, y comenzó a retorcerse, incómodo—. Siento que estoy siendo interrogado.

—Dijiste que podíamos hablar... —le recordó Kate.

—Relájate. Sólo estaba bromeando.

—¿Cómo iba a saberlo? —preguntó ella.

—¿No te das cuenta? —preguntó él a su vez, decepcionado.

—No. Siempre has sido muy serio.

—Creí que me conocías mejor que eso —dijo él, encorvando los hombros.

—Nunca sé cuándo estás bromeando —admitió ella.

—¿Nunca? Eso suena muy definitivo.

—En fin —suspiró Kate. Se sentía derrotada—. Gracias, papá. Lo aprecio. Te veo cansado. Si quieres lo dejamos.

—¿Estás segura?

—Sí.

—Dame un segundo. Tengo algo para ti —dijo él. Dejó el periódico y se puso en pie. Su altura siempre la asustaba, como si se tratara de uno de aquellos muñecos que emergían del interior de una caja cuando menos lo esperabas. Se dirigió a la parte trasera de la casa tras atravesar el umbral en forma de arco que separaba el comedor de la sala.

Diez años atrás, Bram había convertido el viejo estudio de atrás en una recámara y se había mudado al piso de abajo. Su excusa había sido que ahorraría en calefacción, pero era una de aquellas excentricidades que la tomaban por sorpresa. No importaba cuán bien creía conocer a su padre: siempre lograba confundirla. La recámara de abajo no tenía puerta y estaba bastante desordenada, evidenciando la soledad y descuido en que su padre vivía. Quedaba claro que nunca recibía visitas. Alguien tan privado como su padre jamás instalaría su recámara en el primer piso sin ponerle una puerta si planeara tener invitados.

Escuchó cómo hurgaba en su habitación improvisada. Se abrieron cajones, una silla de madera fue arrastrada por el suelo, algo se cayó y botó por la alfombra. Tras un par más de gruñidos y golpes, volvió con el brazo derecho extendido.

—Ten, toma esto —dijo—, era de tu madre. Estoy segura de que habría querido que tú lo tuvieras, Kate.

Ella estiró la mano y él dejó caer algo en ella: el anillo de matrimonio de su madre. Se trataba de un modesto diamante en una sencilla argolla de oro.

—Ay, papá —dijo ella sin aliento.

—Feliz cumpleaños.

Ella estudió el anillo y recordó la comezón que su madre solía sentir en los dedos. A veces era tan terrible que se lo quitaba, lo escondía en su caja de joyería y le susurraba a Kate: *Shhh, no le digas a papá.*

171

Kate quería mostrarle a su padre lo conmovida que estaba por el gesto: nunca le había dado algo tan personal. Sin embargo, reaccionó inicialmente con un cinismo arraigado... su padre debía estar bromeando. ¿Un anillo de bodas? ¿En serio? *Aquí tienes, ahora ya te puedes casar con James*. Como sugerencia... Luego su cinismo se convirtió en un ardiente resentimiento. Bram Wolfe no era un hombre dado a las sutilezas. Era obvio que no aprobaba el hecho de que su hija y James vivieran juntos sin un acta de matrimonio.

Sus sentimientos se transformaron otra vez de manera incómoda. Como psiquiatra, no podía dejar de notar las connotaciones incestuosas subconscientes de un regalo como aquél. A nivel metafórico: un padre le da a su hija un anillo de matrimonio. Pero no, aquello era absurdo. Finalmente se permitió conmoverse por aquella muestra de vulnerabilidad emocional. *He aquí algo que puedo darte y que pienso que podría gustarte: le pertenecía a tu madre.*

—Déjame contarte una historia —dijo él, tomando asiento—. Cuando conocí a tu madre, yo apenas estaba comenzando mi profesión. Mi mentor, uno de los pocos médicos de cabecera del pueblo en aquella época, me había pedido que me hiciera cargo de su práctica. Se iba a retirar, así que me mudé aquí desde Maine. No fue fácil. Tuve que pedir un préstamo y no me alcanzaba ni para contratar a una secretaria, pero de un modo u otro me las arreglé. El caso es que un día una hermosa joven llegó a mi consultorio, quejándose de una gripa. Le di una receta para un jarabe y le dije de inmediato que ya no podría tratarla. Se ofendió y preguntó por qué. Le dije: *Porque me gustaría invitarte a salir.*

Kate sonrió, aunque había oído la historia un millón de veces.

—Seis meses después, le compré a tu madre ese anillo —continuó su padre. Ella miró la vieja argolla—. Así que cuando me preguntas por qué no me he casado de nuevo... bueno, puede que sea porque ese tipo de amor no es fácil de encontrar.

Hubo una larga pausa, en la que el sonido de las manecillas del reloj de pie pareció alargarse, y dentro de su cabeza algo se resquebrajó como una delgada capa de hielo. De modo que su padre tenía corazón, después de todo. ¿Por qué le sorprendía tanto darse cuenta?

—Todo está tan callado aquí —susurró tras un momento.

—Disfruto el silencio. Estoy acostumbrado.

—¿Nunca te sientes solo?

—No pienso en eso —replicó él encogiéndose de hombros.

—Hay todo un mundo allá afuera, papá.

—Tengo pasaporte, Kate —replicó él, mirándola con los párpados entrecerrados como si de pronto su hija estuviera fuera de foco—. He ido a Roma, a París y a las Islas Vírgenes. Veo HBO y Showtime. El que no me mueva de Blunt River no me convierte en un ermitaño ignorante.

—Hey, no lo decía en ese tono...

—Tengo una vida muy satisfactoria y ocupada —se defendió él.

—Lo que quise decir es... siento que hayamos estado tanto tiempo fuera de contacto.

—Yo también —replicó su padre, y abrió su periódico con gran aspaviento—. Supongo que saldrás camino a Boston pronto.

—Sí —suspiró ella. Y entonces comprendió algo: había deseado que su padre la amara y aceptara por completo por años, pero la verdad era que ella no lo aceptaba y amaba por completo tampoco. Solía hacerlo, antes de que su madre se suicidara, pero después él se había separado de Kate gradualmente, y ella había hecho lo mismo. Se levantó para irse, sintiéndose pesada. Él la siguió al vestíbulo y observó mientras se ponía las botas y el abrigo. Sacó las llaves del auto de su bolsa y le dijo a su padre:

—Llámame de vez en cuando, ¿sí?

—Nunca contestas —dijo él.

—Déjame un mensaje y te llamaré de vuelta.

—Tal vez las líneas de comunicación están más obstruidas que rotas —sugirió él—, como arterias tapadas.

—Bueno, tú eres el médico —sonrió Kate—, ¿no hay una pastilla para eso?

—Ojalá la hubiera —dijo él, sonriéndole de modo genuinamente relajado—. Nos vemos pronto.

—Adiós, papá —y le besó la mejilla—. Te amo.

—Y yo a ti.

La extrañeza de aquel intercambio pasó a través de su cuerpo como una bala.

21

Kate permaneció en su auto con el motor prendido. No estaba lista para dejar Blunt River todavía. Todo le había ocurrido ahí: su primer amor, su primer beso, su primer baile. La mitad de sus amigos de la infancia seguían apareciendo en el directorio telefónico del pueblo. Su amiga del jardín de niños, Marigold Hotchkiss, vivía en aquella casa gótica con el Santa Claus de plástico en el patio de la entrada. Su mejor amiga de la preparatoria, Heather, era una agente inmobiliaria muy exitosa que no había dejado que la terrible tragedia de la familia de Kate evitara que se hiciera de una jugosa comisión al vender *la casa de la muerte* de Henry Blackwood. La némesis de quinto año de Kate, Jewel Curtis, daba clases de autodefensa para niñas y usaba la historia de Savannah como parte de su estrategia de mercadotecnia. El primer chico que Kate había besado, cuyos besos ella alguna vez había atesorado, ahora era el tesorero del pueblo. La vida continuaba de extrañas maneras.

Giró el volante y se despidió con un apretón de la bocina. Al llegar al semáforo, decidió en un impulso girar a la izquierda en vez de a la derecha y dirigirse a la zona boscosa al oeste del pueblo, a los Balsams, una reserva natural de más de tres mil hectáreas de bosques, riachuelos de truchas y caminos de senderismo. Quince minutos más tarde localizó la vía forestal y condujo por un par de kilómetros en un accidentado camino de terracería hasta que al fin se detuvo. El motor bajó su marcha mientras ella se estremecía dentro del auto, sin poder creer que estaba ahí. La cabaña en el bosque. ¿Por qué había conducido hasta allá?

No había vuelto desde aquella noche. Salió del auto y se dirigió al norte a través del bosque, donde había montículos de nieve de más de treinta centímetros de altura. La gente no solía ir hasta allá durante el invierno, pero los meses más cálidos eran otra historia. El viejo sendero solía ser una carretera para los amantes, y aquella cabaña había sido popular entre los estudiantes de preparatoria que buscaban algún lugar donde organizar una fiesta después de algún juego importante. Ahora la visitaban en Halloween. Los chicos de la zona se reunían con ouijas para conjurar a los muertos. Savannah Wolfe se había convertido en una leyenda: para algunos era una simple diversión, para otros una historia de horror para contar junto a una fogata. La cabaña del bosque era como el escenario de tantas películas de terror... la muerte de su hermana era utilizada ahora para narrar historias y para que los adolescentes de la región se propusieran retos de valentía. La idea era devastadora.

Kate subió unos veinte metros más a través de los troncos que semejaban barras de prisión. La nieve le llegaba a las rodillas y el trayecto resultó agotador: para cuando llegó a la cabaña, sudaba copiosamente bajo su abrigo de invierno. Subió al porche dilapidado y se dio unos segundos para que su corazón se tranquilizara. La maltratada puerta estaba abierta de par en par, como si la cabaña la hubiera estado esperando.

Se estremeció al cruzar el umbral y uno de los tablones del suelo crujió como un disparo. Las paredes estaban cubiertas de grafiti y el suelo tapizado de latas de cerveza aplanadas y condones fosilizados. El techo había estado goteando por décadas y sus agujeros eran tan grandes que las enredaderas ya se habían colado por ahí, matas mohosas de follaje marchito que se balanceaban del techo como candelabros rotos. Había más enredaderas entrando por las ventanas rotas. Se arrastraban por el suelo, atrapando viejas cajetillas de cigarros y latas vacías con sus ramas como manos agarrotadas.

Estaba tan oscuro dentro de la cabaña, que sacó las llaves del bolsillo de su abrigo, prendió la pequeña linterna que colgaba de su llavero y dirigió el haz de luz a las paredes. Nombres. Fechas. Insultos. Había signos de amor y paz, penes, tréboles de cuatro hojas, insultantes dedos medios. Amor y odio. El agua helada se filtraba del tejado y caía en los charcos del suelo; cada gota hacía eco. Si los chicos locales habían logrado invocar a Savannah con sus velas y tableros de ouija, Kate deseaba liberarla.

La semana en que fue asesinada, los medios habían inundado el pueblo como moscas, sobornando a los residentes de Blunt River para que les dieran cualquier información acerca de la niña muerta. Habían estado felices cuando supieron de la trágica muerte de Julia, y alimentaron a la prensa amarillista con su suicidio por semanas; sabían cuánto tardaba una persona en ahogarse y qué llevaba puesto la noche que saltó al río. Averiguaron quiénes eran las mejores amigas de Kate y Savannah, qué calificaciones sacaban y el hecho de que solían pasar frente a la casa de Henry Blackwood todos los días en su camino al colegio. Kate los quiso a todos muertos por mucho tiempo. Quizá porque parecía más fácil matar a los mensajeros que al asesino que esperaba su ejecución.

Un escalofrío susurrante le recorrió la piel al recordar aquella noche de agosto de tanto tiempo atrás. Las siluetas de los árboles veraniegos se habían delineado contra el moribundo cielo y había una turbadora sensación de irrevocabilidad. Habían dejado el auto estacionado en la angosta vía forestal y andado por los bosques juntas, compartiendo una sola linterna para ambas. Los bichos estaban picando y tras unos minutos de rascarse, Savannah había comenzado a quejarse. La idea de ir le había entusiasmado sobremanera, pero se había aburrido y tenía comezón.

La pestilente cabaña no estaba tan decrépita como ahora: el tejado estaba intacto y algunas ventanas no se habían roto aún. La mayoría de los chicos estaba junto al lago, que se había convertido en el lugar predilecto de reunión aquel verano. La cabaña había pasado de moda. Servía para sustos de Halloween y para los chicos que se reunían a fumar marihuana en las madrugadas, pero nada más.

Kate y Savannah habían llegado a las ocho: los chicos mayores no se aparecerían por ahí hasta después de la media noche para sus reuniones ilícitas. Por el momento sólo estaban Kate y su hermana pequeña. Y el chico guapo con el que Kate se había citado ahí y que ya la esperaba. Le sorprendió ver llegar a Savannah. *¿Qué hace ella aquí?*, había preguntado, enfadado.

Kate intentó explicarle que su padre a veces desaparecía sin avisar y que no podía dejar a su hermana sola en la casa. Que había roto todas las reglas sólo para estar con él esa noche. Mientras el horizonte naranja se tornaba violeta, el chico persuadió a Kate de perderse en un claro en el bosque, no muy lejos de la cabaña, para que estuvieran solos. Tenía una sonrisa deslumbrante. Ella le dijo a su pequeña hermana que esperara en la cabaña y le prometió que no tardarían.

¿Cuánto tiempo?

Sólo unos minutos.

¿Por qué no puedo estar con ustedes?

Porque... necesitamos hablar en privado.

¿De qué?

Kate le había sonreído y acariciado el dorado cabello.

Estaré ahí, ¿ves esos árboles? Están a menos de cinco metros. No pasa nada.

Eran bastante más de cinco metros, pero ¿qué podía pasar?

No tengas miedo. Estaré muy cerca.

No tengo miedo.

Dieciséis años más tarde, Kate estaba parada en el lugar exacto en el que había abandonado a su hermana. Sólo por unos cuantos minutos. ¿O había tardado más? ¿Diez? ¿Quince? ¿Cincuenta? No podía recordarlo. Sus ojos se llenaron de lágrimas. Desde entonces vivía con las consecuencias de aquella decisión cada día de su vida, murmurando bajo la superficie de su psique, viva y mordaz como un cable eléctrico al descubierto. Tendría que aligerar su carga en algún momento. Ahora hurgaba en el bolsillo de su abrigo en busca de la tarjeta del detective Dyson. Sacó su teléfono y marcó.

—¿Hola?

—Hola, soy yo. Kate Wolfe —dijo, y guardó silencio unos segundos—. ¿Todavía quiere hablar?

—¿Cuándo podemos encontrarnos? —replicó él sin titubear.

— Estoy en Blunt River ahora mismo.

—Perfecto, conozco un buen lugar.

22

Se encontraron en una cafetería del otro lado del pueblo. Kate eligió el reservado del fondo y ordenó un café. Miró por la ventana mientras el detective Dyson se estacionaba y bajaba de su pick-up *vintage* blanca. Cuando entró, la típica campanita que se balanceaba sobre la puerta sonó. Encontró a Kate y se dirigió hacia ella, deteniéndose a saludar a un par de lugareños en el camino. Era un hombre conocido. Se quitó el sombrero de vaquero y se pasó la mano por el cabello canoso para deshacerse de la estática. Olía a humo de puro y lana húmeda. Se quitó el abrigo de invierno.

—Soy el fantasma de este lugar. Siempre estoy aquí. Pero soy un fantasma tranquilo —dijo. Ella sonrió, aunque no supo por qué. Él se sentó del otro lado de la mesa y levantó el grasiento menú—. Los sándwiches de queso derretido son de campeonato, si está interesada. Los hacen con queso gruyère y tocino ahumado. ¿Se anima?

—No, gracias. Estoy bien —replicó ella levantando su taza de café mientras miraba los ojos marrones con oscuras pestañas del detective, que ordenó una Coca-Cola y el sándwich que había mencionado. Después se volvió a mirarla para darle toda su atención.

—Pues bueno. Así es como yo lo veo: Henry Blackwood sostuvo que era inocente desde el primer día. Pasó una prueba de polígrafo, y eso no es cualquier cosa. Y ahora su sobrina, la testigo estrella de la fiscalía, se está retractando de su testimonio. Si Henry estuvo con ella todo el tiempo, tenemos que preguntarnos: ¿quién mató a Savannah Wolfe?

—Nelly tiene problemas —negó Kate con la cabeza—, podría estar mintiendo, o confundida. Mi hermana estaba enterrada en el jardín de Blackwood. Sus huellas digitales estaban en la pala. Encontraron cabellos suyos enredados en la cuerda.

—Cierto.

—Además, el jurado vio toda la evidencia y lo declaró culpable —dijo Kate.

—No toda.

En ese momento llegó el sándwich del detective y no perdió ni un segundo antes de hincarle el diente.

—¿Qué quiere decir con *no toda*? —vaciló Kate.

—Si pone a dos abogados en un cuarto, van a jugar sus juegos.

—¿Podría ser más específico?

—Había un par más de declaraciones de testigos y pistas que nunca se mencionaron en los tribunales. Una camioneta roja sospechosa fue vista circulando por el vecindario aquel día. Otro testigo reportó haber visto a una niña de las características de su hermana metiéndose en una camioneta pick-up verde en la ruta 27, que conecta con la vía forestal.

—¿Así que usted cree que un hombre cualquiera, con una camioneta roja o una pick-up verde, secuestró a mi hermana y después la enterró en el jardín de Blackwood? ¿Por qué? ¿Quién haría una cosa así?

—Aguante —dijo Dyson, limpiándose la boca con una servilleta de papel—, apenas estoy empezando.

—Mire, no tengo ninguna duda de que Nelly está diciendo la verdad acerca de su tío. Reconozco a una víctima de abuso sexual con sólo verla. Pero a mis ojos eso sólo refuerza su culpabilidad: pasar de abusador de niñas a asesino no es un salto tan grande.

—¿Qué me diría si le dijera que todo lo que sabe acerca del caso está mal?

—Le pediría que me lo probara.

—Muy bien —dijo él—. Dejemos a su hermana de lado por un momento. Supo del caso de Hannah Lloyd, ¿no? Ése fue un crimen brutal. Parte de la evidencia señalaba a su vecino de al lado, un pedófilo registrado. Lo arrestamos pero la fiscalía no pudo probar nada en la corte y el juicio se paralizó porque el jurado no llegó a una decisión unánime. El tipo salió libre y se pegó un tiro antes de que se pudiera reunir a un nuevo jurado. Una muerte bastante conveniente.

—¿Está...? —carraspeó Kate, parpadeando—, ¿está insinuando que alguien lo mató?

—Creo que su hermana y Hannah Lloyd terminaron igual: mismo asesino, mismo *modus operandi*. Las dos murieron asfixiadas, ya fuera por estrangulación o sofocamiento, y a las dos les habían cortado el cabello. Creo que el mismo psicópata estuvo detrás de ambos asesinatos así como de otras desapariciones en el área.

Kate sacudió la cabeza.

—¿Está hablando de Makayla Brayden? Era una drogadicta, pidió ride, venía de un hogar destrozado. Esos tres factores la pusieron en riesgo de depredación.

—Kate... ¿puedo llamarte Kate? —ella asintió—. Llámame Palmer, y no me hables de usted, por favor. Ésta es mi teoría. Sé que es tentador ignorar todo esto, ¿de acuerdo? Blackwood estará muerto en unos días. Pero si eres como yo, aunque sea un poco, no puedes evitar conectar los puntos y darte cuenta de que las cosas no tienen lógica. No puedes evitar considerar que hay alguien más detrás de todo lo que ha venido sucediendo en Blunt River las últimas dos décadas, incluyendo el homicidio de tu hermana.

Un escalofrío recorrió su espalda.

Palmer le pedía que borrara todo lo que sabía y pensara de una manera fundamentalmente distinta. Kate llevaba media vida pensando que Henry Blackwood había matado a su hermana.

—Si ése es el caso —comenzó, agitando la cabeza—, estás diciendo que a Henry Blackwood le tendieron una trampa.

—Es una posibilidad —replicó él, encogiéndose de hombros.

—Pero es una locura. Significaría que alguien se tomó muchísimas molestias para hacerlo parecer culpable. Tenía que ser un plan muy elaborado y muy riesgoso. ¿Cómo puedes probar algo así?

—Podemos hablar de las evidencias más tarde. Tengo cajas de ellas en casa. Pero hay más víctimas. Nueve en total, según mis cuentas —y se limpió un poco de grasa de la barbilla—. Mira, me retiré el año pasado. Y te puedo decir, de manera confidencial... ¿puedo confiar en ti, Kate?

—Claro.

—Tengo cáncer. Estaba en remisión, pero ha vuelto.

—Lo lamento mucho —dijo ella, compasiva.

—Linfoma de Hodgkin de lento crecimiento. Hace diez años me trataron con quimioterapia y radiación, y el cáncer entró en remisión, pero volvió cinco años después. Más tratamiento. Remisión de nuevo. Ahora me dicen que se está extendiendo, que me he vuelto resistente a la terapia. Así que me registré para un ensayo clínico de inmunoterapia en Nueva York, pero la lista de espera es larga.

Kate no supo qué decir, así que guardó silencio.

—El caso es que encontré una clínica en Tijuana que se especializa en la misma inmunoterapia de la prueba clínica. Ya sé lo que estás pensando: turismo de salud. Pero he leído mucho al respecto. El tratamiento no es tóxico. Lo peor que puede pasar es que no pase nada. Para mí, no hay mucho que pensar.

Kate asintió. No esperaba una confesión de tal calibre.

—Mira, estoy en paz con el asunto. No puedes recibir tantas rondas de quimio y radiación sin que te destroce por dentro. La razón por la que te lo cuento es que esto hace que mi misión sea más urgente. Casi nadie sabe que el cáncer ha vuelto, así que por favor...

—Claro. No le diré a nadie —aseguró Kate.

—En fin —dijo él, agitando la mano para quitarle importancia—, volviendo a lo que te decía antes. Cuando encontraron el cuerpo de Hannah en el bosque, le habían rasurado el cabello, como a tu hermana. Y las dos murieron como resultado de un corte en el suministro de oxígeno, de una manera u otra. Por eso pienso que los casos están relacionados.

—¿No crees que a Hannah la mató su vecino? —preguntó Kate mirándolo fijamente.

Él entrecerró los ojos.

—No. Creo que lo que está sucediendo es más grande.

Kate sintió que una pesada tristeza la arrastraba hacia abajo.

—Siempre me pregunté por qué Blackwood le habría rasurado la cabeza a Savannah.

—¿Cuál sería tu primer instinto? Ya que eres psiquiatra y todo... —preguntó él—, ¿qué podría significar?

—Ése es justamente el asunto: no tiene sentido. Savannah era una niña, incluso bajita para su edad. Comprendería que le rasurara la cabeza a una mujer hecha y derecha, pero a una niña pequeña...

—¿Qué quieres decir con *una mujer hecha y derecha*?

—Rasurarle la cabeza a una mujer es humillarla. Separarla de su feminidad, de su poder sexual.

—Eres buena —dijo Palmer señalándola con el dedo—, fuiste directo al punto. Nada de rodeos. Me gusta.

—Psicología básica.

—Todo lo contrario. Y yo debería saberlo: pagué mucho dinero a los expertos en perfiles psicológicos criminales. Me gustaría que revisaras los casos de otras niñas desaparecidas, para ver si encuentras alguna otra similitud entre ellas y tu hermana, además de las que yo he visto.

La campana de la puerta sonó y dos policías de mediana edad entraron. Saludaron de lejos a Palmer y él los saludó

185

en respuesta. Terminó su sándwich con los últimos tragos de Coca-Cola que quedaban. Kate escuchó cómo los cubitos de hielo golpeteaban en su vaso vacío.

—Mis colegas creen que estoy loco —confesó—, pero hace mucho noté una conexión y estoy seguro de que hay más de lo que parece detrás de estos casos. Quiero probarles a esos holgazanes que estaban equivocados.

El tono le pareció a Kate un tanto bravucón.

—¿Tienes hijos, Palmer?

—No —y negó con la cabeza—, sólo una exesposa. Los divorcios entre policías son muy comunes. Mi esposa se quejaba de que yo trabajaba todo el tiempo. Decía que era frío y distante, lo cual es irónico, porque la verdad es que soy un tipo cariñoso. Pero pasaba todos los días cazando asesinos, ladrones y violadores. Eso cambia a una persona. Nos fuimos alejando. No la culpo: no podía dejar de obsesionarme con estos casos, incluyendo el de tu hermana —dijo, tomando otra servilleta del dispensador, para limpiarse el rostro—. Ahora no puedo dejar de investigar, aunque esté retirado. Es como si los engranes de mi cerebro no dejaran de girar.

—¿Alguna otra niña fue enterrada viva? —preguntó Kate, sintiéndose curiosa y resentida a la vez. No quería creerlo. No quería verse arrastrada a su obsesión, y además, ¿qué decía todo aquello del sistema judicial y la justicia? ¿Y Henry Blackwood? ¿Cómo podía ser inocente? ¿Después de todo ese tiempo? Kate había leído mucho acerca de asesinos imitadores en sus cursos de psicología criminal de la universidad.

—No sabemos. Algunas niñas siguen desaparecidas. El resto fue o estrangulado o sofocado antes de que sus cuerpos fueran colocados.

—¿*Colocados*?

Palmer se aclaró la garganta.

—Para que parecieran accidentes —explicó—. Como te decía, podemos repasar la evidencia y...

Kate tocó su taza de café. Estaba fría.

—La manera en que murió sigue aterrándome —le confesó—. Enterrada viva. La gente diciendo cosas perturbadoras sin querer... *Si yo estuviera enterrado, tres metros bajo tierra, me abriría el camino a arañazos hasta salir de ahí...* un montón de frases gastadas, ¿cierto? —sacudió la cabeza—. Me paraliza.

Él la miró con compasión. Después golpeteó la mesa con su dedo índice y dijo:

—¿Estarías dispuesta a revisar algunos de esos casos para mí? ¿Ver si encuentras algún detalle que pudiera corresponder al caso de tu hermana? ¿Algo que se te pudiera haber olvidado?

Kate hurgó en su mente en busca de una excusa. Cada una de sus células se resistía. Ya sabía quién había matado a Savannah, lo sabía en los huesos, pero... ¿sería posible? Apenas se estaba enterando de que a Hannah Lloyd también le habían rasurado el cabello. Quizás echar un vistazo a los demás casos no estaba de más.

—Si reviso esos expedientes y llego a la conclusión de que estás equivocado con todo esto... te lo diré, sin rodeos. Porque si no puedes comprobármelo, si no logras probar que él es inocente al cien por ciento, voy a olvidarme de todo y dejaré que lo ejecuten.

—Quizás esté equivocado —asintió él—, pero, por otro lado, quizá podamos resolver este misterio juntos.

—No te entusiasmes demasiado. Para mí, pesa mucho el veredicto del jurado.

—Eso es justo lo que necesito —dijo él—. Un par de ojos escépticos.

Antes de volver a Boston, Kate se desvió al otro lado del pueblo y visitó el viejo vecindario una última vez. La noche era fría y el cielo estaba lleno de estrellas. Se estacionó frente a la residencia en la que había vivido Henry Blackwood y que ahora estaba remodelada al estilo griego. El buzón decía DENNISON. La propiedad estaba rodeada por una valla de gran altura y la entrada pavimentada conducía a un garaje cerrado. No había ningún otro vecino en varios kilómetros a la redonda y el bosque crecía denso alrededor de la casa. Varias cuadras más allá, doblando la esquina y subiendo la colina, estaba la casa de su padre. Un fuerte escalofrío la recorrió.

Salió del auto y cruzó el patio delantero nevado. Subió los escalones del porche y tocó la puerta. Nada. Tocó el timbre. No obtuvo respuesta. Pegó el rostro al cristal y rodeó su rostro con las manos para mirar al interior. Alcanzó a distinguir una escalera y un pasillo que llevaba a la parte trasera de la casa: el resto eran sombras y quietud.

En un impulso, rodeó la casa y la sensación de ser una invasora la embargó mientras atravesaba el jardín trasero. Sólo había estado ahí una vez, muchos años atrás, después del arresto de Henry Blackwood. La Kate de dieciséis años se había escabullido por el bosque y había esquivado las numerosas banderas que, clavadas en el suelo, marcaban los sitios donde se había encontrado evidencia, para absorber los últimos momentos de la vida de su hermana y enterrarlos en lo más profundo de su corazón, para cuidarlos. Y ahora volvía a estar ahí. Buscando la tumba de su hermana.

Había pasado tanto tiempo, que no podía encontrarla en la nieve. Recordaba haber visto un leve hundimiento donde la retroexcavadora había enfocado sus energías. Recordaba el viejo columpio y la casa para perro abandonada y una vieja cadena oxidada en el pasto. Se acordaba de los trozos de cinta amarilla con el mensaje *Escena del crimen. Prohibido el paso* y un par más de estacas que marcaban el terreno, más cerca de la casa del perro que del jardín. Ahí. Bajo el sicómoro.

Kate fue a plantarse en la periferia de la tumba no oficial de su hermana, helada hasta la médula. Para ella, se sentía más real que cualquier fosa en un pacífico cementerio. Ahí, Savannah había rogado por su vida. Había inhalado su último aliento. Aquella pequeña parcela era su panteón verdadero.

Kate no podía comenzar a imaginar el terror que su hermana debía haber sentido aquella noche: el impacto de un joven cuerpo siendo presa de un cuerpo tosco y adulto. Los ojos abiertos mientras la tierra la rodeaba, la cubría. Y después... nada.

Se preguntó si la gente que ahora vivía en la casa tenía la menor idea de lo que había pasado ahí, aunque claro: todo estaba publicado en internet. Heather, la amiga de Kate, le había contado que, a lo largo de los años, diferentes personas habían adquirido la propiedad para después salir huyendo, espantados, uno tras otro. ¿Estaría el espíritu de Savannah rondando aquellas tierras? Quizá los Dennison se habían dado cuenta de que vivían en una casa embrujada demasiado tarde. ¿Habrán traído un equipo de cazadores de fantasmas para librar al lugar de la pequeña hermana de Kate? Heather le había asegurado que la próxima vez, la casa se vendería por una miseria. Y que volver a venderla implicaría mucho esfuerzo: demasiada historia, demasiados habitantes y demasiados rumores que negar.

Había otra pregunta más importante: si por un increíble giro del destino resultaba que todo lo que Kate creía estaba equivocado, ¿llegaría Savannah a descansar en paz? ¿Estaría atada a aquel jardín, esperando a que se hiciera justicia? Y si Kate ayudaba a Palmer a atrapar al verdadero asesino, ¿podría Savannah avanzar hacia la luz?

La mente de Kate se fue silenciando. Ya había usado todas sus plegarias. Sus emociones estaban desgastadas. No había pensamiento ni acción que pudiera traer a Savannah de vuelta a la vida.

Kate miró a su alrededor. Jamás volvería a pisar aquel lugar.

24

Cuando regresó a casa, Kate se encontró con que James la esperaba con una sorpresa. La mesa estaba puesta y había varios contenedores humeantes de comida china, velas encendidas y un tronco de leña artificial ardiendo en la chimenea.

—¡Sorpresa! —exclamó él alegremente.

—¿La comida es de Mary Chung's? —preguntó Kate desde el umbral, sonriente.

—La calenté con mis propias manos —replicó James, invitándola a sentarse en la silla más cercana. Ella lo rodeó con los brazos. Volver a su lado era maravilloso. Sentir su aliento en el rostro hacía que todo estuviera mejor—. ¿Cómo estuvo el funeral?

—Desconsolador.

—Lo siento, amor —dijo él, besándole la frente. La miró, preocupado—. Te siento afiebrada.

—Ha sido un día muy largo.

—Comamos, tal vez te sientas mejor —sugirió él.

—Preferiría hacerte el amor como un animal —dijo ella.

—¿En serio? —sonrió él—. Podemos arreglarlo.

Kate lo tomó de la mano y lo llevó hasta la recámara. Le quitó el suéter, se quitó la falda y las medias a toda prisa. Su corazón latía furiosamente al aterrizar sobre la cama. Él la cubrió con su cuerpo y la besó, frotándola con la pelvis.

La urgencia y el dolor se apoderaron de ella. Empuñó el miembro de él y lo guio a su interior. *Por favor, lléname de ti, sácame este dolor, hagamos el amor hasta que esté vacía, hasta que ya no sienta nada.* Su respiración se fue dificultando a medida que el lado más primitivo se despertaba y el placer fue escalando hasta estallar en una constelación de pequeños temblores. Al terminar se abrazó a él, exhausta y en blanco.

—Guau —dijo él, acomodándose a su lado.

—Y tú no estuviste nada mal —sonrió ella.

—¿Cómo te has sentido?

—Bien —respondió, sin saber qué decirle y qué no.

—¿Segura? ¿Todo está bien?

—Que sí —mintió, y mientras una nueva emoción se revolvía en sus entrañas: furia. Estaba furiosa con el detective Dyson por emboscarla, por sugerir que su peor miedo (que el asesino de Savannah siguiera libre) pudiera ser cierto. Por apoyar la historia de Nelly.

Sintió los ojos de James sobre ella y se volvió para encontrar que la miraba con tristeza. Se dio cuenta de que no había pensado en él en absoluto, en cómo se sentía él. Había asumido que él era tan fuerte como siempre, que no necesitaba de su preocupación.

—¿Y tú? —preguntó—, ¿qué tal tu día?

—Un desfile de mierda, gracias por preguntar.

—¿Agatha de nuevo?

—Volvió a irse de la sesión de grupo.

—¿Qué lo disparó esta vez?

—Perdí la calma por completo, Kate. Se supone que no debemos hacer eso, ¿cierto? ¿No está eso en el Manual de Psiquiatras o algo? *¿Nunca pierdas la puta calma?*

—Palabra por palabra. ¿Qué pasó?

—Es posible que la haya insultado en un murmullo y que me haya escuchado. No lo pude evitar. Odio el hecho de que soy tan humano como cualquier otro, no sabes cómo me irrita.

—¿Humano? ¿Tú? Difícilmente.

James rio.

—Ya me siento mejor. Y de regreso a ti, ¿qué pasa bajo esa calmadísima fachada?

Kate dejó caer los hombros.

—Lo estoy enfrentando —dijo.

Él tomó su mano.

—¿Dónde está el anillo?

—No quise que mi padre pensara que era un anillo de compromiso, así que me lo quité —replicó ella mirándose el dedo desnudo—. ¿Para qué abrir esa lata de gusanos?

—¿Lo viste hoy?

—Después del funeral. Por un impulso.

—¿Cómo estuvo la visita?

—Mediocre.

—Mmmm. Debería conocer a este tipo mediocre. Seguro que nos entenderíamos —dijo él.

—No estoy lista para eso en absoluto —rio ella.

—Nunca se sabe. ¿Y si acabamos siendo mejores amigos?

—Sí, claro, como Vanessa y yo.

—Hey, mamá te adora. Sólo que es una narcisista de primera clase.

Kate miró a través de las ventanas de su recámara. La luna llena revestía a la ciudad de un suave resplandor. El silbido del viento helado resonaba en el tejado. James jaló la orilla de la cobija sobre sus cuerpos desnudos y la atrajo hacia él.

—Mmm, perfecto —murmuró—. Quedémonos así para siempre...

—De acuerdo.

—... bajo nuestra culpija...

—¿Qué? —saltó él.

Ella se volvió a mirarlo.

—¿Qué dije? —quiso saber ella.

—*Culpija* —rio él—, dijiste *culpija*. ¿Qué diría Freud?

—Cobija. Quise decir cobija —rectificó ella.

—Tus *culpijas* seguramente sobrevivirán a esta cobija, por más fina que sea.

—Qué gracioso eres.

—Ya lo sé —dijo él con una mueca—. Ser una fuente inagotable de alegría resulta agotador —y le apartó el cabello del rostro para después besarla con gentileza—. Júrame que estarás bien, Kate.

—Estaré bien.

—Hete aquí, lidiando con toda esta mierda, y yo haciendo chistes —suspiró él. Le apretó la mano—. Así que ése fue el ciclo de vida del anillo, ¿eh?

—Claro que no, bobo. Me encanta. Me lo pondré de nuevo mañana.

—¿No te provoca comezón?

—En absoluto —mintió ella—. ¿Me devuelves mi mano?

—Yo creo que no.

—Yo creo que sí.

Él la liberó y se incorporó sobre un codo.

—Bueno, pues, cuéntamelo todo.

Kate le habló del funeral y luego dijo:

—Y entonces conocí a un hombre...

En ese momento, el teléfono sonó en la sala.

—¿Hombre? ¿Qué hombre?

Kate rio.

—No tiene nada que ver con eso. Es un hombre mayor.

—¿Qué tan mayor? ¿Anciano? ¿Decrépito? No tan joven y guapo como yo, ¿cierto?

—Nadie es tan guapo como tú.

—Ni tan joven.

El teléfono sonaba impacientemente. James puso los ojos en blanco y saltó de la cama.

—Perdón, pero ya sabes que ignorar a mi madre por mucho tiempo hace que le crezcan las garras. Le colgaré de inmediato y podremos hablar mientras cenamos, ¿te parece? Quiero que me cuentes todo acerca de este hombre viejo y feo que conociste.

—Está bien —asintió ella—, salúdala de mi parte.

James se puso los jeans y salió hacia la sala a toda prisa. Kate escuchó cómo levantaba el teléfono y decía *Hola, mamá*.

¿Cuánto de lo que había hablado con Palmer Dyson debía contarle a James? No estaba segura. Sentía que se había abierto la caja de Pandora y todos los monstruos del mundo habían salido volando de ahí, que nadie lograría encerrarlos de nuevo. Necesitaba tiempo para ordenar sus pensamientos. Se lo contaría mañana. Esta noche se quedaría tal y como estaba: cómoda y segura bajo su *culpija*.

25

La condición de Maddie había empeorado a lo largo del fin de semana. Kate se dirigió al hospital el lunes temprano, sabiendo que una caída repentina podía precipitar un colapso mental completo. Se apresuró a pasar el control de seguridad y esperó los ascensores con impaciencia creciente. En el segundo piso, Yvette la puso al tanto del estatus de Maddie mientras caminaban juntas hacia el cuarto 212.

—No sale de la cama. Se niega a acompañarnos a desayunar. Ni siquiera Tamara logró convencerla.

Kate tocó la puerta.

—Adelante.

La luz que se filtraba a través de las ventanas era pálida como té de hierba de limón. Madeline Autumn Ward, de catorce años y con un posible diagnóstico diferencial de trastorno esquizoide, estaba perdida entre un amasijo de mantas y almohadas. Parecía una pequeña mancha rubia. Kate despidió a la ayudante de enfermera que había estado vigilando a la chica y que pareció aliviada de tener un descanso, y estudió el expediente de Maddie.

—¿Cómo te sientes esta mañana?

—Me duele el cuello.

—¿Dónde? —preguntó Kate, y la niña se lo señaló. Kate examinó su delgado cuello—. ¿Crees que una almohada adicional te ayude?

—Sí, pero no quieren dármela.

—Bueno, déjame ver qué puedo hacer.

Maddie se incorporó en la cama. Sus ojos estaban inyectados en sangre y tenía arañazos de apariencia reciente en los brazos: mala señal. Reunió los muñecos de peluche que había a su alrededor, regalos de Tamara e Yvette, que solían gastar parte de su sueldo en la tienda de regalos del hospital. Actos prohibidos de compasión.

—No me cae bien —dijo Maddie.

—¿Quién? ¿La ayudante? ¿Susie?

—Me ha estado espiando.

—Se llama atención directa. Te cuida por tu propia seguridad.

—Todos me están espiando —dijo Maddie con recelo.

—Es la política del hospital —explicó Kate.

—¿Por qué? ¿Porque soy mala?

—No, Maddie, nadie cree que seas mala.

La niña empezó a llorar suavemente.

—Tal vez sí lo soy.

—¿Quién te ha dicho que eres mala? —preguntó Kate, y Maddie la miró a través de sus pestañas rubias empapadas—, ¿tu padrastro?

—No.

—¿Entonces por qué crees que eres mala?

—A veces tengo malos pensamientos —confesó Maddie.

—¿Como qué?

—Como que me quiero lastimar.

—Bueno, pero ¿por qué eso te hace mala? —preguntó Kate.

Maddie parpadeó.

—Yo no tengo hermanas. ¿Cómo es tener una hermana?

La confusión rodeó a Kate como una nube de lluvia.

—Era increíble —replicó con sinceridad—, y la amé muchísimo.

—Pero se murió.

—Sí.

—¿Por qué? —presionó Maddie. Un escalofrío recorrió a Kate de pies a cabeza, suave como un ronroneo.

—No puedo hablar de eso ahora, Maddie. Es algo demasiado triste para mí —enunció calmadamente.

—¿Por qué la gente tiene que morir?

—No lo sé, pero es un hecho de la vida que hay que aceptar.

—No quiero que mi mami se muera —dijo la niña en voz baja.

—La quieres mucho, ¿cierto?

Maddie asintió.

—Tu madre se ahogó en el río, ¿cierto? —preguntó.

El nudo en el estómago de Kate se hizo aún más apretado mientras intentaba mantener la compostura.

—¿Quién te dijo eso? —preguntó Kate, y al ver que la niña no respondía, le pareció que no tenía caso esconderle la verdad, así que respiró hondo y dijo—: Mi madre murió cuando yo tenía diez años y luego mi hermana murió seis años después.

Los ojos de Maddie se llenaron de lágrimas.

—Eso es muy triste.

—Sí, es muy triste —dijo Kate.

—¿Ahogarse duele?

—No lo sé, he leído diferentes teorías al respecto.

—Yo escuché que al principio duele mucho, pero luego se siente natural, porque había agua en el útero cuando éramos bebés —dijo Maddie, y se llevó uno de los muñecos de peluche al pecho. Lo abrazó como si quisiera fundirse con su suavidad—. Voy a morir pronto —susurró.

Kate sintió que la sangre le bajaba a los pies.

—¿Por qué dices eso?

—Qué tontería —murmuró Maddie.

—¿A qué te refieres?

—Lo que dije de tu mamá.

—No te preocupes —dijo Kate—, no me importa responder tus preguntas.

—Ay, Dios mío —sollozó Maddie—, qué estúpida soy.

—Sólo tienes curiosidad. Todo el mundo tiene curiosidad —aseguró Kate, y le tendió una caja de pañuelos al ver que las lágrimas empapaban sus mejillas.

—No debí decir eso —soltó Maddie—, qué estúpida. Morir. Me voy a morir.

—¿Qué te hace pensar que te vas a morir?

—Morir. Morir. Qué tontería decir eso. ¿Qué significa, de todas formas? Morir. Morir. Si repites una palabra muchas veces, pierde sentido, ¿no? Morir. Soy tan estúpida...

—No eres estúpida —la calmó Kate—, ni de cerca.

—¡Sí soy! —gritó Maddie—, ¡soy estúpida!

Kate titubeó antes de hacer la comparación, pero decidió seguir sus instintos.

—Tu mamá se llama a sí misma estúpida todo el tiempo. ¿Es por eso que te estás diciendo estúpida a ti misma? ¿La voz dentro de tu cabeza suena como tu mamá? ¿Es su voz? ¿O es la de tu padrastro?

La chica parecía afectada. Una persona en el ojo del huracán de un brote psicótico tendía a ver todo a través de una lente distorsionada. La realidad perdía todo significado y se pervertía. Comenzaban a tener miedo. Comenzaban a sentirse disociadas de sus propios cuerpos. Maddie estaba al borde de perder contacto con la realidad.

—A veces nos castigamos —intervino Kate rápidamente, tomando la mano de la niña para devolverla a la realidad—. Nos castigamos interiorizando el enojo de otras personas. Por ejemplo, si tu padrastro te llama estúpida, podrías empezar a creerle, y empezar a llamarte estúpida a ti misma.

Maddie inclinó la cabeza como si estuviera escuchando, pero algo detrás de sus ojos había cambiado.

—Me duele la cabeza —se quejó—, tengo miedo.

—Estoy aquí contigo. No me voy a ir a ningún lado.

De pronto, la niña se enterró las uñas en el cráneo, sacándose sangre.

—¡No! —exclamó Kate, e intentó aferrar sus manos, pero

Maddie se agitó con violencia entre sus brazos, gritando y sacudiéndose, pateando las mantas y los peluches. Kate se incorporó para recuperar el control, pero Maddie la pateó en el estómago. Sucedió tan rápido, que no lo vio venir. Se quedó doblada, intentando recuperar el aliento, y cuando se enderezó, la niña golpeó su rostro, con el brazo latigueando como una serpiente. Kate se quedó inmóvil por un instante, aturdida, y cuando pudo reaccionar, presionó el botón de llamada de las enfermeras.

Segundos después, Tamara entró a toda prisa con una jeringa en la mano. El protocolo indicaba ofrecerle al niño la opción: jeringa o pastilla. Pero Maddie se negó. Estaba demasiado alterada y Kate decidió por ella. Tamara le inyectó el sedante en el trasero mientras Maddie se sacudía. Los años de experiencia y entrenamiento le habían enseñado a Kate que habría sido mucho peor, ridículo, incluso, esperar que la histeria de Maddie se resolviera por sí misma.

Tamara revisó el cuero cabelludo de Maddie y le aplicó un poco de pomada antibacterial. Después las dejó solas. Kate se sentó a su lado, esperando que el medicamento hiciera efecto. Tras unos cuantos minutos, las pupilas de la niña se dilataron y su pulso se relajó. El de Kate seguía martilleando dentro de su pecho.

—Lo siento —susurró Maddie desde su nido de mantas.

—No te preocupes. Es parte del trabajo.

—Me duele la cabeza.

—¿Tienes jaqueca?

—No. Me duele por pensar demasiado.

—Es normal —dijo Kate, guardando su estetoscopio—. Va a doler.

—¿Por qué?

—Porque estás empezando a sentir. Y los sentimientos pueden doler.

—¿No puedes pararlos?

—¿A tus sentimientos? No —replicó Kate.

—¿Por qué no?

—Porque si los reprimimos, sólo crecerán más y más —explicó Kate—. Tus sentimientos son una parte importante de ti, y es bueno expresarlos. Eventualmente, todos ellos, buenos o malos, te van a ayudar.

—Pero acabas de decir que duelen.

—Duelen y ayudan.

Maddie se encogió más dentro de las mantas.

—Mi tío se va a morir pronto. Lo vi en la tele en la sala común. Los niños estaban hablando de si sería más rápida una inyección letal o la silla eléctrica.

—¿Lo conociste? —preguntó Kate.

—Lo fui a ver algunas veces a la cárcel. Mami me llevó. Dice que me rio como él. No le gusta cuando me río, así que intento no hacerlo.

Entonces Kate lo comprendió todo: el pico de viuda en la frente, la piel pálida y pecosa, los ojos verdes. Cuando Henry Blackwood no estaba usando una de sus gorras de beisbol o aquel viejo sombrero negro, su cabello era rubio y corto al estilo militar, con un pico de viuda claramente definido. Si Penny Blackwood se había quedado embarazada dieciséis años atrás, habría tenido un bebé nueve meses más tarde. Y esa criatura hoy tendría la misma edad que Maddie.

26

Kate se dirigió a los ascensores, intentando recomponerse. Comprender que tal vez estaba tratando a la hija del hombre que había matado a su hermana era muy perturbador. Necesitaba comentarlo con Ira. Kate presionó el botón de llamada del ascensor y justo en ese momento uno se abrió y apareció Elizabeth McCormack, la madre de Nikki.

—¿Doctora Wolfe?

—Hola, Elizabeth —replicó Kate, reponiéndose de la sorpresa de topársela cara a cara—. ¿Puedo ayudarte en algo?

—No puedo comer. No puedo dormir. No puedo dejar de pensar en Nikki —soltó. Un aroma rancio se desprendía de ella, como si no se hubiera bañado en días, lo cual contrastaba con su abrigo hecho a la medida, pendientes de diamante y botas de la más fina piel. Su cabello dorado le caía sobre los hombros en listones grasientos y sus ojos estaban rojos de tanto llorar—. Mi mente no deja de dar vueltas y no dejo de pensar en el hubiera. ¿Y si hubiéramos hecho algo diferente? ¿Seguiría viva?

El estómago de Kate se encogió.

—Vamos a mi oficina, así podremos hablar tranquilamente.

—Mi hija llegó a ti en un estado mental muy frágil —dijo Elizabeth—, y esas pastillas que le recetaste, pastillas psicotrópicas... acabo de enterarme de que a veces pueden hacer más daño que bien. ¿Sabías eso?

—La tenía en la dosis más baja de medicamentos para la ansiedad.

—Ahora algunas de sus amigas me dice que Nikki estaba muy deprimida. ¿Por qué no me dijiste? —acusó Elizabeth.

—Sabías que estábamos tratándola para la depresión —explicó Kate, intentando mantener su voz en un tono neutral mientras el de su interlocutora se agitaba más y más.

—Quiero decir en las últimas semanas, ¿corría riesgo de un suicidio?

—La terapia de Nikki iba muy bien, pero teníamos un largo camino por recorrer.

Elizabeth se puso rígida.

—¿Cómo puedes decir eso? —chilló—, ¿cómo que iba muy bien?

—Elizabeth, por favor, pasemos a mi oficina.

—¡No! —y apartó a Kate bruscamente—. Quiero respuestas. ¿Por qué se suicidó? Llegamos a casa y ahí estaba, colgando del techo. Y yo estaba ahí, mirando a mi hija, y no entendía nada. Como si el mundo entero se hubiera vuelto loco. Pero tú eres doctora. Tú deberías haberlo sabido y nos tenías que haber advertido si corría riesgo de un suicidio —chilló—, ¿cómo pudiste dejar que esto pasara? ¿Cómo es que no viste las señales?

—Elizabeth, te aseguro que estaba poniendo atención y no había señales de...

—Claro, ¡claro! Por eso es que mi hija está muerta, ¿cierto? Porque tú estabas poniendo toda tu atención. No hiciste nada mal, nada, ¿cierto?

—No estoy diciendo eso, Elizabeth, por favor...

—¡Deja de llamarme Elizabeth! ¡Deja de...! —y entonces empujó a Kate con las dos manos. Kate perdió el equilibrio y después de un giro, cayó pesadamente en el suelo. Se quedó ahí sentada, aturdida, mientras Elizabeth se llevaba una mano enguantada a la boca.

—Ay, no...

—No pasa nada —dijo Kate.

—Lo siento. No sé qué me pasó...

Algunos empleados del hospital se habían congregado en el pasillo. Alguien debió alertar a James de lo que estaba sucediendo, porque llegó dando grandes zancadas.

—¿Kate, estás bien? —y le tendió la mano para ayudarla a levantarse—. ¿Qué es esto? ¿Qué está pasando aquí?

—Estoy bien, sólo un poco aturdida... —balbuceó Kate. Miró hacia Elizabeth—. Ésta es la madre de Nikki.

James giró sobre sus talones para enfrentar a Elizabeth Mc-Cormack.

—¿Tú la empujaste? ¿La estás culpando de esto?

—James, no lo hagas —suplicó Kate, mortificada.

—No, Kate, esto es ridículo. Nos culpan cuando algo sale mal, pero nunca se enteran del daño que les han hecho a sus hijos y de lo que opinaban de ellos.

—No importa —interrumpió Kate—, perdió a su hija.

—Nikki está muerta y quiero saber por qué —sollozó Elizabeth.

—Kate hizo todo lo que pudo —dijo James.

—James, basta, no pasa nada.

—No, sí pasa. Esto se llama acoso.

Uno de los ascensores se abrió y Elizabeth retrocedió a su interior, mirándolos fijamente mientras las puertas de aluminio se cerraban. James envolvió a Kate con los brazos en actitud protectora y ella se lo permitió por un momento sin oponer resistencia. La habían golpeado dos veces en un día. Era un récord. Él insistió en escoltarla hasta la estación de enfermeras, donde la obligó a sentarse y encontró una raspadura en su codo. Las enfermeras se acercaron armadas de yodo y curitas, aunque ella no cesaba de repetir que estaba bien.

—Algunas de estas personas son la razón por la que sus amadas criaturas llegan aquí —gruñó James.

—Ojalá no la hubieras confrontado de esa manera —dijo Kate.

—¿Por qué no? ¿Ahora resulta que está bien que te agreda?

—No. Pero hay que tener compasión —dijo ella.

—¡Tal vez ya se me acabó la compasión! —soltó él.

Ella lo calmó apoyando una mano sobre su brazo.

—Escucha, siento mucho lo de nuestras vacaciones...

—No —interrumpió él. Sonaba angustiado—. He sido un imbécil por insistir tanto. Es sólo que íbamos a asegurarnos de que estuvieras lejos de todo la semana entrante.

Ella asintió. Habían planeado qué hacer durante la noche de la ejecución de Henry Blackwood por meses. Debían disfrutar a todo lujo en un hotel de cinco estrellas en Sedona, catando vinos del Valle Verde e ignorando las noticias.

—Y por si no fuera suficiente, me acabo de enterar de que mi mamá se tropezó en el hielo y se rompió el tobillo.

—Ay, no. ¿Cuándo fue esto?

—Hace media hora. Ahora tengo que ir hasta el Hospital General de Massachusetts para hablar con sus doctores. Es una fractura muy grave: va a necesitar cirugía —explicó él.

—Mándale abrazos de mi parte. Espero que esté bien —y lo abrazó—. Y no te preocupes del próximo miércoles. Nos quedaremos en la cama como si estuviéramos en Sedona. Tendremos nuestra propia cata de vinos personal.

—Es una cita —sonrió él.

—Avísame cómo está Vanessa, ¿de acuerdo?

Él le dio un beso y se alejó.

27

Kate tocó a la puerta de Ira.

—Adelante.

—¿Tienes un minuto?

—Para ti, lo que sea —dijo él, dejando su papeleo a un lado—. Siéntate.

Ella cerró la puerta a sus espaldas.

—No sé ni por dónde empezar —murmuró.

—¿Qué pasó?

—Elizabeth McCormack me acaba de tirar al piso.

—¿Te empujó?

—Frente a los ascensores. Hace diez minutos.

—¿Estás bien? —preguntó Ira.

—Sólo una herida de ego.

—Dame un segundo —dijo Ira, levantando el auricular de su teléfono. Le dijo a su secretaria que no le pasara ninguna llamada—. Ya está. Siéntate. Habla.

—Me culpó del suicidio de Nikki —dijo ella, tomando asiento frente a él.

—Tu peor pesadilla, básicamente.

Ella asintió.

—Hace que todos mis engranajes derrotistas se pongan a girar.

—Claro, como si esto pudiera ser culpa tuya —dijo él—. Cuando los dos sabemos que eso es totalmente ridículo.

—Últimamente siento que muchas cosas son culpa mía —dijo Kate.

—¿Como qué?

Kate se frotó las palpitantes sienes.

—Es muy complicado —dijo.

—Tengo todo el día.

—Seguro que no lo tienes, Ira. Pero gracias de todos modos.

Ira soltó un pesado suspiro.

—Kate, ¿qué está pasando?

—Conocí a un hombre en el funeral de Nikki... un detective retirado que está tratando de convencerme de que Henry Blackwood es inocente.

—¿Qué? —preguntó Ira con el ceño fruncido.

—Ya sé. Es una locura, ¿cierto?

—La ejecución es en unos días —dijo él.

Ella asintió.

—El miércoles en la noche.

—Es un poco tarde para cambiar de opinión, ¿no crees? —dijo él.

—James dijo lo mismo anoche.

—¿No crees que tiene razón? —preguntó Ira.

Kate suspiró.

—Ha habido gente tratando de convencerme de la inocencia de Blackwood por años. Supongo que es normal que el asunto escale ahora que la ejecución está tan cerca.

—Ahí tienes —dijo Ira—. ¿Cómo está tu nueva paciente?

—Estamos progresando. Creo que el padrastro de Maddie puede estar abusando de ella.

—¿Sexualmente?

—No hay evidencia de eso. Pero quizá verbal y físicamente —dijo Kate.

—¿Ya la confrontaste al respecto?

—Hasta ahora, lo niega.

—¿Has hablado con el padrastro?

—Todavía no. Los Ward no son fáciles de contactar. No tienen celulares, sólo un teléfono fijo y la máquina contestadora ni siquiera responde todas las veces. Pero me preocupa Nelly Ward. Me da la sensación de ser una esposa maltratada.

Ira se quitó los lentes y se pellizcó el puente de la nariz.

—A ver, un par de cosas. Primero, tenemos que avanzar con mucho cuidado. Como sabes, el hospital tiene requisitos específicos con relación al abuso infantil.

—Documentaré todo.

—Y tienes que reunirte con el padrastro de la chica lo antes posible.

— De acuerdo —asintió ella.

—Cuando tengas una valoración, si sospechas de abuso en el hogar, llamaremos a Asistencia Social.

Kate asintió. Ursula O'Keefe era la encargada de aquellos asuntos en el hospital. Ella haría algo de investigación por su lado: expedientes públicos, reportes de la policía o de disputas domésticas.

Si las sospechas resultaban ciertas, contactaba al Departamento de Servicios Humanos y ellos obtenían una orden judicial para sacar al niño de su casa. Maddie sería instalada con una familia de acogida. Algunos niños florecían lejos de sus ambientes tóxicos, pero a otros no les iba tan bien. Era imposible de predecir.

—Me gustaría hacer las cosas con calma —dijo, preocupada.

—Es lo que yo recomendaría —asintió él.

—Quiero asegurarme de que hagamos lo mejor para Maddie, dadas las alternativas.

—De acuerdo. ¿Algo más?

Ella titubeó, preguntándose si debía mencionar el parecido de Maddie a Henry Blackwood, pero no era tan raro que compartieran ciertos rasgos genéticos. Quizás el parecido sólo era una cuestión familiar.

—Mantenme informado. Y ¿Kate? —dijo Ira, inclinándose

211

hacia ella—. No dejes que te arrastren hacia ninguna otra conversación relativa a la inocencia de Blackwood. Deja que la justicia siga su curso.

28

Esa noche James estuvo al teléfono con los doctores de su madre, discutiendo el tratamiento a seguir. Vanessa había sido operada y tendría que llevar la pierna enyesada por varios meses. En vez de volver al trabajo como lo había planeado, James se tomó el resto de la semana para hacer arreglos para su recuperación y pasar esos días en el Hospital General de Massachusetts. Se fueron tarde a la cama y Kate se acurrucó contra él y lo abrazó.

—Te amo —susurró.

—Y yo a ti —dijo él. Frunció el ceño—. Dicen que los problemas vienen en paquetes de tres.

—Estamos bien. Tú ve y cuida a tu madre. Te necesita.

A la mañana siguiente, Kate manejó de nuevo hasta Wilamette para conocer al padrastro de Maddie. Llegó en tiempo récord y se estacionó detrás del Camry azul marino de Nelly, que salió al umbral para darle la bienvenida con una mueca de desaprobación. En la pálida luz matutina, su rostro parecía un tanto deforme, como si hubiera sido el saco de boxeo de alguien por años.

—¿Está tu esposo? —preguntó Kate.

—No.

—¿Cuándo regresa?

—En la noche —dijo Nelly.

—Es importante que hable con él. ¿Puedo entrar?

—Supongo.

La cocina era un desastre. Las chucherías inútiles cubrían cada superficie.

—¿Café? —ofreció Nelly.

—Sí, gracias.

Muchos de los adornos de cerámica habían estado rotos y los habían pegado de nuevo, lo cual podía evidenciar peleas de pareja. Kate intentó sentir compasión por aquella mujer. Nada de lo que había pasado era su culpa. Su personalidad disfuncional era un mecanismo de supervivencia, fruto de su manera de defenderse, al igual que la de Kate. Pero sus respectivas tragedias las habían enviado hacia direcciones radicalmente distintas.

Lo que más molestaba a Kate eran las decisiones que Nelly tomaba respecto a su hija. Su instinto debía haberle dictado proteger a Maddie de cualquier tipo de abuso, sobre todo después de sus propias experiencias. Había muchas organizaciones y refugios de dónde elegir. Si era cierto que su esposo abusaba tanto de ella como de Maddie verbalmente y quizás incluso físicamente, Nelly podía haber luchado más para proteger a su hija.

—¿Dónde está tu esposo? —preguntó Kate.

—Pittsburgh —replicó Nelly, trayendo el café a la mesa del comedor—. Hubo un retraso o algo así. Llegará hasta muy tarde en la noche.

Kate frunció el ceño.

—¿No habías dicho que estaría en casa por unos días? ¿Ya volvió al trabajo?

—Sí, sí —descartó Nelly con un gesto de la mano. La habían atrapado mintiendo y ni siquiera se molestaba en explicarlo—. Llegará hasta muy tarde en la noche.

Kate decidió dejarlo pasar.

—¿Cuándo vienes al hospital?

—Pronto —replicó Nelly.

—¿Pronto cuándo?

—No sé —dijo, y enderezó la columna, mostrándose herida en el orgullo—. No tienes derecho a verme con desprecio. No sabes nada de mí.

—Tienes razón —replicó Kate secamente—, no sé mucho. Así que ilumíname.

—Amo a esa niña. Tengo guardada toda su ropa de bebé, todos los dibujos que ha hecho, todos sus cuadernos del colegio, sus boletas, sus notas. Sé todo lo que le gusta y lo que no le gusta. Jamás comería ni una pizca de cátsup ni de mayonesa, para que sepas.

Kate tendría que descubrir qué demonios estaba sucediendo dentro de esa casa para tener la mínima posibilidad de ayudar a Maddie. Al mismo tiempo, no quería ser injusta con aquella gente. Estaba más que dispuesta a escuchar su versión de la historia antes de hacer algún movimiento que pudiera arruinarles la vida. Pero se les estaba acabando el tiempo. Decidió arriesgarse.

—¿Tu esposo te golpea?

—¿Que si mi esposo qué?

—Que si te golpea.

—¡No! —exclamó Nelly. Kate detectó algo de miedo y evasión en sus ojos, lo resbaloso del engaño—. Derrick jamás me pondría una mano encima.

—Mira —dijo Kate, resignada—, es importante que me digas la verdad, porque voy a tener que tomar algunas decisiones que afectarán a toda tu familia, y necesito escuchar tu lado de la historia.

—¿Me estás preguntando que si mi esposo me destroza a golpes? —dijo Nelly, tomando un cigarro de la cajetilla sobre la mesa—, la respuesta es no. Es un buen proveedor. Un buen padre. ¿Que si golpea a Maddie? La respuesta es nunca. Nunca le pondría una mano encima. Maddie se lastima a sí misma.

—Entonces tu esposo no te lastima a ti ni a Maddie.

—He tenido tres —dijo Nelly, encendiendo su cigarrillo e inhalando con fruición.

—¿Perdón?

—Tres esposos —y soltó un bufido lleno de desprecio—. El primero me pegaba todo el tiempo. ¿Lo vas a arrestar? A ver si lo encuentras, primero. Buena suerte.

—No tenía idea de que...

—Tuve una infancia difícil. Algunas personas nunca lo superan. Yo creí que podría, y luego me casé con ese bastardo. Al principio parecía normal, hasta encantador, pero después de unos meses me di cuenta de que era un abusador. Y pagué caro mi error. Así que me divorcié y me casé con mi segundo esposo. Él también era encantador, un tipo muy agradable. Pero ¿adivina qué? Misma mierda. En verdad, yo creo que tengo la palabra *víctima* tatuada en la frente. *Tapete: písame*, no hay problema —se frotó la frente y soltó una amarga carcajada—. Oh, Dios, ése sí que no era sutil. Empezó con un golpe de cariño. Luego me obligó a luchar contra él en la cama. Y una piensa: sólo está jugando, ¿cierto? Y de pronto te pega. Y deja de ser un juego. Ya no es divertido. Y antes de darte cuenta, estás atrapada y no ves la salida.

—¿Alguno de tus esposos lastimó a Maddie alguna vez?

—El primero se fue cuando ella tenía seis meses. No tuvo oportunidad de lastimarla, a menos que cuentes las veces que me pegó en el estómago cuando estaba embarazada.

Kate se estremeció. Claro que las contaba.

—A mi segundo esposo, Maddie no le interesaba para nada. Apenas reconocía su existencia. Y ahora tengo a éste, Derrick. Un hombre bueno con un buen trabajo. La quiere como si fuera su papá verdadero, pero ya sabes... resulta que hay muchos tipos de bastardos.

—¿Qué quieres decir?

Nelly se pasó las manos por el cabello corto y oscuro.

—Siempre criticando. Siempre diciendo cosas horribles. Creí que era mi mala suerte, ¿sabes? Un matrimonio de mierda tras otro. Por eso empecé a coleccionar amuletos de buena suerte —y jugueteó con los brazaletes color plata y turquesa de sus muñecas—. Pero ahora creo que soy yo, que soy yo la que lo atraigo de alguna manera. ¿Existe el gen de la víctima? Puede ser.

—¿Sólo *dice* cosas horribles? ¿Nunca te lastima físicamente?

Nelly se llevó una mano a las heridas moteadas de su cuello. Se habían desvanecido desde que Kate las vio por primera vez.

—Sólo cuando lo hago enojar —replicó Nelly, y rio. Tenía la risa de una bibliotecaria borracha... fanfarrona pero silenciosa—. A veces lo hago.

—Pero acabas de decir...

—Ya *sé* lo que dije —interrumpió Nelly.

—Pero eso contradice tu declaración...

—¿Mi *declaración*? ¿Esto es un interrogatorio? ¿Estoy arrestada? —preguntó Nelly.

—No.

—Pues sí, me contradigo muy seguido. ¿Tú no?

Era verdad. La mayoría de la gente se contradecía bastante. Pero Kate mantuvo su rostro impasible y no se retractó.

—Entonces admites que te golpea.

—No es lo mismo —explicó Nelly—. Mis primeros dos esposos me destrozaban a golpes. Derrick se enoja a veces. De pronto puede pasar que a la mitad de una pelea me suelte un golpe, pero sólo si yo lo provoco. No me pega como regla. Eso sí: es muy crítico, y eso hace que yo empiece a hablar y diga cosas desagradables. Pero es diferente: es algo mutuo. No me verás encogida en una esquina y él pateándome la cabeza, como antes.

—Está bien —dijo Kate—, ¿y sostienes que nunca ha perdido el control con Maddie?

—No le tocaría ni un pelo.

—Me parece difícil de creer, viendo el historial que tiene Maddie y cómo se lastima —argumentó Kate. Era un cuadro común: una niña imitando el comportamiento de su abusador, aprendiendo a lastimarse a sí misma.

—Derrick ha sido bueno con ella —dijo Nelly, agitando pesadamente la cabeza—. Sabe que no puede tocar a mi hija.

—Pero finalmente admitiste que te pega, después de haber jurado que no lo hacía.

—Quiere mucho a Maddie. Ella no lo hace enojar como yo.

—¿Con qué frecuencia te pega?

—No sé. Un par de veces al año. Créeme, es como una luna de miel en comparación con los otros dos.

Kate no sabía si estaba mintiendo o no. El asunto era detectar las verdades ocultas dentro de las mentiras. Desenredar las madejas de aquella vida desastrosa y contradictoria. Se preparó para la reacción que podría provocar su próxima pregunta: sabía que era un paso delicado.

—Déjame preguntarte algo, y por favor, no te ofendas. Es parte del protocolo en casos como éste. ¿Que tú sepas, alguno de tus esposos abusó sexualmente de Maddie? ¿Puede ser? A veces negamos las cosas que más nos duelen porque...

—¡No! ¡Y no estoy en negación! —interrumpió Nelly furiosa, apagando su cigarro con exagerada fuerza—. Yo sé lo que pasa en mi propia casa. ¿Ya terminamos?

Kate se mantuvo firme.

—No has ido al hospital a ver a Maddie. ¿Puedo saber por qué? Sé que a ella le encantaría verte.

—No sé —carraspeó Nelly—, tal vez tengo miedo.

—¿De qué?

—¿Y si no mejora?

—Pero tu presencia ayudaría a que mejorara —razonó Kate.

—Claro que no.

—¿Por qué dices eso?

—Siento que... —comenzó Nelly, y las lágrimas brotaron de sus ojos—. ¿Y si mi mala suerte es la que le está haciendo esto? O sea, ¿y si es contagioso? Yo. Mi pésima suerte. Por eso decidí alejarme esta vez...

—Pero eso es... —dijo Kate, pero se mordió la lengua.

—¿Qué? ¿Ridículo? ¿Una estupidez supersticiosa? ¿Eso es lo que ibas a decir? —chilló Nelly, y su rostro se transformó en una mueca de dolor—. Por favor, arréglala. Por favor. Te lo ruego. Arregla a mi bebé. Es lo único que quiero.

—Entiendo. Pero tienes que venir a verla —insistió Kate—, que no vengas te hace quedar mal. Por favor, entiende que estoy tratando de ayudarte.

El rostro de Nelly enrojeció. Se tragó un sollozo.

—Está bien.

—¿Lo prometes?

—Sí —accedió Nelly, con la voz llena de pánico.

—Gracias por el café —dijo Kate al tiempo que se levantaba—. Una última cosa. ¿Quién es el padre de Maddie?

Nelly abrió mucho los ojos.

—¿Importa? —balbuceó.

—Yo creo que sí.

—¿A quién? ¡Mañana estará muerto!

Kate retrocedió como si hubiera recibido un golpe en el estómago.

—¿Estás hablando de Henry Blackwood? —preguntó con voz temblorosa.

—Por favor, vete. Ahora mismo —suplicó Nelly. Kate asintió. Sus peores miedos acababan de ser confirmados. Apoyó una mano en el hombro de Nelly; estaba temblando.

—Por favor, ven a ver a Maddie.

—Lo prometo.

29

Kate llegó a su departamento vacío. Se sentó en la orilla de la cama y se quitó el anillo. El dedo le picaba y se frotó la piel irritada. Cerró los ojos y escuchó el sonido de una cuerda tensándose. Vio el rostro de su hermana.

Se dio un baño y comenzó a prepararse la cena. Mientras rebanaba las verduras, sonó el timbre. Era un empleado de la empresa de paquetería UPS que traía una caja de cartón de gran tamaño, cortesía del detective Dyson. Rajó la cinta de empaque y se encontró con una caja llena de archivos policiales: gruesas carpetas que contenían cientos y cientos de páginas fotocopiadas. Al principio, intentó ignorarlas. Cenó frente a la televisión, mirando las noticias, pero eran demasiado deprimentes. Cargó el lavavajillas, encendió la cafetera, prendió un cigarro y se sentó en el suelo de la sala. Abrió la caja y desplegó los archivos frente a ella, avergonzada por la morbosa curiosidad que sentía.

Había nueve víctimas de entre seis y dieciséis años. El expediente de Savannah no estaba ahí, gracias a Dios, pero Kate la incluyó mentalmente en el recuento. Dos de las chicas habían sido asesinadas, cuatro estaban desaparecidas, dos habían sido descartadas como suicidas y una como un accidente. La muerte accidental había ocurrido dieciocho años atrás en Blunt River: una niña de seis años, llamada Susie Gafford, había caído dentro de un pozo que no estaba señalado, en una propiedad vecina. Kate no estaba segura de por qué Palmer la había incluido, así que la dejó de lado.

El segundo incidente había tenido lugar diecisiete años atrás, cuando una adolescente llamada Emera Mason decidió pedir aventón para ir a un concierto de rock en Boston. Desapareció en el camino sin dejar rastro. Dieciséis años atrás, Savannah Wolfe había sido brutalmente asesinada. Hacía catorce años, Vicky Koffman, de ocho años, había desaparecido de su pequeña comunidad al norte de Blunt River. Doce años atrás, una chica de Wilamette se suicidó saltando de un acantilado. El primo de la chica fue arrestado por homicidio involuntario, pero el caso no se sostuvo y la muerte de Lizbeth Howell fue considerada un suicidio.

Diez años atrás, Hannah Lloyd, de catorce años de edad, desapareció de su hogar. Seis meses más tarde se hallaron sus restos óseos en la reserva natural de los Balsams. Su cabeza había sido rasurada. Dentro de la carpeta había varias fotografías tomadas en la escena del crimen. Eran absolutamente escalofriantes, pero Kate no podía dejar de mirar. Hannah Lloyd había dejado de parecer una persona. El principal sospechoso había sido un tipo regordete de veintiocho años, calvicie incipiente y una cierta aura de perversión. También se incluían los artículos del periódico acerca del juicio, cómo había terminado en un jurado indeciso y el presunto suicidio del sospechoso unos años más tarde.

Hacía ocho años había desaparecido otra niña de la región. Maggie Witt, de nueve años de edad; estaba jugando en un parque cuando se alejó de sus amigas. Nadie volvió a verla. Seis años atrás, Tabitha Davidowitz, de once años, murió por culpa de un extraño accidente, o quizá se tratara de un suicidio. Ya fuera que hubiera caído o saltado de un edificio abandonado en el viejo distrito industrial, había aterrizado sobre un auto. La chica no debía pesar ni treinta kilos, pero había aplastado el cofre del auto y se había roto todos los huesos del cuerpo. El incidente sucedió a la mitad de la noche en una zona aislada del pueblo y no habían encontrado sus restos sino hasta cuarenta y ocho horas después.

Por último, el año pasado Makayla Brayden desapareció tras la fiesta de cumpleaños de su mejor amiga. Tenía quince años. Kate miró la imagen de la linda adolescente, con sus grandes y honestos ojos, y su sonrisa de oreja a oreja. Había estudiado algunas materias de psicología criminal en la universidad y sabía que la mayoría de los pedófilos tenían predilección por un cierto género, edad y apariencia física. Con la excepción de que todas eran mujeres, aquel conjunto de víctimas no tenía nada en común. Variaban en edad, complexión, altura, color de ojos y de cabello. Si por alguna razón Palmer Dyson tenía razón y el mismo asesino había matado a las nueve chicas, era evidente que lo que le había atraído de ellas no era su apariencia.

Su teléfono sonó y ella respondió sin revisar siquiera el identificador de llamadas.

—¿James? —respondió con ansiedad.

—Palmer Dyson. Disculpa la molestia, ¿es un mal momento?

—No —dijo ella, decepcionada—, recibí tu paquete.

—¿Y? ¿Qué opinas?

—No encuentro coincidencias hasta ahora —dijo Kate—. Cuatro chicas desaparecidas, tres suicidas o declaradas muertes accidentales. Las únicas muertes que parecen tener alguna relación son las de Hannah Lloyd y Savannah.

—De acuerdo. Tú me pediste evidencia. Vamos a ver los casos de las tres chicas cuyos cuerpos fueron encontrados pero que supuestamente no fueron asesinadas. Susie Gafford cayó en un pozo y su muerte fue declarada accidental. En su momento hubo una discusión al respecto, pero yo creo que fue asesinada *antes* de ser lanzada al pozo. Y lo más importante: le faltaba un gran mechón de cabello. El médico forense lo atribuyó a que se había quedado atorado en la pared de piedra durante su caída, pero yo diría que su asesino se llevó el mechón como recuerdo.

Kate revolvió los papeles hasta que encontró el expediente de Susie Gafford. Estudió las fotografías que la policía había tomado del cuerpo de la pequeña niña y se le hizo un nudo en la garganta.

—Estoy viendo las imágenes de la autopsia ahora mismo.

—Mira el lado izquierdo, debajo de su oreja —indicó Palmer. Ella asintió.

—Difícil saberlo —dijo.

—Pasemos a la siguiente. Lizbeth Howell. Saltó de un acantilado y se declaró que fue un suicidio —dijo Palmer—, pero de nuevo, hay evidencia de que fue asesinada antes de que su cuerpo cayera al suelo. Posible estrangulación: su hueso hioides estaba roto. Cuando yo estaba investigando el caso, su madre mencionó que el cabello de Lizbeth parecía más corto que antes de su muerte, y que no lo comprendía.

—¿Más corto?

—Cinco centímetros. Pero como no había imágenes recientes de la niña, se decidió que la percepción tenía que ver con la aflicción de la madre.

—¿Y la última?

—Tabitha Davidowitz. Saltó o se cayó de un tejado, y se decidió que era un suicidio. De nuevo había evidencia de sofoco anterior a la caída, pero es muy difícil probarlo en esas circunstancias. Y parece que se hizo un corte de cabello en algún momento, antes de subir al tejado. Se cortó mechones al azar, aunque no encontramos tijeras ni cabello en la escena. Era una chica con problemas, de modo que... el médico forense tenía su opinión, yo tenía la mía. Hay un largo historial de incompetencia por parte de los forenses. Te estoy hablando de décadas de errores. Pero él tenía el apoyo del jefe, así que puedes adivinar cuál opinión se tomó más en cuenta.

—¿Cómo se llama? —preguntó Kate.

—Quade Pickler.

Así que el hombre que había trabajado en el caso de Savannah seguía en el puesto.

—¿Y él no estaba de acuerdo con tus descubrimientos?

—Le gustan las cosas limpias y ordenadas. Mi teoría era un poco desordenada. Quade es muy político. Yo, no tanto.

—¿Había alguien más en el departamento de policía que estuviera de acuerdo contigo? —preguntó Kate.

—Tengo mis aliados. Pero como te decía, estoy retirado. Y con la crisis de opiáceos y el alza en el índice de delincuencia, los chicos tienen las manos llenas. Nadie tiene ni el tiempo ni las ganas de ponerse a revisar casos viejos.

—Es interesante —concedió Kate—, pero me sigue pareciendo un tanto rebuscado.

—Veo un patrón. Les corta el oxígeno y les corta el cabello.

Un escalofrío la recorrió.

—En verdad, no lo sé —dijo—, necesito más tiempo para digerir esto.

—Bueno, pues aquí tienes algo más para masticar. ¿Ya recibiste el correo electrónico de Blackwood? Lo envió a través de su abogado. Yo también recibí uno.

Kate sintió cómo los cabellos de su nuca se erizaban mientras alcanzaba su computadora para revisar sus correos.

—No voy a ir, Palmer. Ya tiré la invitación que recibí del Departamento Penitenciario.

—No tiene que ver con la ejecución, es para una visita previa. Una especie de fiesta de despedida —explicó él.

—¿Y por qué me quiere ahí?

—Quiere hablar contigo. La última voluntad de un hombre a punto de morir.

Kate contempló el cielo nocturno a través de las ventanas del salón. Más allá de la ciudad se levantaba una fría y pesada oscuridad.

—¿Tú estarás ahí?

—Sí —dijo él.

—¿Qué tan bien lo conoces?

—Bueno, de años. Desde la muerte de tu hermana, por supuesto. Quiere hablar contigo, Kate. Creo que quiere irse en paz. Sus amigos y parientes estarán ahí, junto con algunos otros detectives involucrados en el caso.

—¿Y Nelly?

—No —respondió Palmer—, ella no quiere saber nada de él.

—Mejor para ella.

—En fin, es tu decisión —concluyó él—, sin presiones.

30

Kate llamó a James para discutir los pros y los contras. Al final, decidió que confrontar a Blackwood tras todos esos años podría resultar sanador para ella. Al principio, James intentó disuadirla, pero terminó por estar de acuerdo.

—¿Cómo está tu mamá?

—Hubo algunas complicaciones. Va a tener que someterse a una segunda cirugía.

—Ay, por Dios, qué mala suerte.

—Está en buenas manos —aseguró James—, tiene al mejor ortopedista de Nueva Inglaterra. Pero me voy a quedar con ella, ¿está bien? Y quiero que tú hagas lo que tengas que hacer, Kate, pero recuerda: es válido cambiar de opinión.

A la tarde siguiente, Kate llegó a la prisión de máxima seguridad alrededor de las seis. El enorme complejo de edificios de concreto estaba a unos ciento veinte kilómetros al norte de Blunt River, rodeado de un conjunto de torres de guardia y alambre de púas. Encontró un espacio en el amplísimo estacionamiento y murmuró para sí misma:

—Debo estar loca.

El ambiente en el interior era igual de opresivo. Pasó el control de seguridad; del otro lado la esperaba un guardia armado que la escoltó hacia el ala de la prisión donde se alojaban los peores de los peores: miembros de pandillas, asesinos, criminales violentos. Entre más se internaba en las entrañas de la prisión, más se arrepentía de su decisión. Para cuando llegó a la unidad de los condenados a muerte, un espacio sombrío y cóncavo en el que las húmedas celdas estaban flanqueadas por guardias armados apostados en cabinas antibalas, sus rodillas ya se habían convertido en gelatina. La ansiedad y la tensión en el aire se podían cortar con un cuchillo. El guardia llamó al cuarto de control por radio y les pidió que abrieran el grueso cerrojo electrónico. Tras diez pasos, el portón de acero se cerró a sus espaldas con un golpe sordo.

El cuarto de visitas, de diez por diez metros, estaba todo pintado de blanco, incluso la puerta enrejada que te encerraba junto con el prisionero, que a su vez estaba alojado en una unidad de plexiglás integrada a la pared de cemento. La caja de cristal antibalas recordaba a un animal expuesto en un zoológico. Detrás de él había una silla y un teléfono, mientras que del lado de las visitas había varias sillas de plástico baratas y un teléfono para uso de los invitados.

El cuarto estaba ocupado por varias docenas de personas. La gente se había formado para servirse refrigerios en la mesa de la esquina y a Kate le asombró que alguien pudiera pensar siquiera en comer en un momento como ése.

—¿Kate? —saludó Palmer, emergiendo de entre la multitud—. Me alegro de que te decidieras a venir —dijo. Ella se sintió aliviada al verlo—. ¿Cómo estás?

—Muy nerviosa. Estuve a punto de regresarme a mi casa.

—No hay nada de qué preocuparse. Él saldrá pronto —dijo Palmer.

—¿Por qué hay comida? —preguntó ella en voz baja.

—Como te dije, ésta es su fiesta de despedida. La mayoría de la gente está aquí para decirle adiós. ¿Te traigo algo?

—¿Hay algo de alcohol?

—No —sonrió él.

—Entonces nada, gracias —replicó ella. Su estómago se sentía como un compactador de basura para sus emociones.

—Esos dos que ves ahí son sus abogados —explicó Palmer—. Esa señora del cabello azul es su guía espiritual. Ésos son del Departamento Penitenciario, ven a Blackwood como un amigo. Esos tres son sus primos. Y el grupo en la parte de atrás pertenece a alguna organización en contra de la pena de muerte, no recuerdo cuál. Están usando a Henry por cuestiones políticas, pues...

—De ese tipo me acuerdo —interrumpió Kate, señalando a un hombre de sesenta y tantos años con penetrantes ojos azules—. ¿No es el médico forense?

—Quade Pickler —musitó Palmer—, ¿lo conoces?

—Lo vi en la morgue cuando mi padre fue a identificar el cuerpo de Savannah.

Quade los notó mirándolo y asintió a modo de saludo. Palmer asintió de vuelta. La multitud se revolvió.

—Mira, ahí viene —señaló Palmer, mirando más allá del hombro de Kate, que giró en dirección a la caja de plexiglás.

Un guardia armado estaba escoltando a Blackwood y al verlo Kate se quedó inmóvil. Ya no se parecía al vecino poco amigable con el corte de cabello militar y la mirada atribulada que había habitado sus pesadillas por tantos años. Ahora tenía cincuenta y cinco años y se veía más viejo, más delgado, más rudo. Llevaba el plateado cabello a la altura de la barbilla y su rostro flácido no expresaba ninguna emoción. Su cuello y brazos estaban cubiertos de tatuajes hechos en prisión que se integraban unos con otros, de modo que no había ningún símbolo discernible. Vestía un overol naranja pero no estaba esposado ni atado. Traía una lata de Coca-Cola de dieta en una mano y un cigarrillo encendido en la otra. Kate no pudo detectar temor en sus ojos mientras se sentaba y sonreía a sus visitantes.

Saludó a Palmer con la mano, pero al ver a Kate desvió la mirada.

Los primeros en hablar con él fueron sus tres primos. Hubo muchas sonoras carcajadas y amagos de chocar los puños a través del cristal antibalas. Después le llegó el turno a Palmer. Diez minutos más tarde se levantó y le indicó a Kate que se acercara. Se sintió como la reina del baile: todas las miradas la seguían mientras atravesaba el gran cuarto lleno de eco. Intentó no tropezar y tomó asiento en la silla, que seguía caliente tras la presencia de Palmer.

—Estaré justo aquí —dijo él—, si me necesitas.

Kate asintió y levantó el auricular. Blackwood dejó su Coca-Cola a un lado y se llevó el teléfono a la oreja.

—Hola —dijo.

Los viejos temores resurgieron. A pesar de la barrera protectora, no se sentía a salvo.

—Aprecio que haya venido esta noche, doctora Wolfe —enunció Blackwood lentamente, como si estuviera acostumbrado a que la gente lo malinterpretara—. Quería decírselo en persona, señora... éste es el asunto —tragó saliva nerviosamente—. Yo no maté a su hermana. No tengo idea de quién fue, pero juro por Dios que soy inocente —le dio una profunda calada a su cigarrillo, se recargó en la silla y añadió—: Si hay algo que quiera preguntarme... ésta es su oportunidad.

Kate intentó tragar el nudo de repugnancia que se atoraba en su reseca garganta.

—Estoy aquí porque el detective Dyson me persuadió de venir. Él cree en su inocencia, pero yo todavía tengo preguntas.

—Adelante —dijo él, asintiendo respetuosamente.

—Si usted no mató a mi hermana, ¿cómo es que acabó enterrada en su jardín?

—Me lo he preguntado por años. No tengo ni la más remota idea. Alguien me inculpó y sólo Dios sabe por qué. No tiene sentido.

—¿Quién haría algo así?

—El que se llevó a las demás niñas —replicó él, mirándola sin expresión en el rostro. De modo que Palmer le había compartido su teoría. Era obvio que estaba del lado del prisionero.

—¿Por qué Nelly no habló antes? —preguntó Kate—, ¿por qué le tomó dieciséis años decir la verdad?

—Supongo que ya no pudo con el cargo de conciencia.

—¿Y usted? ¿Qué hay de *su* conciencia?

Los ojos de él se encendieron y por un instante Kate sintió la intensidad de su furia contra ella, confirmando sus peores miedos: se trataba de un hombre violento, peligroso. Pero se tragó la indignación e hizo lo posible por mantener el tono neutral de su voz.

—Con relación a su hermana, mi conciencia está limpia —dijo.

Entonces Kate se dio cuenta de una verdad innegable: en el fondo, ya no importaba si le creía a Blackwood o no; él estaba tatuado en su psique y sería por siempre el rostro de la maldad, sin importar cuáles fueran los hechos reales.

—Escuche, doctora Wolfe —dijo él, inclinándose hacia delante—, lo que le hice a Penny estuvo muy mal, y ya he sido castigado por ello. Pero no fue por eso por lo que me encerraron, sino por un asesinato que no cometí, y ahora van a ejecutarme. Dentro de cuatro horas, estaré muerto —tragó saliva al tiempo que se limpiaba el sudor del rostro—. Mis abogados acaban de presentarle nueva evidencia al gobernador, incluyendo el testimonio modificado de Penny, y yo tenía la esperanza de que... Bueno, me ayudaría mucho que usted pidiera al gobernador que abriera de nuevo el caso, con un nuevo juicio. Lo apreciaría mucho, de todo corazón. Le juro —carraspeó con la voz reseca— que yo no le hice esas horribles cosas a su hermana.

A Kate el discurso le sonó ensayado. Lo miró fijamente. Lo único que había en su mente era el deseo de escapar de ahí.

—Si muero esta noche... si el gobernador no detiene la ejecución... ¿podría hacerme un favor? Dígale a Penny que la quiero. Y a Maddie, también.

—¿A Maddie? —Kate repitió débilmente.

—En verdad espero que usted pueda arreglarla —asintió Blackwood.

—¿Usted sabe que yo la estoy tratando?

—El detective me puso al corriente. La quiero muchísimo —dijo en tono suplicante, y por primera vez, le pareció humano—. Es una niña increíble. Inteligente como su mamá.

Kate no supo qué decir. Él volvió a inclinarse hacia delante.

—Esa noche, Penny y yo estábamos viendo la televisión cuando todo pasó… lo juro por Dios. Estuve con Penny toda la noche. La estaba ayudando con su tarea. Pedimos pizza. Estuvimos juntos todo el tiempo. La policía la obligó a mentir en el juicio, pero ahora está diciendo la verdad.

Kate estaba a punto de creerle.

—Recuerdo cuando ustedes pasaban frente a mi casa en su camino al colegio, y su hermana iba detrás de usted hablando hasta por los codos. Sonaba como un pajarito. Arrancaba flores de mi jardín. ¿Por qué querría lastimar a alguien así?

Kate cambió el auricular de mano.

—Le daré tu mensaje a Nelly, pero será ella la que decida si se lo comparte a Maddie o no.

—Está bien. Gracias —dijo él. Le dio una calada a su cigarrillo y ella le envidió la cajetilla—. En fin. Mire, la verdad es que estoy bastante resignado a mi destino. A menos que mis abogados logren hacer algo para salvarme en el último instante o algo pase... estoy acabado.

Kate asintió. Estaba a punto de colgar pero titubeó.

—Okey. Mira —dijo con voz ronca—. Llamaré al gobernador y le diré que no estoy convencida de que usted sea culpable. Al menos debería haber un nuevo juicio.

—Gracias —dijo él bajando su cigarrillo.

—Por favor, no me agradezca.

—No, no —insistió él, enfáticamente—, *que Dios la bendiga*, doctora Wolfe. No sabe cuánto lo aprecio. Significa todo para mí.

Ella colgó y se levantó, temblando. No sabía si se desmayaría. Sus sentidos estaban aturdidos como si estuviera bajo el agua. Ahogándose.

31

Kate pasó la siguiente hora en una esquina de la sala de visitas intentando comunicarse con el gobernador. Al fin, uno de sus asistentes accedió a hablar con ella y tomó nota de su declaración. Le prometió que informaría al gobernador de inmediato y le aseguró que comprendía la importancia de aquella llamada.

—Bueno, hemos hecho todo lo que hemos podido —dijo Palmer.

El médico forense, Quade Pickler, se acercó para presentarse con Kate. Él y Palmer intercambiaron algunas frases. Cuando Quade le dirigió la mirada, Kate volvió a sentir el mismo escalofrío que había experimentado en la morgue dieciséis años atrás.

—¿Así que llamó a la oficina del gobernador? —preguntó con una sonrisa irónica. Ella asintió lentamente—. Blackwood es muy hablador, pero lo he visto perder apelación tras apelación, tratando de manipular a la gente para que le crean. Siento que la haya embaucado, pero la verdad dudo mucho que el gobernador vaya a cambiar de opinión —aseguró, y volviéndose hacia Palmer, continuó—: Por cierto, me topé con sus amiguitos protestando contra la pena de muerte afuera del capitolio. Una buena mezcla de locos de remate y radicales.

—No son mis amiguitos.

—Qué raro, porque parecería que están trabajando para el mismo lado.

—¿Por qué? ¿Porque no quiero ver ejecutado a un hombre inocente? —preguntó Palmer.

—Ay, por favor. ¿No crees que es hora de tirar la toalla, Palmer? Dedícate al golf o algo así.

—Sólo escucho a mi conciencia.

—Bueno —dijo Quade, negando con la cabeza—, pues yo escucho la evidencia. En este país desaparecen miles de niños y niñas cada maldito año, y en un estado del tamaño de New Hampshire es normal que a lo largo de veinte años haya algunos casos de personas desaparecidas. Así son las cosas y punto. En especial, cuando hablamos de adolescentes irresponsables o que huyen de sus hogares, chicos con problemas psicológicos o metidos en drogas.

—¿No te parece que el testimonio corregido de Nelly es un buen argumento para un nuevo juicio?

—Déjame decirte algo —dijo Quade—. A mi madre le daban terror los baños públicos y prefería orinarse en los pantalones antes que usar uno. Y entonces un día estábamos en una tienda departamental y ella tenía que orinar con urgencia, así que tuvo que ceder y usar el sanitario. Dos segundos después, salió corriendo a toda velocidad, gritando que había un hombre ahí dentro, masturbándose. La tienda llamó a los policías y ¿adivina qué? No había nadie dentro. Mi madre vio algo que no era real, su fobia le ganó a la razón. La gente miente todo el tiempo. Así es la vida.

El médico inclinó la cabeza y le puso una mano a Palmer sobre el hombro.

—Siento mucho decírtelo, amigo, pero estás retirado. Probablemente deberías darlo por terminado. El jefe me dice que a veces lo sigues llamando a las tres de la mañana —se echó a reír y se volvió hacia Kate—. ¡Yo creo que van a acabar poniendo una orden de restricción en su contra! En fin, yo no voy a quedarme al evento principal. Sólo me asomé para asegurarme de que se hiciera justicia —concluyó, y después asintió a modo de despedida y se marchó.

—Guau, qué tipo tan agradable —dijo Kate con sarcasmo.

—Sí —musitó Palmer—, su sola presencia me enferma.

La multitud se reducía. Algunos visitantes ya se habían ido. ¿Debía ella de irse? Comenzó a sudar frío. No podía creer lo que estaba a punto de decir.

—¿Palmer? ¿Crees que sea demasiado tarde para ser testigo de la ejecución?

Él la estudió con cuidado antes de responder.

—Ya hiciste lo que tenías que hacer, Kate, puedes irte ahora.

—Pero ¿y si el gobernador tiene preguntas? Quizá debería quedarme, por si acaso.

—Hay menos de cincuenta por ciento de posibilidades de que suspenda la ejecución.

—No me importa —dijo ella precipitadamente—. Quiero quedarme.

—¿Estás segura? —insistió Palmer. Ella asintió—. De acuerdo, vamos a hablar con el director de la prisión.

Los eventos se sucedieron con rapidez. Kate obtuvo un permiso especial para atestiguar la ejecución ya que era, después de todo, la única representante de la víctima. A las 8:15 de la noche el prisionero fue escoltado de vuelta al corredor de la muerte donde, según le informó Palmer, podría recorrer el pasillo para despedirse de sus compañeros de encierro. Entonces el director y el capellán comenzarían con los preparativos para la ejecución.

A las 8:45 p.m., los que quedaban en el área de visitantes fueron revisados y transportados al pabellón de ejecuciones, una pequeña construcción de ladrillo localizada a unos cien metros del edificio principal. El grupo de veinticuatro testigos incluía a los parientes del prisionero, representantes del estado, miembros de la prensa, los abogados de Blackwood, algunos oficiales de la ley y el abogado fiscalista.

Entraron al achatado edificio, donde pasaron a través de una serie de puestos de control y detectores de metal antes de recorrer el pasillo que llevaba a la sala de observación. La mitad del grupo fue guiada al cuarto principal y la otra mitad escoltada a un cuarto adyacente.

Kate y Palmer acabaron sentados uno al lado del otro en la sala de observación principal. Había dos filas de sillas tapizadas como si se tratara de un pequeño cine, pero en vez de estar frente a una pantalla, estaban frente a una enorme ventana con vista a la cámara de ejecución. Sus asientos estaban en la primera fila. El reloj marcaba las 9:15 p.m.

La cámara de ejecución era una celda de cemento bien iluminada en la que había una camilla y mucho equipamiento médico. Había dos puntos de entrada: una puerta azul del lado izquierdo y una roja del lado derecho. La puerta roja estaba cerrada pero la azul estaba en constante uso mientras el personal médico entraba y salía, probando el equipo y palomeando pendientes en sus carpetas.

—¿Qué hay detrás de la puerta roja? —preguntó Kate.

—Un guardia y un teléfono —dijo Palmer—. Si el gobernador llama, le informarán al director y todo el asunto será cancelado.

A las 9:30 p.m., un hombre en bata entró a la cámara y cerró las cortinas de modo que no podían ver lo que sucedía dentro.

—Ahora están trayendo al prisionero para prepararlo —explicó Palmer—. En cuanto esté asegurado en la camilla, volverán a abrir las cortinas.

A las 9:45, las cortinas se reabrieron y la tensión en la sala de observación se volvió palpable. Blackwood estaba tendido en la camilla, asegurado con correas de cuero en las muñecas, los hombros, el abdomen y los tobillos. Estaba conectado a un monitor cardiaco y sus brazos a sendos tubos intravenosos. El prisionero estaba muy quieto y miraba el techo. Kate se preguntó en qué estaría pensando. ¿En alguna manera de escapar? ¿En un indulto de último momento? ¿En el Paraíso, el Infierno? Había sido un hombre malo que había abusado sexualmente de su sobrina por años. Era escoria. Un acosador y un pedófilo. Y de todas maneras, Kate no pudo evitar sentir lástima por él, como la habría sentido por cualquier ser humano que estuviera a punto de ser eliminado frente a sus ojos. No quería verlo morir. Deseó que el teléfono sonara. Al menos debería haber un nuevo juicio. Quizá Palmer tenía razón y ella estaba a punto de atestiguar una terrible injusticia.

El equipo médico entró a la cámara y trabajó de modo eficiente y rápido, llevando a cabo sus tareas asignadas. Se movían de un lado a otro de modo coreografiado y a Blackwood parecía divertirle todo el alboroto. Uno de los técnicos extendió una sábana sobre la parte inferior de su cuerpo mientras otro escuchaba sus latidos con un estetoscopio y un tercero revisaba sus pupilas. La máquina de electrocardiograma comenzó a sonar. Después, los técnicos abandonaron la cámara.

Todo el asunto se sentía alucinante. Kate podía escuchar cada tos nerviosa, cada susurro de los demás testigos. Palmer no dejaba de mirar su reloj; sus nervios aumentaban con el avance implacable de la manecilla grande. Quedaban ocho minutos. Ocho minutos antes de que el Estado le quitara la vida a aquel hombre.

A menos que el teléfono sonara detrás de la puerta roja.

Una extraña excitación invadió el aire cuando el director y el capellán entraron a la cámara. El capellán le habló al prisionero al oído mientras el director abría la puerta roja para hablar con el guardia.

Kate se tensó.

Última oportunidad.

El director cerró la puerta y sacudió la cabeza: no había habido llamadas.

Palmer se acercó a ella y le susurró al oído:

—¿Ves las dos vías intravenosas? ¿Ves cómo los tubos van de sus brazos hasta esa apertura en la pared? Es porque ahí, detrás de la cámara de ejecución, hay un cuarto donde está el equipo que se encarga de esto. Ellos son los que manejan las vías intravenosas y liberan las drogas. Son los que acabarán realmente con su vida, y es por eso que permanecen en el anonimato.

Kate se preguntó si el equipo de ejecución usaría batas de laboratorio, trajes formales o uniformes como los de los guardias. ¿Cuántos ejecutores había ahí? ¿Serían doctores? ¿Les pagaban? ¿Cuánto? ¿Cuánta gente solicitaba aquel trabajo?

Imaginó al guardia solitario, sentado detrás de la puerta roja, esperando a que el teléfono sonara. ¿Levantaría de cuando en cuando el auricular para asegurarse de que funcionaba? ¿Estaría aburrido? ¿Ansioso? ¿Le habría avisado a su esposa que llegaría tarde a casa esa noche? ¿Le habría explicado por qué?

—¿Qué pasa si el gobernador no llama? —le preguntó a Palmer.

—Entonces proceden como estaba planeado. A la señal del director, el equipo de ejecución liberará las drogas. Primero es la anestesia, que tarda unos treinta segundos en hacer efecto. Puede que se agite un poco, pero pronto cerrará los ojos y se relajará hasta caer en un sueño profundo. Después limpiarán las intravenosas con solución salina y liberarán un relajante muscular que detendrá la respiración de Blackwood; funciona paralizando los pulmones y el diafragma. Eso toma alrededor de tres minutos. No verás ninguna reacción en su cuerpo. Finalmente, inducirán un paro cardiaco. Todo el asunto debería terminar bastante pronto, de cinco a ocho minutos de principio a fin.

De cinco a ocho minutos.

Sonaba como una eternidad.

Henry Blackwood levantó la cabeza y miró al grupo reunido en el cuarto de observación. Asintió hacia sus primos, que lo saludaron con la mano.

—¡Estamos rezando por ti, hermano! ¡Bendiciones!

Les sonrió a sus abogados, dos hombres de mediana edad vestidos de manera formal. Ellos le devolvieron el gesto asintiendo con solemnidad. Moviendo los labios, le dijo algo a su guía espiritual, la mujer de cabello azul que mantenía los dedos cruzados, esperanzada. Al final, miró hacia Palmer y Kate y les sonrió. Palmer asintió. Kate se quedó paralizada. Apenas podía respirar.

A las 9:56 de la noche, el director anunció que la ejecución procedería de acuerdo con el plan.

—¿Sigue habiendo tiempo para que el gobernador llame? —le preguntó Kate a Palmer.

—Tendría que ser antes de que inyectaran el agente paralizante. Después será demasiado tarde.

Quedaban cuatro minutos. Tres.

Dos.

Uno.

Ninguna llamada por parte del gobernador, ningún indulto de último momento.

10 p.m.

La ventana de oportunidad de Blackwood acababa de cerrarse.

El director le preguntó si tenía una declaración final que hacer. El prisionero asintió y se dirigió a la multitud.

—Lastimé a mucha gente en mi vida, y lo siento mucho. Me disculpo por el dolor y la angustia que le causé a mi madre cuando vivía, bendita sea, y a mi sobrina Penny. Que me perdone también el resto de mi familia, y los amigos que siguieron conmigo. Gracias a todos. Espero que algún día puedan perdonarme —dijo, y tragó saliva trabajosamente—. Pero yo no maté a Savannah Wolfe. Eso sí que no. Espero que Dios perdone todos mis pecados, que me abrace esta noche y me deje entrar a Su reino —Blackwood dejó caer la cabeza de vuelta en la almohada y se volvió hacia el director—: Supongo que eso es todo.

—Gracias, Henry —asintió el director.

Y por primera vez desde que lo llevaron a la cámara de ejecución, el prisionero se relajó. Parecía aliviado de que todo aquello terminara.

El capellán le susurró unas últimas palabras de consuelo e hizo la señal de la cruz. El personal médico revisó las vías y ajustó el equipo, y entonces el director le indicó al equipo en el cuarto contiguo que procediera. La inyección de dosis letales comenzó.

Kate miró las vías intravenosas, aferrándose todavía a la esperanza de que el gobernador llamara: tras el testimonio corregido de Nelly, lo más justo era que se planteara un nuevo juicio. Los segundos siguieron pasando.

Blackwood comenzó a parpadear a medida que las drogas fluían a su torrente sanguíneo y luchó contra lo inevitable. Se sacudió contra sus ataduras y sus músculos se tensaron en agonía. Después, colapsó contra la camilla y fue quedándose quieto.

Para el corazón agitado de Kate, aquellos cinco a ocho minutos se sintieron como una hora. El silencio era opresivo, como el vacío del espacio presionando contra sus tímpanos. Era bizarro: le recordó alguna mala función contemporánea de *performance* en donde todos habían seguido el guion perfectamente, recitando cada ensayada línea, pero el resultado del espectáculo había sido algo soso. No hubo exclamaciones de protesta, gritos ni sollozos. Sólo el silencio mientras todos contemplaban cómo un hombre moría a través de una capa de cristal.

Al fin, el monitor de electrocardiograma mostró una línea plana y el equipo médico declaró muerto a Henry Blackwood a las 10:05 p.m.

Cinco minutos era todo lo que había tomado.

Un asistente médico cerró las cortinas: el espectáculo había terminado.

Kate permaneció sentada en un shock sin llanto. Palmer le dio una palmada en la mano y todos se levantaron y salieron de la sala en silencio. Ella siguió al grupo mecánicamente y llegaron a una sala de conferencias en donde firmaron que habían atestiguado la ejecución. Después los guardias de la prisión los escoltaron al exterior, donde esperaron para abordar la camioneta de regreso al edificio principal.

—¿Ahora qué? —le preguntó Kate a Palmer, la conmoción se sentía como alfileres y agujas pinchando su conciencia.

—Hay una conferencia de prensa en la prisión, si estás interesada.

—No, gracias.

—Yo tampoco. Ya tuve suficiente burocracia gubernamental por una noche. Me voy a casa —declaró, y la miró con gesto preocupado—. ¿Estás bien? ¿Cómo te sientes?

—No sé.

—Bueno, pues yo estoy orgulloso de ti. Lo manejaste como toda una profesional.

Se formaron para ingresar a la camioneta, que los llevó a través de las verjas, dejando atrás a un escandaloso grupo de manifestantes que protestaban contra la pena de muerte. Se detuvieron en el centro del enorme estacionamiento. Palmer la acompañó hasta su auto y permanecieron juntos en silencio bajo el cielo estrellado. El viento invernal mordía la piel.

—Llámame mañana —dijo él—, y hablaremos de esto.

—Está bien —dijo Kate. Tenía las llaves en la mano, el auto estaba justo ahí, pero no podía deshacerse de la sensación de que estaba perdida.

—Conduce con cuidado —dijo Palmer, le dio un toque a su sombrero y se alejó.

Kate abordó su auto y encendió el motor. Prendió la calefacción y observó cómo Palmer llegaba hasta su pick-up entre la fila de vehículos, subía y salía del estacionamiento. El resto de los testigos se marchó tan rápido como él.

Kate prendió su teléfono y revisó sus mensajes. Dos eran de James. Inhaló un par de veces y lo llamó.

—¿Hola? —respondió él.

—James, soy yo.

—Hola, amor —dijo él. Sonaba contento de saber de ella—. ¿Cómo te fue esta noche?

—Antes que nada, ¿cómo está Vanessa?

—Estamos un poco aturdidos, pero la cirugía salió bien —dijo él.

—Ah, eso es un alivio. Dile que la quiero, ¿de acuerdo?

James tapó el auricular y ella escuchó cómo le daba el mensaje a su madre.

—¿Y entonces? ¿Qué pasó, Kate? —volvió con ella—, ¿hablaste con él? ¿Qué dijo?

—Juró que él no lo había hecho. Trató de convencerme de que era inocente. Y tengo que admitir que... James, me quedé a observar la ejecución.

—¿Qué? ¿Por qué? —exclamó él, alarmado.

—Llamé a la oficina del gobernador para solicitar que cancelaran la ejecución. Quería que al menos tomaran en cuenta el nuevo testimonio de Nelly.

—Por Dios, Kate... ¿Dónde estás ahora?

—Saliendo de la prisión. Camino a casa.

—No puedo creer que hicieras eso —dijo él en voz baja—, ¿estás bien?

—Sí, creo que sí.

—Llámame cuando hayas llegado de vuelta a Boston. Y en la noche, si no puedes dormir. Llámame en cualquier momento, amor. Estoy aquí para ti. Lo sabes, ¿cierto?

Parte II

32

Kate condujo en silencio (nada de música, nada de radio) mientras la nieve caía a su alrededor en forma de blancos listones. Al llegar al departamento se dio una ducha caliente y cenó algo ligero. Después se sirvió una copa de vino, se acomodó en el sofá y abrió la caja de archivos policiacos. Pasó las siguientes dos horas hojeando los reportes, los listados de las evidencias que fueron presentadas, transcripciones de entrevistas con sospechosos y declaraciones de testigos.

Se sirvió una segunda copa y tomó el expediente de Hannah Lloyd. Había docenas de fotografías, pero dos de ellas sobresalían especialmente. Una era la imagen de la menuda chica de catorce años posando para el anuario escolar. Tenía un rostro ancho e inocente, cabello largo y rojizo, y una sonrisa tímida. La segunda imagen mostraba una serie de formas irregulares emergiendo del suelo del bosque. La capa superior de tierra había sido retirada, exponiendo así los restos parcialmente momificados: parte de una caja torácica y dos dedos aferrándose a un trozo de tela en descomposición. El cráneo rasurado asomaba entre la tierra. ¿Estaba el asesino llevándose recuerdos? ¿Era eso un acto de agresión o una forma de devoción?

Kate se recargó en el sofá y cerró los ojos. Viajó mentalmente a aquella cálida noche de verano en que había dejado a su hermana sola en la cabaña mientras ella y el chico guapo se perdían en el bosque. Se habían instalado en una porción de pasto rodeada por arbustos perennes y habían estado besándose bajo la luna de agosto. La oleada de hormonas la había aturdido tanto que Kate no había visto ni escuchado nada inusual aquella noche, ningún vehículo avanzando por la vía forestal, nada de gritos ni llamadas de auxilio. Lo único que podía escuchar era la pesada respiración del chico en su oreja y el latido de su propio corazón excitado.

Pero algo profundo y territorial había resonado aquella noche en el bosque: el ulular ominoso de un búho, que se había repetido cinco veces.

Hu—hu, huuuu, hu—hu.

Es un fantasma, había dicho el chico, intentando asustarla, pero Kate había reconocido la voz de un búho cornudo o búho real, el ave nocturna más grande de New Hampshire, con plumas del color del óxido, pecho blanco como la nieve y un par de cuernos emplumados. Tenían ojos amarillos y penetrantes y sus llamados siempre sonaban en series de cinco:

Hu—hu, huuuu, hu—hu.

El chico deslizó la mano por debajo de la ropa interior de Kate y le desabrochó el sostén con urgencia y ella recordaba haber visto destellos de luz alrededor de la cabaña, a la distancia, pero supuso que era su hermanita explorando, dirigiendo la luz de la linterna a todos lados porque eso era lo que Savannah hacía: era Jorge el Curioso.

Kate no había sido completamente irresponsable: en algún momento intentó levantarse para ir a ver si su hermana estaba bien, pero el chico la jaloneó de vuelta y la besó toda hasta que Kate acabo tendida en el suelo espinoso, maravillada por las cosas que él le estaba haciendo a su cuerpo.

—Espera —había siseado, cautelosa.

—¿Qué?

—¿Escuchaste eso?

Hu—hu, huuuu, hu—hu.

—Bésame —había ordenado él, y ella lo había besado. Había hecho todo lo que él había querido. Había perdido su virginidad aquella noche... lo había perdido todo aquella noche.

Ahora suspiraba, derrotada, mientras guardaba los archivos de vuelta en la caja. No tenía nada nuevo que decirle a Palmer. Le había contado todo al detective Dunmeyer años atrás, y cada una de sus acciones había quedado registrada en el reporte policiaco, incluyendo los más morbosos detalles como la mancha de sangre en su ropa interior, la sensación pegajosa entre sus piernas, los poco convincentes intentos del chico de consolarla al terminar y, lo peor, cómo Kate se había tomado su tiempo en vestirse y volver a la cabaña. Que estaba vacía.

El teléfono sonó y Kate contestó.

—¿Hola?

—¿Te desperté? —era Palmer Dyson.

—No puedo dormir —admitió ella, aturdida—. Estaba viendo los archivos que me enviaste.

—¿Ah, sí? ¿Y qué piensas?

—Noté algunas cosas, pero nada demasiado importante —dijo, y un estremecimiento la hizo llevarse las rodillas al pecho—. ¿Quieres que te las cuente?

—Déjalo, hablemos mañana. Acabo de tomarme un par de Ambien.

—Si quieres, puedo ir a tu casa temprano en la mañana para intercambiar impresiones. ¿Qué hora estaría bien?

—Cualquier hora.

—¿En verdad? —bromeó ella—, ¿nada en tu agenda?

—No tengo vida social, nada de nada.

—¿Te parece bien a las nueve de la mañana?

—Perfecto —dijo el detective—, tengo algo que decirte, y prefiero hacerlo en persona.

Kate frunció el ceño.

—¿Qué?

—Mañana —dijo Palmer, y colgó.

33

Las imágenes de la escena del crimen de Hannah Lloyd encontraron el camino hasta sus sueños y Kate despertó en la madrugada del jueves arañando el aire, en medio de un ataque de pánico. Se incorporó en la cama con las sienes martilleando, y poco a poco las escenas de dedos huesudos abriéndose paso entre montañas de arañas se desvanecieron.

Eran las cinco de la mañana y el lado de la cama de James estaba vacío. Lo extrañó con un gran dolor sordo en el pecho. Se levantó, abrió la ventana e inhaló el gélido aire del Ártico. Sus pulmones se paralizaron por un instante. Intentó sacudirse el dolor que debía haber terminado con la muerte de Blackwood y llamó a la casa de Nelly a pesar de la hora, pero colgó tras el décimo timbrazo. Los Ward debían estar evitando el bombardeo telefónico de los reporteros, ¿y quién podía culparlos? Kate se negaba a contestar su propio teléfono por la misma razón: no le interesaba intercambiar frases con los viejos amigos que llamaban por lástima, reporteros que querían entrevistarla o blogueros buscando alguna línea sensacionalista para atraer lectores a sus sitios inmundos. Savannah Wolfe era lo popular en Twitter. Lo único que podía hacer era esperar a que la fiebre se calmara y los medios se aburrieran. Eso podía tomar días o semanas; imposible predecirlo.

Se dio un baño, se vistió, tomó sus llaves y se dirigió a New

Hampshire. Una vez pasando el área de Boston, el camino era bastante tranquilo y poco transitado. Dejó atrás las docenas de pueblecitos de Nueva Inglaterra que ahora estaban cubiertos de nieve. Parecían paisajes sacados de tarjetas navideñas y la visión calmó sus nervios.

El detective Dyson vivía en el lado este de Blunt River, al final de una sinuosa carretera de terracería. Se estacionó frente a la pick-up de Palmer y caminó por el acceso de piedra del que la nieve había sido retirada, hasta el destartalado porche. Llamó a la puerta. Se saludaron estrechándose las manos; él parecía totalmente despierto y rebosante de energía.

—Pasa, por favor. Cuidado donde pisas, tengo que arreglar eso.

La casa era luminosa y amplia, con grandes ventanas y un hermoso interior de madera. Estaba decorada con una mezcla de muebles modernos baratos y elegantes piezas heredadas de generación en generación. Había docenas de cajas apiladas en el salón que daban la sensación de una venta de garaje. Todas las superficies estaban cubiertas con viejos reportes policiacos, platos sucios y libros de criminología. En la esquina había un caballete con una pizarra blanca llena de nombres, fechas y líneas del tiempo. En la pared había un mapa del condado de Blunt River y alfileres de colores señalando los puntos en que las chicas habían sido secuestradas.

—¿Ves lo que pasa cuando tus obsesiones se apoderan de tu vida? —bromeó él—. Crecen como enredaderas. Siéntate donde puedas. ¿Café?

—Seguro.

—¿Qué tal el viaje?

—No estuvo mal —respondió ella.

—Ahora vuelvo —dijo él, y desapareció en la cocina.

Kate echó un vistazo por el salón, con su suelo de madera y chimenea de piedras de río. Había un escritorio de caoba con una computadora obsoleta y un fax, flanqueado por dos grandes libreros con puertas de cristal llenos de volúmenes encuadernados en cuero. Tomó asiento en una butaca forrada con tela a cuadros.

—Entonces —comenzó Palmer, que traía dos tazones humeantes en una bandeja. Le ofreció leche y azúcar y se sentó frente a ella, en un sofá cama tapizado en pana color marrón—. Vamos a platicar.

Ella intentó una sonrisa.

—Dijiste que tenías algo que decirme.

—Antes de eso —dijo él, levantando el dedo índice—, ¿qué perfil detectas? ¿Qué ves en esos expedientes?

—¿Una primera impresión? —preguntó, aunque sabía perfectamente lo que él buscaba: una lectura fría, profesional—. Para empezar, no sabemos nada del destino de las cuatro chicas que siguen sin aparecer, cosa que dificulta un diagnóstico.

—¿Y qué hay de las otras?

—Si aceptamos la teoría de que los supuestos suicidios y el *accidente* fueron montajes —dijo Kate—, y tomamos en cuenta que el asesino parece obsesionado con el cabello de las víctimas... lo que tendríamos que hacer ahora es buscar más cosas que las víctimas tengan en común. A primera vista, sus edades y características físicas son totalmente variadas. Lo único que tienen en común es el género y un rango de edad.

—Niñas.

—Así es. Pero no encontré registros de que hubieran sido violadas, lo que indica que no se trata de un depravado sexual. Esto es otra cosa. Un depredador incitado por el cabello de mujeres jóvenes.

—¿Por qué? ¿Cuál es la interpretación psicológica? —inquirió Palmer.

—Probablemente sea el resultado de algún trauma infantil.

—Así que está actuando motivado por algún evento del pasado.

—Posiblemente —explicó Kate—. Las cabezas rasuradas y el cabello arrancado están llenos de significado para él. El acto de remover el cabello es muy simbólico.

253

—Pero ¿qué es lo que simboliza?

—No lo sé. Quizás una especie de castigo —sugirió ella. Era consciente de que su intercambio daba por hecho que estaban aceptando la premisa—. Después de la Segunda Guerra Mundial, los Aliados humillaban a las colaboradoras nazis rasurándoles la cabeza y haciéndolas desfilar frente a una multitud. Es un método para desfeminizar. También podría estar infantilizando a sus víctimas: al quitarles el cabello las vuelve infantes indefensas que no pueden ser una amenaza para su virilidad.

—¿Entonces le tiene miedo a un montón de niñas? ¿Eso es lo que estás diciendo?

—Hay otras posibilidades —dijo Kate con una sonrisa—. Los monjes budistas y las monjas de cualquier orden se rasuran la cabeza como un acto de purificación antes de pasar a un plano espiritual mayor.

—Como una manera de renunciar a los placeres mundanos —dijo él, al tiempo que asentía.

—Pero tengo la sensación de que es algo más personal. Quizás atestiguó algo cuando era niño, algún evento traumático que lo marcó. Quizá su madre o alguna otra figura femenina importante sufrió una enfermedad degenerativa que la hizo perder el cabello, por ejemplo. O tal vez era una persona con un desbalance mental que se rasuró la cabeza en un ataque psicótico. Creo que la presencia de una enfermedad mental es algo que debemos tomar en cuenta, ya que son hereditarias. Por alguna razón, el asesino está marcando a sus víctimas. Las marca y se vuelven intocables.

—¿Intocables?

—Suyas, sólo suyas. Para siempre.

—De acuerdo, sigamos por esa línea —dijo Palmer, inclinándose hacia delante—. Digamos que su madre se volvió loca y él heredó la condición. ¿Cuál sería tu diagnóstico?

Ella se encogió de hombros, meditándolo.

—Estos crímenes son demasiado metódicos y están demasiado bien organizados para ser la labor de un esquizofrénico delirante. Está en control de sus impulsos. Y no es bipolar, porque si lo fuera, uno de sus lados lo empujaría a alardear. Ya le habría escrito a algún periodista o enviado pistas a la policía para ser admirado por sus logros. Tenemos un par de trastornos más dentro de las posibilidades, pero yo diría que se trata de un sociópata. Los sociópatas pueden funcionar de modo normal en la sociedad. Pueden ser muy listos, ingeniosos y manipuladores. No les importa el dolor que han causado ni la destrucción y el caos que van dejando a su paso. No experimentan las emociones como la mayoría de la gente, así que este tipo de conductas criminales son fáciles para ellos.

—Y por eso no se ha equivocado, no ha llamado la atención.

—De otro modo, ya lo habrían atrapado —asintió Kate.

—Muy bien —continuó Palmer—, a ver, ¿cuáles son sus debilidades?

—Una predilección por chicas jóvenes. Una infancia traumática. Está al acecho. Si lo que dices es cierto, ha desarrollado un patrón para secuestrar niñas vulnerables y llevarlas a algún lugar donde les corta el cabello y desecha sus cuerpos, quizás en el bosque, como es el caso de Hannah Lloyd. De otro modo, escenifica suicidios para ver si puede salirse con la suya. Es una diversión para él. Dudo que pueda detenerse, lo que significa que está forzado a llevar una vida secreta y ocultarle al mundo su verdadero ser. Y eso es una gran vulnerabilidad.

—¿Cuál es su motivación? —preguntó Palmer arqueando una ceja.

—Ya que estos asesinatos no tienen que ver con desviaciones sexuales, yo diría que están relacionados con el poder. Selecciona a sus víctimas con cuidado, se toma su tiempo. No hay nada apresurado en sus crímenes, como lo demuestran los montajes de las muertes de Susie Gafford, Lizbeth Howell y Tabitha Davidowitz. Esto quiere decir que es metódico y bien organizado. Sabe lo que está haciendo y disfruta la cacería. Es taimado, arrogante. Le gusta jugar, pero tiene mucho miedo de que lo atrapen. En conclusión, odia perder. Ésa es su mayor debilidad.

Una lenta sonrisa fue extendiéndose por el rostro de Palmer.

—Quiero que veas algo —dijo, rebuscando en una pila de fotografías en la mesa de centro—. Si esto se vuelve demasiado para ti, dime —indicó, tendiéndole una imagen brillante de una niña con una herida en forma de luna creciente en la garganta. Kate reconoció a Susie Gafford, de seis años de edad, la niña que supuestamente había caído a un pozo—. ¿Ves esta herida? Es lo que se llama una herida de compresión. Sucedió *ante mortem*, justo antes de la muerte. ¿Te dice algo?

Kate estudió la fotografía. Los ojos de Susie estaban cerrados, sus labios azules y su cuello inclinado en ángulo. Su brillante cabello estaba trenzado y atado al final con listones de satén. Era una visión espeluznante, pero Kate no podía alejar la mirada. Susie tenía cortes y moretones por todo el cuerpo, sin duda debido a la caída de más de quince metros por un pozo de roca, pero Kate comprendió de inmediato a qué se refería el detective: la marca en forma de luna creciente en la garganta de la víctima medía unos cinco centímetros de largo y un centímetro de ancho y era demasiado específica.

—Parece una media luna —dijo—, luna creciente. Como si algo hubiera sido presionado contra su piel.

—Exactamente —dijo él. Había algo extrañamente familiar en aquella marca. Kate le devolvió la imagen y se estremeció. El detective Dyson la estaba llevando por un rumbo muy sombrío.

—¿Qué significa?

—Me parece que fue estrangulada con algo suave, como una mascada o una blusa acomodada sobre su garganta y apretada de modo gradual. La tuvieron que sostener de ese modo con las dos manos, cada mano jalando hacia un lado. El hueso hioides estaba intacto, lo que quiere decir que no fue estrangulada con un cinturón o un cordón, ni por un par de manos. No encontramos marcas de uñas alrededor de la garganta, lo cual habría sido un indicador de estrangulación manual. Sólo esta pequeña herida de compresión, infligida justo antes de que su corazón dejara de latir.

—Así que la estrangularon.

—Se llama estrangulación suave —explicó él—, un trozo de tela, si se usa correctamente, no deja ninguna marca reveladora en la víctima.

—Pero entonces no entiendo... ¿por qué el médico forense declaró que había sido un accidente?

Palmer pasó el dedo por el borde de su taza de café.

—Quade y yo nunca estábamos de acuerdo. En aquel momento, yo me opuse a su resolución. Pero este tipo de estrangulación no deja pistas.

—Sólo que esta vez el asesino cometió un error, ¿cierto? —intervino ella—, porque había algo en el trozo de tela que usó. Algo que dejó esta marca.

—Así es —asintió él—, quizás una pieza de joyería, una insignia o broche. Cometió un error crucial y no lo notó hasta que era demasiado tarde. Así que lanzó el cuerpo al pozo para ocultar la causa de muerte.

—Sigo sin entender... ¿el forense no vio esto?

Palmer se encogió de hombros con resignación.

—Su rostro no estaba congestionado ni inflamado, no había hemorragias petequiales, puntos rojos alrededor o en los ojos, nada de marcas de ligaduras... eso, junto con un hueso hioides intacto, hizo que se concluyera que se había golpeado también la garganta durante su caída al fondo del pozo. Pero una lesión de compresión no se debe ignorar, en especial cuando parte de la sangre se había instalado en la parte trasera del cuerpo, no mucha, pero suficiente: eso evidencia que la víctima estaba tendida de espaldas en el suelo cuando murió, y no enroscada en el pozo. Si Susie Gafford fue su primera víctima, es normal que el criminal cometiera algunos errores.

Kate hizo un esfuerzo por tragar saliva. Estaban hablando de sucesos reales, de personas reales. Niñas pequeñas. La discusión había dejado de ser teórica y eso le asustaba. Sentía que su resistencia crecía. ¿Y si Palmer se equivocaba? ¿Y si el médico forense tenía razón?

—No entiendo —insistió—, ¿por qué la policía no siguió investigando?

—Estás hablando de un psicópata muy hábil. Bueno, tú le llamas sociópata, da igual. Seguramente tiene un buen trabajo, como maestro, ministro, trabajador social, y el condado de Blunt River es su terreno. Está cómodo y puede atacar cuando quiera, donde quiera. De otro modo, nunca se habría salido con la suya.

—¿Y la policía no ve una conexión? —preguntó Kate, incrédula.

—Para empezar, hay cuatro jurisdicciones distintas lidiando con los nueve casos, y estos departamentos no siempre se comunican entre ellos. Tienen sus propias líneas telefónicas y reciben pistas anónimas todo el tiempo. Hay cientos de testigos y sospechosos. Para un investigador es muy fácil atascarse. Como dije, Quade y yo no estábamos de acuerdo en muchas cosas, pero su voz tenía mucha fuerza. Todavía la tiene.

—Eso es patético.

—No me malentiendas: te estoy hablando de un grupo de grandes tipos que trabajan sin parar. Quieren justicia, como yo, pero tienen un trabajo que hacer y tienen que seguir lidiando con la vida cotidiana. Hay muchas rivalidades internas y temas de presupuesto. Blunt River depende mucho del turismo, y hay gente en el poder que no quiere que se reabran puertas, que haya escándalos que alejen a los turistas a menos que la policía esté cien por ciento segura de algo —explicó—, así que prevalece la cautela. No hay mucho que hacer contra eso.

—¿Y qué me dices de Quade Pickler?

—¿Con respecto a qué?

—¿No te parece extraño que haya ignorado tus sospechas así nada más?

—Como te dije, no es el cuchillo más filoso del cajón. Se le puede engañar tan fácilmente como a los demás —dijo Palmer, inclinando la cabeza.

—¿Y entonces dejaste el tema?

—No, no dejé nada. Dada la edad de las víctimas, entrevisté a todos los pedófilos registrados del área, familiares, vecinos, maestros. Y no fue sino hasta años más tarde que supe... —se detuvo y la miró fijamente—. Tengo algo que decirte.

Ella asintió lentamente.

—Ya tengo un sospechoso en mente —declaró el detective. Kate vaciló, conmocionada por la revelación—. Encaja con el perfil que he estado construyendo del asesino: un hombre solitario en una posición de poder. Es un profesor en la Universidad de Wellington, aquí en Blunt River. Y creo que tú lo conoces —dijo él, y pausó un instante. El corazón de ella se aceleró—: William Stigler.

Kate negó con la cabeza, confundida.

—El profesor William Stigler —repitió él, y al no recibir otra reacción, frunció el ceño—. ¿No lo conoces?

—No, nunca había oído de él —replicó ella, y de pronto se sintió molesta—. ¿Por qué no me dijiste esto antes? ¿Por qué dejaste que siguiera hablando y teorizando? Me siento como una idiota.

—No, no, no te sientas así. Necesitaba tu opinión imparcial. Todo lo que dijiste hace sentido y valida lo que yo he estado trabajando.

—Me lo pudiste haber dicho desde el principio y nos habrías ahorrado a los dos mucho tiempo —reclamó ella.

—¿Estás *segura* de que no lo recuerdas?

Kate negó con la cabeza, enojada.

—¿Por qué tendría que recordarlo?

—Es un profesor de sociología de cincuenta y muchos. Hace más de dos décadas hizo su residencia en el hospital psiquiátrico en el que tu madre estaba encerrada. Creí que lo sabías. Estaba haciendo una tesis posdoctoral acerca de dinámicas familiares y trastornos mentales. Pidió voluntarios y tu madre se ofreció. Y bueno... se hicieron amigos… *íntimos*.

—*¿Qué?*

—Entonces seguro que tampoco sabes esto —continuó él, sin darle tiempo a respirar—. Tu madre y Stigler se mudaron juntos poco después de que ella saliera del hospital.

—¿Estás bromeando? —exclamó ella.

—Quizá debería parar —dijo él, recargándose en el sofá.

—¿Qué demonios es esto, Palmer? —exigió ella, mirándolo con furiosa intensidad.

—Deberías hablar de esto con tu padre.

—Recuerdo que la visitamos en el hospital —dijo Kate, aturdida—. Se veía tan perdida... cuando al fin llegó a casa seis meses después, parecía otra persona. Tenía una especie de brillo. Todos pensamos que estaba mejor. Pero entonces mis padres comenzaron a discutir otra vez, y tras unas cuantas semanas, ella hizo las maletas y se largó. Savannah y yo no teníamos idea de adónde se había ido, pero mi padre nos dijo que había regresado al hospital psiquiátrico para recibir más tratamiento.

—¿Nunca te dijo la verdad?

—No tenía ni idea de que estaba teniendo una aventura —dijo Kate, sacudiendo la cabeza—. ¿Cómo dijiste que se llamaba? ¿Seegler?

—William Stigler. Lo siento mucho, Kate.

—¿Y tú crees que es un sospechoso?

—Es mi principal sospechoso —declaró él.

—¿Por qué? ¿Basándote en qué?

—Todo comenzó el año pasado, con la investigación de Makayla Brayden —explicó Palmer—. Stigler se nos acercó de la nada y se ofreció a ayudarnos con el caso, lo cual a mí me pareció muy sospechoso —y se inclinó hacia Kate—. Esto que te estoy contando es estrictamente confidencial, Kate. No puedes decirle ni una palabra a nadie.

—Soy psiquiatra. Sé guardar secretos.

—Ni siquiera a James —advirtió él. Ella asintió. Palmer carraspeó antes de continuar—. Stigler se acercó sin ser invitado, diciendo que quería ayudar. E hizo un par de cosas más.

—¿Qué cosas?

—No puedo meterme en eso ahora. Vas a tener que confiar en mí —dijo él, y ésa fue la gota que derramó el vaso.

—¡Pues tal vez ya no confío en ti! —exclamó—, ¡quizá si me lo hubieras dicho antes, habríamos...!

—Kate —interrumpió él—, lo último que quiero es perder tu confianza.

Kate inhaló y logró relajarse un poco. Pensó en sus visitas a Julia en el Asilo de Godwin Valley, aquella extraña fortaleza gótica del otro lado del pueblo. Un vertedero para la gente loca. Recordaba la palidez de su madre, su expresión ausente, durante sus raras visitas. Julia caminaba por los pasillos como un fantasma, con una mirada fija que traspasaba a sus aterrorizadas hijas.

—Estoy aquí por mis nervios —les había dicho, sin mayor explicación—. Necesitan ser reconectados.

Palmer cruzó sus manos.

—Cuando estás investigando un crimen, cualquiera, vas haciendo una lista de sospechosos: enfermos mentales, expresidiarios, violadores, parientes, vecinos... quien sea que encaje en el perfil. Gradualmente vas construyendo una lista y después vas eliminándolos uno por uno. Mi lista es muy corta ahora, y Stigler la encabeza.

—¿Por qué no lo has arrestado?

—Para empezar, porque estoy retirado y no puedo arrestar a nadie.

—Pero es tu principal sospechoso, ¿cierto? ¿Por qué no le dices a tus amigos de la comisaría que lo arresten?

—¿*Mis amigos*? —repitió Palmer con una sonrisa—. Aunque no lo creas, Kate, no tengo esa clase de influencia.

—A ver, entonces el año pasado se ofreció a ayudarte con el caso. ¿De qué manera eso lo convierte en sospechoso?

—Tienes razón en cuanto a las diferencias entre las víctimas: son de todas formas y tamaños. Lo único que tienen en común es que todas provienen de hogares disfuncionales: divorcios, abuso doméstico, alcoholismo, drogas. Ninguna de estas familias era muy feliz que digamos.

—¿Y eso qué tiene que ver con Stigler?

—Es profesor de sociología. Una de las clases que imparte se llama *Victimismo entre niños provenientes de hogares rotos*. A lo largo de las últimas dos décadas, él y su equipo de investigadores han enviado miles de cuestionarios a familias en riesgo. Sus subalternos filtraban las respuestas y conducían las entrevistas iniciales, pero Stigler en persona llevaba a cabo algunas entrevistas de seguimiento. Adivina a qué familias ha entrevistado personalmente.

—¿A todas las de las víctimas? —aventuró ella.

—No. A siete de los nueve casos que yo pienso que están relacionados. Las únicas que no son la tuya y la de Emera Mason. Creo que las seleccionó porque encajaban con su criterio: familias conflictivas con relaciones abusivas, enfermedades mentales o problemas de alcoholismo o drogadicción. Eligió chicas que eran vulnerables a los depredadores, ¿qué mejor manera de encontrar la siguiente víctima? —explicó él. Kate guardó silencio—. Mira, no te culparía si quisieras parar esto. A veces la verdad puede ser muy fea.

Kate negó con la cabeza.

—¿Crees que no lo sé? —preguntó.

—Lo que quiero decir es que... que entendería que lo dejaras.

Ella se mordió el labio inferior.

—Tras la muerte de mi hermana, le rogué a mi padre que no la cremáramos. No quería que terminara en una pequeña caja, como mi madre. Papá estuvo de acuerdo y elegimos el ataúd juntos. Entré a su cuarto y elegí su vestido favorito. Era de color lila, de corte tipo imperio. Tomé también su muñeca favorita, a la que había modernizado: le había hecho un corte de cabello punk y le había pintado los labios con un plumón.

Recuerdo que pasé horas sentada ahí, con aquella horrible muñeca sobre mi regazo, llorando.

Palmer asintió.

—En fin, el caso es que el zapato de la muñeca se cayó al suelo, bajo la cama. Cuando me agaché para recogerlo, me topé con la masa más grande de gomas de mascar masticadas que hubiera visto en mi vida. Debía pesar un kilo. Savannah masticaba la goma de mascar hasta que perdía el sabor y la pegaba debajo de su cama, donde nadie veía. Debió haber pegado cientos y cientos de gomas de mascar. Nunca me había reído tanto. Ésa era mi hermana: la niña más chistosa del mundo. Era mi mejor amiga. Así que cuando me dices que la verdad puede ser fea, te diría que... pues que también puede ser hermosa.

Los dos guardaron silencio por un momento. Era un silencio sin tensiones. Al final, Kate se levantó.

—Tengo que ir a hablar con mi padre.

Palmer la escoltó hasta la puerta. Se detuvieron en el umbral, mientras ella hurgaba en su bolsa y encontraba sus llaves.

—¿En verdad crees que están muertas? —preguntó—, ¿las chicas desaparecidas?

Él asintió.

—Todas y cada una de ellas.

34

Kate se sentía con náuseas y desorientada mientras conducía a través del pueblo. Su padre había salido de casa: su Ford Ranger no estaba. Revisó su reloj: 10:30 a.m. Como estaba semirretirado, tenía los martes y jueves libres, así que ¿dónde estaba?

Decidió esperarlo. Su padre solía guardar una llave de repuesto bajo una maceta del jardín. La encontró, entró a la casa y programó la cafetera para hacer una nueva jarra. Se sentó a la mesa redonda de la cocina y escuchó el sonido del café haciéndose mientras la luz del sol se derramaba por el suelo de linóleo. Esa casa alguna vez había estado llena de gente; ahora estaba llena de crujidos y ventiscas.

La lavadora en el sótano estaba haciendo un ruido inusual, así que Kate bajó a investigar. Había telarañas colgando del techo y el calentador de agua retumbaba en una esquina lejana. Las herramientas de Bram estaban acomodadas por tamaño y función en un panel de madera en la pared: llaves, hojas para sierra, martillos, desatornilladores. Su mesa de trabajo estaba ocupada por latas de pintura y organizadores de plástico llenos de clavos, tornillos y roscas. De un panel más pequeño colgaban las llaves de repuesto de la casa, del garaje, del consultorio de Bram en el centro, de la bodega en Carriage Road y, finalmente, de la vieja granja en Four Oaks, Maine, donde habían vivido los abuelos de Kate. Por alguna razón, su padre no lograba deshacerse de la destartalada propiedad.

La lavadora emitió un pitido y Kate vio que el foco que indicaba un mal balance de las prendas en su interior estaba parpadeando. Levantó la tapa y reacomodó el montón de ropa enredada hasta que la luz se apagó. Dejó caer la tapa y la ropa comenzó a girar de nuevo. Sin el sonido extraño, como el golpeteo como de fantasmas furiosos.

Volvió escaleras arriba y sintió un aleteo nervioso en el estómago. La noticia de que su madre había tenido una aventura la golpeó de nuevo. ¿Y si Palmer tenía razón? ¿Se había Julia enamorado de un asesino serial? *¿Conocemos realmente a la gente a la que amamos?*

Se dirigió al salón y se sentó en su butaca favorita. Prendió su iPad y buscó al profesor Stigler en Google. Lo primero en aparecer fue su perfil de la universidad. Era bien parecido, muy al estilo de George Clooney, y tenía un currículum impresionante.

Kate escuchó un ruido y se sobresaltó. Se acercó a la ventana, pero no vio el auto de su padre. ¿Adónde iba en sus días libres y qué hacía? No podía hablarle y preguntárselo, porque se negaba a tener un teléfono celular, ni qué decir de Facebook, Instagram, Twitter o Skype. Lo único que tenía era una línea de teléfono fijo y un viejo localizador exclusivo para pacientes y emergencias.

Kate podía comprender por qué Julia lo había dejado. Su agenda diaria estaba rígidamente planificada. Cada uno de los relojes de la casa debía tener la hora exacta. Se lavaba las manos de manera metódica, hábito típico de los médicos. Seguía una elaborada rutina de arreglo personal que no podía ser interrumpida. Era controlador y no le gustaba ser cuestionado. Todo tenía que estar perfectamente alineado, perpendicular o paralelo. Su cosmovisión requería orden y control.

Cuando vivías con un médico, te acostumbrabas a las lecciones diarias de cómo lavarte las manos y los dientes. Kate había crecido sin romperse ni un solo hueso. Nunca había sufrido ninguna enfermedad seria. Su padre había logrado protegerla de las amenazas de la vida cotidiana, pero ¿de qué servían las manos limpias cuando tu madre estaba muerta? ¿De qué servían las calificaciones sobresalientes cuando tu hermana se había ido?

Kate había visto fotografías de Bram cuando era un niño delgado y larguirucho que le llevaba una cabeza de altura a sus compañeros. Su madre le había contado alguna vez que Bram había crecido en un pueblo lleno de rudos chicos granjeros que lo molestaban sin piedad y lo llamaban Mantis, Chewbacca, Ichabod y Largo. No era de sorprenderse que se hubiera sentido siempre tan incómodo dentro de su propio cuerpo. El abuelo Wolfe había sido muy exigente y controlador con su hijo, pero no con sus nietos. Las chicas solían visitar la granja de sus abuelos y, para esa época, el abuelo se había convertido en una especie de director de colegio aterrador que, en el fondo, era suave como el merengue. Ladraba fuerte, pero no mordía.

Kate bebió su taza de café y esperó a que su padre volviera: estaba decidida a confrontarlo. Mencionaría a William Stigler y le preguntaría a Bram por qué le había dicho que Julia había vuelto al hospital psiquiátrico cuando en realidad los había abandonado. Revisó su reloj y su inquietud creció. Se levantó para deambular por la casa y se detuvo para estudiar los viejos regalos que Savannah y ella le habían hecho a su padre: piedras de río pintadas de naranja y verde, ceniceros de cerámica en los que habían marcado sus huellas digitales, títeres de papel maché que parecían ratas deshidratadas.

Dio vueltas alrededor de la planta baja y al fin entró a su estudio de paneles oscuros: un lugar prohibido. No debía estar ahí, pero su curiosidad la venció. Quizás había llegado el momento de ignorar su millón de pequeñas normas.

Los amados libros médicos de su padre descansaban en gruesas repisas de roble y la silla de cuero era más vieja que Kate.

La lámpara sobre el escritorio estaba dirigida a una serie de papeles meticulosamente apilados y a un lado estaba el archivero de acero que contenía décadas y décadas de expedientes médicos. Su padre no tenía la obligación de guardarlos, pero siempre le tuvo mucho miedo a las demandas por negligencia médica: si un expediente era destruido, se volvía muy difícil crear una defensa, si no es que imposible.

La necesidad de curiosear se volvió abrumadora.

Abrió el cajón rotulado A-F y sus ojos inspeccionaron los nombres en las carpetas hasta que su mirada aterrizó en *Blackwood*. Su corazón se aceleró. Sacó el expediente médico de Penny Blackwood y lo hojeó, leyendo las notas redactadas meticulosamente con la caligrafía de su padre. Bram había sido el médico de cabecera de Penny desde su nacimiento y hasta su último año de preparatoria. Había dejado de verla tras el asesinato de Savannah.

Había documentado cuidadosamente todas las enfermedades y lesiones de Penny a lo largo de los años. A partir de los once años de edad, la niña comenzó a quejarse de falta de energía. Comenzó a tener pesadillas e insomnio. Durante su adolescencia temprana, recibió tratamiento para varias infecciones vaginales y ardor. Sus muslos presentaban moretones y había otros signos de posible abuso sexual. Lo que extrañó a Kate fue la reacción de su padre ante todas aquellas señales de alarma. Había registrado todos los detalles sin llegar a ninguna conclusión ni confrontar a los padres acerca de la posibilidad de abuso en el hogar.

La puerta principal se abrió y se cerró por una mano decidida. Escuchó pasos en la sala. La angustia se instaló en su estómago. No fue lo suficientemente rápida. Se quedó paralizada con el expediente entre las manos. Su padre apareció en el umbral.

—¿Kate? ¿Qué estás haciendo aquí?

El rostro de ella se encendió. Aquello se veía muy mal, lo sabía: su padre era una persona reservada y lo había invadido de manera rotunda. Pero el expediente médico estaba abierto de par en par frente a ella, no tenía caso negarlo.

—¿Penny Blackwood era paciente tuya?

—No tienes ningún derecho —dijo él, arrebatándole los papeles—, ¿qué estás haciendo aquí?

Kate se mantuvo firme.

—¿*Ardor vaginal*? ¿A los trece años? ¡Por favor, papá! Tenías que saber lo que estaba pasando. Había un patrón de abuso y tú decidiste ignorarlo.

Bram era incapaz de ocultar su furia y vergüenza. Metió el expediente de vuelta en el cajón de metal y lo cerró con fuerza.

—No tienes ningún derecho a hurgar en mis cosas, Kate. ¿Qué demonios estabas pensando?

—¿No viste el abuso? —insistió ella, deseando que su padre se defendiera. Quizás hubiera una explicación razonable, información confidencial que no estaba ahí.

—Era una situación complicada.

—¿Complicada? ¿Cuál era la complicación? ¡Era evidente que la estaban violando!

—Tenía mis sospechas —musitó Bram, ruborizado—, pero si presentaba una demanda formal, la Asistencia Social se habría llevado a la niña de manera permanente. Tenía que estar cien por ciento seguro. Cuando le pregunté a Penny acerca de sus síntomas, negó que estuviera pasando algo. No quiso hablar del asunto. Algunas niñas maduran antes y comienzan a experimentar con sus amigos. No estaba seguro de nada.

—¿Infecciones vaginales? ¿Moretones en la parte superior de sus muslos? —insistió Kate.

—¿No crees que discutí esas cosas con su madre, Kate? Pues sí que lo hice, y más de una vez. Me la llevaba aparte para poder preguntarle si todo estaba bien en casa y ella insistía en que sí. Su madre pensó que podía ser el detergente de ropa o alguna alergia. Penny tenía la piel sensible y la había tratado por dermatitis cuando era niña. También se me ocurrió que quizá tenía novio y estaba solapándolo. Su padre parecía un tipo decente, no un animal que lastimaría a su propia hija.

—¡Porque no era su padre! —exclamó Kate, desesperada—, ¡era su tío, Henry Blackwood!

Bram la miró como si acabara de ser abofeteado.

—Estaba abusando de ella, yo misma acabo de enterarme. Pero quizá si hubieras hecho algo al respecto años atrás, si hubieras intentado averiguar algo más en lugar de ignorar el asunto, tal vez... —Kate se interrumpió—. Tengo que irme.

—¿De qué me estás culpando exactamente?

—Papá... tengo que irme.

Él la dejó pasar. Kate tenía miedo de tocarlo y se negó a mirarlo. Podía sentir cómo el dolor y la furia emanaban de su cuerpo en olas.

Una vez en el vestíbulo, se puso las húmedas botas de invierno, tomó su abrigo y sus guantes y se marchó sin una palabra más.

35

De vuelta en el auto, una sensación de opresión la invadió. Las familias problemáticas no eran sencillas de tratar, lo sabía por su propia experiencia profesional, y Bram tenía razón: las cosas habían cambiado en las últimas dos décadas. Durante su infancia, nadie usaba cascos para andar en bicicleta. La gente no se ponía el cinturón de seguridad. Los niños salían a jugar y no volvían a casa sino hasta la hora de la cena. Su padre, con toda probabilidad, había intentado hacer lo correcto, al igual que ella estaba intentando hacer lo mismo por Maddie Ward.

Condujo sin rumbo definido, siguiendo el curso del resplandeciente río y pasando por debajo de un viejo puente ferroviario antes de serpentear hacia el sur del pueblo, en dirección al viejo manicomio abandonado. Tras diez minutos de naturaleza, el bosque se abrió a un área residencial de calles organizadas en forma cuadricular, llenas de ranchos de los sesenta pintados en tonos pastel. Su amiga Jeanette Lamont había crecido en la granja color menta, y la apestosa Shannon Maguire en la de color durazno. En la temporada navideña, las luces de colores les daban un brillo mágico a todas aquellas construcciones prefabricadas.

Ingresó al estacionamiento abandonado del Hospital Psiquiátrico Godwin Valley y apagó el motor. Los austeros edificios de piedra habían soportado un millar de tormentas, pero el hospital había cerrado sus puertas de modo permanente en 1996 y todo había sido abandonado a su suerte. Ahora las enredaderas se habían adueñado de todo: un montón de frágiles tallos muertos asomaban de entre la nieve.

Kate bajó del auto y escuchó el enloquecido intercambio de un grupo de cuervos que habían conquistado el terreno. Veintidós años atrás, Julia Wolfe había sido confinada en esa institución por seis largos meses, y las niñas la habían extrañado terriblemente.

Kate avanzó a través de la nieve, pisando un montón de alambre de púas que ya no servía mucho para limitar el paso, y se dirigió hacia el edificio de Mujeres Convalecientes, construido en 1878. La amenazante construcción de piedra parecía realmente embrujada, con sus ventanas clausuradas con tablas de madera y el tejado de vigas cayéndose en pedazos. Logró llegar hasta los escalones congelados de granito sin resbalar, pero los portones principales estaban cerrados con candado. Afortunadamente para ella, alguien se había metido al edificio por una de las ventanas de la planta baja, por lo que había arrancado las tablas de madera y empujado el cristal roto hacia dentro para después cubrir el enorme agujero con bolsas de basura y cinta adhesiva.

Encontró un bloque de cemento para impulsarse, arrancó las bolsas de basura, escaló por el alféizar de la ventana y aterrizó en el suelo sin ninguna elegancia. El interior estaba frío como una tumba. Se sacudió el polvo de las manos y analizó el enorme vestíbulo de techo alto mientras el sonido de su laboriosa respiración se repetía en un eco interminable. No había ni un centímetro de pared que no estuviera cubierto de grafiti y el suelo estaba plagado de latas de cerveza, colillas de cigarro y condones usados.

Recordaba el momento preciso en que su madre había perdido la cabeza. Kate estaba haciendo la tarea en la sala cuando Julia conectó la aspiradora en el contacto de la pared y la arrastró adelante y atrás por la alfombra. Diez minutos después, seguía aspirando el mismo lugar. Parecía angustiada y agitada, y Kate tuvo miedo de preguntarle por qué. Entonces Julia cambió la boquilla de la aspiradora y se dedicó a limpiar una esquina del salón en el que las telarañas crecían como hierba mala. Tenían arañas en la casa. También ratones: en las noches se les podía escuchar paseándose de arriba abajo dentro de las paredes y correteando por las tuberías oxidadas, y si golpeabas la pared con el puño, paraban por un rato, pero pronto comenzaban su frenética carrera de nuevo. Su padre solía poner trampas de pegamento en el sótano, pero Julia no podía soportar la idea de encontrarse con un ratón agonizante en alguna de ellas, así que le había suplicado que los dejara en paz. Como consecuencia, los ratones habían tenido muchos ratoncitos.

Aquel día, Julia cambió el cepillo por el accesorio de boquilla y estuvo rascando el suelo de madera, intentando tragarse hasta la última partícula de polvo. La máquina zumbó laboriosamente mientras Julia limpiaba el mismo espacio una y otra vez. Llevaba un vestido delgado, casi traslúcido, y parecía estar delicadamente indignada por algo: ofendida por la alfombra o las telarañas o los ratones o la casa o Kate o quizá su vida entera. Sus furiosas palabras crujieron como el hielo que se quiebra.

Estoy tan harta de toda esta mierda, gruñó. Raspó el suelo con más fuerza, repitiendo la misma frase hasta que la boquilla de plástico se rompió en dos partes. Entonces bajó al sótano, volvió con un desatornillador en la mano y comenzó a tallar obscenidades en la madera barnizada del suelo: *Maldito hijo de puta*. Seguían por ahí, en alguna parte, debajo del raído tapete de la casa de su padre.

Kate cruzó el espacioso vestíbulo, dejándose golpear por sus memorias. Las esquinas de la institución abandonada eran oscuras y tenebrosas. Dejó atrás la gran escalinata y se dirigió a la sala de día, donde se encontró con algunas sillas de ruedas volteadas y un viejo piano al que le faltaba la mitad de las teclas. Las enfermeras solían pasar el tiempo dirigiendo a los pacientes indisciplinados hacia el área de juegos de mesa. Los cristales entintados de las ventanas estaban rotos y las plantas de las macetas muertas.

Julia solía quejarse del inmundo sabor de la sopa y de los colchones llenos de bultos. No podía comer. No podía dormir. Llegaba caminando por el pasillo en su pijama de seda, y apenas era capaz de saludar a sus hijas o abrazarlas. Sus ojos medicados se veían aterradoramente vacíos, como si hubiera sido secuestrada por alienígenas y su cuerpo reemplazado por una no-criatura. Sin embargo, seguía siendo su hermosa madre: la mujer más atractiva del pabellón. Flotaba en un aura de encanto y el caos se arremolinaba a su alrededor.

William Stigler.

Kate no lograba recordar a ningún hombre joven que anduviera cerca de su madre, ningún médico enamorado o asistente serio y con gafas. Sólo recordaba a los fuertes enfermeros que se ponían en acción cuando había violencia y después se retiraban al fondo del salón con las manos entrelazadas, a la espera del siguiente altercado.

Tocó el letrero barnizado que especificaba las horas de visita y pensó en el psiquiatra de su madre, el doctor Jonas Holley, un viejo y excéntrico médico que usaba calcetines que no hacían juego: a veces verde y marrón, otras azul y rojo. Antes de cada visita, Savannah y Kate apostaban a ver quién adivinaba los colores que Holley llevaría aquel día. Decían que era daltónico. Tenía un tazón con paletas Tootsie Pop en su oficina y Savannah siempre elegía las verdes.

Kate escuchó un ruido y giró sobre sus talones. Algo se escabulló hacia un viejo árbol de Navidad envuelto en telarañas. Los regalos habían sido reemplazados por excremento de aves. No encontraría respuestas ahí.

36

Kate se sentó en su auto y buscó al doctor Jonas Holley en Google. Ya estaba retirado, pero seguía viviendo en el área. Encontró su dirección y su número telefónico en línea, y lo llamó. Le explicó su situación y, para su sorpresa, la invitó a hacerle una visita. Había dicho que la compañía le vendría bien.

El doctor Holley vivía en una zona residencial cercana al viejo hospital psiquiátrico, en una vivienda gótica azul cielo con bordes del color de las galletas de jengibre. Kate tomó el camino de baldosas hasta la puerta principal y tocó usando la pesada aldaba de bronce. La puerta se abrió casi de inmediato. El doctor parecía frágil y encorvado, estaba en sus setenta y llevaba un suéter marrón deslavado, pantalones oscuros y zapatos recién pulidos.

—Hola. Soy Kate.

—*Bienvenue*, bienvenida. Pasa, Kate. Rápido, por favor. A mi casa no le gusta el frío —comentó, y la urgió al interior.

—Gracias por aceptar verme tan de improviso —dijo ella, siguiéndolo a lo largo del pasillo adornado con paneles de pino hasta la pequeña cocina, en donde las persianas venecianas colgaban torcidas.

—Siéntate. ¿Quieres una taza de té?

—No, gracias.

—¿Café? ¿Agua? ¿Nada?

Kate se quitó el abrigo y los guantes y los colgó en el respaldo de una silla de madera para luego sentarse en la barra de desayuno, que estaba abarrotada de periódicos.

—Me sorprende que usted recuerde a mi madre —dijo.

—Julia era inolvidable. Una en un millón —replicó Holley con una sonrisa, tomando asiento frente a ella.

—Mi padre nunca mencionó a William Stigler, por lo que enterarme de que mi madre y él habían tenido una aventura resultó... sorprendente. Esperaba que usted pudiera contarme algo al respecto.

—Antes tengo que confesar algo —dijo Holley—. Te busqué en internet unos minutos antes de que llegaras, sólo para asegurarme de que eras quien decías. Y tengo que decirte, Kate, que tu mamá habría estado muy orgullosa.

—Gracias —sonrió Kate.

—Pero dadas tus credenciales, entenderás mi predicamento. Tú eres psiquiatra. Sabes que la confidencialidad doctor-paciente continúa incluso después de la muerte.

—Pero no para los parientes cercanos —argumentó ella cortésmente—, y no si usted piensa que su paciente habría aprobado que la información fuera compartida.

—Así es —asintió él—, y no tengo razón para creer que tu madre habría objetado que descubrieras algunas cosas acerca de ella. Sin embargo, hubo algunas... situaciones que ella habría preferido mantener confidenciales, cosa que tengo que respetar.

—Estaré agradecida por cualquier cosa que pueda contarme.

Holley asintió lentamente.

—Cuando Julia llegó, se quejaba de varias cosas. Era evidente que sufría de depresión y de una paranoia cada vez más aguda. Le costaba trabajo dormir y se había estado automedicando en casa: alcohol y mariguana. Oía voces y experimentaba alucinaciones visuales intensas. Además, estaba convencida de haber contraído una enfermedad de transmisión sexual, lo cual resultó ser cierto.

—¿Tenía una enfermedad de transmisión sexual? —repitió Kate.

—Que fue tratada con antibióticos.

—Un momento. Entonces, ¿mi padre la contagió?

—No, no fue él —explicó Holley con delicadeza—. Según Julia, tus padres no estaban teniendo relaciones en esa época. Ella no quería que tu padre lo supiera, y yo respeté su petición de mantenerlo en secreto porque tu padre no estaba en riesgo de contagio y también por la naturaleza tan precaria de la depresión de Julia. Las leyes eran distintas entonces. Había un poco más de espacio para el criterio personal.

Kate se erizó de indignación en nombre de su padre.

—¿Y esto fue *antes* de que conociera a Stigler? —Holley asintió—, ¿y quién era el imbécil con el que se estaba acostando?

Holley sonrió con indulgencia y se encogió de hombros.

—Julia era un espíritu libre. Su compañero no era de este estado. Ahora no recuerdo el nombre, pero dudo que te sea de ayuda.

Kate estaba siendo forzada a reconsiderar todo lo que creía saber acerca de sus padres. Así que mamá era infiel. Mamá tenía sus aventuras. Bram había sido la parte agraviada todo el tiempo.

—Su vida se estaba volviendo cada vez más caótica —continuó Holley—. No tenía un buen control de sus impulsos y sus tendencias suicidas se acentuaron. Imaginaba que unas criaturas de *sombra* la seguían por todas partes. Estaba convencida de que le habían robado algo de joyería y que alguien había asesinado a su gato.

—Phoebe, nuestra gata persa de pelo largo —afirmó Kate—, fue envenenada.

—No —negó el médico con la cabeza—, Julia creía eso, pero tu padre nos explicó que el gato había estado enfermo y que probablemente habría muerto a causa de un virus.

Otro mito desbancado. El *gato envenenado* era una de esas leyendas de la infancia que a Kate se le había grabado profundamente en la psique. Savannah y ella solían preguntarse cuál de los vecinos habría matado a su gato. Ambas sospechaban de Henry Blackwood.

—Sus problemas maritales iban mucho más allá de la cuestión sexual —continuó él—. Julia se quejaba de la naturaleza obsesiva y controladora de tu padre. A Bram no le gustaba que ella socializara sin él o que visitara a sus viejos amigos. A tu madre le parecía imposible vivir a la altura de sus estándares tan exigentes. El caso es que presentaba síntomas de depresión psicótica y le receté medicamentos y terapia. Ajustamos sus dosis y tras seis meses de mejoría gradual pero constante, la dimos de alta. En retrospectiva, quizá su alta fue prematura, pero la verdad es que Julia parecía lista para retomar su vida. No tenía idea de que se había enamorado durante su estancia en el hospital psiquiátrico. Lo supe más tarde.

—Entonces mi madre nunca le mencionó a Stigler.

—No. Escuché algunos rumores, claro, pero mi regla era nunca hacer caso de los chismes.

—¿Qué más me puede decir de él? —preguntó Kate.

—¿Del profesor Stigler? Estaba haciendo su posdoctorado en aquel tiempo. Era un joven brillante y ambicioso en busca de sujetos de prueba para un estudio acerca de los hijos de familias en riesgo. Julia se ofreció como voluntaria.

—¿Y a usted no le preocupó que pudiera interferir con su terapia?

—Al contrario. Lo vi como un complemento útil porque hablaría más del asunto —aseguró él.

—¿Y no se dio cuenta de que se habían enamorado?

—Lo mantuvieron en secreto.

—Pero mencionó que había rumores —insistió ella.

—Ya sabes cómo funciona, Kate: a las enfermeras les gusta el chisme. Hay que escuchar con mucha cautela. Para cuando supe del amorío, tu madre estaba muerta y Stigler había comenzado a trabajar en la universidad. Nos topamos en el ámbito profesional más de una vez, pero él tiene mucho más de animal político que yo.

Cuando Julia regresó a casa del hospital psiquiátrico, a Kate le había parecido una mujer distinta. No dejaba de sonreír, su piel resplandecía, sus ojos brillaban. Pero tras unas cuantas semanas, las grietas en su matrimonio comenzaron a hacerse evidentes y un buen día Julia se marchó. Unas semanas más tarde, estaba muerta.

—Durante su corta estancia en Godwin Valley sólo alcancé a ver una pequeña porción de lo que era, sin duda, una vida rica y complicada —dijo Holley, sonriendo tristemente—. Soy como uno de los siete ciegos de la fábula, ¿sabes? Siete hombres ciegos que intentan describir un elefante. Yo sólo toqué la cola. No sabría decirte acerca de su tronco, sus orejas o sus colmillos. La vida de tu madre era mucho más grande que mi percepción de su enfermedad, ¿entiendes?

—Sí, claro.

—Espero que nuestra plática te haya sido de ayuda.

—Gracias por su tiempo —dijo Kate, levantándose.

El doctor Holley la acompañó hasta la puerta.

—No te dije todo, pero te dije lo suficiente.

—¿Qué quiere decir? —inquirió ella, volviéndose a mirarlo.

—Me temo que hay ciertas cosas que tendrás que descubrir tú sola.

37

Veinte minutos más tarde, Kate se estacionó frente a la casa estilo moderno de mediados de siglo de Nelly Ward, en Wilamette. Se encontraba bastante alterada a causa de las revelaciones de aquella mañana, pero tenía que dejar todo aquello de lado: había recibido un mensaje de Yvette informándole que Maddie estaba en plena crisis porque Nelly había prometido visitarla pero, de nuevo, no se había presentado. Kate tenía que convencer a Nelly de ir al hospital; se lo debía a Maddie.

El vecindario estaba en silencio. La luz del sol resplandecía en las estalactitas que colgaban de los tejados. El Toyota Camry de Nelly estaba estacionado frente a la casa. Kate tenía ganas de fumar, pero se conformó con una pastilla de menta que encontró en el fondo de su bolsa.

Se desabrochó el cinturón de seguridad y se encaminó al patio delantero. Notó las huellas que habían dejado un par de llantas pertenecientes a algún vehículo de gran tamaño, una pick-up o un todoterreno. Hacían un arco en la nieve, como si el conductor se hubiera marchado a toda prisa. Las ventanas estaban cubiertas por una capa de hielo tan fina, que parecía encaje. La puerta principal estaba abierta. Extraño.

Echó un vistazo al vecindario a su alrededor. La nieve se acumulaba en las banquetas. Era una mañana típica en la vida del suburbio: los niños estaban en el colegio y sus padres en el trabajo. Subió los escalones hasta el porche y se limpió las botas en el tapete de la entrada.

—¿Hola? —llamó desde el umbral—, ¿hay alguien en casa?

No obtuvo respuesta. Tocó el timbre.

—¿Nelly? Soy yo, Kate Wolfe.

Tuvo un mal presentimiento y sintió que los cabellos de su nuca se erizaban. Consideró llamar al 911, pero ¿y si estaba exagerando? Quizá los Ward tenían por costumbre dejar la puerta principal abierta. O tal vez habían discutido y Derrick se había ido, furioso, y Nelly estaba en el sótano ocupándose de la lavandería. Se pondría furiosa si Kate llamaba a la policía. *¡No sabes nada de mi vida! ¡Deja de asumir cosas!*

Kate decidió entrar para asegurarse de que todo estaba bien. Sólo un segundo. Tenía el celular en la mano, por si acaso.

—¿Hola? ¿Hay alguien en casa? —repitió. Recorrió el vestíbulo con la mirada: la colección azarosa de paraguas y botas de invierno en la esquina, el montón de cajas vacías y el tapete de bienvenida lleno de lodo—. ¿Nelly? Soy la doctora Wolfe.

Nada.

Avanzó por el pasillo y se asomó con cautela a la sala, en donde vio una pantalla plana barata y, frente a ella, un par de mesitas auxiliares con bandejas de comidas de microondas.

—¿Hola?

Creyó escuchar un ruido y giró de regreso hacia el pasillo. Había varias puertas cerradas y una de ellas tenía un letrero colgado. Era una advertencia de colores escrita con letra infantil: ENTRE BAJO SU PROPIO RIESGO, decía, y era tan adorable como perturbadora, dado el sentido que la palabra *riesgo* tenía con relación a aquella familia.

Kate tocó la puerta y al no obtener ninguna respuesta, la abrió y entró al cuarto. Todo en él parecía demasiado infantil para una chica de catorce años: las paredes eran rosas, había un tapete de payaso en el suelo, calcomanías de arcoíris en la mesita de noche, un títere de La Sirenita. Maddie había deletreado su nombre y lo había colgado en la pared, cada letra recortada en un papel de un color distinto. M–A–D–D–I–E.

Kate atravesó el suelo lleno de juguetes y se detuvo frente a la mesita en la que había un joyero de Hello Kitty lleno de cruces de plata y cuentas de rosario. A sus pies había docenas de muñecos de peluche mutilados: algunos yacían sin orejas y a otros les habían arrancado mechones del suave pelo artificial. Pero lo más aterrador era la cama de cuatro postes: de cada uno colgaba una corbata de hombre. Kate tocó una, la tela se sentía rígida a causa del sudor. Sudor de pequeñas muñecas, de pequeños tobillos. El corazón se le fue a la garganta de un salto.

Intentó marcar el número de Ira: necesitaba un consejo urgentemente. Pero no tenía señal. Salió corriendo del cuarto y se dirigió a la cocina, esperando que la recepción mejorara. Al doblar la esquina, resbaló con un charco pegajoso en el suelo y cayó de espaldas, su teléfono dio vueltas lejos de su mano. Se golpeó la cabeza y se mordió la lengua en la caída, y la sangre caliente llenó su boca. Permaneció unos instantes tendida en el suelo, mirando el techo, aturdida.

Qué extraño. El techo de la cocina estaba salpicado de salsa de tomate. Intentó levantarse, pero sus manos no dejaban de resbalarse con algo. Al fin se puso en pie, tambaleante, y encontró su teléfono, que había aterrizado junto a la isla de cocina. Notó una caja de cereal en el suelo. Manchas de sangre en los mostradores. Había huellas sangrientas de manos en el refrigerador y, más allá de la isla, un lago de sangre. Distinguió un delgado brazo con moretones y una mano enroscada con los dedos pálidos como pétalos.

Nelly estaba tendida en un charco de sangre, con los ojos abiertos, mirando sin ver. Su nariz estaba rota. Le faltaban algunos dientes. Había un martillo sanguinolento junto a su cabeza. Llevaba una camiseta color turquesa manchada de sangre y jeans ajustados; de sus pies descalzos escurría la sangre. Había intentado huir, dejando huellas color escarlata por todo el suelo de la cocina.

El cuarto comenzó a dar vueltas. Kate trastabilló fuera de la casa y se encerró en su auto, desde donde marcó al 911 con los dedos temblorosos. Entonces el pánico se apoderó de ella. Lo único que podía ver era el rostro de Nelly.

38

El detective Ramsey Johnson era un hombre compacto con una voz profunda y un firme apretón de manos. Le hizo un montón de preguntas a Kate y ella le contó de las huellas de ruedas en la nieve, la puerta principal abierta y lo que se había utilizado para amarrar a Maddie a su cama. Él tomó una serie de notas indescifrables y apretadas en una libreta.

Estaban hablando en la sala mientras un equipo de oficiales recorría el resto de la casa recolectando evidencia. La policía de Wilamette emitió un aviso para que las autoridades estuvieran pendientes de la pick-up de Derrick Ward y lo detuvieran. Los paramédicos llegaron para declarar muerta a Nelly de manera oficial y después esperaron a que llegara el médico forense antes de transportar el cuerpo a la morgue.

—Vamos a necesitar su ropa para hacer análisis de sangre —le dijo el detective Johnson.

—¿Todo? —vaciló Kate.

—El abrigo, las botas... ya sabe.

A medida que el entumecimiento de la conmoción cedía, la cantidad de adrenalina en el sistema de Kate aumentaba. La parte de atrás de su abrigo de invierno estaba cubierta de sangre seca, así como las suelas de sus botas. Y aunque la falda azul marino estaba intacta, no la usaría nunca más en su vida.

—De acuerdo —accedió—, tengo zapatos deportivos y ropa de gimnasio en el auto.

—Un momento. ¡Santos! —llamó el detective. Maria Santos, una oficial de estatura baja, torso ancho y rostro aniñado, se acercó—. Estás a cargo.

—En pie aquí, por favor —le indicó a Kate sin mayor introducción—, dese la vuelta. Quieta.

Tomó fotos de la ropa ensangrentada de Kate y después fue hasta su auto a traerle el cambio de ropa. Cuando regresó, le indicó a Kate que se cambiara en el estudio.

—Cuidado, no toque nada.

El estudio estaba lleno de los trofeos de futbol de Derrick Ward y un par de sillones imitación piel. La oficial Santos le tendió a Kate un montón de toallitas húmedas para que se limpiara la sangre que tenía en las manos y sostuvo una bolsa de basura para que depositara ahí su ropa manchada. Kate se puso pantalones y zapatos deportivos mientras Santos cerraba la bolsa y llenaba unas formas.

—¿Ya puedo irme? —preguntó Kate, que estaba cubierta de una capa de sudor frío por la ansiedad.

—Antes tiene que explicarnos paso a paso lo que sucedió una última vez.

Recorrieron cada uno de sus movimientos desde que entró a la casa, mientras el detective Johnson dibujaba diagramas en su libreta y tomaba copiosas notas, y la oficial Santos tomaba fotos de la sala, el pasillo y el cuarto de Maddie. Kate señaló el lugar exacto en el que había resbalado en la cocina; se sintió horrorizada al darse cuenta del ángel de nieve sangriento que había dejado dibujado.

—¿Ya puedo irme? —suplicó, intentando no parecer desesperada.

El detective ojeó sus notas y levantó la mirada.

—La llamaremos si tenemos alguna pregunta —dijo.

Kate se dirigió a la puerta y en el camino le agradeció a la oficial Santos, pero ella se limitó a asentir de modo indiferente, como si ya hubiera olvidado quién era Kate.

El patio delantero estaba acordonado con la cinta amarilla

que delimitaba las escenas del crimen. Había tres o cuatro oficiales dispersos por la nieve, documentando marcas de ruedas y huellas de zapatos y marcando sus descubrimientos con pequeñas banderas anaranjadas. Mientras se aproximaba a su auto, la camioneta del médico forense se estacionó del otro lado de la acera y Quade Pickler salió de ella.

—Hola de nuevo —la saludó Pickler, avanzando hacia ella—, escuché que fuiste tú quien encontró el cadáver.

Kate asintió.

—Ya tomaron mi declaración. Estaba a punto de irme —dijo Kate, mirando la nube blanca que su aliento dejaba en el aire. Pickler sacó una cajetilla de cigarros y le ofreció uno. Ella aceptó y él se lo encendió, y a continuación encendió uno para sí mismo—. Gracias.

—Esta porquería mata.

—Así es —no le caía bien Pickler.

Fumaron lado a lado sobre la acera, exhalando espirales de humo. Si se veía más allá de ese par de ojos enjuiciadores, no era tan feo. Incluso se le podía considerar guapo, con su corto cabello gris que crecía en todas direcciones, su mandíbula cuadrada y barba de candado. Debía estar cerca de los sesenta años y tenía el mismo aroma especiado de su padre: seguramente usaba Old Spice.

—¿Por qué no le cree a Palmer Dyson? —preguntó Kate—, ¿con respecto a Susie Gafford?

—Bueno —sonrió él—, tú sí que vas directo al punto.

—¿Y entonces? ¿No está preocupado? ¿Y si estaba equivocado?

Pickler giró levemente para estar frente a ella y la miró sin vacilar. Su expresión se tornó seria.

—Los hechos son los hechos. Yo llevé a cabo la autopsia. Las víctimas de asfixia suelen morderse la lengua, arañarse el cuello y el rostro al intentar liberarse. Tienen heridas defensivas en las manos y en los brazos. Hasta una niña pequeña luchará por su vida, soltará golpes, arañazos, lo que sea. No encontramos ninguna herida defensiva ni piel del supuesto atacante bajo las uñas. Ella no rasguñó, golpeó ni mordió a nadie —explicó, y le dio una calada profunda a su cigarrillo—. Cuando se emitió el reporte de desaparición, recorrimos kilómetros y kilómetros a la redonda. Eventualmente los perros comenzaron a ladrarle a un pozo abandonado. Algunas de las tablas que lo cubrían estaban rotas. Al poco tiempo, el pozo estaba rodeado de policías locales y estatales, bomberos, ambulancias. Tomamos turnos intentando alcanzarla, pero el espacio era muy angosto. Al final bajamos una cámara y vimos sus pequeñas trenzas y el estampado de dinosaurio de su camiseta. Estaba enroscada y torcida en el fondo del pozo. Teníamos la esperanza de que la historia tuviera un final feliz, pero...

—¿Y qué hay de la herida en forma de luna de su garganta?

—Las paredes del pozo tenían muchas rocas proyectándose hacia fuera. Los golpes producen laceraciones y moretones en la piel —dijo él, y suspiró—. Mire, no tengo nada en contra de Dyson. Fue muy buen policía, en su momento. Pero su incapacidad de dejar ir las cosas es su talón de Aquiles. Yo podría explicarte todos los casos uno a uno, pero... —se interrumpió y dejó caer su cigarrillo sobre la nieve para después pisarlo—. No importa. El caso es que él ya está retirado. Debería estar disfrutando su vida en lugar de seguir insistiendo con sus teorías de mierda. Que tengas un buen día, doc —se despidió Pickler, y se dirigió a la casa.

El teléfono de Kate vibró y ella revisó el número antes de contestar.

—¿James?

—Sólo hablo para saber cómo estás.

—No muy bien —replicó ella, frotándose la frente con la intención de borrarse la imagen de toda esa sangre. Escuchar a James derribó sus últimas defensas—. Estoy en New Hampshire —logró musitar—, pasó algo muy malo.

—¿Kate? ¿Qué pasó?

288

—Nelly Ward está muerta. Prácticamente me tropecé con su cuerpo.

—¿Qué? —exclamó James, presa del pánico—, ¿cómo pasó esto? ¿Qué pasó?

—Vine hasta acá para ver a los padres de Maddie, la puerta estaba abierta, entré y...

—Dios mío —siseó James—, ¿estás bien?

—No. Quiero decir, sí, físicamente sí. Pero la policía se llevó toda mi ropa.

—¿Qué? ¿Por qué?

—Porque resbalé con un charco de *sangre* —sollozó—, me ensució toda —jadeó y logró acumular el oxígeno suficiente para seguir hablando—. Fue horrible, James. La mataron a golpes con un martillo. Había sangre por todas partes.

—A ver, escúchame. Voy para allá.

—No, no te preocupes... —dijo ella en automático.

—¿Dónde estás ahora mismo?

—En Wilamette. Pero la policía dijo que podía irme.

—¿Puedes conducir?

—Sí, claro —replicó, aunque sus manos temblaban.

—Tengo que hacer un par de cosas y voy a casa, ¿está bien?

—¿Cómo está Vanessa? —recordó preguntar Kate.

—Bien. Encontramos un buen fisioterapeuta y estaba entrevistando algunas enfermeras para que... ¿Kate?

—Dime.

—Te amo.

—Y yo a ti. Nos vemos pronto —colgó.

Cuarenta minutos más tarde, a medio camino entre Blunt River y Boston, se estacionó en un área de descanso y llamó a Palmer Dyson.

—Acabo de enterarme —dijo él a modo de saludo—, mi amigo Ramsey me puso al tanto. ¿Cómo estás?

—No muy bien —dijo ella, intentando tragar lo que se sentía como una roca ardiente en su garganta—. No puedo sacarme la imagen de la cabeza. Pobre Nelly.

—Se irá desvaneciendo con el tiempo. Créeme.

—La policía cree que fue su esposo, Derrick. Lo están buscando ahora mismo. Emitieron una alarma estatal.

—Yo no estaría tan seguro.

—Pero la policía dice que hay evidencia.

—No creo que él lo haya hecho, Kate.

—¿En serio? Pues deberías haber visto el cuarto de Maddie. Encontré varias corbatas que alguien usaba para amarrarla a la cama. Fue horrible. Creo que él ha estado abusando de ella y que por eso se lastima a sí misma. Es una proyección clásica de...

—No. Esas ataduras son para protegerla. Nelly me contó de ellas hace años. Si no la mantienen atada durante la noche, se levanta de la cama y se hace daño.

—Ah... — musitó Kate, y parpadeó—. Pero Nelly me dijo que Derrick le había pegado más de una vez, y Maddie prácticamente admitió que a ella también. Lo único que se me ocurre es que Nelly lo hubiera confrontado acerca del abuso y que él la hubiera matado por eso.

—No, Kate. No va con él.

—Pues la policía sonaba bastante segura —dijo Kate, irritada y frustrada.

—Entonces tengo que encontrarlo antes de que ellos lo encuentren. Tiene una pistola en su camioneta... Si la policía lo encuentra, dispararán primero y harán preguntas después.

Un silencio cargado se instaló entre ellos.

—Palmer —dijo ella en voz baja—, creo que esto no es para mí.

—Pero Kate...

—Lo siento mucho... Esto es demasiado. Demasiado aterrador para mí.

—De acuerdo —carraspeó él—, entiendo. Y escucha, si alguna vez necesitas algo...

—Adiós, Palmer. Buena suerte.

39

Para cuando llegó a casa en Cambridge, ya estaba entrada la tarde. Se sentía despojada, descarnada, sumamente sensible. Se sentó en la orilla de la cama, se quitó los zapatos deportivos y estudió la sangre seca bajo sus uñas. Cerró los ojos y dijo una pequeña plegaria. Deseó que Nelly no hubiera tenido una vida tan horrible. Le prometió en silencio hacer todo lo posible porque Maddie estuviera bien.

Pero ahora mismo tenía trabajo que hacer. Se dio un largo baño, se vistió, buscó unas viejas botas de invierno y condujo hasta el hospital. Las enfermeras la saludaron con el agotamiento impreso en los rostros sonrientes.

—Buenas, doctora. Se perdió toda la emoción. Esta mañana ha sido como un capítulo de telenovela.

—Hay que respirar hondo, queridas. ¿Tengo algún mensaje?

Yvette le tendió una pila de tarjetas rosadas.

—Y me temo que tu paciente favorita se cortó otra vez —agregó.

Kate se guardó los mensajes en el bolsillo del abrigo y se dirigió al pabellón psiquiátrico infantil. El área común estaba lleno de adolescentes y preadolescentes discutiendo acerca de videojuegos o jugando backgammon o ajedrez. Se formaban dos veces al día para recibir sus medicamentos y lo único que la mayoría quería era regresar a casa. Maddie estaba en su cuarto por voluntad propia. La asistente estaba sentada en el suelo, registrando el estado de la paciente de aquel día en una tableta, mientras Maddie permanecía sentada en la cama abrazando un perro rosa de peluche que parecía nuevo. Kate le dijo a Claire que podía tomar un descanso y llevó una silla junto a la cama.

—¿Cómo te sientes?

La niña no respondió. Más allá de la ventana, las nubes se abrieron y un rayo de sol iluminó por un instante a Maddie y sus pestañas doradas. Kate volvió a estremecerse al notar lo mucho que la chica se parecía a Savannah. Misma nariz de duendecillo, mismos tonos dorados. Resultaba inquietante. Había un nuevo vendaje en el brazo de Maddie. El sol volvió a ocultarse detrás de las nubes.

—¿Dónde estuviste hoy? —preguntó Maddie, analizándola con curiosidad.

—Fui a ver a tus padres —comenzó Kate, sin saber de qué otra manera contarle la verdad. Maddie la miraba, a la expectativa—. Tengo malas noticias. Tu madre se ha ido.

—¿Se ha ido? —parpadeó la chica—, ¿adónde?

Tu madre está muerta. Cuatro simples palabras y, sin embargo, todos los años de estudio no la habían preparado para pronunciarlas. Las propias pérdidas de Kate tampoco parecían serle útiles en aquel momento. ¿Cómo le dices a una criatura que su madre ha muerto? ¿Cómo suavizas un golpe de tal magnitud? Imposible: la realidad era tajante y despiadada. Las experiencias de Kate con respecto a la muerte no le habían dado ninguna ventaja para darle una noticia de este tipo a otra persona. La muerte era una pesadilla de la que nunca despertabas, así de simple.

—Falleció esta mañana, Maddie.

La chica entrecerró los ojos, como si aquello fuera una prueba.

—Claro que no —dijo.

—Lo siento mucho —enunció Kate, esperando que la niña absorbiera la información.

—No te escuché bien —insistió Maddie.

—Ya sé que es demasiado. Falleció esta mañana.

La niña comenzó a mecerse adelante y atrás violentamente.

—¡No te creo! ¡Es un error! ¡No puede estar muerta! —chilló.

—Lo siento muchísimo, Maddie —repitió Kate, pensando que el único consuelo era que el dolor bajaría de intensidad con el tiempo. Se trataba de un premio de consolación bastante terrible.

—¿Qué pasó? —exclamó la niña—, ¿cómo murió mi mamita?

—Me temo que alguien la lastimó. La policía está tratando de averiguar quién fue.

La angustia de la niña aumentó visiblemente.

—¿Alguien la mató?

—Sí, Maddie. Lo lamento.

—¿Dónde está mi papá?

—No lo saben.

—¿No viene por mí?

—No.

—¿Qué le van a hacer? —preguntó Maddie con voz temblorosa. El terror se apoderó de su mirada.

—Todavía no se sabe. Siguen investigando. Es por eso que mañana un policía vendrá para platicar contigo.

—¿De qué?

—De tu mamá y tu padrastro —explicó Kate—, tienen algunas preguntas acerca de tu vida con ellos. ¿Crees que puedas hacerlo? Porque si no, les puedo pedir que lo pospongamos por unos días —dijo suavemente. Había protestado cuando le avisaron de la visita del detective Johnson, argumentando el estado mental de Maddie, pero no había habido manera de evitarlo. Maddie permanecía en aturdido silencio. Ya no se mecía. Estaba abrazando su perro rosa con los ojos muy abiertos. Kate comprendió que estaba entrando en shock. Le quitó el peluche con cuidado y escuchó los latidos de su corazón. Le examinó las pupilas y le tomó el pulso. Encontró una manta adicional y envolvió sus temblorosas piernas. Después hizo que bebiera unos sorbos de agua.

—¿Qué puedo hacer para ayudarte? ¿Quieres hablar? —preguntó.

Maddie recuperó el perro de peluche y volvió a su balanceo nervioso. Y luego empezó a gritar.

Kate presionó el botón de llamado y unos segundos después Yvette vino para ofrecerle a la niña la opción de tragarse unas pastillas o recibir una inyección. Maddie se tragó las primeras con un vaso de agua y siguió gritando sin control. Eventualmente sus gritos se convirtieron en sollozos. Kate se quedó a su lado hasta que el llanto disminuyó y la medicina hizo efecto. Diez minutos más tarde su corazón palpitaba a un ritmo normal y se quedó tendida, muy quieta. Kate intentó distraerla hablando de cosas cotidianas. Tocó las suaves orejas del perro y preguntó:

—¿Es nuevo?

—El doctor Ira me lo dio —asintió Maddie.

—¿El doctor Lippencott?

—Ayer me vino a ver. Platicamos.

—¿Ah, sí? —dijo Kate.

—Me cae muy bien. ¿A ti te cae bien?

—Muy bien —aseguró Kate.

—Dice que vamos a platicar todos los días, sólo él y yo.

—¿Ah, sí? —repitió Kate, incrédula.

Maddie asintió, adormilada, y cerró los ojos dejando el mundo afuera.

40

Kate entró a la oficina de Ira sin tocar y lo encontró sentado detrás de su escritorio, revisando unos papeles.

—¿Por qué no me dijiste que ibas a hacerte cargo del tratamiento de Maddie?

Él levantó la mirada y suspiró, resignado.

—¿Por qué no tomas asiento, Kate?

—¿Por qué no se me consultó? —exclamó ella.

—Siéntate —ordenó Ira.

Ella obedeció.

La oficina olía a barniz de madera y había una alta pila de correspondencia a la espera de ser revisada. Ira dejó su pluma y entrelazó los dedos sobre el escritorio.

—¿Ya le diste la trágica noticia a nuestra paciente?

Kate asintió.

—Vengo de ahí —dijo.

Había llamado a Ira en su camino de vuelta a Boston y le había contado acerca de la ejecución de Blackwood y el asesinato de Nelly. Habían decidido que ella debía ser quien le diera la noticia a Maddie.

—¿Cómo lo tomó?

—Está sedada.

—Entiendo —dijo Ira—. Acabo de colgar con el abogado de los McCormack. Decidieron poner una demanda. Esperemos que no llegue muy lejos. Ahora mismo están hablando con Gestión de Riesgos, discutiendo la posibilidad de un arreglo.

Kate se pellizcó el puente de la nariz.

—En conclusión, quiero que te tomes unos días. Es una orden.

—¡Ah! —saltó Kate—, entonces sí estás apoderándote del caso de Maddie.

—Sólo de manera temporal, hasta que las cosas se tranquilicen. Es hora de hacer frente a los hechos, Kate. Estás bajo una cantidad enorme de presión, y justo para eso existen las vacaciones y los días de baja, ¿entiendes?

Lo único que Kate entendía era que el hospital la consideraba un riesgo.

—¿A cuántos días de vacaciones tienes derecho? —preguntó él.

—No sé —murmuró ella—, cuatro o cinco.

—¿Días?

—Semanas.

—¿Estás hablando en serio?

—Sí... son acumulables —explicó Kate.

—Dios... eres como un robot o algo. A ver, te encanta trabajar, lo entiendo y es admirable, pero explícame... ¿para qué los has estado guardando? No entiendo por qué tengo que insistir tanto.

—Estamos en medio de una crisis. Acabo de decirle a Maddie lo de su madre y...

—Tengo una pregunta para ti, Kate —interrumpió Ira—. ¿En verdad crees que ahora mismo puedes ser una terapeuta objetiva? Primero, atestiguas la ejecución del hombre que mató a tu hermana. Después te topas con un asesinato... es demasiado —dijo, y de pronto se levantó y agitó los brazos—. ¿No te das cuenta de lo mal que esto se ve? ¿Entiendes la posición en la que nos pones?

—Eso no quiere decir que no pueda ser objetiva con respecto a mis pacientes, Ira —insistió Kate.

—Dejémonos de tonterías, Kate —dijo él, inclinándose hacia delante—. Tienes que alejarte de esto. Ahora mismo.

—Alejarme ¿de qué? —exclamó ella, sintiéndose más enfurecida con cada segundo que pasaba—. ¿Desde cuándo tenemos que alejarnos de nuestros pacientes en medio de una crisis? Acabo de decirle a Maddie que su madre está muerta, ella me necesita y...

—Basta, Kate. Sabes perfectamente de lo que estoy hablando.

Ella se cubrió el rostro con las manos, exasperada, e inhaló profundo.

—¿Ya me perdiste la fe, Ira? Porque si ya no confías en mí...

Él negó con la cabeza enfáticamente.

—Nunca perderé la fe en ti, Kate. Estoy tratando de ayudarte.

Ella asintió, malhumorada.

—Está bien. Quiero que te tomes dos semanas, empezando hoy, no dentro de seis meses.

—¿Qué hago con mis demás pacientes?

—Ya le pedí a Yvette que distribuya tus citas entre tus colegas, y ya hizo todas las llamadas. Desde este momento, estás libre.

—Libre —repitió ella débilmente.

—Vuelve cuando te hayas relajado un poco. No te voy a asignar ningún caso nuevo hasta que las cosas se hayan tranquilizado un poco. Empezaremos con dos semanas de descanso y luego evaluaremos la situación. Si vemos que es necesario, podremos extenderlo otras dos.

—¿Cuatro semanas? —reclamó Kate—. Dime la verdad, Ira... ¿me están empujando a renunciar?

—Todo lo contrario —dijo él, acercándose a ella y bajando la voz—. Estoy haciendo todo por mantenerte aquí.

—¿En verdad? Porque se siente como si me estuvieran despidiendo.

—Mira... evitemos agitar las cosas hasta que hayamos salido de esta demanda, ¿está bien? No es el mejor momento para enredarte con otra chica conflictiva y su madre asesinada

—dijo, y después suavizó su tono y le sonrió de manera paternal—: Mira, a veces necesitamos que nuestros amigos nos recuerden que somos humanos. ¿En verdad es tan terrible que te obliguen a tomar vacaciones? ¿Un poco de descanso?

—Supongo que no.

—Vete a casa. Nos vemos en dos semanas para ver cómo van las cosas.

41

Kate llegó a casa completamente exhausta. Ira tenía razón: era una adicta al trabajo y no sabía relajarse. Se estaba involucrando demasiado. Nunca debió haber tomado a Maddie Ward como paciente. Tal vez este plazo era una oportunidad de retomar el control sobre su propia vida.

Se detuvo frente a los ventanales de la sala y miró cómo la agonizante luz del sol resplandecía en las estalactitas de hielo que colgaban de los tejados, al otro de la calle. Se le antojaba fumar y necesitaba una distracción. James llegaría pronto y al fin lo vería después de tres días. En ese momento se dio cuenta de cuánto lo había extrañado. Rebuscó en su librero y encontró el cuaderno de recetas de su madre. Decidió sorprender a James con una cena sofisticada, algo francés y elegante.

Esa noche, hicieron el amor.

James volvió al Hospital General de Massachusetts temprano, la mañana siguiente. Kate deambuló ansiosamente por el departamento hasta el mediodía, y entonces no aguantó más. Decidió ir al hospital y llevarse unos archivos: podía ponerse al corriente en cuestiones de papeleo ahora que estaba en la banca. Mientras reunía los archivos que necesitaba, notó que la lata de nueces ya no estaba. Miró en cada esquina de la oficina, hurgó en todos sus cajones, incluso en el bote de basura: nada. Las nueces habían desaparecido.

Aquel pabellón del hospital tenía el acceso restringido, por lo cual ni Kate ni la mayoría de sus colegas del tercer piso cerraban sus puertas con llave. Se frotó la piel erizada de los brazos y volvió a echar un vistazo, esperando que la lata reapareciera como por arte de magia. Su frustración se convirtió en ira. Salió al pasillo y exclamó:

—Hey, chicos, ¿saben si alguien ha estado en mi oficina últimamente?

Las cabezas comenzaron a asomar de los umbrales.

—¿Spence? ¿Raj? ¿De casualidad han visto a alguien entrar en mi oficina?

Sus colegas negaron con la cabeza.

—No, Kate, nadie.

—¿Y Jerry? ¿Él ha entrado a mi oficina?

Spence y Raj se miraron entre sí, encogiéndose de hombros.

—No que yo recuerde.

Les agradeció y se dirigió a la oficina de Jerry, en la esquina.

—¿Te llevaste la lata de nueces de mi oficina? —preguntó furiosa, sin darle contexto alguno.

—¿Nueces? ¿Qué nueces? —inquirió él. Su rostro era tan redondo como la carátula de un reloj, con dos pequeños y húmedos ojos.

—Vamos, Jerry, admítelo.

—¿Que admita qué cosa?

—La lata de nueces. Muy gracioso.

—Lo siento —dijo Jerry encogiéndose de hombros—, no tengo la menor idea de qué me estás hablando.

—Un día apareció una lata de nueces en mi oficina, y ahora desapareció.

—Guau. ¿Nueces? Es un chiste bastante malo.

Kate volvió a su oficina. Se sentó en su escritorio, respondió algunos correos electrónicos y estaba a punto de activar la autorrespuesta para su cuenta de correo y marcharse cuando notó que su contestadora estaba parpadeando. Escuchó los mensajes. Tres estaban relacionados con el trabajo y el cuarto era de su padre.

—Hola, Kate. Me dijiste que te llamara algún día, y acabo de enterarme de lo que pasó. Ya sabes, las malas noticias viajan rápido en un pueblo como el nuestro. Me gustaría ser el tipo de padre con el que sus hijos cuentan, y no esta persona en la que me he convertido, pero... En fin. Me tomé el día para hacer algunos encargos, pero voy a estar en casa casi todo el tiempo. Llámame si quieres. Adiós.

Era el mensaje más cálido que había recibido de su parte. Quizás ésta fuera su oportunidad. Tomó sus llaves, se puso el abrigo y salió del hospital. Si iban a hablar de su madre sin tapujos, tenía que ser en persona. Una hora y media más tarde, estaba estacionándose frente a la casa de su padre. El Ford Ranger no estaba. De acuerdo, había dicho que tenía que hacer unos encargos: ella podía esperar. Esperaría todo lo que fuera necesario.

El horizonte estaba llenándose de nubes negras. Kate tomó la llave de repuesto de su lugar bajo la maceta del jardín y entró. La casa estaba en silencio y daba la sensación de ser un museo abandonado. *¿Qué tipo de encargos?*, se preguntó Kate. ¿Qué era lo que hacía su padre en su tiempo libre? ¿Conducir sin rumbo definido? ¿Visitar amigos? ¿Tenía amigos siquiera? ¿Estaba acostándose con su secretaria, aquella mujer mayor de cabello blanco y con siete nietos? Muchos médicos se hacían adictos a las drogas en algún momento. ¿Sería farmacodependiente? ¿Iría a recoger prostitutas? ¿Apostaba? ¿Hacía trabajo voluntario? ¿Iría a la iglesia? No tenía la menor idea. Su padre era un misterio para ella.

Subió las escaleras y se dirigió a su antigua recámara, que no había cambiado en más de una década. Las repisas estaban llenas de libros de Carl Jung, Jean Piaget y Abraham Maslow, y vio que en su mesita había viejos productos de belleza y maquillaje reseco. Sus carteles seguían colgando de las paredes:

U2, Nirvana, Pink. Las ventanas, por las que se colaba el viento invernal, daban al jardín trasero. Solía ver el cambio de estaciones desde esa mecedora pintada de colores, mientras soñaba con convertirse en una psiquiatra famosa para descubrir la cura para la demencia de su madre.

Escuchó un ruido y se asomó al pasillo.

—¿Papá?

Debían ser ardillas correteando por el techo. O ratones dentro de las paredes. Kate no había entrado al cuarto de sus padres en décadas. Las bisagras de la puerta de madera de arce rechinaron y el suelo de madera crujió en todos los sitios habituales. Algunos años atrás, Bram se había mudado junto con sus pertenencias al piso de abajo, pero había dejado las cosas de Julia intactas, incluyendo la cama de nogal de cuatro postes, los burós a juego, la pesada cómoda y la descolorida alfombra persa. Kate se sentó sobre la cama y escuchó el chirrido de los muelles. Savannah y ella solían meterse en la cama con ellos en las mañanas para despertarlos. Su padre reía mucho en esa época.

Se levantó y hurgó en los cajones de la cómoda, pasando los dedos por los camisones de encaje de su madre, su bolsa de imitación Louis Vuitton y sus lentes oscuros Ray-Ban. Había un paquete de pastillas anticonceptivas que habían sido abandonadas a la mitad del ciclo. Todo desprendía un leve aroma al perfume Poison, de Dior.

El armario estaba a reventar de prendas de los noventa. Kate encontró varias cajas de cartón apiladas tras los vestidos y abrigos y las deslizó entre el ejército de zapatos de tacón. Abrió una de las cajas y el aroma de la naftalina la hizo retroceder. Estaba llena de ropa de invierno. Examinó los guantes y bufandas y después, entre un par de suéteres tejidos, encontró la caja adornada de lentejuelas en la que Julia guardaba su joyería. No pudo evitar una exclamación de deleite. Le quitó la tapa y sacó un montón de brazaletes, collares de cuentas y arracadas en busca del collar de luna de su madre, su favorito.

Una capa de sudor frío le congeló la piel al recordar el dije en forma de luna sonriente y la cadena de plata de la que colgaba: aquel dije era del mismo tamaño que la marca en la garganta de Susie Gafford.

El pánico la invadió y hundió los dedos buscando la cadena de plata frenéticamente, pero no la encontró. El doctor Holley había dicho que su madre estaba convencida de que le habían robado algo de joyería. Quizá Julia no estaba tan loca como todos creían. Tal vez la misma persona que le había robado el collar había matado a Susie Gafford. Tal vez William Stigler... pero no. Un segundo. Julia creía que le habían robado la joyería *antes* de ser internada en el hospital psiquiátrico. *Antes* siquiera de haber conocido a Stigler. Así que no podía haber sido él. Kate agitó la cabeza. Quizá todo aquello era absurdo: ¿cuánta gente habría comprado algún dije de luna en los noventa?

De todas maneras, sacó el resto de las cajas del armario esperando encontrar el collar perdido. Abrió una caja rotulada COSAS DE BEBÉ y se topó con prendas diminutas, sonajas, zapatitos. Resultaba difícil creer que había sido así de pequeña alguna vez. Encontró su suéter favorito de la infancia: una chaquetita azul con un parche de tigre cosido sobre el bolsillo del pecho. Lo sacudió para abrirlo y de ahí cayó una pila de cartas. Miró la meticulosa caligrafía de su madre y se sintió aturdida. Todos los sobres estaban dirigidos a Bram. Comenzó a leer:

Querido Bram,
¿Cómo puedo decir esto sin sonar como una loca? Estoy siendo estudiada. Observada. Como si formara parte de un experimento. Pues sí, suena loco. Ayer encontré una ardilla muerta en el jardín. ¿Qué significa eso? Y mi muñeca también, mi muñeca favorita. Te dije lo que le pasó, ¿cierto? No podría decir si me están haciendo algunas de estas cosas a propósito o no. ¿Les pasará esto a otras personas? ¿O sólo soy yo? Estoy segura de que alguien estuvo en

nuestra casa, un intruso, y ya sé que no me crees, pero debieron entrar sin dejar ninguna huella. Alguien quitó esa foto de la sala y la puso sobre la mesa del comedor, ¿te acuerdas? ¿La del paisaje con el granero? ¿Estoy loca? ¿Y por qué se llevaron mi muñeca? ¿Quién haría algo así? Tenemos que hacer algo. Tienes que creerme.
Julia

Querido Bram,
Ya sé que quieres que sufra. Tiene que ser eso. Es la única explicación que se me ocurre para tu frialdad, tu distancia, tu hostilidad hacia mí, que ni siquiera intentas ocultar. Heme aquí en este horrible lugar, porque estuve a punto de cortarme la yugular y eso me espantó como no te imaginas. Me pude haber matado, y créeme que he considerado muchas maneras y posibilidades... en cambio, sin embargo, decidí buscar ayuda profesional. Y la verdad, es la mejor decisión que pude haber tomado. El doctor Holley es muy comprensivo y empático. La gente aquí es maravillosa. Supongo que querías castigarme, y es por eso que estoy aquí. Me castigabas todos los días con tus críticas. No puedo hacer nada bien. Y aunque mi estado mental no sea el mejor ahora mismo, me siento más fuerte y más sana que nunca, más fuerte cada día. Pronto tendré el valor de dejarte. Ya, lo dije. Me voy a llevar a las niñas y no puedes detenerme. Lástima que no me escuchaste antes.
Julia

Querido Bram,
Te quiero, en verdad te quiero. Pero la pregunta es: ¿adónde te fuiste? ¿Dónde está mi querido esposo? ¿Qué pudo haberte pasado que te causara tanto dolor como para alejarte de la única persona en todo el mundo que te quiere tanto? Porque así es, Bram, con todo mi corazón. Pero no entiendo tu comportamiento y ya no puedo vivir así. Me haces sentir mal conmigo misma. Estoy viva y soy sensible y siento cosas y quiero cosas. Pero no puedo vivir dentro

de esas paredes que construiste a tu alrededor. Se siente como un
calabozo. Las cosas tienen que cambiar. Podemos lidiar con esto
juntos, o separados.
Julia

Kate devoró el resto de las cartas. Algunas estaban plagadas de divagaciones paranoicas que parecían confirmar lo que el doctor Holley le había dicho acerca de las alucinaciones de Julia: figuras de sombras siguiéndola, las paredes que le hablaban en el *idioma de los rasguños*, objetos ordinarios que en realidad eran micrófonos. Pero otras eran realmente sobrias e introspectivas. Algunas sugerían aventuras amorosas, como si Julia hubiera buscado provocar a Bram hablándole de sus infidelidades. Lo acusaba de haberla alejado de sus amigos y de no dejarla ser quien era. Había abandonado muchas cosas por casarse con él: su libertad, su educación universitaria, su independencia. Se sentía sofocada y poco amada.

La última carta de Julia hacía alarde de su vida con William Stigler: cuánto la apoyaba, lo buen escucha que era, cómo no esperaba que ella se quedara en casa a encargarse de él. Al fin había encontrado un hombre que quería que ella fuera feliz y se sintiera plena. ¡Qué liberador! ¡Qué estimulante! Cerraba la carta pidiéndole el divorcio y diciendo que lucharía por la custodia de sus hijas. Kate trató de imaginar la impotencia que habría sentido su padre ante la traición de Julia. Ya no podía esperar más, necesitaba respuestas.

42

Kate subió a su auto y atravesó el pueblo con dirección al vasto campus universitario. Encontró un lugar para estacionarse y prendió su iPad para buscar algo más de información acerca del profesor William Stigler. Había cientos de menciones y artículos científicos. Volvió a su perfil de la universidad y revisó su extenso currículum. Había estudiado la licenciatura en la Universidad de Columbia y recibido su doctorado en sociología por parte de la Universidad de Nueva York. Había venido a Blunt River a causa de una beca de investigación posdoctoral y había acumulado un impresionante número de patrocinios tanto privados como gubernamentales. Era el coautor de cientos de artículos. ¿Cómo podía un profesor de tal calibre ser un asesino serial? Volvió a estudiar su fotografía: estaba en sus cincuenta tardíos, y aunque su padre estaba en el mismo rango de edad, estaban a años luz de distancia. Stigler era guapo y, por su actitud, parecía saberlo, con sus lentes estilo *hipster*, una chaqueta de tweed muy a la moda y su encantadora sonrisa.

El edificio Clarence Oberon estaba a unas cuadras de The Dude, una cafetería universitaria muy popular. Kate se quedó en pie junto a la estructura de acero y cristal, y escuchó el sonido del viento por unos instantes. Se avecinaba una tormenta descomunal: a la distancia, las nubes negras se aglomeraban ominosamente. Ingresó al edificio y se encontró en un amplio vestíbulo decorado de modo minimalista. La sala de estudio adyacente estaba llena de jóvenes con gorros tejidos y abrigos marca Patagonia, sorbiendo mocaccinos y chai lattes. Los ventanales y el domo de cristal inundaban aquel espacio de fría luz invernal. Kate se registró en la recepción y se dirigió a los ascensores.

De acuerdo con el directorio, la oficina de Stigler estaba en el cuarto piso. Kate presionó el botón y esperó, intranquila. Palmer se pondría furioso, pero su curiosidad superaba cualquier otra consideración. De cualquier forma, tendría mucho cuidado. Lo único que quería era echarle un vistazo al principal sospechoso del detective. Subió hasta el cuarto piso y salió al largo pasillo. La oficina de Stigler se encontraba al final, pasando docenas de oficinas y salas para seminarios. Se detuvo a unos metros, frente a un pizarrón de avisos. La oficina de Stigler parecía vacía: no detectó ningún movimiento tras el vidrio esmerilado. Una chica que llevaba una chamarra acolchada pasó junto a ella a toda prisa, se detuvo frente a la puerta de Stigler y tocó.

—¿Profesor Stigler?

Intentó abrir la puerta, pero por lo visto estaba cerrada con llave. Escribió algo en una hoja, la dobló a la mitad, la deslizó debajo de la puerta y se fue. Al perderla de vista, Kate avanzó por el pasillo para ver más de cerca. Se detuvo ante la puerta de Stigler y estudió las tiras cómicas del *New Yorker* que estaban ahí pegadas. *¿Cuántos sociólogos se necesitan para cambiar una bombilla? Uno, pero la bombilla tiene que firmar un formulario de consentimiento.* Sintió una presencia a sus espaldas.

—Hola, ¿puedo ayudarte en algo?

Kate estuvo a punto de morir del susto.

—Estaba leyendo los diálogos —logró responder.

—Son para romper el hielo.

William Stigler sostenía un vaso de Starbucks en una mano y sus llaves en la otra. Era idéntico a su foto, con atractivos ojos azules y el cabello cortado cuidadosamente, que comenzaba a tornarse plateado en las sienes. Exudaba un aura de afabilidad y apertura que decía: *Éste es un maestro en el que puedes confiar*. Nada en él indicaba que pudiera ser el hombre que Palmer decía.

—¿Te puedo ayudar? —repitió Stigler.

—Estoy haciendo una solicitud para un puesto en el departamento de psicología y me interesa mucho el trabajo que hiciste en Godwin Valley —mintió Kate.

—En ese caso, adelante —invitó Stigler. Balanceó su bebida mientras abría la puerta y se apartaba, cediéndole el paso—. Disculpa el desorden. Seguro que estoy violando un par de artículos del código de salubridad, pero qué se le va a hacer —y sonrió, desenfadado.

Kate vaciló en el umbral. La ventana de Stigler ofrecía una magnífica vista panorámica del campus cubierto de nieve, que parecía salido de un cuento de hadas. Había pilas y pilas de papeles a lo largo y ancho de su escritorio, lanzados de manera azarosa. Al fin se decidió a entrar. Las rodillas le temblaban.

—Toma asiento —indicó Stigler, cerrando la puerta tras ellos y gesticulando hacia la silla forrada de cuero frente a su escritorio. Levantó la nota doblada del suelo y la dejó caer sobre el escritorio sin siquiera abrirla. Kate se sentó y cruzó las piernas nerviosamente—. ¿Qué puedo hacer por ti...? Disculpa, no pregunté tu nombre.

—Creo que conociste a mi madre —dijo Kate, para su propia sorpresa.

—¿Quién es tu madre?

—Julia Wolfe.

Tras una larga pausa, durante la cual el profesor Stigler le dio un trago a su café y dejó el vaso a un lado, entrelazó los dedos sobre el escritorio.

—Ah, entonces debes ser Kate.

Ella asintió con rigidez mientras él la estudiaba brevemente.

—¿Sabes? Siempre me pregunté si algún día te pondrías en contacto conmigo. Y ahora aquí estás.

Kate podía sentir cómo el calor subía por su pecho, hasta alcanzar la base del cuello.

—Hasta el día de ayer, ni siquiera sabía que existías —explicó—. Acabo de enterarme de tu amorío con mi madre.

—¿En verdad? —preguntó él con el escepticismo impreso en la mirada—, ¿tu padre nunca me mencionó?

—No. Supe de ti por alguien más.

—Déjame adivinar —dijo Stigler, y los músculos de su mandíbula se tensaron—. Palmer Dyson. Por eso estás aquí, ¿o no? Te envío para espiarme.

Guau, eso había sido rápido. Había logrado ponerlo a la defensiva en dos segundos. A Palmer le daría un infarto.

—Él no me envió —replicó con firmeza—, de hecho, me dijo que no me acercara.

—Claro. Porque soy muy peligroso, ¿no? —rio él. Ella asintió a regañadientes—. Por Dios —suspiró Stigler, y sus ojos se endurecieron—. Tras la desaparición de Makayla Brayden, cometí el error de acercarme a la policía para ver si podía ayudar en algo, ya que había entrevistado a su familia para uno de mis proyectos de investigación. Había una historia de alcoholismo y violencia doméstica. Pero con sólo conocerme, el radar de asesinos seriales se encendió en el cerebro de Dyson. Me ha estado acosando desde entonces, persiguiendo a mis colegas, estudiantes, amigos, vecinos. Juro por Dios que si no para, tendré que tomar acciones legales.

—Como dije, él no me envió —repitió Kate—. Vine aquí por voluntad propia.

—¿Por qué?

—Tenía curiosidad.

—Déjame explicarte algo —dijo él, abriendo el cajón superior de su escritorio. Kate se irguió y su corazón se aceleró. No tenía idea de qué podía estar sacando de ahí. Se aferró a los brazos de su silla, lista para huir. Stigler sacó una cajita de metal con dulces de menta y se la ofreció. Ella se negó y él metió uno a su boca—. Cuando Vicky Koffman desapareció, yo estaba en Alemania en un congreso de tres días —dijo, chupando el dulce—. Y cuando pasó lo mismo con Maggie Witt, estaba dando una clase magistral en la Universidad de Boston. La policía ya me declaró libre de cualquier cargo. El detective Dyson lo sabe, pero por lo visto no puede parar. Necesita un nuevo pasatiempo.

—¿Palmer sabe todo esto?

—Por supuesto —suspiró Stigler—. Déjame preguntarte algo. ¿Tú eres un ser humano completamente normal? Porque yo no. No puedo evitar sentirme atraído hacia ciertas cosas. Tengo una curiosidad morbosa. De hecho, Dyson y yo nos parecemos mucho. Los dos estamos obsesionados con las familias disfuncionales y los casos de asesinato sin resolver —e inclinándose hacia delante, agregó—: Te pareces mucho a tu madre, ¿sabías?

Kate asintió, aturdida.

—Causó bastante revuelo en el hospital. Era hermosa y encantadora. Y tenía un gran sentido del humor. Me robaba los cigarros e íbamos a platicar a la terraza. Era sumamente inteligente. Y esa risa... Yo me dedicaba a escuchar, sobre todo, y después de un rato comenzó a abrirse conmigo. Luego tuve que eliminarla del estudio porque... bueno, pues porque nuestra relación progresó.

—¿Y eso te parece ético? ¿Enamorarse de una paciente?

—Su matrimonio ya estaba arruinado —dijo, encogiéndose de hombros—, su relación con tu padre era una farsa. Ya había decidido dejarlo. Tu padre podía ser muy controlador. Al final, ella incluso le tenía miedo.

—¿De qué hablas? —preguntó Kate con el ceño fruncido.

—Justo antes de que ella se ingresara, habían tenido una pelea y él le pegó.

—No, eso no puede ser —musitó Kate. Su mente se estaba nublando—. Mi padre nunca le pegó a nadie en toda su vida. No cree en el castigo corporal.

—Tal vez sucedió cuando tú no estabas ahí.

Kate pensó en las conductas cada vez más extrañas de su madre, en sus estallidos de violencia. Pero Bram nunca había reaccionado del mismo modo. En cambio, se iba a conducir o se encerraba en su estudio, esperando que a Julia se le pasara. El silencio y la retirada eran las armas más poderosas de su padre.

—Estaba convencida de abandonarlo —dijo Stigler—. ¿Qué puedo decir? Nos enamoramos. Íbamos a casarnos. Ella le pidió el divorcio a tu padre, pero él se negó. Lo peor fue que amenazó con pelear por la custodia tuya y de tu hermana. Creo que eso fue la gota que derramó el vaso.

—Un segundo —intervino Kate—, ¿lo estás culpando por su suicidio?

—Mira —suspiró Stigler—, hace mucho que hice las paces con mis pérdidas. No tengo ningún objetivo en esta discusión. Sólo te cuento lo que sé, y tú tendrás que tomarlo o rechazarlo. Sólo sé lo que tu madre me contó.

Kate pensó en su amada gata, Phoebe. Había sido la gata de Julia, en realidad. Una vecina se apareció con una canasta de gatitos y Julia había elegido la más pequeña de la camada. Bram se había enojado mucho porque no había sido consultado. La gatita se metía entre sus pies. Orinaba en la alfombra e ignoraba su caja de arena. Bram solía apartarla con el pie y quejarse de los gastos veterinarios y de que su comida era muy cara. Unos meses más tarde, Savannah soltó un alarido cuando encontró a la gata muerta en el jardín, con moscas volando a su alrededor.

—Seguro que estaba exagerando —protestó Kate—. Era muy dramática.

—Pues yo le creía.

—¡¿Cómo te atreves a culparlo?!

—A ver —dijo Stigler pacientemente—, tú me buscaste y yo agradezco la oportunidad de compartirte mi lado de la historia. Mi verdad. ¿No es eso lo que le dirías a tus pacientes? ¿Enfrenta la verdad y conócete a ti mismo?

Kate se sentía mareada.

—Tengo que irme —musitó.

—No quise alterarte.

Kate salió corriendo de la oficina y se abalanzó por el pasillo con el estómago revuelto. Encontró un baño y abrió la puerta de un tirón pero no alcanzó a llegar a un cubículo y vomitó sobre los azulejos.

43

Al celular de Kate no le quedaba mucha batería; había olvidado cargarlo la noche anterior. Intentó llamar a Palmer Dyson pero no contestó, así que le dejó un mensaje muy breve:

—Hola, soy Kate. Tenemos que hablar. Llámame lo antes posible.

Le molestaría saber que Kate había ido a buscar al profesor Stigler, pero podía vivir con eso. Volvió a atravesar el pueblo con dirección a su viejo vecindario y al ver el Ford Ranger de su padre en la entrada se sintió aliviada. Salió del auto, se apresuró por el patio nevado y golpeó la puerta. Tras unos instantes, su padre apareció en el umbral.

—¿Kate? ¿Qué haces aquí?

—Recibí tu mensaje, tenemos que hablar —replicó ella, limpiándose las botas en el tapete de bienvenida.

—Pasa. Estaba guardando las compras.

La casa olía a cuero y lluvia. Se sentó a la mesa de la cocina mientras él encendía la cafetera y terminaba de almacenar sus provisiones. Alcanzaba las repisas más altas sin ningún problema y solía apilar las cosas de acuerdo con sus fechas de caducidad. Bajo aquellas luces fluorescentes, los estragos del tiempo en su rostro eran muy evidentes. Kate se repitió mentalmente el objetivo de su visita.

—¿Recuerdas cuando Phoebe murió? —preguntó.

—¿El gato?

—Creímos que la habían envenenado.

—No, fue un tipo de virus —dijo Bram.

—¿En verdad? Porque no recuerdo que haya estado enferma.

—Los gatos se mueren todo el tiempo —replicó él, irritado—. ¿Cuál es tu punto?

—Yo creo que la envenenaron.

La cafetera emitió un pitido y el olor de café fresco llenó la cocina.

—¿A qué viene todo esto? —preguntó su padre.

Kate decidió no andarse por las ramas.

—¿Alguna vez le pegaste a mamá?

Él se estremeció involuntariamente.

—¿Pegarle? No. ¿Por qué? ¿De qué se trata todo esto?

—¿Le pegaste antes de que ingresara a Godwin Valley?

Su padre se cruzó de brazos.

—Yo quería a tu madre. ¿Por qué me estás preguntando todo esto? ¿De dónde viene toda esta hostilidad?

—Papá —enunció ella, presionando el dedo índice contra la mesa—, vamos a tener esta conversación. Es una pregunta sencilla. ¿Llegaste a pegarle a mamá en alguna discusión? A veces cuando nos enojamos, nos desquitamos con los demás. Nadie es perfecto. Su comportamiento era cada vez más errático... ¿tal vez perdiste el control?

—No, Kate —dijo su padre, negando con la cabeza—, no es cierto.

—William Stigler me dijo que eso fue exactamente lo que pasó.

—¿Quién? —preguntó su padre, pero su palidez denunció que había escuchado perfectamente—. ¿Qué dijiste?

—Fui a verlo hoy.

El rostro de él se llenó de pesar.

—¿Entonces sabes acerca de él y tu madre? —preguntó, aunque era más bien una declaración.

316

—Sí.

—¿Quién te lo dijo?

—¿Estás hablando en serio? —exclamó Kate, incrédula—. ¿En verdad creíste que podrías ocultármelo para siempre?

—Pues era lo que pretendía.

—¿Por qué?

—Porque no lo habrías comprendido —dijo Bram.

—¿Y entonces preferiste dejarme creer que había vuelto al manicomio?

—Ella sólo se había encaprichado —insistió Bram—. Al principio, cuando tu madre volvió del hospital, yo estaba muy aliviado. Creí que podríamos comenzar de nuevo. Pero después me dijo que se había enamorado de alguien más, aunque yo reconocí lo que era y lo tomé así: tu mamá se *enamoraba* todo el tiempo, pero en el fondo le temía al amor verdadero, al compromiso. Huyó de nuestro matrimonio, pero yo sabía que si la dejaba irse, volvería. Siempre volvía. Pensé que sólo estaba amenazando, así que le dije que se fuera. Le dije: *Ve, múdate con él si eso es lo que quieres. Dios sabe que es más importante que te sientas bien contigo misma que tu matrimonio y tus hijas* —recordó Bram con los ojos cargados de amargura—. Pensé que recuperaría la cordura tarde o temprano y todo el asunto quedaría en el olvido. Pero después de su muerte, me pareció que ya no importaba. Se había ido y nada podría traerla de vuelta.

—¿Te pidió el divorcio?

Él asintió a regañadientes.

—¿La amenazaste con luchar por la custodia de Savannah y mía?

—No —aseguró él, y parpadeó un par de veces.

—Pero el profesor Stigler dijo que...

—¡Pues está mintiendo! —gritó su padre, golpeando la mesa con el puño—. Son puras tonterías, Kate. ¡No tiene ningún sentido! Para empezar, tu madre no ingresó voluntariamente, yo tuve que llevarla. Pude ver que estaba perdiendo el contacto con la realidad y temí mucho por ella. Su comportamiento se estaba volviendo peligroso. ¿Recuerdas la mañana en que apagó la flama del piloto, encendió el gas y estaba jugueteando con su encendedor? Estuvo a punto de volar la casa con todo y ustedes dentro. Apenas llegué a tiempo para obligarla a soltar el Zippo. Y no dejaba de huir de casa. A veces la encontraba por el río, con los zapatos empapados. Creía que los abrigos y las chamarras le hablaban, que había una criatura maligna viviendo dentro de las paredes, hablándole en el *lenguaje de rasguños*. Estaba en un estado mental sumamente frágil.

Bram se tomó un momento, se sentó y llevó las palmas de las manos a sus ojos.

—El doctor Holley me mantenía informado acerca de su progreso y participé en algunas de sus sesiones de terapia. Creí que estaba progresando, en verdad —dijo, y levantó la mirada hacia Kate—. Ya no quiero hablar de esto, es demasiado doloroso.

La casa estaba tan callada que Kate podía escuchar el tictac de todos los relojes de la casa, como si fueran bombas de dibujos animados a punto de estallar. Su padre se levantó y sirvió dos tazas de café. Sorbió con cuidado. Sus manos temblaban. Parecía tan frágil, a pesar de su altura, a pesar de su indignación. Kate sintió pena por él.

—Siento mucho que esto te afecte tanto, papá... pero me lo ocultaste todos estos años, y eso no es justo.

—Tienes razón —concedió Bram, asintiendo con la cabeza—, pero trata de ponerte en mi lugar. Estaba siempre trabajando, turnos de doce o catorce horas seis días a la semana, sólo para mantener mi consultorio a flote. Ya sabes cómo es. Montañas de papeleo: formularios para aseguradoras, resultados de laboratorio, notas clínicas, regulaciones federales, impuestos. Apenas tenía tiempo para mis pacientes, ni qué decir de mi propia familia. Cuando Julia volvió del hospital, me sentí tan tranquilo... parecía que había vuelto a ser la que era. La paranoia había desaparecido y al principio me aseguré de que se tomara sus medicamentos y se presentara a sus sesiones semanales de terapia, pero no duró mucho. De pronto era como si toda nuestra vida juntos no hubiera significado nada para ella.

—¿La amenazaste con pelearle la custodia?

—Nunca la amenacé con nada. Rechacé su petición de una custodia total. Le dije que no la aceptaría. Estaba volviéndose un peligro para ustedes de nuevo, y no podía permitirlo. Dejó de tomar sus medicamentos. Exigió su libertad, y yo se la di —concluyó. Parecía extenuado—. ¿Terminamos? —preguntó con voz rasposa, poniéndose en pie.

Había una extraña energía circulando entre ellos y Kate se preguntó si ése había sido uno de los factores que había alejado a su madre: su altura, su imponente físico, su incapacidad de sostener una conversación difícil sin ponerse a la defensiva. Su orgullo herido.

—Sí, papá. Ya terminamos.

Se levantó y se fue.

44

De vuelta en su auto, Kate prendió la calefacción y cambió las estaciones de radio hasta encontrar una de música pop. Algo que la distrajera de lo que sentía y que amenazaba con ahogarla. Un dolor de cabeza intenso se había instalado detrás de sus ojos. Las nubes de tormenta seguían aglomerándose en la distancia y los pequeños pinos se balanceaban con el viento: árboles enanos que parecían salidos de un cuadro de Salvador Dalí. Más arriba estaban los desarrollos más nuevos, y había demasiados letreros de SE VENDE por todas partes.

Sus pensamientos volvieron a Hannah Lloyd. Giró a la izquierda en vez de a la derecha y se dirigió hacia la densa zona forestal de los Balsams, donde habían encontrado los restos de Hannah diez años atrás, justo al final de Kirkwood Road. Veinte minutos más tarde se estacionó a un lado del camino, se desabrochó el cinturón de seguridad, y salió. La última residencia habitada había quedado un kilómetro atrás. Cruzó la calle y siguió las señales hacia el sendero.

El antiguo bosque era parte de un enorme parque forestal que se extendía hacia los municipios vecinos: un tesoro compartido de frondosidad y ríos que estaba coronado por el monte Summation en Greenville, New Hampshire, y que atraía pescadores, senderistas y deportistas extremos de todas partes. Los Balsams era una zona boscosa única, compuesta de árboles de maderas duras que se elevaban a más de treinta metros de altura, como los abetos, los cedros y los robles, y una cubierta más baja de nogales, cornejos y pinos enanos.

Escuchó el crujir de la nieve bajo sus botas mientras se internaba en el bosque y se dio cuenta de que la cabaña no estaba muy lejos de ahí. Los senderos rocosos eventualmente desembocaban en Parsons Road, del otro lado del pueblo. *Su lado del pueblo*. Aquello la aturdió. De modo que había una ruta directa desde el lugar en que habían dejado el cadáver de Hannah Lloyd, hasta la cabaña de la que Savannah había desaparecido. Nunca había entendido cómo el asesino había logrado llevarse a su hermana sin que Kate o algún otro testigo notara un vehículo en Parsons Road. Ahora la respuesta era evidente: Savannah había abandonado el bosque en dirección contraria, a través de alguno de estos senderos, probablemente con una pistola apretada contra la espalda o un cuchillo sobre su garganta.

Comenzó a nevar: los pequeños copos blancos bajaban del cielo como diminutas aves que planearan suavemente. Kate le dio otra vuelta a su bufanda y se estremeció cuando el viento comenzó a soplar, con la piel erizada. *De acuerdo, hora de partir*. Su caminata por el bosque tendría que esperar.

Estaba a punto de irse cuando distinguió algo que revoloteaba entre los árboles a unos diez metros de distancia. Una espiral fantasmal. Un vórtice de movimiento. *¿Qué fue eso?* Parpadeó y la imagen desapareció. Probablemente se tratara de una ilusión óptica. Podía sentir que una migraña se aproximaba, constriñendo sus vasos sanguíneos. Sacudió la cabeza y vio destellos de color entre los árboles: cardenales que buscaban refugio de la tormenta.

Kate recorrió el bosque con la mirada una vez más y ahí estaba, más lejos esta vez: una pequeña figura que vagaba por el bosque en trayectoria oriental. Entrecerró los ojos. ¿Sería un ciervo? ¿Un perro? ¿Una sobrecarga sensorial? ¿Cansancio visual? El estrés podía provocar algo así: cuando un exceso de cortisol es liberado en el flujo sanguíneo, y se combina con el deseo subliminal de ver algo que no está ahí, el subconsciente rellena los huecos. Una criatura etérea caminando por el bosque encantado. *Embelesamiento* era un término psicológico para describir una emoción derivada de la alegría, un estado de arrebato intenso que ocurría cuando experimentabas algo que te levantaba el ánimo de manera significativa. Eso era lo que Kate sentía en ese momento, y no sabía por qué.

El crujido de una ramita.

—¿Savannah? —gritó.

Un destello de movimiento.

¿Adónde se había ido?

Contrólate. Te estás volviendo loca.

Pero tenía que saber lo que era. La nieve crujía a su paso mientras se adentraba más y más en el bosque, que era hermoso de una manera macabra, misteriosa. El viento era el canto de una sirena. Los árboles majestuosos se balanceaban, sus gruesas ramas chirriaban como mecedoras. Una bandada de pájaros emergió de la frondosidad, gritando de modo inquietante. La nieve caía a su alrededor como si estuviera dentro del globo de nieve más grande del mundo. Siguió el sendero, esquivando ramas caídas, rocas salientes y hoyos inesperados. Tenía que pisar con cuidado si no quería romperse el cuello.

Llegó a un punto en el que dos senderos coincidían y ahí, justo frente a ella, había un terraplén de un par de metros de altura. Lo escaló y al llegar a la cumbre se tomó un momento para mirar a su alrededor. Varios abedules cercanos tenían clavados discos de plástico de colores. Estos discos, asegurados cada diez árboles aproximadamente a lo largo del sendero, indicaban qué tipo de actividad estaba permitida en esa parte del parque estatal. Los discos verdes eran para hacer ciclismo de montaña, los rojos para montar a caballo y los naranjas para senderismo. Los senderos sin marcas tenían dueños particulares y no eran de uso público. Como precaución, todos los discos de color estaban numerados: si una persona se extraviaba, podía indicarle una ubicación exacta a las Brigadas de Búsqueda y Rescate.

Kate se preguntó si Savannah había visto aquellos discos dieciséis años atrás, mientras marchaba a través del bosque oscuro con el sonido de los grillos a sus pies, la brisa del verano agitándole el cabello y los pesados pasos de un hombre a sus espaldas amenazándola, empujándola. Kate bajó del terraplén y pasó sobre un tronco caído. Continuó por el sendero hasta que llegó a lo que, durante la primavera, sería un encharcamiento. Había placas de hielo que podía romperse bajo la nieve. *Aquí*, pensó. Ése era el lugar en el que había visto a la pequeña niña fantasmal. No había huellas animales ni humanas sobre la nieve, como era de esperarse.

Los copos de nieve se quedaban atorados en sus pestañas y tenía que parpadear para hacerlos caer. El aire de la tarde era frío como el acero. Más allá de un viejo muro de piedra, el sendero se dividía en dos carriles.

Hu—hu, huuuu, hu—hu.

Giró sobre sus talones.

El viento le trajo el sonido de una pequeña voz.

—*¿Kate?*

Distinguió algo en la cumbre de una ladera rocosa a unos veinte metros de distancia. Estaba relativamente inmóvil, como un tornado flotando a la distancia. Cerró los ojos para ver si desaparecía, pero la pequeña niña la miró de vuelta. No era una niña. Era una nebulosa con la forma de una niña.

—¿Savannah?

La cabeza amenazaba con estallarle. *Esto es una locura. Estás actuando como una loca.* La esquizofrenia en adultos podía presentarse en cualquier momento, pero especialmente entre los veinte y los treinta años. ¿Estaba teniendo una crisis nerviosa?

Una ráfaga de viento disolvió la figura.

Kate sacudió la cabeza. Tenía que haber alguna explicación: las ramas de los pinos moviéndose con el viento, el viento levantando nieve, su creciente migraña.

Estás perdiendo la maldita cabeza.

Se dirigió a la colina y comenzó a escalar. Estaba más empinada de lo que parecía a la distancia, y requirió bastante esfuerzo. Comenzó a sudar mientras ascendía, formando nubes con la calidez de su aliento. Al llegar a la cumbre, constató que no había nada ahí.

El viento aullaba a su alrededor y adormecía la piel de su rostro. Hora de irse. Los Balsams eran conocidos por tragarse a algún senderista distraído cada par de años, en especial a los que eran tan estúpidos como para seguir explorando a la mitad de una tormenta de nieve. Los árboles crujían. *Mamá perdió el suelo a la misma edad que yo. Quizás así es como empieza.*

Kate comenzó su descenso de la colina, pero tras un par de minutos, llegó a una pronunciada caída que no había notado desde arriba y tuvo que buscar otra ruta. El truco era encontrar un descenso gradual, sin salientes ocultas. Estaba a medio camino, cuando las rocas dieron paso al hielo, y se resbaló, para terminar con los guantes y el abrigo empapados. Se levantó, se sacudió y continuó el resbaloso descenso. Llegó hasta abajo y giró de regreso hacia Kirkwood Road, o al menos en la dirección en que ella creía que estaba, pero entonces el sendero se convirtió en una serie de deslaves y fue incapaz de reconocer dónde se encontraba en realidad. Volvió sobre sus pasos pero para entonces la tormenta había duplicado su ferocidad. Apenas conseguía ver a un par de metros al frente.

Le tomó un par más de minutos admitir que estaba perdida. La temperatura había caído en picada. Eligió una dirección pero el sendero estaba tan erosionado que tuvo que volver sobre sus pasos una vez más. Pronto dejó de distinguir los discos de colores que, pegados a los árboles, marcaban los senderos oficiales. Debía haberse alejado del camino público y había terminado por internarse en propiedad privada.

Su cabeza palpitaba con furia. Había dejado su mochila en el auto. Se quitó los guantes y hurgó en sus bolsillos, buscando una de sus pastillas para la migraña. Encontró una, cubierta de pelusa, y se la tragó en seco. Después se tomó un momento para levantar la mirada hacia las copas de los imponentes árboles. No había ni un solo disco a su alrededor. Rodeó otra pequeña colina y llegó a otra bifurcación en el camino. ¿Qué dirección debía tomar? ¿Debía ir a la derecha o a la izquierda? Decidió que ninguna. Comenzó a retroceder pero ahora la nieve caía con más fuerza aún y dificultaba su avance. Intentó enfrentarse al viento helado pero no podía ver nada.

Sus piernas se estaban entumeciendo. Golpeó el suelo con las botas para reactivar la circulación y se negó a ceder al pánico, que sólo empeoraría la situación. El pánico aumentaba el riesgo de morir. La precipitación de la nieve devoraba las huellas que había dejado en el camino. Volvió a levantar la mirada en busca de algún disco de color, pero lo único visible era la nieve y los árboles. Su corazón golpeaba sus costillas. Su visión comenzó a nublarse.

Sacó su teléfono y lo miró. A pesar de sus circunstancias, se negaba a marcar el 911. Todavía no. La posibilidad de sentirse humillada superaba el miedo a estar perdida. El bosque se llenaría de policías, miembros de la Brigada de Búsqueda y Rescate y voluntarios. Su estúpida aventura terminaría en los noticieros: *la doctora Kate Wolfe se perdió en el parque forestal de los Balsams hoy, en medio de una tormenta de nieve. Nadie sabe qué hacía deambulando en una zona tan remota en semejantes condiciones atmosféricas. Kate, de treinta y dos años, psiquiatra infantil y hermana de Savannah Wolfe, asesinada años atrás, no traía mochila, brújula, agua o explicación para su comportamiento. Fuentes cercanas sugieren que estaba persiguiendo al fantasma de su hermana muerta. Más información en el noticiero de las once.*

La nieve caía a su alrededor silenciosamente. La tormenta la ahogaría poco a poco, centímetro a centímetro. Muerte por ahogamiento suave. Kate miró su reloj: 4:15 p.m. No le quedaba mucho tiempo: cuarenta y cinco minutos antes de que el sol comenzara a ponerse. A menos de que la pastilla hiciera efecto pronto, el dolor de la migraña la debilitaría por horas.

Nieve. Árboles.

Estoy jodidamente perdida.

45

Kate sacó su teléfono, pero casi no tenía batería. Pensó en llamar a James, pero no quiso tener que lidiar con las consecuencias. Se enfermaría de preocupación por su culpa. Quizás hasta se enojaría con ella. *¿Cómo que estás perdida en el bosque? ¿Cómo demonios pasó eso? ¿Qué, no viste las predicciones del clima? ¿En qué diablos estabas pensando, Kate?* Además, lo único que él podría hacer era llamar a Búsqueda y Rescate, y eso lo podía hacer ella por sí misma. Pero no podrían localizarla si se encontraba en algún sendero privado. Entrecerró los ojos. Ni un solo disco en los árboles a su alrededor. ¿Y si llamaba a su padre? Él reaccionaría peor; en ese momento, no podía lidiar con sus críticas. Necesitaba a alguien confiable, que no la juzgara, alguien que comprendiera por qué ella estaba ahí en primer lugar. No quería dar explicaciones. Llamó a Palmer Dyson.

—¿Hola?

—Hola, soy yo, Kate. Hice algo muy tonto.

—¿Qué pasó?

—Estoy perdida en los Balsams —dijo, intentando controlar el temblor de su voz.

—¿Cómo pasó eso?

—Mira, mi teléfono está a punto de morir. Olvidé cargarlo.

—Está bien, cálmate. Conozco el área —dijo Palmer—. Describe dónde estás.

—No tengo idea. Ya di muchas vueltas y está nevando muy fuerte.

—¿Dónde te estacionaste?

—Kirkland Road, donde comienzan los senderos. Llevo alrededor de media hora deambulando por el bosque.

—¿Qué distancia has recorrido? Aproximadamente.

—No sé, tal vez tres kilómetros —dijo ella.

—¿Ves algún disco de color en los árboles?

—No. Los he estado buscando, creo que estoy en un sendero privado.

—Muy bien. Sigue caminando y describe lo que ves —indicó él.

—Nieve. Árboles.

—Eso no ayuda, Kate.

—Arbustos... rocas... la verdad, no sé qué estoy buscando —admitió con voz temblorosa.

—Muy bien, escucha. Si sigues caminando, eventualmente acabarás topando con algún viejo pozo, con una colina reconocible, algo.

—A ver —continuó avanzando—, llegué a una bifurcación.

—Muy bien. Elige cualquier camino y sigue caminando.

—Está bien. Voy a tomar el lado izquierdo.

—¿Ves algún disco?

—No.

—Sigue avanzando. ¿Algo?

—No.

—Bueno, pues vuelve sobre tus pasos y toma el otro camino —indicó Palmer, y ella obedeció—. ¿Y ahora?

—¡Sí! —exclamó al distinguir un disco naranja clavado a un fresno—, ya encontré uno. Es naranja.

—Excelente. Estás en un sendero para escalar. ¿Alcanzas a ver el número?

—Dos.. cero... algo.

—¿No se ve?

—Un segundo... —dijo ella, e intentó sacudirle la nieve.

—¿Kate?

—Espera... —dijo Kate mientras saltaba hacia el disco. Su celular emitió ruido de estática—. ¿Palmer?

Por un momento no hubo nada más que silencio.

—*¿Palmer?*

Y entonces él volvió.

—¿Kate?

—Gracias a Dios... dejé de escucharte por un momento —jadeó ella.

—¿Qué dice el número?

—Dos, cero, nueve.

—Bien. Dame un segundo.

—Mi teléfono está a punto de morir —dijo Kate lastimosamente.

—Tranquila. Estoy viendo el mapa ahora mismo —dijo él—. Dos, cero, nueve. Sé exactamente dónde estás. Tengo una cabaña no muy lejos de ahí. Está más cerca que el lugar en donde dejaste tu auto en Kirkland Road, ¿está bien?

—Sí. ¿Qué hago?

—Sigue por ese sendero hasta que llegues a otra intersección de rutas para escalar. Avísame cuando estés ahí.

—Está bien.

—Con calma —la tranquilizó.

—De acuerdo, estoy en la intersección —dijo Kate, tras varios agotadores minutos.

—Dame el número del disco más cercano —indicó Palmer. Ella obedeció—. De acuerdo, vas bien. Quiero que tomes el lado izquierdo y sigas por esta ruta hasta la siguiente bifurcación. Entonces tomas el lado derecho. Tienes que fijarte muy bien: si te equivocas de ruta, acabarás dando un rodeo de cuatro kilómetros. Tenemos que evitar cualquier desperdicio de energía.

—Está bien —dijo ella, haciendo todo lo posible por mantenerse enfocada.

—En unos diez minutos te vas a topar con las ruinas de

331

piedra de una vieja granja y una bomba de agua oxidada que está por ahí. Quiero que dibujes una línea mental de las ruinas a la bomba. Vas a seguir esa línea imaginaria hasta salir del bosque. ¿Estás tomando nota?

—Sí —dijo por encima de los lamentos del viento.

—Muy bien. Quiero que sigas esa línea imaginaria hasta que llegues a un camino de grava que estará alineado en dirección sur-norte. Vas a cruzar esa carretera y tomar el sendero de regreso al bosque. Desde ese punto, te quedarán unos treinta metros que recorrer hasta mi cabaña. ¿Entendiste?

—¡Está bien! —exclamó Kate, luchando contra el viento—. Lo tengo.

—Ve con calma. Concéntrate. Te veo ahí en veinte minutos.

Su teléfono comenzó a pitar, anunciándole que se estaba quedando sin batería.

—En algún momento te toparás con un riachuelo, pero estará congelado, así que....

—¿Palmer? ¿Palmer?

La línea estaba muerta. Al guardar su teléfono sintió una descarga de adrenalina. El viento venía de frente y avanzó con cuidado entre las ráfagas de nieve. El día estaba llegando a su fin. La hipotermia era una amenaza real. El roce del viento le había agrietado el rostro y sus piernas estaban adormecidas: era como caminar con zancos. No podía permitirse ninguna equivocación. A la derecha en la bifurcación. Ruinas de piedra. Cruzar el camino. Volver al sendero...

Continuó por la ruta indicada, sobre ramas caídas y con el cuerpo adolorido, sudando y maldiciendo hasta que vislumbró las ruinas espolvoreadas de nieve. Localizó la bomba de agua oxidada, dibujó la línea mental entre ambas y se lanzó en esa dirección. Se desvió del sendero llena de inquietud. Sus botas se hundían en hoyos ocultos y rocas que la hacían tambalear. Se concentró en la blancura más allá de los árboles, ese espacio vacío que sólo podía significar una cosa: un claro. Una carretera.

El tramo le pareció eterno, pero al fin logró emerger del bosque y a un viejo camino de terracería. Soltó una exclamación de alivio y notó que las nubes de su aliento flotaban en dirección del este. Faltaba poco. Atravesó la carretera a trote y encontró la entrada del sendero de vuelta al bosque. Después de unos diez metros se topó con el riachuelo. Estaba congelado. Pisó con cuidado y al ver que el hielo sólido no se quebraba, cruzó a toda prisa sin incidentes. Y entonces, el último destello de luz del día se desvaneció.

Las ráfagas de nieve la golpeaban desde todos los ángulos. Sacó sus llaves y usó la pequeña luz de halógeno para iluminar su camino, manteniendo la vista en el suelo. Cinco minutos más tarde, vislumbró un par de faros encendidos. A medida que se acercaba, vio la silueta de la cabaña, y después a Palmer esperándola. La deslumbró al dirigir la luz de una potente linterna a sus ojos antes de bajarla para guiarla por el bosque.

—¿Kate? —gritó a través del sonido del viento. Ella soltó una serie de carcajadas nerviosas, estuvo a punto de llorar y corrió hacia él.

46

Palmer detuvo la puerta de la cabaña mientras los dos sacudían la nieve de sus respectivas botas. Colgó su abrigo en un gancho en el pasillo de la entrada y Kate lo imitó. Se quitó las botas y lo siguió en calcetines hacia la cocina.

—Siéntate —indicó él, mientras encendía una cafetera. Ella tomó asiento ante una mesa cuadrada hecha de tablones sin lijar y se masajeó los arcos de los pies, adolorida. La nieve seguía cayendo y desde un sistema de sonido en la sala la voz de Dean Martin cantaba alguna vieja canción de amor. Kate trató de calmarse, pero no podía dejar de temblar.

—No voy a darte un sermón —comenzó él—, pero lo que hiciste...

—... fue una estupidez. Ya lo sé —completó ella—. Por cierto, eso califica como sermón.

Él sonrió.

—Necesitas calcetines secos. Ahora vuelvo —y desapareció escaleras arriba.

Kate se examinó los pies. Sus dedos estaban hinchados y sensibles al tacto, pero todavía podía moverlos y habían dejado de punzar. Su pantorrilla izquierda estaba acalambrada y se la masajeó hasta que sintió que los músculos se relajaban un poco. Tenía los nervios de punta. Tendría que contarle de William Stigler.

Palmer volvió al cabo de un minuto con un par de calcetines deportivos blancos y ella le preguntó por el cuarto de baño. Él señaló el fondo del pasillo. Dentro del baño de azulejos blancos, Kate se quitó los calcetines mojados y se puso los nuevos. Estudió su rostro en el espejo. Sus mejillas estaban rojas y sus labios agrietados. Inhaló profundamente. Podía haber muerto. Lavó su rostro con agua tibia y pasó los dedos por su cabello. De regreso en la cocina, Palmer sirvió dos tazas de café, añadiendo porciones generosas de azúcar y leche, y Kate se bebió el suyo de inmediato, saboreando hasta la última gota.

—Hoy fui a ver a Stigler —confesó.

La actitud de él cambió por completo.

—Ay, Kate.

—Sólo quería ver cómo era. Pero acabamos hablando.

—Nunca debí contarte de él —dijo él, negando con la cabeza.

—Dice que estaba en Alemania cuando Vicky Koffman desapareció y en Boston cuando Maggie Witt desapareció y que la policía ya lo había descartado como sospechoso. Dice que tú sabes todo esto.

—Kate, escúchame. Ese hombre es un mentiroso profesional. Vicky desapareció ocho horas antes del vuelo de Stigler rumbo a Alemania. Y la madre de Maggie creía que estaba en casa de una amiga, pero nunca llegó ahí. Hubo cierta confusión con los tiempos, así que hay una ventana de oportunidad de unas cinco horas durante las cuales pudo haberla secuestrado antes de irse a Boston. Pero tú le creíste de todas maneras.

Kate asintió lentamente.

—Me pareció encantador y razonable...

—Stigler corresponde al perfil. Divorciado, sin hijos. Tiene una casa cerca del lago con mucho terreno, así que está bastante lejos de cualquier vecino. Habría necesitado acceso a un lugar así, aislado, para poder dar rienda suelta a sus fantasías. Es manipulador, engañoso y muy inteligente. Es profesor titular y está más allá de cualquier reproche. Es un disfraz perfecto

—explicó Palmer, y se pellizcó el puente de la nariz—. Hay algo más que tenemos que discutir.

Kate se preparó, ignorando la punzada en su estómago.

—Creo que tu madre fue asesinada y que su suicidio fue un montaje, al igual que el accidente de Susie Gafford.

Kate se resistió. Sacudió la cabeza.

—No, ella se suicidó imitando a Virginia Woolf. Se llenó las bolsas de rocas y se metió al río. Le encantaba leer a Virginia Woolf.

—Sí, cosa que Stigler debió haber sabido. Las rocas fueron parte del montaje. Tu madre y él ya estaban viviendo juntos cuando sucedió, y su relación no era buena. Los vecinos se quejaron del ruido, de las discusiones que venían del departamento que compartían días antes del evento.

—Un momento —balbuceó Kate—, ¿estás diciendo que el profesor al que conocí hoy mató a mi madre y lo hizo parecer un suicidio? Porque a mí me recordó a cualquier profesor universitario. Arrogante, quizá, pero nada más, nada fuera de lo ordinario. Me pareció bastante cálido, cosa a la que mi madre habría respondido. Ella necesitaba atención… mi padre puede ser muy frío.

—Pero tú sabes mejor que yo que los psicópatas pueden fingir empatía. Stigler tiene una coartada para casi todo el día en que tu madre murió, pero hay dos horas inciertas y eso es tiempo suficiente para matar a alguien, créeme. Además, yo nunca estuve de acuerdo con la hora de muerte que quedó en el acta y, si yo tengo razón, eso le habría dado un par de horas más. Hay muchos argumentos para sembrar la duda, sólo que no he podido probarlo. Pero tu madre fue cremada. No podemos exhumar el cuerpo y hacer otra autopsia.

El viento sacudía los cristales de las ventanas con un ritmo errático, como los pequeños puños de un niño. *Déjame entrar. Tengo frío. Tengo hambre.*

—Tu madre era una buena nadadora, ¿cierto? —preguntó Palmer. Lo era: Julia solía presumir de los trofeos de natación que había ganado en la preparatoria. En el agua, era temeraria—. Ahogarse toma entre cuatro y cinco minutos, y eso es mucho tiempo para que empieces a luchar por respirar. Incluso si quisieras matarte, tu instinto natural de supervivencia se activará después de unos treinta segundos, más o menos, sin importar cuáles hayan sido tus intenciones originales. El médico forense dijo que incluso si eso hubiera pasado, las poderosas corrientes, en combinación con las rocas en sus bolsas, la habrían agotado. Declaró que las heridas de su cuerpo eran el resultado de la corriente arrastrándola bajo el agua y azotándola contra las rocas.

Kate intentó respirar. Sentía náuseas.

—Pero se trataba de una persona dañada emocionalmente —continuó Palmer, sin notar la angustia creciente de Kate—, y hay pruebas de que había estado bebiendo. ¿Y si tu madre y Stigler discutieron esa noche? Tal vez la siguió hasta el río en su propio auto. ¿Y si continuaron discutiendo y él se aprovechó de que ella estaba intoxicada para matarla? ¿Y si le golpeó la cabeza, le llenó las bolsas de piedras y la empujó al río?

Kate sintió un temblor en sus huesos, como la estela que un barco deja al pasar.

—Quade y yo discrepábamos en muchas cosas, y ésta fue una de ellas. Usó el historial de enfermedad de tu madre y la cantidad de alcohol en su sistema como evidencias corroborativas. No se encontró ninguna nota de suicidio, pero ella había amenazado con matarse en el pasado. Y el que sus pulmones estuvieran llenos de agua prueba que estaba viva cuando saltó al río, según él, Las rocas en sus bolsas apuntaban a una decisión consciente de terminar con su vida. Caso cerrado. Sin embargo, yo sigo creyendo que se trató de un homicidio manipulado para que pareciera un suicidio.

—¿Estás...? —carraspeó Kate, mirándolo con los ojos vidriosos—, ¿estás sugiriendo que Stigler mató a mi madre y a mi hermana?

Palmer le dio un trago a su café.

—Llegué a seguirlo, cuando no estaba en horas de servicio. Incluso lo llevé a la estación una vez para que lo interrogaran, pero amenazó con demandar al departamento, así que me ordenaron dejar el tema. Ahora estoy retirado, vivo de mi pensión. No tengo muchos recursos, pero puedo hacer lo que me dé la gana.

—Pero el médico forense llegó a otra conclusión.

—No sería la primera vez que uno de nosotros no está de acuerdo con Pickler —respondió él.

—¿Los otros detectives tenían problemas con él?

—Los pocos de nosotros que nos atrevimos a decir algo estamos o retirados, o muertos —dijo, encogiéndose de hombros.

—Pero entonces no tienes ninguna evidencia. Todo es circunstancial.

—Es un caso difícil de probar.

Ella negó con la cabeza, escéptica.

—¿Qué fue lo que te llevó a hacer la conexión entre las víctimas y Stigler en primer lugar? —le preguntó.

—La madre de Vicky Koffman fue la primera que me mencionó el estudio. Pronto descubrí que había otras seis familias involucradas y comenzaron a aparecer detalles interesantes. La madre de Maggie Witt comentó que, durante la entrevista, Stigler solía apartarle a Maggie el cabello del rostro. Escuché cosas similares respecto a las otras chicas. Investigué los antecedentes de Stigler y descubrí que venía de un hogar violento. Su padre era un borracho que solía golpearlos a él, a sus hermanos y a su madre, y que después abandonó a la familia cuando Stigler tenía siete años. Su madre era una adicta y de vez en cuando trabajaba como estilista. Cuando era pequeño, Stigler jugaba en el piso del salón de belleza en el que ella trabajaba.

Kate asintió lentamente.

—Todo eso es muy interesante, pero...

—Confía en mí, hay muchos focos rojos. Se ha salido con la

suya por tanto tiempo que para este momento está convencido de que todos los demás son o demasiado estúpidos o demasiado ciegos como para descubrirlo. Mientras no tome riesgos, puede seguir matando. En tanto, adopta una actitud amistosa y pretende ser un ser humano normal y decente. Pero en el fondo, sabe perfectamente lo que es. Y está orgulloso de ello.

—Déjame hablar otra vez con él.

—De ninguna manera. No quiero que te le acerques a ese tipo, no mientras se sienta invencible.

—¿Y entonces qué puedo hacer? —preguntó Kate.

—Quedarte quieta —le ordenó Palmer, arqueando las cejas—. Este hombre es peligroso. Al presentarte en su oficina hoy, despertaste su interés. Es posible que ahora seas un blanco.

Kate asintió nerviosamente. Palmer tenía razón. Si Stigler había matado a su madre y a su pequeña hermana, no tendría ningún reparo en matarla a ella.

—Prométeme algo —dijo Palmer—. No más aventuras. Ten cuidado. Cuídate las espaldas. Cierra tus puertas con llave y llámame si pasa algo fuera de lo común.

—¿Como qué?

—Si llaman y cuelgan. Si recibes regalos anónimos, cartas sin firmar. Si alguien daña tu propiedad.

—¿Estás hablando en serio? —balbuceó ella.

—Dame un segundo —dijo él, y salió de la cocina. Podía escucharlo en la sala, abriendo cajones. Volvió y le tendió una pequeña lata de aerosol de gas pimienta—. Ten esto a la mano.

—¿Gas pimienta?

—Para defenderte. Por si acaso.

—Perfecto —dijo ella con sarcasmo—. ¿En verdad crees que vendrá por mí?

—Quizá trate de intimidarte, aunque no creo que haga nada precipitado. No ahora. Sabe que lo estoy observando. Además, tú eres una persona pública últimamente. No quiere que lo atrapen. Los psicópatas odian perder.

—Me estás poniendo muy nerviosa, Palmer.

—Nadie va a lastimarte, Kate. No mientras yo pueda evitarlo —aseguró. Se levantó y se puso el abrigo—. Escucha, ya es tarde. ¿Por qué no te quedas aquí esta noche? Me acercaré en la mañana y te llevaré hasta tu auto.

Kate miró su reloj. Era bastante tarde. Palmer le tendió las llaves de la cabaña.

—Toma lo que quieras del refrigerador. Hay sábanas limpias en el armario de arriba. El teléfono fijo está conectado, si quieres llamar a alguien, y tengo un cargador de repuesto si quieres conectar tu celular.

—No quiero molestar.

—No hay ningún problema —sonrió él—. Yo también estoy agotado. Me voy a casa.

—Está bien, acepto la oferta.

—Muy bien.

Kate lo acompañó hasta la puerta.

—Gracias por rescatarme hoy —dijo.

—De nada —replicó él, y se fue.

Ella puso el seguro de la puerta y regresó a la cocina.

47

Kate se sirvió una segunda taza de café y llamó a James.

—Por Dios, ¿dónde estabas? —preguntó él—, llevo horas intentando hablar contigo. No sabes lo preocupado que estaba.

—Mi teléfono murió y no pude cargarlo hasta ahora —explicó ella—, lo siento mucho, amor.

—Al ver que no llegabas al departamento, llamé a tu padre. Me dijo que te habías ido de su casa hacía horas. ¿Adónde fuiste, Kate?

—Me perdí en el bosque, en los Balsams. Te llevé a caminar por ahí alguna vez, ¿recuerdas? El caso es que tuve una idea y... en fin, estaba siguiendo una ruta cuando de pronto me pareció que había visto a Savannah. Y antes de darme cuenta, me había perdido.

—Ay, Kate —suspiró él, con compasión.

—Cuando me di cuenta del problema en el que me había metido, estaba nevando muy fuerte. Y sentí que estaba a punto de tener otra migraña. La batería de mi teléfono estaba a punto de morir, así que llamé a Palmer...

—¿Palmer?

—Al detective Dyson...

—Ah.

—... porque él conoce muy bien el área y me guio para salir de ahí —explicó Kate.

—¿Dónde estás ahora?

—En una cabaña. En la cabaña de Palmer.

—¿Tiene una cabaña?

—Sí. Me dejó quedarme aquí esta noche y dice que mañana vendrá por mí para llevarme hasta mi auto. Me siento tan estúpida por haberme perdido...

—Yo sólo me alegro de que estés bien —dijo James, y luego agregó, como si se tratara de algo sin importancia—: ¿Cómo fue que lo llamaste si no tenías batería?

—Me quedaban unos minutos —explicó ella—, y aunque pensé en llamarte, te habría tomado horas llegar hasta aquí, y luego habrías tenido que llamar a Búsqueda y Rescate de todas formas y no podía lidiar con esa humillación.

—A ver, no me malentiendas: me alegro mucho de que te haya rescatado. Dios, no sabes cuánto. Pero esto tiene que parar.

—¿Qué cosa? —preguntó ella.

—Encontré todos los expedientes policiacos, Kate.

—¿Hurgaste entre mis cosas? —cuestionó ella, irritada.

—¿Hurgué...? ¡Estaban regados por toda la sala! ¡Era imposible no verlos! ¿Qué pasa con esas fotografías y por qué las estabas viendo? ¡Son escalofriantes! Ésta no eres tú, Kate. Es ese detective. No puedo creer que te haya mandado esas cosas asquerosas.

—No me las mandó, James. Yo se las pedí.

—¿En serio? ¿Por qué?

—Porque existe la posibilidad de que Blackwood no haya matado a Savannah.

James dejó escapar un sonoro suspiro.

—¡Creí que ya habíamos pasado por esto! Si el tipo era inocente, si hubiera habido alguna prueba de su inocencia, el gobernador habría detenido la ejecución.

—No necesariamente.

—Mira, siento mucho haber revisado tus cosas, ¿está bien? No debí hacerlo. Pero, Kate, ¿esto te parece sano? ¿Cuál es el objetivo de esto? A ver, si Dyson tiene razón y hay un asesino en serie ahí afuera, ¿qué vas a hacer tú? ¿Jugar a la detective?

Kate hundió el rostro entre las manos. Quería contarle de Stigler, pero no podía traicionar a Palmer de nuevo.

—Haces que suene como algo malo, el que quiera estar segura de quién mató a mi hermana.

—Ya sabemos quién mató a tu hermana.

—Pues estoy empezando a pensar que Blackwood decía la verdad.

—Entonces deja que la policía lo maneje —dijo él.

—¡Pero ése es exactamente el problema —protestó ella—: la policía no está haciendo nada!

—¡Tal vez porque nada de esto es cierto! —exclamó James, exasperado—. ¡Tal vez son puras mentiras! Tal vez Dyson quiere jugar a ser el héroe. Dijiste que el médico forense no estaba de acuerdo con él, ¿cierto? Digo, si algo de esto pudiera ser verdad, ¿no crees que la policía y los medios estarían investigando?

—¿Y tú no crees que yo me lo he preguntado?

—Vamos, Kate. Sea lo que sea que crees que estás haciendo, es peligroso. No sólo me asusta que este tipo te esté jalando a su órbita, sino que ahora ya estás alucinando de nuevo.

Ella sintió una desconexión súbita, como si alguien hubiera arrancado un cable.

—Eso es por las migrañas. Ya habíamos hablado de esto y...

—Kate, devuélvele los archivos y punto. Termina con esto.

Ella cerró los ojos.

—Estoy exhausta. ¿Podemos hablar en la mañana?

—Claro.

—Nos vemos mañana, ¿está bien? —dijo ella, y colgó.

48

La habitación de arriba estaba llena de libros. Kate cambió las sábanas de la cama y examinó el contenido de las repisas de roble. Eran biografías de agentes del FBI y asesinos seriales, libros de texto de psiquiatría forense y criminalística, mapas y guías de viaje de New Hampshire y una gran colección de historias de crímenes reales. Por lo visto, Palmer también coleccionaba toda la obra del doctor William Stigler. Había docenas de revistas científicas con su nombre resaltado en los contenidos, trabajos de investigación con títulos como "El impacto de la disfunción familiar en la psicopatología adulta".

Kate se llevó algunas revistas a la cama y en lo que se acomodaba, notó una pila de libros en la mesita de noche de Palmer. Tomó un libro de pasta dura que llevaba el nombre del doctor Holley en la portada y se titulaba: *Tiempos grandiosos en Godwin Valley: la vida de un psiquiatra en un manicomio*. Los capítulos se llamaban "Paciente A", "Paciente B", "Paciente C", y así sucesivamente. "Paciente J" estaba resaltado en amarillo y esa página estaba doblada en la esquina. Kate acomodó el libro sobre su regazo y comenzó a leer.

La paciente J había crecido en un tranquilo pueblo de New Hampshire, donde había sido criada por una madre distante y un padre de apariencia sumisa que comenzó a abusar de ella a temprana edad. Eso causó que J se convirtiera en una adulta sexualmente disfuncional que se acostó con docenas de hombres antes de, finalmente, establecerse y casarse con un proveedor estable que tenía una buena reputación dentro de la comunidad. Sin embargo, un año después de la boda, le fue infiel a su marido. Después de eso vinieron más infidelidades y la unión comenzó a derrumbarse.

La Paciente J llegó al manicomio mostrando síntomas de una depresión psicótica. Durante su terapia con el doctor Holley, lograron llegar a la raíz de su trauma (un padre abusivo) y exponer su hábito de intentar convertir a todos los hombres que conocía en sustitutos paternos. El autor continuaba con varios aspectos de su tratamiento, incluyendo sus medicamentos y lo que se había hablado durante sus sesiones, lo cual en conjunto la ayudó a volver de manera gradual a un estado mental más racional.

"A medida que ahondábamos más profundamente en sus antecedentes y se reveló la manera en que el abuso de su padre había moldeado su vida, la Paciente J llegó a confiar en mí lo suficiente como para compartirme que una de sus criaturas había sido producto de una aventura. Reconocí de inmediato que su culpabilidad respecto a esta triste realidad había sido la que había disparado su psicosis. Para empeorar las cosas, su esposo no tenía idea de que la criatura no era suya. La infidelidad de la Paciente J y sus consecuencias tuvieron un efecto profundo en su psique, y pasamos nuestro tiempo en el manicomio intentando reparar ese daño. Su elección era simple: o le confesaba la verdad a su esposo, o aprendía a vivir con ello. Ella decidió, por el bien de la criatura, mantenerlo oculto."

El corazón de Kate comenzó a cabalgar dentro de su pecho a medida que los años de confusión se iban desvaneciendo. Savannah no tenía ni un solo rasgo del lado de la familia de Bram. Los Wolfe eran altos, de piel muy blanca, cabello oscuro y ojos azules o marrones, mientras que Savannah era muy pequeña, con cabello dorado, ojos verdes, pecas y un pico de viuda, que contribuía a su apariencia traviesa. La misma Kate era muy parecida al lado de la familia de su madre, pero también había heredado algunos atributos físicos de Bram, como ser zurda, la habilidad de enrollar la lengua, el dedo meñique torcido y la nariz recta. Savannah no tenía ninguna de esas características. Al verlas juntas, Savannah parecía una anomalía genética. Y había algo más: cuando Bram llevaba a las chicas a visitar la tumba de Julia, siempre llevaban una bolsa de basura para llevarse los viejos ramos de rosas que había sobre la lápida. ¿Quién los había dejado ahí? Su presencia nunca fue explicada.

Kate recordaba lo bella que era Julia. Los hombres la miraban por donde fuera que caminara: el supermercado, la gasolinera, paseando por Main Street. Y su madre no sólo agradecía la atención; la deseaba. Solía detenerse para coquetear con desconocidos, cosa que avergonzaba a Kate. Y cuando ella era muy pequeña, sus padres solían organizar fiestas que estaban llenas de adultos borrachos bailando al son de los Bangles o U2, hasta que Bram se cansó de los coqueteos de Julia y las canceló por completo. Desde el momento en que había conocido a Maddie Ward, a Kate le había asombrado el parecido que tenía con Savannah. ¿Se había acostado su madre con Henry Blackwood? ¿Sería posible? ¿Y qué significaba eso?

Y si Henry Blackwood era el padre de Savannah, ¿Bram lo sabía? ¿O Julia había logrado escondérselo? ¿Lo sabía William Stigler? ¿Estaría celoso? ¿Habría matado a su madre en un arranque de celos y furia, y después enterrado viva a Savannah en el jardín de Blackwood a modo de venganza? ¿Podía alguien ser tan depravado? ¿Sería el profesor William Stigler capaz de semejante locura?

49

Seis de la mañana. El alba, la luz más pálida. Estalactitas de hielo goteando. Kate despertó en una habitación extraña y estuvo a punto de entrar en pánico antes de darse cuenta de dónde estaba. Devolvió las revistas y el libro de Holley a su lugar, se dio un baño, se vistió y bajó a la cocina, donde preparó una jarra de café y se sentó a esperar a que Palmer llegara.

La luz del sol inundaba la cocina a través de las anticuadas ventanas. Prometía ser un hermoso día. Quince minutos más tarde, alguien llamó a la puerta. El cabello de Palmer tenía destellos plateados y sus ojos estaban inyectados de sangre. Su rostro tenía marcas profundas de preocupación que ella no había notado nunca antes.

—Buenos días —dijo él con una sonrisa—, ¿cómo dormiste?

—Como muerta.

—¿Lista?

Kate tomó su bolsa y le devolvió a Palmer las llaves de la cabaña. Mientras se dirigían a Kirkland Road, Kate confesó:

—Creo que estoy viendo cosas.

Palmer inclinó la cabeza a un lado y la miró de reojo.

—¿Quieres hablar de eso?

—Fui testigo de cómo mi madre se volvió loca. Un día que volvía de la escuela, me la encontré destrozando los matorrales con una sierra de cinta —dijo, y se encogió de hombros con un suspiro—. Creces pensando que esa persona que amas va a estar siempre para ti, y de repente un día te mira con ojos helados y te das cuenta de que es una completa extraña... y de que tal vez nunca podrás recuperarla.

—Siento mucho que hayas tenido que lidiar con eso —dijo Palmer.

—A veces siento que me estoy volviendo loca —dijo Kate, pellizcándose el puente de la nariz—. Últimamente veo a mi hermana muerta. Sé que es un síntoma de mis migrañas; si se combinan con estrés, a veces pueden causar alucinaciones visuales. Pero así fue como me perdí ayer. Estaba persiguiendo a un fantasma por el bosque.

—¿Has estado viendo a tu hermana?

Kate asintió.

—Y James te culpa a ti.

—¿A mí? —replicó él, frunciendo el ceño—, ¿por qué?

—Vio los expedientes que me enviaste. Le parece insano. Me dijo que se lo deje a la policía —y suspiró pesadamente—, pero no te preocupes: no sabe de Stigler.

—Gracias por mantenerlo confidencial. Lo aprecio.

—Pero tengo que saber cómo acaba esto. Si no, siempre tendré miedo —dijo, lanzándole a Palmer una mirada lastimera.

—¿De qué tienes miedo?

—De que haya sido yo la que mató a mi hermana por haberla dejado sola en esa cabaña —comenzó a llorar y asintió lentamente—. Todo el mundo dice que no fue mi culpa, me lo han repetido por años, pero es una mentira. Porque sí fue mi culpa: yo la llevé ahí. Debí haber estado más atenta, nunca debí dejarla sola.

—¿Crees que ella te culparía?

—¿Savannah? —preguntó Kate, parpadeando.

—¿Crees que ella querría que vivieras con miedo por siempre?

—No. Ella no culpaba a nadie por nada.

—Pero tú, en el fondo, todavía no crees eso. Y hasta que no encuentres justicia, seguirás teniendo ese miedo —dijo él.

—Lo que estás diciendo es que tengo que poner la culpa donde pertenece.

—Stigler —asintió Palmer.

Kate se tomó unos segundos para recuperar la compostura.

—Mira: si hay algo que conozco bien, es la enfermedad mental. Si tú crees que Stigler es un psicópata asesino, yo puedo ayudarte a atraparlo. Hice una residencia de dos años en el hospital McLean, trabajando con jóvenes psicóticos violentos. Tengo el entrenamiento y la experiencia.

Palmer dejó escapar una suave exhalación.

—Me temo que esto va a tener que esperar un poco. Voy a irme por un tiempo.

—¿Por qué? ¿Adónde?

—¿Recuerdas lo que te conté de la clínica en México? Hoy vuelo a Tijuana. Ocho sesiones en el curso de dos semanas —dijo, y la miró de reojo—. Los doctores me han compartido algunas estadísticas muy impresionantes.

—¿Estás seguro de que es viable? —preguntó ella. Había leído acerca de ese tipo de clínicas que se aprovechaban de los pacientes vulnerables.

—Si creyera que es un engaño, no lo haría. El lugar es legítimo, créeme, y tienen una buena tasa de remisión. No te preocupes por mí, ¿de acuerdo?

—Está bien —dijo ella. No quería minar la esperanza que veía en sus ojos—. Sólo mejórate. Concéntrate en tu salud —y en eso, otra idea llegó a su mente—. ¿Qué hay de Stigler? Dices que no vendrá por mí, ¿pero si se entera de que te has ido?

—Nadie sabe que saldré del país, sólo tú, mi exesposa y algunos amigos de la estación. Stigler cree que tengo gente vigilándolo por todas partes —dijo. Metió la mano a su bolsillo y sacó una memoria USB azul sin dejar de mirar el camino—. Guárdame esto, ¿sí?

—¿Qué es? —inquirió ella.

—Ahí dentro está todo, todos mis años de investigación. Por si acaso.

—Por si acaso ¿qué?

—Por si acaso me pasa algo —dijo él.

Kate se estremeció.

—No digas eso, por favor.

—Si me pasa algo, quiero que se lo des a Cody Dunmeyer, mi antiguo compañero que ahora es el jefe Dunmeyer. Él sabrá qué hacer con él. Pero estaré de regreso en dos semanas, listo para atrapar a este hijo de puta. He estado pensando en cómo proceder y ya tengo un plan. Todavía no te lo puedo compartir, pero confía en mí... vas a estar bien.

Ella asintió a regañadientes. Se estacionaron detrás del auto de Kate y Palmer apagó el suyo. Giró en su asiento con expresión seria.

—Debería darte mis contactos de emergencia —le dijo.

Ella le tendió su celular, y mientras él programaba la información, ella miró al bosque por la ventana. Qué siniestro le había parecido la noche anterior. Al final, Palmer le devolvió el aparato, sonriendo apenado.

—Perdón. La tecnología moderna se me dificulta un poco.

Kate sonrió en respuesta, pero resultó forzado. Hasta ese momento no se había dado cuenta de qué manera Palmer había cambiado su vida. Y ahora iba a abandonarla.

Antes de volver a casa, Kate tomó una desviación a través del pueblo y tocó a la puerta del doctor Holley, que se sorprendió al verla.

—¿Qué te trae a mi lado del bosque?

—Es acerca de la Paciente J.

Él asintió, pensativo.

—Ah, así que encontraste mi libro. Entra, por favor.

La guio al soleado salón en donde "Norwegian Wood" de los Beatles sonaba al fondo. Se sentó en el sofá beige y comenzó.

—Sé que Savannah era mi media hermana. No se parecía a nadie del lado de la familia de mi padre. Pero yo tengo la nariz de los Wolfe y algunos otros rasgos genéticos. La hija de Henry Blackwood, Maddie, se parece mucho a Savannah cuando tenía esa edad.

—De eso no sabría decirte —se disculpó Holley con un encogimiento de hombros.

—¿Mi madre nunca le dijo quién era el padre de Savannah?

—No, lo siento.

—¿Y mi padre no sabe nada de esto?

—No que yo sepa. Aunque es posible que haya leído mi libro y lo haya adivinado. No tengo manera de saberlo —y le dedicó una sonrisa amable.

Kate suspiró, frustrada.

—Usted dijo que nunca traicionaría la confianza de mi madre pero todos sus secretos están en su libro.

—No. La Paciente J es un compuesto de varias pacientes que traté. Es el caso de todos los pacientes, de la A a la Z. Todos son mezclas. Cambié sus nombres, edades, apariencia física… hice lo necesario para proteger su privacidad.

—No la disfrazó demasiado bien, evidentemente.

—El departamento legal lo permitió —dijo él, y soltó el aire—. De cualquier forma, el libro ya no se imprime. Debe haber vendido cinco mil copias, tal vez menos.

Kate se rozó la frente caliente con los dedos. De pronto, su hermana era su media hermana, su madre los había traicionado, a su padre le habían puesto los cuernos. Todo se sentía peligroso, como si estuviera caminando por un suelo de madera podrida que podía abrirse bajo sus pies en cualquier momento.

—¿Debería decírselo a mi padre?

—Yo no lo haría —aconsejó el doctor Holley—. Tu padre las crio solo y Savannah fue su hija, más allá de la biología. No sería correcto arrancarle eso.

—Tiene razón —musitó ella, limpiándose las lágrimas—, eso lo mataría.

El viejo psiquiatra se frotó la barbilla.

—¿Sabes? Cuando mi esposa dio a luz a nuestra hija, me enamoré de ella inmediatamente. No podía creer que esa cosita diminuta era mía. Se ganó mi corazón. Como padre, nunca superas ese sentimiento. Crees que tus brazos siempre podrán protegerla.

—Si supiera quién era el padre, ¿me lo diría? —preguntó ella, mirándolo fijamente.

—No. Pero mi conciencia está tranquila, tu madre se llevó ese secreto a la tumba.

Kate encontró un lugar para estacionarse, recuperó su anillo de la guantera y se lo puso. Escondió el gas pimienta que Palmer le había dado en el bolsillo interior de su abrigo y trató de no resbalar en los adoquines congelados mientras caminaba hacia el edificio. Abordó el ascensor hacia el octavo piso y buscó sus llaves en su bolso. El vacío en su estómago se acentuó cuando abrió la puerta.

—¿James? —llamó. Él la recibió en su abrigo de lana y botas. La saludó con un beso—. Siento mucho haberte preocupado ayer.

—No, no, lo importante es que estés bien.

—¿Podemos hablar?

—Estaba a punto de irme. Tengo que reunirme con los doctores de mi mamá otra vez. Ahora están preocupados por los coágulos, y ella reporta cosquilleo y entumecimiento.

—Oh, Dios... ¿cómo puedo ayudar?

—Ven a verla dentro de un rato. Eso la alegrará.

—Por supuesto.

—Mira, Kate —dijo James, tomando su mano—, quiero que estés contenta, no asustada o estresada, y me parece que darle vueltas al asesinato de tu hermana no es bueno para ti. Pero te apoyaré en lo que sea que decidas hacer, sólo que a veces no sé cómo lidiar con todo esto.

—Ya hablaremos después —dijo ella, apretándole la mano—, cuando tu madre se sienta mejor.

Él le dio un abrazo largo y se marchó. Horas más tarde, Kate comió un poco de ensalada y se cambió para irse a la cama. Estaba exhausta. Había manejado hasta el Hospital General de Massachusetts para visitar a Vanessa, y de regreso, todo sola. James estaba muy preocupado por la posibilidad de una trombosis y había decidido quedarse con su madre, mientras que Kate había vuelto a casa para avanzar con su montaña de papeles.

Ahora estaba pasando las yemas de sus dedos por las pequeñas cicatrices de sus antebrazos y muslos, hoyuelos como lágrimas, cortes diminutos en una superficie perfectamente lisa. Recordó el adormecimiento que siempre sentía antes de enterrarse las chinchetas. Cortarse la ayudaba a entrar en una realidad más clara. Estudió las cicatrices de sus muñecas, recuerdo de su intento fallido de suicidio. Recordaba la erupción de dolor, ese crepitar en la carne cuando la navaja se hundía en la piel. Había sobrevivido todo aquello... sobreviviría lo que fuera que viniera.

Despertó a la mitad de la noche por una sacudida involuntaria de sus músculos. Miró su reloj: eran las tres de la madrugada. Afuera soplaba el viento; el invierno se azotaba con rabia contra los cristales. Una soledad inconmensurable se arrastró por debajo de su piel y la invadió por completo. Tomó su teléfono de la mesita de noche y vio que tenía un mensaje de voz de Palmer Dyson.

—Saludos desde la soleada Tijuana. Horrible vuelo. Horrible comida de avión. ¿Cómo estás? Llámame cuando puedas. La operación es mañana.

No tenía idea de qué hora era en México. Lo llamó y el sistema la envió directamente al buzón de voz.

—Hola, soy Kate. La soleada Tijuana suena muy bien en estos momentos... aquí estamos a menos cinco grados, algo así. En fin. Buena suerte mañana. Llámame después de la operación.

Colgó y cerró los ojos. Cuando su teléfono sonó junto a su oreja, le pareció que no había dormido más que unos cuantos segundos, pero ya había amanecido. Se trataba de Ira.

—Lamento despertarte —dijo.

Kate se incorporó en la cama y miró por la ventana. El sol estaba oculto detrás de unas cuantas nubes rosadas.

—No hay problema —respondió, adormilada.

—Maddie Ward fue dada de alta. Desde hoy en la tarde estará en un centro de acogida para menores. Pensé que deberías saberlo.

—¿Cuál es la prisa?

—El máximo que cubría su plan del seguro eran doce días, así que era esto o alguna institución. Y ya sabes lo que opino al respecto.

—Claro —ella estaba de acuerdo: encerrar a una adolescente que se cortaba en una residencia llena de delincuentes juveniles violentos no era una opción.

—En fin, el caso es que Ursula encontró una increíble familia adoptiva dispuesta a acoger a una niña con una historia de inestabilidad como la de Maddie. No es cualquier cosa. Tienen una excelente trayectoria como hogar de acogida; tuvimos que actuar rápido para asegurar su lugar ahí.

—No tenías otra alternativa, ¿cierto?

—Tuvimos suerte. Pero bueno, Maddie ha estado preguntando por ti. Su familia adoptiva la va a recoger a las diez, y quería saber si querías darte una vuelta durante la mañana para despedirte. Sería una visita estrictamente personal.

—Estaré ahí a las nueve.

—Perfecto.

Era un día hermoso, con un cielo azul brillante. El camino a Boston fue un placer. El pabellón infantil de psiquiatría estaba lleno de payasos: voluntarios maquillados que regalaban animales hechos con globos de colores y que asustaban a algunos de los niños más pequeños. Los adolescentes ponían los ojos en blanco ante sus trucos de magia, pero siempre les preguntaban a las enfermeras cuándo sería la próxima visita de los payasos.

Kate encontró a Maddie acurrucada en su cuarto, perdida en sus pensamientos. Llevaba una camiseta rosa, pantaloncillos azules y un par de zapatos deportivos Nike nuevos; las enfermeras debían haber hecho otra colecta entre ellas. Kate se dijo que no debía olvidar cooperar. Las maletas de Maddie estaban hechas y su chamarra acolchada estaba doblada junto a ella. Estaba lista para irse, al menos físicamente.

—Buenos días —dijo Kate.

—¡Volviste! —exclamó Maddie, dedicándole una brillante sonrisa—, no sabía adónde te habías ido.

—¿Cómo te sientes hoy? —preguntó Kate, mientras arrastraba una silla junto a la cama.

—Supongo que bien. La policía vino a visitarme el viernes. Me preguntaron un montón de cosas —dijo Maddie, y sacó un viejo álbum de fotos que decía MEMORIAS con lentejuelas. Abrió el álbum y acarició sus páginas con cubierta transparente con los dedos—. Lo trajeron de mi casa. Pensaron que quizá me ayudaría a recordar cosas —explicó, y le enseñó imágenes de cuando acababa de nacer, de su infancia, de la boda de Nelly y Derrick. Dio vuelta a una página y dijo—: Ésta soy yo a los seis años.

Kate estudió la fotografía. Maddie y Savannah podían hacer sido gemelas.

—Mira. Aquí está mamá con el tío Henry.

Henry Blackwood rodeaba los delgados hombros de Penny en actitud posesiva. La adolescente parecía orgullosa y temerosa a la vez. Sin su gorra de beisbol, el corte de cabello militar y el pico de viuda rubio de Blackwood eran perfectamente visibles. Sus ojos eran de un verde profundo, como los de

Savannah y Maddie. En la memoria de Kate, aquella gorra siempre había ocultado sus ojos y su cabello dorado, pero en la imagen quedaba claro a quién se parecían Savannah y Maddie: a su padre.

—Ayer tuve un sueño —confesó Maddie, guardando el álbum en su mochila—. Mamá estaba llevándome a la escuela cuando de repente caíamos al océano y el auto se empezaba a llenar de agua y estábamos a punto de ahogarnos.

—Uf, suena terrorífico.

—Me desperté antes de saber cómo acababa —dijo la chica.

—¿Qué crees que significa?

—Estuve a punto de ahogarme en la bañera un montón de veces —replicó Maddie encogiéndose de hombros—. Igual que en el sueño.

—Perdón —intervino Kate, y sacudió la cabeza—, ¿qué quieres decir con eso?

—En la bañera. Mamá a veces me hundía la cabeza bajo el agua hasta que casi me ahogaba, pero siempre me soltaba antes de que me muriera. Un día estaba nevando, y acabábamos de regresar del súper y...

—¿Éste es otro sueño?

—No, esto sí pasó. Llegamos a la casa y yo la estaba ayudando a sacar las cosas del auto, cuando me tropecé con el hielo y rompí muchos huevos. Ella me llamó estúpida y dijo que me odiaba. El estómago me dolía mucho porque ya sabía lo que iba a pasar. Tenía esa mirada...

—¿Qué mirada?

—Papi me dijo que no me preocupara. Dijo que se le iba a pasar, pero nunca se le pasaba. Él no entendía porque casi nunca estaba en la casa.

—¿Qué pasaba cuando tu mamá tenía esa mirada, Maddie?

—Que llenaba la bañera de agua y no me dejaba irme. Luego metía mi cabeza bajo el agua hasta que sentía que me iba a morir. Y al final me soltaba... en el último segundo.

Kate no había sospechado de Nelly Ward, aunque tenía sentido: las víctimas muchas veces se convertían en victimarios.

—¿Estás diciendo que tu madre trató de ahogarte? ¿Más de una vez?

—Muchas veces —admitió Maddie en voz baja.

—¿Le dijiste esto a la policía?

Ella negó con la cabeza.

—No me lo preguntaron.

—¿Se lo contaste al doctor Ira?

—Todavía no.

—¿Y tu padrastro sabe? ¿Sabe que tu madre intentó ahogarte?

—No —musitó la niña, negando con la cabeza—. Él no sabe nada.

—Pero me contaste que él una vez te empujó, ¿recuerdas? —presionó Kate.

—Él no sabe de mami. Él nunca me lastimaría, me quiere.

—¿Y ella? ¿Te hizo algo más? ¿Te lastimó de alguna otra forma?

Maddie asintió con solemnidad.

—No me siento muy bien —dijo.

—Pero tu padrastro no te lastima, ¿cierto? ¿Sólo tu madre?

—Mami dijo que si él se llegaba a enterar, la mataría. Me dijo que no le debía decir a nadie.

Aquella nueva información dejó a Kate aturdida por unos instantes. Maddie se llevó las manos al estómago.

—No me siento bien —dijo.

—Gracias por contarme esto, Maddie. Fue muy valiente de tu parte.

La niña comenzó a temblar.

—¿Cuándo voy a ver a mi papá?

—La policía lo sigue buscando.

—Cuando lo encuentren, ¿lo podré ver?

—No sé cómo sea el procedimiento, pero voy a preguntar —prometió Kate. Maddie asintió, aparentemente satisfecha—. Quiero que entiendas algo, Maddie: vas a estar bien.

—¿Cómo sabes eso? —preguntó la niña, mirándola con escepticismo.

Kate decidió ser honesta. Le diría la verdad, aunque eso eliminara cualquier posibilidad de tratar a Maddie como paciente en el futuro. La niña estaba en buenas manos con Ira.

—¿Cómo sé? —dijo, y se arremangó las mangas—. Yo también me cortaba. Y ahora estoy bien.

—¿Qué usabas? —preguntó Maddie, contemplando las viejas cicatrices.

—Tachuelas, alfileres, navajas, tijeras. Cualquier cosa.

—¿Y escuchabas voces?

—No —contestó Kate, bajándose las mangas. Maddie enderezó la columna—. ¿Sabes lo que es esa voz en tu cabeza? No es el demonio, ni un monstruo ni nada por el estilo. Esa voz viene de una parte profunda de tu cerebro, de tu subconsciente. Cuando alguien en tu vida, aunque sea alguien a quien quieres mucho, te trata mal, eso crea un eco dentro de tu cabeza. Nada de lo que has oído es verdad, y cuando entiendas de dónde viene esa voz, será más fácil ignorarla. Y cuando puedas ignorarla, dejará de sonar.

Maddie asintió, pensativa.

—¿Te voy a volver a ver alguna vez? —preguntó.

—Estoy segura de que nos veremos por ahí. Tú vas a seguir en terapia con el doctor Ira como paciente externa.

Una lenta sonrisa se fue extendiendo en el rostro de Maddie. Metió la mano a su mochila y sacó un teléfono celular nuevo.

—Mira lo que me dio Ursula, es de parte de mi familia adoptiva. Todos ellos tienen uno. Genial, ¿cierto?

—Maravilloso.

—Mira, mi app del clima dice que va a seguir nevando —comentó Maddie, mostrándole la pantalla a Kate—. ¿Podemos intercambiar números?

—Buena idea —dijo Kate, y se intercambiaron los aparatos para compartirse su información de contacto.

—Oye, ¿podemos tomarnos una *selfie*? —pidió Maddie, emocionada.

—Me encantaría.

Posaron.

—¡Sonríe! —exclamó la niña. Clic—. Te la mando por mensaje.

El teléfono de Kate vibró y vieron la imagen juntas. Las dos sonreían. Alguien tocó a la puerta: era Ursula O'Keefe, la trabajadora social del hospital.

—Perdón, ¿estoy interrumpiendo? —preguntó.

—No, estábamos despidiéndonos —dijo Kate.

—¿Tienes todas tus cosas? —preguntó Ursula.

Maddie tomó su abrigo y su mochila y saltó de la cama. Después se abalanzó a los brazos de Kate.

—Nos vemos pronto —dijo Maddie. Se negaba a soltarla y Kate tuvo que separarse de ella con gentileza.

—Recuerda, Maddie. Son sólo ecos.

—Ecos —repitió la niña, sonriendo con valentía.

—Muy bien, jovencita. Es hora de conocer a tu nueva familia adoptiva —dijo Ursula—. Me cuentan que tienen un perro que se llama Winnie Poodle, y que...

Maddie rio y Kate se quedó ahí, de pie, mirando cómo se alejaban juntas.

52

Kate no podía esperar para contarle a Ira las horribles noticias de lo que Nelly había hecho: la confesión de Maddie era exactamente el punto de inflexión que habían estado esperando. Pero estaba en una reunión y no se le podía interrumpir. Mientras avanzaba por el pasillo camino a su oficina, tenía emociones encontradas. Nelly había sufrido toda su vida, y había condenado a su hija a sufrir el mismo destino. Era trágico, pero eso era justamente lo que te hacía el abuso: contaminaba todo lo que tocabas. Al menos ahora Maddie tendría la oportunidad de una vida normal.

Kate se detuvo frente a las ventanas que daban al patio del hospital. El estacionamiento estaba del otro lado de la calle y, desde donde estaba, pudo ver a tres figuras que avanzaban por el túnel de cristal: Maddie y sus padres adoptivos dirigiéndose al primer nivel. Maddie conversaba alegremente con la madre cuando desaparecieron en el interior del estacionamiento. Eso era una buena señal: los niños podían percibir el peligro. Sabían en quién confiar, como los animales.

El anillo de Kate comenzó a picarle. Se rascó la piel inflamada y entró a su oficina. Se sentó frente a su escritorio y revisó sus mensajes de texto. Su cabeza comenzó a punzar y metió la mano a su bolsa buscando una pastilla. En vez de la botella de medicamento, sus dedos de toparon con la memoria USB que Palmer le había dado a guardar.

Se quedó sentada por unos segundos con la memoria en la mano. Al final, se decidió, la insertó en su computadora, e hizo doble clic sobre el ícono en la pantalla. La memoria contenía diez carpetas: 1_STIGLER_J. Wolfe, 2_ STIGLER_ Gafford, 3_STIGLER_Mason, 4_STIGLER_S. Wolfe, 5_STI-GLER_Koffman, 6_STIGLER_Howell, 7_STIGLER_Lloyd, 8_STIGLER_Witt, 9_STIGLER_Davidowitz, 10_STIGLER_ Brayden.

Kate permaneció inmóvil por un momento. Se sentía sofocada. No podía retirar el dedo del *mouse*. Entonces abrió 1_STIGLER_J. Wolfe, y encontró tres documentos de Word y un PDF. Abrió el documento llamado *Resumen del caso*. En el texto de dos páginas, Palmer defendía que se había tratado de un homicidio citando el reporte del médico forense:

Del reporte de autopsia de Quade Pickler: "El agua en los pulmones y estómago indican muerte por ahogamiento, al igual que las hemorragias en los senos nasales y tráquea. La víctima estaba viva al sumergirse. Evidencia de que la víctima se impactó contra rocas al ser arrastrada por la corriente: lesiones *ante mortem* en el tórax y abdomen, falanges rotas (dos en la mano derecha, una en la izquierda. Ver diagrama), laceraciones en los antebrazos y un traumatismo en el lado derecho del cráneo, que resultó en fractura con hundimiento. El cuerpo se recuperó cuarenta y ocho horas *post mortem*".

Las observaciones de Palmer estaban anotadas debajo:

Las laceraciones en los brazos y las manos pudieron ocurrir al defenderse de su atacante. El traumatismo en la cabeza pudo ocurrir justo antes de que la víctima inconsciente fuera lanzada al agua con rocas en los bolsillos para hacerlo parecer un suicidio. El nivel de alcohol en su sistema pudo haber reducido aún más su habilidad de defenderse. Si estaba inconsciente pero viva, eso explicaría la presencia de agua en los pulmones. Los dedos rotos pudieron ser el resultado directo de la víctima intentando defenderse del atacante que sostenía el objeto que causó la herida en la cabeza que quizá la dejó inconsciente. Traumatismo craneal: un fuerte golpe en el lado derecho de la cabeza indica que el perpetrador era zurdo. William Stigler es zurdo. El patrón de fractura indica que fue causada por una herramienta angular como un gato hidráulico, y no una roca roma del río (llama la atención que ninguno de los vehículos en la escena tenían gato hidráulico. Mi sospecha es que está en el fondo del río). Conclusión: homicidio manipulado para hacerlo parecer un suicidio.

Sin embargo, un homicidio por ahogamiento es casi imposible de probar. Esa noche hubo una tormenta, y eso borró las huellas que la víctima habría dejado desde su auto, así que no sorprende que no se hayan encontrado señales de un enfrentamiento. No se encontró ninguna nota de suicidio. En entrevistas, los testigos indican que la víctima y el principal sospechoso (Stigler) habían estado discutiendo con intensidad creciente… El sospechoso no tenía una coartada sólida para una parte del tiempo durante el cual la víctima supuestamente se suicidó. Tampoco estoy de acuerdo con la hora de muerte dictaminada por el médico forense. La víctima pudo haber sido asesinada una hora antes de lo estimado. En mi opinión, el caso debería volver a abrirse.

Kate abrió el documento etiquetado *Declaraciones de testigos*. Dentro había docenas de transcripciones de entrevistas, la mayoría bastante similares.

Tricia Landreau (vecina): Escuché una conmoción en el edificio de al lado y abrí mi ventana. Ellos (Stigler y Wolfe) estaban teniendo una de sus escenas. Gritaban y se insultaban... él estaba celoso y ella amenazaba con dejarlo. Luego escuché que algo de cristal se rompía y una mujer gritaba. Estaba a punto de llamar al

911 cuando de pronto el escándalo se acabó. Pensé que ojalá no estuviera muerta. Pero al día siguiente la vi y parecía estar bien. Sólo tenía algunas heridas y pensé que más me valía no meterme en sus asuntos.

Nicholas Valentino (vecino): Ah, sí, peleaban todo el tiempo. Mi esposa estaba muy preocupada pero yo pensé que no era nuestro problema. Se gritaban las veinticuatro horas del día. Creo que la policía vino un par de veces, pero nunca arrestaron a nadie. Creo que porque él es doctor y ella estuvo en el manicomio y también porque ella nunca quiso presentar cargos. La verdad es que cuando escuchamos del suicidio, no nos sorprendimos tanto.

Kate devoró el resto de las declaraciones antes de abrir el tercer documento de Word: *Reporte policiaco*. Luego abrió el PDF. El miedo subió por sus dedos mientras miraba las imágenes a color del auto abandonado de su madre, la ribera y el cuerpo muerto de Julia. Ahí estaba, tumbada a la orilla del río junto a montones de algas con las extremidades torcidas en posiciones antinaturales, el rostro cubierto de lodo, la ropa pegada al cuerpo como trapos mojados, los ojos abiertos, sorprendidos por la muerte.

Kate cerró la carpeta con los dedos temblorosos y miró las otras nueve. Se dijo que no debía continuar, pero pronto su dedo estaba haciendo doble clic en 4_STIGLER_S. Wolfe. Dentro había tres documentos de Word, igual que en la carpeta de Julia: *Resumen del caso, Declaraciones de testigos* y *Reporte policiaco*. El PDF se llamaba *Fotografías de la autopsia*. Abrió el archivo sin titubear y fue bombardeada por una serie de imágenes desgarradoras.

Ahí estaba Savannah con los ojos cerrados y la cabeza rapada, calva como un pollito recién nacido. Su camiseta rosa y sus pantaloncillos color blanco estaban manchados de tierra. Sus zapatos deportivos de la suerte no estaban. Las plantas de sus pies estaban azules. Sus uñas estaban llenas de tierra. Había arañazos rojos en sus brazos; parecían marcas de lápiz labial. Su pequeño cuerpo apenas ocupaba la mitad de la mesa de autopsias. Su rostro estaba tan plácido como la superficie de un lago en calma.

El estómago de Kate se llenó de ácido. La verdad cruda no era fácil de tragar. Pero de alguna manera resultaba más curativo de lo que había sido el ataúd abierto de Savannah. Los sepultureros le habían puesto capas y capas de maquillaje y Kate nunca había logrado superar la visión de Savannah con su horrible peluca rubia y sus cejas artificiales. Prefería esto: la verdad. Al menos era honesta. Así se la había llevado la muerte.

Los pensamientos macabros se expandían en su cerebro como sangre ramificándose en el agua. Cerró la carpeta sin abrir ningún otro documento. Había visto suficiente. Sacó la memoria USB y permaneció sentada en un estado de agonía profunda. Se sentía asfixiada por imágenes, pensamientos y emociones. El terror le cerraba la garganta y las náuseas aumentaban a cada segundo. ¿Había William Stigler enterrado viva a su hermana para castigar a Henry Blackwood e inculparle por embarazar a Julia? Era una venganza despiadada. *Aquí tienes a tu hija biológica, y ¿adivina qué? Ahora vas a pasar el resto de tu vida pudriéndote en el corredor de la muerte.*

Habían encontrado las huellas de Blackwood en la pala y cabellos enredados en la cuerda. Stigler debía haber acosado a Henry antes del asesinato. Seguro había estado en su propiedad, y sabía en dónde Blackwood guardaba su pala, su cuerda, sus herramientas. Quizás hasta se había ganado su confianza y había logrado que lo invitara a pasar. El crimen había requerido mucha astucia y planeación. En un golpe maquiavélico maestro, Stigler le había causado un dolor indecible no sólo a uno sino a dos de sus rivales de amor: Henry Blackwood y Bram Wolfe. Kate se guardó la memoria USB y sacó su teléfono. Su padre estaría en consulta. Decidió llamarlo a su consultorio en el centro de Blunt River.

—Doctor Wolfe —respondió con soso profesionalismo.

—Hola, papá, soy yo.

—Hola, Kate.

—Escucha, papá, siento mucho lo que pasó.

—No te preocupes. Los dos nos pusimos sensibles.

—Te quiero. Lo sabes, ¿verdad?

—Yo también te quiero, Kate —dijo él, con la voz un poco más aguda.

—Pasó algo. ¿Tienes un minuto?

—Estoy un poco ocupado...

—No te molestaría si no fuera importante.

Silencio.

—Está bien. Tengo quince minutos antes de mi próxima cita.

—Es que me estaba preguntando... ¿y si mamá no se suicidó? ¿Y si fue asesinada y lo hicieron parecer un suicidio?

—Kate, esto se te está saliendo de las manos...

—Tengo el reporte de su autopsia frente a mí. Tenía una herida en la cabeza que pudo ser hecha por un gato hidráulico, de acuerdo con un detective. Tenía lesiones que pudieron ser defensivas en los brazos y en las manos. Es posible que la hayan golpeado en la cabeza y empujado al río. Los testigos dijeron que Stigler y ella habían estado peleando mucho, y que la policía había ido hasta ahí un par de veces. Y él no tenía una buena coartada para esa noche. Hay evidencia que dice que...

—¿Qué estás diciendo? ¿Estás sugiriendo que William Stigler mató a Julia?

—El detective Dyson cree que sí. Cree que todo fue manipulado para que pareciera un suicidio.

Bram colgó.

—¿Papá? ¿Papá?

Kate intentó volver a llamarlo, pero la línea estaba ocupada. Se quedó inmóvil, aturdida. ¿Qué había hecho?

53

Kate intentó contactar a su padre una y otra vez, sin éxito. Reunió sus pertenencias y dejó el hospital. Las calles serpenteantes de Boston eran complicadas de navegar en todo momento, qué decir de en pleno invierno, cuando los caminos se llenaban de baches y pavimento congelado. Condujo por las calles angulosas dejando atrás complejos de oficinas, centros comerciales y edificios contemporáneos relucientes, temiendo que Bram pudiera haber hecho alguna estupidez como ir a confrontar al profesor Stigler a la universidad. Casi podía imaginarlo entrando a la oficina de Stigler lanzando acusaciones y amenazándolo con violencia física. ¿Y si perdía el control por completo? La policía del campus lo sacaría de ahí esposado. Y todo sería su culpa.

Cada que se detenía frente a un semáforo, volvía a marcar el número del consultorio de su padre, que sonaba ocupado. Al fin su secretaria respondió y le dijo a Kate que Bram había cancelado todas sus citas y se había salido de la oficina sin dar una sola explicación; había dejado el teléfono descolgado. Kate le agradeció y terminó la llamada. Para cuando llegó a la casa de su padre en Three Hills Road, Kate tenía destrozados los nervios de preocupación. Su auto no estaba estacionado, así que se dirigió al centro y se estacionó a unas cuadras de la universidad. Cruzó el campus nevado hasta el edificio

Clarence Oberon, donde tomó un ascensor hasta el cuarto piso, sólo para encontrarse con que la oficina de Stigler estaba a oscuras y su puerta cerrada con llave.

Encontró la oficina principal del Departamento de Sociología en el extremo opuesto del pasillo y se detuvo frente al escritorio de la asistente administrativa. Golpeteó la madera con las uñas, ansiosamente. La mujer de mediana edad parecía molesta de que la interrumpieran.

—¿Puedo ayudarle en algo?

—Estoy buscando al profesor Stigler.

—Tuvo una clase temprano y después se marchó a casa. ¿Quiere dejarle un mensaje?

—La verdad —confesó Kate— es que estaba buscando a mi padre, Bram Wolfe. Creo que pudo haber venido a ver al profesor.

—¡Ah! —exclamó la mujer—. Entonces debes ser Kate. He oído muchísimo de ti. El doctor Wolfe ha sido el doctor de la familia por años. Ahora cuida a mis nietos, ¿puedes creerlo?

Kate asintió.

—Entonces, ¿estuvo aquí?

—Hace una hora, aproximadamente. Lo envié a la casa del lago.

—¿La casa del lago?

—Dijo que era urgente, así que le di la dirección particular del profesor Stigler —dijo, y buscó en la base de datos de su computadora—. Número 623 de Lakeview Drive.

Kate le agradeció y se fue a toda prisa. Condujo con dirección al norte, donde las residencias de millones de dólares rodeaban el lago. Pasó una serie de cabañas neogóticas renovadas y casas majestuosas donde vivían los residentes más acaudalados de Blunt River: miembros de la facultad de la universidad, hombres de negocios y políticos locales.

El número 623 se encontraba al final de una carretera privada, delimitada por una cerca de cedro y líneas de pinos. Se estacionó junto al Ford Ranger de su padre, bajó del auto y permaneció ahí, en pie. No había ningún otro vehículo por ahí, ni un garaje a la vista. Se preguntó, nerviosa, dónde estaría el auto de Stigler y, sobre todo, ¿dónde estaba su padre?

El viento arreció, soplando entre los pinos. La casa de Stigler asemejaba un enorme pastel de bodas victoriano, con torrecillas barrocas y un elegante y amplio porche que rodeaba toda la propiedad. Había un embarcadero de madera extendido sobre el lago congelado. El paisaje era salvaje, desolado.

Comenzó a caminar hacia la casa. Sus botas hacían crujir la grava. De pronto, algo llamó su atención: un conjunto de marcas de arrastre sobre la grava, dos ranuras hechas por un par de talones, acompañadas por una estela de gotas de sangre. Kate se paralizó. Alguien había sido arrastrado fuera de la casa, por los escalones del porche y a través del patio de entrada. El camino de gotas de sangre terminaba donde Stigler estacionaba su vehículo usualmente: ahí estaban las huellas de las llantas marcadas profundamente en la grava. Debía tener una SUV o un todoterreno.

Kate sacó su teléfono y marcó al 911.

—Novecientos once, ¿cuál es su emergencia? —respondió la operadora. La mente de Kate se puso en blanco—. ¿Cuál es su emergencia?

—Creo que mi padre está muerto —soltó Kate.

54

Veinte minutos más tarde, Kate esperaba en el porche envolvente, temblando de frío y ansiedad. El jefe Dunmeyer le había indicado que permaneciera en ese lugar. Estaba helando, probablemente a cero grados o menos. *Mi padre debe estar muerto.* La policía no había encontrado ningún cuerpo, pero había sangre en el baño de arriba y la cortina había sido arrancada de sus anillas. Deducir el resto no era difícil: su padre había venido a confrontar a Stigler y Stigler lo había matado. Después había arrastrado el cuerpo fuera de la casa, lo había botado en la cajuela de su vehículo (una camioneta BMW X5, según la policía) y se había ido a toda velocidad. Su padre estaba muerto, era una deducción muy simple.

Los dedos de pies y manos se le estaban entumiendo. Comenzó caminar en círculos para hacer circular la sangre. Se acercó a una ventana para asomarse al interior de la casa. Llamó a Palmer pero no respondía. Lo más probable era que estuviera a la mitad de su operación, o recuperándose en el postoperatorio, muy sedado todavía. Dejó un mensaje de voz:

—Hola, soy Kate. Espero que la operación haya salido bien —comenzó—. Tengo que hablar contigo. Es urgente. Algo pasó. Cuando te hayas despertado, llámame, por favor. Cuando te sientas mejor.

Los ojos se le llenaron de lágrimas. Intentó contactar a James pero el sistema la envió directamente al buzón de voz. Quiso dejar un mensaje, pero las palabras se le escapaban. Colgó.

La acera de enfrente se había llenado de una multitud de curiosos. Kate ya no quiso seguir esperando en el porche. Rodeó la casa y prendió un cigarro en el jardín. Caminó por ahí y observó a los dos perros policía que olisqueaban entre los árboles. Un hombre de mediana edad que vestía un traje gris salió de la casa y se presentó como el detective Lucas. Kate le contó todo lo que sabía: mencionó la memoria USB, el reporte de la autopsia de Julia y cómo había intentado llamar a su padre pero él ya había salido de su consultorio.

—¿El detective Dyson le dio una memoria USB? —preguntó el detective Lucas—, ¿puedo verla?

—Me señaló que debía entregársela al jefe Dunmeyer —dijo Kate, buscándola en su bolso.

—Yo puedo dársela.

—No. Me dio instrucciones muy específicas —replicó ella, sacando la mano de su bolsa.

—Espéreme aquí —dijo Lucas, y se fue.

Sobre sus cabezas volaba un helicóptero. Pertenecía a un noticiario. Perfecto, pensó, furiosa. Las cadenas de televisión desenterrarían sus archivos y la tragedia de la familia Wolfe estaría expuesta en todos los medios otra vez. Un policía sostenía la correa de un perro labrador y éste olía la base de un árbol. El jefe Dunmeyer salió por la puerta trasera y fue a encontrarse con ella en la base de la escalinata. Era delgado y estaba en forma, con una barba de candado plateada. No había envejecido mucho en los últimos dieciséis años. Llevaba pantalones oscuros, una camisa a rayas y una corbata de seda roja bajo la chaqueta de rigor de la Policía de Blunt River.

—¿Tienen alguna idea de qué le pasó a mi padre?

—Tenemos una orden de búsqueda para la camioneta de Stigler. Los encontraremos. ¿El detective Lucas dice que tiene algo para mí?

Kate abrió su bolsa y sacó la memoria USB.

—Palmer dijo que usted sabría qué hacer con ella. Yo no he podido contactarlo, pero estoy segura de que comprendería por qué he decidido dársela ahora.

—¿Qué contiene? —inquirió Dunmeyer con el ceño fruncido.

—Su investigación de las nueve chicas desaparecidas y asesinadas, así como el suicidio de mi madre. Él cree que Stigler es el responsable de todos los casos. Dice que lo que hay aquí une todos los puntos.

Dunmeyer asintió.

—Palmer y yo fuimos compañeros por mucho tiempo. Le confiaría mi vida, pero sus teorías nunca tuvieron mucho sentido para mí. Se lo dije una y otra vez: tráeme evidencia nueva, algo sólido, y así podemos darle seguimiento —explicó.

Kate asintió.

—¿Y ahora? ¿Lo revisarán?

—Ahora veremos cualquier cosa —aseguró él. Miró a su alrededor y bajó su tono de voz—: Doctora Wolfe, tiene que entender que la mitad de estos casos ni siquiera están bajo nuestra jurisdicción. Sucedieron en otros municipios, dos se consideraron suicidios y uno, accidente. Las desapariciones de niños son muy comunes. A veces escapan. Otras veces arruinan sus vidas con drogas. Quade Pickler es muy respetado: ha estado con nosotros por treinta y cinco años y yo tenía que confiar en su criterio con respecto a esas autopsias.

El helicóptero se acercó un poco más.

—Van a volver a desmenuzar toda mi vida, ¿no? —preguntó Kate.

—Lo siento mucho. No hay manera de evitarlo —dijo Dunmeyer en tono comprensivo.

—¿Usted cree que mi padre esté muerto?

—No puedo asegurar nada hasta que los forenses hayan analizado la escena, pero yo diría que no hay suficiente sangre para asumir que alguien murió en esta casa. No quiero darle falsas esperanzas: la evidencia circunstancial señala un ataque homicida con su padre como la más posible víctima, dado que el vehículo de Stigler es el que no está. Vamos a hacer análisis de sangre, rastrear el ADN. Y, mientras tanto, seguiremos haciendo todo lo posible por encontrarlos.

—¿Creen que podrán atraparlo?

Dunmeyer asintió.

—En estos días, es muy difícil que lleguen lejos. Ahora, si no le importa, me gustaría que uno de nuestros detectives la escoltara hasta la estación para que nos dé una declaración más detallada. Y si necesita apoyo con los medios o cualquier otra cosa, podemos ayudarle.

—Gracias.

El ladrido de los perros llamó la atención de Dunmeyer.

—Disculpe, vuelvo en un momento —dijo. Le dio un toque a su sombrero y se alejó por el jardín.

Kate esperó unos segundos pero, de pronto, la perspectiva de estar sentada en la estación de policía le pareció insoportable. Se dirigió a su auto a toda prisa, encendió el motor y salió en reversa en medio de dos patrullas. Su teléfono vibró. Era un mensaje de texto de Palmer: *Comienzo el tratamiento mañana, Kate. Deséame suerte.*

Nunca se había sentido tan sola.

55

Kate tomó la ruta de siempre hacia la casa de su padre, sin estar plenamente consciente de lo que estaba haciendo. En el camino vio un tendedero instalado en el patio delantero de una casa. La cuerda le recordó la que Nikki había utilizado para ahorcarse. ¿Cómo había aprendido a hacer un nudo corredizo?

Para cuando se estacionó frente a la casa, su corazón amenazaba con saltar fuera de su pecho. Entró y se detuvo en el pasillo por un momento, paralizada por el silencio. Se sentía tan desgarrada por dentro, que quería gritar. ¿En verdad estaba muerto su padre? Subió a la recámara de sus padres y la puso de cabeza, buscando cualquier conexión con el pasado. Arrastró las cajas fuera del armario y volteó los contenidos de todas en el suelo. Se sentía como una arqueóloga excavando entre los escombros de su historia familiar, buscando evidencia de... no sabía de qué. Ni siquiera estaba segura de lo que esperaba encontrar.

Se topó con otro montón de cartas que su madre le había escrito a Bram y las leyó rápidamente. Julia oscilaba entre la grandiosidad y la depresión, la alegría y la miseria.

Apenas te dignas a redactar una frase en mi presencia y luego, cuando por fin me hablas, siempre dices lo que no deberías decir.

Un consejo: deja de atosigarme, Bram. La gente necesita aire para enamorarse y aire para seguir enamorada.

Había acusaciones terribles y algunas otras que denunciaban su estado mental alterado. Julia quería su libertad y quería a su familia. Quería lanzar toda su vida por la borda y empezar de cero, y quería que Bram la perdonara. Quería abortar, y quería tener más hijos. Kate volteó la caja de joyería decorada con lentejuelas buscando todavía la cadena de plata con el pendiente en forma de luna, pero sólo encontró el encendedor de su madre, un pequeño Zippo con diseño retro de cachemira. Julia aseguraba que sus cigarros mentolados le ayudaban a reducir sus dolores de cabeza. Quizá Kate debía intentarlo. Se guardó el encendedor y se puso a hurgar en el viejo baúl de su madre, que estaba lleno de sábanas, raquetas de tenis y chucherías.

Encontró el anuario de la preparatoria de Julia y lo hojeó. Julia Knight parecía el tipo de chica con un futuro prometedor. Era hermosa, atlética y muy lista. Era miembro de la Sociedad de Honor, de Jóvenes Líderes, el coro, el club de fotografía y capitana del equipo de natación. Había sido elegida como la Más Popular y la frase célebre que la definía era de la película *Historia de amor*: *Amar es nunca tener que pedir perdón*.

En vez de leerles cuentos antes de dormir, Julia solía deleitar a sus jóvenes hijas con historias de su salvaje e irresponsable juventud. Fumaba mariguana y jugaba a las sillas musicales. Saltaba desde la colina más alta al lago Moody. Podía tener al chico que quisiera. A Kate le tomó años comprender que su madre no debió compartir aquellas historias con un par de niñas impresionables, pero era imposible permanecer enojada con Julia por mucho tiempo: había una trágica profundidad en ella que te obligaba a protegerla.

En el fondo del baúl, Kate encontró una vieja caja de zapatos llena de fotos en donde se representaban las distintas etapas de la vida de Julia: fiestas de cumpleaños, su graduación, los años en la universidad, el día de su boda. Ahí estaban Bram y Julia en su luna de miel. Los primeros años de matrimonio. Cenas con amigos. Tomando el sol en el jardín. Su primer embarazo. Su segundo embarazo.

Había bastantes imágenes de reuniones de finales de los ochenta y principios de los noventa. Las mujeres, con aspecto ebrio, llevaban vestidos de colores brillantes con hombreras y enormes cabelleras. Los hombres, tan borrachos como ellas, lucían cortes de cabello de estrella de rock y bronceados al estilo Miami Vice. Su madre se veía radiante en sus vestidos ajustados y zapatos de tacón de aguja: era siempre la más guapa del baile. Los hombres se congregaban a su alrededor y a Bram se le veía siempre en un rincón, al margen. Él no bailaba y Julia no podía dejar de hacerlo. Parecía demasiado activa, demasiado emocional para estar casada con un hombre como el padre de Kate.

Kate reconoció a algunos de los hombres en las fotografías: un joven Quade Pickler con un horrible *mullet*, ese corte de cabello corto por delante y largo por detrás que estuvo de moda en los ochenta; Cody Dunmeyer, joven y guapo; el señor Mason; el padre Emera; la chica que había desaparecido camino a un concierto... Un momento. Su corazón se aceleró. Volvió a una pila anterior de imágenes: ahí estaba el padre de Tabitha Davidowitz, bailando con Julia. Su madre echaba la cabeza hacia atrás, exponiendo su pálida garganta, y casi se le podía escuchar riendo.

Kate no podía creerlo. Pasó las fotos lo más rápido que podía, con dedos temblorosos, en busca de más apariciones de padres de víctimas, pero la mayoría de las imágenes estaba mal expuesta, ya fuera muy oscura o demasiado clara, o difusa porque el que las había tomado había estado demasiado borracho como para sostener la cámara inmóvil.

En una imagen, Bram y Julia discutían en la esquina oscura de una discoteca, rodeados de amigos distraídos. El lápiz labial de Julia estaba corrido y sus ojos borrosos a causa de las lágrimas. Las manos de Bram aparecían cerradas en apretados y furiosos puños. El que había matado a Julia era zurdo. El padre de Kate era zurdo.

Kate sintió un dolor sordo en el pecho. Recogió la última fotografía del fondo de la caja. Había sido tomada en el hospital psiquiátrico. Julia estaba pálida y demacrada y había bajado mucho de peso, pero seguía conservando una belleza etérea, una especie de gracia que trascendía sus circunstancias. "La esposa del monstruo" era el título que Julia le había dado a aquella imagen, escribiendo sobre ella con un plumón.

Kate intentó sacudirse las sospechas. Sí, su padre podía ser socialmente torpe, celoso y posesivo, pero mucha gente era así, y eso no los convertía en... Sí, era un obsesivo compulsivo diagnosticado. A veces desaparecía por horas sin que nadie supiera en dónde estaba. Era poco comunicativo y narcisista, pero nunca habría lastimado a Julia, no importaba lo que ella le hubiera hecho. No la habría lastimado ni en un millón de años. No era un monstruo.

Está tan solo. Está aislado. No sabe cómo relacionarse con otros seres humanos.

Volvió al piso de abajo, donde abrió todas las cortinas para que la luz de la tarde iluminara la sofocante casa. Se paró en el centro de la sala tratando de recordar el lugar exacto del piso en que su madre había grabado aquellas horribles palabras en la madera barnizada. Arrastró la pesada mecedora a un lado, movió la mesa de centro unos cincuenta centímetros, retiró el tapete trenzado, y ahí estaban: *Maldito hijo de puta*. Tan crudas y feas. Su presencia la conmocionó hasta la médula. Una ola de terror fue formándose y rompió en su mente, como el océano contra un acantilado. Los psicópatas eran buenos para mentir. Eran muy inteligentes y astutos, y podían engañar a la gente más cercana a ellos. Se sabía que algunos de los más célebres habían engañado hasta a sus propios psiquiatras: Kenneth Bianchi, el Estrangulador de Hillside, Ted Bundy.

Kate tenía que saber. Entró al estudio de su padre y comenzó a pasar las carpetas del archivero de metal. Cobró conciencia del ritmo enloquecido de sus latidos mientras buscaba entre los nombres de los pacientes aquéllos ya tan conocidos: Makayla Brayden, Tabitha Davidowitz, Susie Gafford, Lizbeth Howell, Vicky Koffman, Hannah Lloyd, Emera Mason, Maggie Witt. Nada. ¿Los habría escondido?

Los pensamientos más terribles e indeseables se aglomeraron en su afiebrado cerebro. ¿Y si la policía se equivocaba? ¿Y si el que estaba muerto era Stigler? ¿Y si había sido su padre quien lo había atacado con un cuchillo para arrastrar luego el cuerpo y llevárselo en la camioneta de su dueño? ¿Y si había preparado toda aquella escena para despistar a la policía y fingir su propia muerte? Quizás había montado también la muerte de Savannah para inculpar a Blackwood, así como el *accidente* de Susie Gafford y el suicidio de su madre.

Todas las señales estaban ahí: Bram organizaba cada uno de sus días con precisión obsesiva. Era una persona de hábitos. Era metódico, orientado al detalle, cauteloso... Podías programar la hora de tu reloj basándote en él. Siempre estaba desapareciendo, era hermético y taciturno. Su trabajo como médico general lo llevaba a pasar mucho tiempo con niños y sus padres. Podía haber utilizado su posición en la comunidad para atraer a sus víctimas. Era conocido y respetado, tras mantener el mismo trabajo por décadas.

Kate fue retirando las capas y capas de negación con una obstinación delicada. ¿Y si su padre había seguido a Julia hasta el río aquella noche? Quizá le había rogado que volviera a casa con él y ella se había negado. Y él había tenido un ataque de furia y la había golpeado con un gato hidráulico para después hacer un montaje de su muerte para que pareciera un suicidio. ¿Y si aquel evento había desencadenado algo muy enfermo y muy profundo en su interior, una infección que se había estado expandiendo pero él había logrado suprimir de alguna manera? ¿Y si eso lo había liberado, al fin, dándole licencia para ser lo que era en realidad? ¿Para matar?

¿Sabría lo de Savannah?

Se hincó frente al librero y recorrió los lomos de los volúmenes de pasta dura y ediciones de bolsillo de su padre, en busca de *Tiempos grandiosos en Godwin Valley*, del doctor Jonas Holley. Y ahí estaba, en la repisa de hasta abajo. Sacó el libro polvoriento y sólo se abrió en "Paciente J". Alguien había marcado algunos pasajes en naranja: "A medida que ahondábamos más profundamente en sus antecedentes y se reveló la manera en que el abuso de su padre había moldeado su vida, la Paciente J llegó a confiar en mí lo suficiente como para compartirme que una de sus criaturas había sido producto de una aventura".

Así que él lo sabía. Pero ¿era capaz de tal brutalidad? ¿De tal inhumanidad? ¿Era, en verdad, un monstruo?

Kate se sentó ante el escritorio de Bram, aturdida y mareada. Abrió los cajones de madera, barajeando entre sus estados de cuenta, declaraciones de impuestos, pólizas del seguro. Necesitaba pruebas, evidencia. En el fondo del cajón había un sobre manila con una etiqueta en donde se leía FOUR OAKS, MAINE. Dentro estaban las escrituras de la granja de sus abuelos.

Habría necesitado acceso a un lugar así, aislado, para poder dar rienda suelta a sus fantasías...

El corral solía oler a heno y las inquietas vacas estaban en la sala de ordeña, mugiendo y golpeando el suelo con sus pezuñas y levantando las colas, dejando escapar chorros de orina que dibujaban arcos en el aire y que hacían reír a Savannah.

Kate bajó al sótano para tomar las llaves de la granja de sus abuelos. Era una locura, una estupidez. Pero nada, ni ella misma, se interpondría en su camino.

56

Kate encontró una estación de radio local en el estéreo del auto:

> Varios órganos policiales se han unido a la búsqueda del profesor William Stigler, que es buscado para ser interrogado con relación a la desaparición del doctor Bram Wolfe, oriundo del mismo pueblo de Blunt River. La policía ha emitido un reporte a nivel estatal para el vehículo en que presuntamente huyó el sospechoso, una camioneta BMW X5 negra. En este momento ignoramos lo que sucedió en el interior de la residencia del profesor en Lakeview Drive. Hace dieciséis años, la hija del doctor Wolfe, Savannah, fue asesinada. El hombre sentenciado por ese crimen fue ejecutado la semana pasada...

Alguien en un jeep Renegade color gris carbón la estaba siguiendo. El parabrisas estaba entintado y era imposible distinguir el rostro del conductor, cosa que la asustó bastante. Continuaron por un par de kilómetros hasta que logró perderlo en el tráfico denso justo afuera de Sanford. Quizá no fuera nada, se dijo para calmarse. Creer que alguien te sigue: paranoia clásica. Pronto comenzaría a escuchar voces. A la distancia podía ver las montañas con sus picos nevados. Subió el volumen a la radio.

Las autoridades están registrando los bosques cercanos con perros de búsqueda y un equipo forense está utilizando un radar de penetración terrestre en el terreno de la propiedad para identificar cualquier anomalía que pudiera indicar que se trata de una fosa clandestina... Representantes de la policía han estado transportando docenas de cajas de evidencia del hogar del profesor Stigler... fuentes nos informan que se han encontrado fotografías de hace décadas... un patrón de niñas desaparecidas y asesinadas en el área... acabamos de enterarnos de que algunas de estas niñas participaron en proyectos de investigación liderados por el profesor...

La cabeza de Kate no dejaba de girar. Si encontraban restos humanos en la propiedad de Stigler, eso significaría que Palmer había tenido razón desde el principio, y si Stigler era un asesino serial, entonces lo más seguro era que el padre de Kate estuviera muerto, pero ¿por qué enterraría a sus víctimas en su propio jardín? ¿Y si Stigler estaba siendo inculpado, al igual que Henry Blackwood? Quizás el asesino verdadero había enterrado uno o más cuerpos en la propiedad de Stigler para implicarlo. ¿De quién era realmente la sangre dentro de la casa del lago? ¿Y si Stigler estaba muerto y su padre vivo? Quizás había montado todo para que pareciera que había sucedido justamente lo opuesto. ¿Y si Bram había hecho un montaje de su propia muerte?

Para cuando llegó a la aldea de Four Oaks, en Maine, había comenzado a nevar. El centro consistía en una oficina de correos, una tienda de comestibles, tres iglesias y un almacén de alimento para animales. La granja de sus abuelos estaba en una zona remota, enclavada en un paisaje de bosques nevados y lagos congelados. Reconoció el buzón maltratado y dirigió el volante hacia ahí.

La calzada de entrada a la Granja Lechera Wolfe estaba delineada por emparrados para vides de los que colgaban ramas muertas. El letrero apolillado estaba a punto de caerse. Kate puso el motor en neutral. Era evidente que nadie había estado ahí en mucho tiempo. No alcanzaba a distinguir huellas de llantas en la nieve, que se acumulaba en montones intactos donde debía haber una vía para vehículos. Recordaba que había una entrada trasera, pero para llegar a ella había que tomar una serie de caminos de terracería.

Intentó llamar al jefe Dunmeyer a través de la estación de policía, pero había pedido que no le transfirieran ninguna llamada. Dejó un mensaje con el sargento de la recepción y colgó.

Casi nadie pasaba por esa zona. Los copos de nieve flotaban desde el cielo en suaves movimientos giratorios. Bajó del auto, subió el cierre de su chamarra y se dirigió a la granja esquivando montículos de nieve de más de treinta centímetros de altura. Para cuando llegó a la cerca destartalada, estaba empapada en sudor.

La finca se situaba en un terreno abandonado de ocho hectáreas, rodeado por edificios anexos dilapidados. El campo nevado tenía huellas de venado que le recordaron los huecos que su abuela hacía en las cortezas de sus tartas con un tenedor. Todo aquello solía ser una granja productiva. Ahora estaba enterrada bajo el inclemente clima de Maine. Una ráfaga de nieve la golpeó súbitamente y Kate subió los escalones del porche a toda prisa para refugiarse. De la manija colgaba una campana vieja y oxidada. Cruzó los tablones del porche, que amenazaban con colapsarse a su paso, y sacó las llaves de su bolsillo. El movimiento de la puerta al abrirse hizo sonar la campana.

Una fría quietud la rodeó mientras permanecía de pie en el pasillo, esperando que sus ojos se ajustaran a la poca luz del interior. Un aroma pútrido le llenó la nariz y distinguió el cadáver de una ardilla más adelante. Dobló la esquina para dirigirse a la sala, donde los muebles apolillados estaban cubiertos de polvo y moho. Apenas alcanzaban a distinguirse los restos de la tela a cuadros con que estaban tapizados. La cocina olía a podredumbre; numerosas criaturas habían ido dejando su aroma fétido ahí. Probó los grifos, pero no había agua. Abrió las gavetas y encontró los moldes de tarta de su abuela y sus cortadores de galleta en forma de cisne cubiertos de polvo.

El comedor estaba separado del resto de la casa por una puerta corrediza que Kate apenas pudo empujar. Se sacudió el polvo de las manos y escuchó cómo el sonido hacía eco en las paredes. Recordó las cenas con la abuela y el abuelo, sus historias de vacas flatulentas y hombres que prometían hacer que lloviera por un módico precio. Subió las escaleras, con la nostalgia de la emoción que ella y Savannah sentían al poder quedarse despiertas hasta tarde jugando en la oscuridad o escuchando a los becerros recién nacidos balando en el granero. Ahora cada rincón contenía insectos muertos envueltos en telarañas. Las tablas del suelo estaban ladeadas y los umbrales de las puertas torcidos. Podía escuchar el viento tempestuoso colándose por debajo de las puertas, entre la madera desgastada. El clima estaba aumentando en violencia.

No había señales de que hubiera pasado algo ahí. No había ropa o joyería tiradas, ningún recuerdo que un asesino en serie hubiera guardado. Nada de cabelleras o sierras. Su padre no era un asesino. Kate se había equivocado. Palmer tenía razón. Caso cerrado. Volvió al piso inferior y deambuló por la parte trasera de la casa: la despensa infestada de roedores, el vestíbulo, el estudio de su abuelo. Echó un vistazo entre los libros y papeles polvorientos en el escritorio de su abuelo y encontró una vieja fotografía de su padre con sus compañeros de colegio. Bram Wolfe debía ser el chico de diez años más alto de la Primaria Four Oaks. Estaba en la fila de atrás, encorvando los hombros como un cisne de cuento infantil intentando encajar con los pequeños patitos. Había crecido en una aldea llena de niños granjeros que querían ser estrellas de hockey; seguro que el introvertido Bram no había sido muy popular.

Kate sintió una tristeza insoportable. Su padre había vivido una vida de aislamiento autoimpuesto. Era una persona difícil de amar, pero eso no lo convertía en un monstruo. Había amado a Julia con todo el corazón y también a sus hijas. Su único pecado había sido casarse con una mujer incapaz de ser fiel.

La luz grisácea del exterior se filtraba a través de los cristales polvorientos. Dejó la foto sobre el escritorio y se dispuso a marcharse. Y entonces la vio. Una lata de nueces colocada en la parte más alta del librero de su abuelo y cubierta por una ligera capa de polvo. Su corazón retomó su alocada carrera.

La campana de la puerta tintineó. Kate giró sobre sus talones. Alguien había entrado a la casa.

La sombra proyectada en la pared crecía paso a paso, y con cada paso se dirigía hacia ella ágilmente. La figura era alta y la forma de la cabeza irregular, como si llevara un pasamontañas.

¿Papá?

Intentó correr, pero la figura la derribó y cayeron juntos sobre la alfombra, levantando mantos de polvo. Ella gritó, pero él le cubrió la boca con una mano. Kate mordió a través del guante de cuero con todas sus fuerzas y él la soltó, permitiendo que se liberara y huyera. Se echó a correr hacia la puerta principal. Bajó las escaleras del porche y se hundió hasta las rodillas en la nieve. Él le pisaba los talones y pronto logró rebasarla. Ahora estaban frente a frente, jadeando. La oscura figura lo parecía aún más en contraste con la nieve, y se interponía entre ella y el camino hacia su auto. Entre ella y la libertad.

¿Papá?

Reaccionó con el instinto animal más puro, sintiendo cómo las olas de miedo caían sobre ella con sobrecogedora intensidad. Sacó el gas pimienta, lo apuntó a los ojos que la miraban sin expresión, y presionó el gatillo, pero no sucedió nada. Agitó la lata y volvió a intentarlo. Nada.

Dios mío, dios mío, dios mío.

Tiró la lata en la nieve y trató de esquivarlo, pero él le bloqueó el paso como si estuvieran jugando al gato y al ratón. Ella salió disparada en dirección opuesta, hacia el granero. Quizás encontraría algún rastrillo o una pala que pudiera usar como arma. Se abrió paso a través de la nieve y miró por encima de su hombro. Cada vez había menos distancia entre ellos. El mundo a su alrededor se desdibujó. El terror amenazaba con paralizarla.

Llegó hasta la puerta del granero, tomó la manija oxidada y la abrió de un jalón. Se apresuró a entrar, cegada por la penumbra. El interior desgastado era como un enorme naufragio, lleno de vigas de madera carcomidas y clavijas de metal expuestas. El viento aullaba, colándose por entre las grietas del tejado. Kate esquivó las viejas llantas de tractor y las pilas de cajas para leche, y se dirigió a la parte de atrás. Encontró un machete oxidado que colgaba de la pared, justo donde su abuelo debía haberlo dejado, y lo tomó. Giró sobre sus talones. Él venía corriendo hacia ella.

—¡Papá! ¡No!

El impacto la dejó sin aire y aterrizaron juntos sobre los tablones roídos.

—¡Papá, soy yo! ¡Kate! —chilló ella, con la boca llena de polvo. Él le arrebató el machete y lo lanzó fuera de su alcance—. ¡Detente, por favor!

El aire a su alrededor crujía de estática. El peso de él le impedía levantarse. El pánico se apoderó de ella. Gritó hasta que no le quedó más que un débil jadeo y entonces, extenuada, estiró el brazo para arrancarle el pasamontañas.

Y ahí estaba Palmer Dyson, devolviéndole la mirada. Le rodeó el cuello con su brazo musculoso y el mundo de Kate se hundió en las tinieblas.

Kate entreabrió un párpado. Todo el cuerpo le dolía, como si hubiera estado acostada sobre un espejo roto. Era incapaz de enfocar la mirada y tenía un dolor de cabeza insoportable. ¿Cuánto tiempo había estado inconsciente? ¿Un minuto? ¿Un día? Intentó incorporarse, pero su cuerpo se negó a cooperar: parecía pesar una tonelada. Tenía las muñecas, piernas y tobillos envueltos en cinta adhesiva. Estaba recostada en el asiento trasero de un jeep, el Renegade que la había seguido, con el cinturón de seguridad ajustado. Palmer Dyson estaba al volante.

—Hola, Kate —dijo él. Ella lo miró en el espejo, incrédula—. ¿Cómo te sientes?

Se agitó, queriendo liberarse, pero la cinta se le hundía en la carne, lacerándola. Los ojos se le llenaron de lágrimas.

—¿No estabas en México...? —jadeó, totalmente aturdida por la incomprensión.

—Relájate. Todo va a estar bien.

La adrenalina comenzó a correr por sus venas a medida que intentaba comprender lo que sucedía. ¿Dónde estaban? Lo único que alcanzaba a ver eran árboles. Estaban alejándose de la civilización. El pánico volvió.

—¿Adónde me estás llevando? ¿Qué está pasando?

—Estás conmocionada, necesitas calmarte.

El Renegade avanzaba a tumbos sobre el asfalto agrietado. El paisaje en la ventana de Kate se nubló a causa de la aguanieve que caía y manchaba el cristal. El camino estaba libre de tráfico, pero aunque hubiera pasado algún vehículo, los cristales entintados habrían ocultado lo que sucedía dentro del jeep. Los seguros estaban puestos y no había nada que hacer por ese lado. Se inclinó hacia delante y todos sus músculos temblaron por el esfuerzo, pero una ola de náuseas la forzó a dejarse caer de vuelta sobre el asiento reclinado.

—No te resistas —dijo Palmer—, será más fácil de esa manera.

—¿Adónde me estás llevando? —preguntó Kate, mirándolo en el espejo.

—Adonde estaremos a salvo.

—¿A salvo de qué? ¿Por qué estoy amarrada? ¿Qué está pasando?

—Estaba pensando en las diferentes maneras en que podía manejar esto —dijo él en tono confesional—, pero me pareció que la honestidad es siempre la mejor política, ¿no crees?

Dios mío, dios mío, dios mío.

Los engranes que habían estado girando se detuvieron. Las piezas cayeron en su lugar. Todas las puertas se abrieron al mismo tiempo. Y entonces comprendió el engaño sin límites de Palmer Dyson con dolorosa claridad.

Se agitó como un caballo luchando contra sus bridas, gritando y sacudiéndose mientras la cinta se hundía más en su piel. Él la observaba fría, analíticamente. Sin rastro de emoción. Ni un parpadeo. Ella dejó de luchar y se tragó la indignación.

—Éste no eres tú —insistió—, tú eres una buena persona, Palmer. Detén el auto y déjame ir. Te prometo que no le diré a nadie.

—Lo siento, Kate.

Estúpida. Qué estúpida había sido. El más puro odio se apoderó de ella, la misma furia cruda que había visto en algunos de sus pacientes cuando tenían que ser inmovilizados con medicamentos: la rabia impotente del prisionero.

—¡Estás enfermo! —escupió.

—Ah, no tienes idea —dijo él.

La mente de Kate se puso en blanco. Volvió a gritar y a removerse en su asiento, sacudiéndose y agotándose por completo hasta que una desesperanza brutal sustituyó al enojo, dejándola exhausta, jadeando, indefensa como un insecto atrapado en una red.

—Admítelo, Kate. Tú te pusiste en esta situación. Te dije que no fueras ingenua.

—¿Me vas a matar? —preguntó, sintiendo de pronto que todo era una pesadilla.

—¿Por qué haría eso? Hay una conexión entre nosotros.

—¿Una *conexión*? —repitió ella con repulsión.

—Sé que tú también la sientes —dijo él. Lo único que Kate sentía era un terror ensordecedor—. Nos considero cercanos, sí. Espero poder explicarte todo algún día. Podemos jugar al psiquiatra y al paciente, ¿qué te parece? Me puedes psicoanalizar y yo puedo contarte cómo lo hice y por qué. Y entonces tendrás todas tus respuestas y yo tendré las mías.

Una nueva ola de miedo se formó y rompió dentro en su interior. Se revolvió contra la cinta, pero sólo logró lastimarse más.

—Cálmate —dijo él, mirándola de reojo.

Kate se forzó a respirar y pensó en su próxima movida. Tendría que persuadirlo de que no hiciera lo que fuera que estaba planeando. Cuando eres tomado como rehén, lo mejor es desarrollar un vínculo con tu captor, compenetrarte con él. Usar mucho su nombre, apelar a su ego.

Si quería sobrevivir, tendría que ser muy lista. La fuerza no sería su arma, sino el sigilo. Necesitaba algo afilado que pudiera cortar la cinta que unía sus muñecas. Echó un vistazo, pero no había nada en el asiento trasero. Entrelazó los dedos nerviosamente y sus ojos aterrizaron en el anillo que James le había dado. Sintió la montura con la punta de los dedos.

—No van a encontrar los cuerpos hasta la primavera —dijo Palmer en tono casual, y Kate levantó la mirada—. Algún senderista o cazador se topará con la camioneta en una vieja vía forestal. Stigler se voló los sesos. Dejó una nota de suicidio muy linda: yo mismo se la dicté. Tu padre fue su última víctima. Acuchillado veintidós veces. Como psiquiatra, deberías apreciar el simbolismo.

—¿Qué simbolismo?

—Piénsalo.

Veintidós veces. Su madre había muerto veintidós años atrás. Dirigió la mirada hacia delante, aunque se sentía completamente ciega. *No pierdas la cabeza*, se ordenó, mientras giraba el anillo hacia la cinta y comenzaba a serruchar con movimientos apenas perceptibles, adelante y atrás. Mantuvo las manos sobre su regazo, fuera de vista.

—Cualquiera con un poco de curiosidad investigaría y encontraría la coincidencia, pero dudo que la policía local resulte tan aguda. Sin importar lo que suceda, Stigler pasará a la historia como uno de los grandes, la gente lo mencionará junto a BTK y Ted Bundy.

—Parecería que te da envidia —dijo Kate.

—No. Prefiero ser el héroe. Le diste la memoria a Dunmeyer, ¿no?

Kate asintió. Sintió que su frente se perlaba de sudor.

—Seré honrado póstumamente. Todo está arreglado. Morí al someterme a un tratamiento experimental en México. Pronto mandarán mis cenizas desde allá, junto con un certificado de defunción. Te sorprendería saber las cosas que la gente está dispuesta a hacer por un poco de dinero.

—¿Tienes cáncer, siquiera? —escupió ella, enfurecida de nuevo—, ¿o eso también era mentira?

—Está en remisión. Lleva diez años en remisión.

—¿No te estás muriendo?

—Hoy no —replicó él, encogiéndose de hombros.

Kate se obligó a respirar. El aguanieve caía cada vez con menos fuerza. El jeep comenzó a subir una cuesta y el sol se asomó de entre las nubes a lo lejos. Se dirigían al interior de las montañas y la vista era surrealista. Remota como una postal.

Tenía que concentrarse. Siguió rebanando la cinta con movimientos diminutos y precisos: había logrado una rasgadura de un centímetro. Tenía que mantenerlo distraído.

—Dijiste que querías explicármelo todo algún día. Cuéntamelo ahora, Palmer.

Él la miró fijamente por un instante.

—Vas a tener que esforzarte un poco más, Kate.

—Vamos. Los psiquiatras son como los curas. Quieres confesar. Te mueres por contármelo todo. Soy la única persona del mundo que sabe todo lo que hiciste, que pasaste décadas montando este elaborado juego, ¿y para qué? ¿Para desaparecer y fingir que nunca sucedió? ¿Y convertirte en un héroe muerto? ¿No te molesta eso? Es como si hubieras ganado en las Olimpiadas y no pudieras ni siquiera alardear al respecto.

—No trates de manipularme, Kate —dijo Palmer, sacudiendo la cabeza.

—No te estoy manipulando. Tienes tu orgullo, y eres el héroe de tu propio cuento. Así que dime por qué lo hiciste. ¿Naciste psicópata? ¿Qué evento catastrófico de tu niñez desencadenó esta carnicería?

—Esa pregunta es patética. No vale la pena.

—Como quieras —dijo ella.

—¿Por qué lo hice? Porque nadie me detuvo.

—Eso es mentira. Hay una razón más profunda.

—¿Estás haciendo de psicóloga? Porque no estás desempeñándote muy bien.

—Quiero saber por qué lo hiciste. Quiero saber por qué voy a morir. Vamos, cuéntame de tu caso más fascinante: tú.

Él sonrió.

—Ahora sí —dijo.

—¿Cómo empezó todo? —preguntó ella. Siguió moviendo el anillo adelante y atrás. Ya había logrado una ruptura de dos centímetros y medio. Sentía que se iba aflojando poco a poco, gradualmente—. Quiero saberlo, en verdad. ¿Cuál es la razón?

—¿Por qué tiene que haber una razón?

—Siempre la hay.

Él hizo una mueca.

—Tú crees que te conoces muy bien a ti misma, pero yo te conozco mucho mejor. No has hecho un muy buen trabajo de autodescubrimiento, Kate. Deberías ponerte a trabajar.

—¿De qué hablas?

—Ay, por favor. Yo te fui guiando hasta aquí. A este momento exacto, a este lugar exacto.

—¿Tú me fuiste guiando?

—Como a un ratón en un laberinto, igual de predecible.

Ella lo pensó por un momento.

—¿Estás hablando del libro del doctor Holley? ¿De la Paciente J?

—Buscaba que te toparas con él en algún momento, pero cuando te perdiste y te invité a quedarte en la cabaña, la oportunidad se presentó sola. Lo dejé justo donde lo ibas a encontrar. Y a la mañana siguiente, cuando me diste tu teléfono para que programara mis contactos de emergencia, ¿recuerdas? Nunca le des tu teléfono a nadie. Son bastante fáciles de hackear. Bajé un par de aplicaciones y te he estado rastreando desde entonces. He visto tus mensajes de texto, escuchado tus conversaciones, siguiendo tu GPS.

Kate presionó el anillo contra la cinta con renovada fuerza.

—¿Y las nueces en tu oficina? Soborné a un tipo del personal de limpieza. Me pareció un buen chiste. Tus pacientes están locos, ja. Disfruto mis pequeños extravíos. ¿Alguna vez notaste las demás cosas que se te perdieron a lo largo de los años? Lentes para leer, ropa interior...

—¿Por qué?

—Puro capricho.

Lo miró, con repugnancia, e imaginó el cuerpo de su padre envuelto en una cortina de plástico. Imaginó a Stigler desplomado sobre el volante de su camioneta con el cráneo como un globo de agua reventado.

—Disfruto mucho ver cómo intentas explicarte las cosas, Kate. Sigues buscando respuestas cuando están justo frente a ti —y sonrió—. Te dejé un caminito de migajas y tú te las comiste todas.

Su cerebro se hundió en una niebla densa. No. No dejes de hacer lo que estás haciendo. Concéntrate.

—¿Sabías todo lo que iba a hacer? ¿Cómo sabías que iba a ver lo que había en la memoria USB? ¿O que le iba a contar a mi padre mis sospechas de Stigler?

Él suspiró con evidente impaciencia.

—Por favor, Kate. Sabía que no podrías resistirte a la USB, y era obvio que cuando lo vieras había muchas posibilidades de que se lo contaras a tu padre. Tenía un plan alternativo en caso de que no le dijeras a Bram lo de Stigler, pero las cosas se acomodaron solas. A veces pasa.

Una gota de sudor le bajó por la frente.

—¿Tú dejaste las nueces en la granja de mis abuelos?

—Sí, hace algunas semanas.

—¿Por qué demonios? ¿Cuál es el punto?

—Cuando hablamos de la motivación del asesino, me dijiste que todo tenía que ver con el poder y el control, y es cierto. Pero confundir a la gente también es muy divertido. Sé todo lo que hay que saber de los habitantes de Blunt River. Me gusta jugar con sus mentes. He estado en la granja de tus abuelos un montón de veces. Pensé que algún día te darías una vuelta, pero no tenía idea de que lo harías porque pensabas que tu padre era un asesino en serie —y soltó una carcajada—. Me gustó que me llamaras *papá*.

Ella lo miró, sin poder creer lo que estaba escuchando.

—Quería irte desgastando poco a poco —dijo él—. Alguna vez dijiste que podías manejarlo, que habías trabajado en el Hospital McLean con los jóvenes criminales... Créeme. No estás preparada para esto.

Sus manos estaban empapadas en sudor. Perdió el agarre por un momento.

—Llevo conociéndote mucho más tiempo del que tú crees.

—¿De qué hablas? —jadeó ella—, si apenas te presentaste formalmente hace una semana.

—Te conozco desde que eras una bebé. Me metía a la casa de tus padres en la madrugada y te veía jugar en tu cuna. Dejaban la llave de repuesto bajo la maceta, imagínate. La gente es estúpida. A veces contemplaba a Julia dormida. Se aferraba a su lado del colchón, lo más lejos posible de tu padre. Me llevé algunas cositas: joyas, libros, cartas. Maté a su gata. Ya estaba volviéndose loca; me gusta creer que yo cooperé en algo.

Kate comprendió que se refería al dije en forma de luna.

—¿Robaste el collar de mi madre y estrangulaste a Susie Gafford con él?

—Como te dije en su momento, fue un error de principiante.

Sus pensamientos amenazaban con hacerla perder el control. Concéntrate.

—He estado en cada rincón de esa casa. Sé dónde tu madre guardaba sus pastillas anticonceptivas y dónde tu padre tenía su pornografía. Sé dónde guardabas tus navajas, Kate. Vi la masa de goma de mascar bajo la cama de tu hermana mucho antes que tú. Sé más de tu familia que tú. Lo sé absolutamente todo de ti.

Kate lo miró fijamente.

—Esto es con lo que estás lidiando. Esto es lo que soy —dijo, mirándola de vuelta con los ojos inexpresivos—. Ahora te toca aplaudir.

—¿Y por qué lo haría? —volvió a preguntar ella, casi sin aliento.

—¿Por qué no? —replicó él, desafiante.

Kate hizo acopio de toda su fuerza de voluntad para no llorar y volvió a su desesperada labor. La rasgadura era de cinco centímetros y la cinta se había aflojado alrededor de sus muñecas sudorosas. *La había mirado dormir. Le había robado cosas.*

—Todo esto tiene que ver con mi madre, ¿no? Es por ella que inculpaste a Henry Blackwood y a William Stigler. Porque se acostaron con ella. Y es por eso que mataste a mi padre.

—Tú eres la psiquiatra —dijo él encogiéndose de hombros—, tú deberías saberlo.

—Odiabas que se acostara con otros. Estabas obsesionado con ella.

—La amaba —confesó al fin—, y ella me traicionó.

—¿De qué forma? Cuéntame.

—Fuimos al colegio juntos. La conocí desde que era una niña flaca y fea. Debía haber sido mía. Pero lo arruinó todo.

—Y entonces la mataste.

—No, no, no. No entiendes nada. Yo no la maté, fue Stigler. Estaba borracho y celoso y ella lo provocó. Era buena para eso. La siguió al río y la mató, y lo hizo parecer un suicidio. Me tomó veintidós años desquitarme de ese hijo de puta.

—¿Así que todo esto tiene que ver con una venganza?

—¿Por qué te sorprende tanto?

Rebanó la cinta con pequeños movimientos enloquecidos. Estaba a punto de lograrlo.

—Tu madre tenía un tipo de belleza inusual, una cualidad poco común... pero lo tiró todo a la basura. Nunca fue buena consigo misma. La mitad de los hombres del pueblo estaban locos por ella. Yo tenía catorce años cuando se apiadó de mí. Nos acostamos un par de veces antes de que se aburriera de mí. Era así de voluble. Se acabó casando con tu padre, nunca entendí por qué. Uno creería que ser doctor era mejor que ser una estrella de rock. En fin. Él tomó lo que era mío, así que yo tomé lo que era suyo: su hija, su paz mental. La gente debe pagar por lo que hace.

Kate sintió una punzada en el estómago al ver un letrero en el camino: estaban en el condado de Piscataquis, hacia el norte, internándose en las montañas. La carretera era angosta y sinuosa. Había dejado de nevar y podía ver el valle, una extensión vasta de bosques viejos y lagos.

—Así que mataste a Savannah para desquitarte de mi padre... y de Blackwood, cuando descubriste que era su padre biológico, aunque sabías que él lo ignoraba.

—Sí.

—¿Y las demás niñas? —preguntó Kate—, ¿cómo las escogiste?

—Convencí a uno de los investigadores de Stigler de darme los nombres de las familias que aparecían en el estudio. No fue nada difícil: era adicto, así que lo chantajeé.

—Pero debe haber habido cientos de niñas para elegir, ¿cierto?

—Tenía que esperar a que las oportunidades se presentaran.

—¿Quieres decir que tenías que esperar hasta que fuera un buen momento para secuestrarlas?

—Y el momento tenía que coincidir con alguno de los viajes de Stigler.

Kate asintió.

—Para poder enterrar los cuerpos en su propiedad sin que nadie supiera, ¿cierto? Ahí es donde la policía encontrará a las cuatro niñas que faltan. En su jardín.

—Asfixiadas. Con la cabeza rapada.

—¿Por qué rasuraste las cabezas de algunas de las víctimas y no todas? —preguntó Kate—. Me dijiste que a Susie Gafford y a las dos suicidas sólo les faltaban algunos mechones.

—Me puedo controlar cuando es necesario, siempre y cuando tenga un poco de lo que necesito. ¿Para qué me tomaría las molestias de montar los suicidios para luego llamar la atención con cortes de cabello coordinados?

—Y estuviste construyendo el caso por años y años... ¿Cómo supiste que te saldrías con la tuya?

—Tengo la habilidad de predecir el comportamiento de la gente.

—En mi profesión, eso se llama *grandeza*.

—Es un pueblo chico, Kate. De mentes chicas. Tras años de observación, sabes cómo va a reaccionar la gente. Por otro lado, a veces puedes predecir el comportamiento de un perfecto desconocido. Lo único que tienes que hacer es averiguar sus rutinas diarias. En la mayoría de los casos, con unos días de vigilancia basta. ¿A qué hora sale cada mañana? ¿Con cuánta prisa? ¿Qué tan resbalosos estarán los escalones de su porche, en especial si les echas agua tú mismo? Por cierto, siento mucho el accidente de tu suegra. Qué mala suerte.

A Kate le tomó unos instantes comprender lo que estaba diciendo.

—James comenzaba a irritarme —explicó Palmer—. Acerté al predecir que te abandonaría para ir corriendo al lado de su mami. Por otro lado, no predije que irías hasta la granja de tus abuelos hoy, pero funcionó bien. Y bueno, que pensaras que Bram podía ser el asesino sí que me sorprendió.

De pronto, la imagen de Nikki colgando en la sala de sus padres le vino a la mente. Se sintió desvanecer.

—¿Mataste a Nikki McCormack?

—¿Cómo iba a llamar tu atención, si no lo hacía? Ignoraste todas mis cartas. Tenía que hacer que nos encontráramos en el funeral de alguna manera.

—Así que me has estado siguiendo por años —dijo, y súbitamente exasperada chilló—, ¿por qué no me mataste y ya?

Palmer no respondió. Kate se tragó un sollozo.

—¿Mataste a Nelly Ward también?

—No, pero no hay duda de quién fue: Derrick Ward es un hombre brutal.

—¿Quién eres *tú* para decir quién es brutal y quién no lo es? —chilló ella.

—Yo no fui siempre así. Era un chico obediente. Pero tu madre me cambió. La quise y se burló de mí. Sí, había cientos de chicas en la investigación de Stigler. ¿Por qué elegí sólo a nueve? Porque Julia sentía algo por Eddie Gafford en la preparatoria. Coqueteó con el padre de Emera Mason. Y así podría seguir con todos.

—¿Así que todo remite a mi madre? —exclamó Kate—, ¿estás diciendo que es su culpa?

Palmer se encogió de hombros.

—Nadie es inocente.

—Ella nunca te hizo nada.

—Me avergonzó —dijo él.

—No creo que haya sido ella la que te convirtió en quien eres —comenzó Kate, haciendo todo lo posible por mantener el tono de su voz neutral—, algo pasó, un punto de inflexión. ¿Qué fue, Palmer? ¿Qué hizo que la psicopatía se decidiera a salir?

—¿Quieres una historia conveniente? —preguntó él, arqueando una ceja—, de acuerdo. Mi padre era un policía de a pie. Tuvo el mismo turno toda la vida: del mediodía a la medianoche. Todo el mundo lo conocía y confiaban en él para mantener el vecindario seguro. Pero en casa era un hijo de puta que nos golpeaba a mí y a mi madre. Nos dejó cuando yo tenía seis años y a partir de ahí mi madre se vino abajo. Pensándolo bien, siempre hubo algo ahí, bajo la superficie, sólo que mi padre lo mantenía a raya con los puños. Sin él, ella comenzó con la paranoia, a beber y fumar y ver la televisión por horas. Salía a dar largas caminatas y volvía con pasto en los tobillos. Siempre sospeché que bajaba hasta las vías de ferrocarril y que pensaba en tirarse frente al tren. Se fue volviendo loca poco a poco —dijo Palmer, y le sonrió a Kate de modo siniestro en el espejo retrovisor—. Tú habrías reconocido las señales. Se volvió como Julia. La casa estaba asquerosa. Un día la encontré de rodillas en el suelo de la cocina, recogiendo granos de avena que se habían caído y llorando. En otra ocasión estuvo mirándose al espejo por horas, convencida de que su rostro estaba torcido. Fue entonces cuando empezó a comprar muñecas usadas. Decía que sus rostros eran perfectos. La casa se llenó de ellas. Al principio me aterrorizaban: no se movían, no hablaban. Pero luego me empezaron a gustar justo por esa misma razón.

"Cada día, al volver del colegio, encontraba a mi mamá jugando con sus muñecas. Les pintaba el rostro y les cortaba el cabello. Un día, me atacó con unas tijeras. Me acuchilló dieciséis veces. Por suerte, no le atinó a ningún órgano vital. Después se sentó sobre mi pecho y me cortó todo el cabello, incluyendo las cejas. Dijo que yo había llevado piojos a la casa y que le estaban comiendo el cerebro. Después de eso la ingresaron, pero nunca lograron curarla. Los tratamientos en ese entonces eran brutales: hidroterapia, lobotomías, medicinas que le causaban temblores. Murió en un manicomio —concluyó, y se encogió de hombros antes de decir—: Ésa es mi historia.

Estaban rodeando las faldas del lado oeste de una montaña. Las curvas eran cerradas y serpenteantes, con caídas pronunciadas a ambos lados de la carretera.

—Cuando penetras la oscuridad, la oscuridad te penetra a ti —dijo él. Un hilo de sudor bajó por la mejilla de Kate—. Los muertos huelen casi dulce. Como fruta echada a perder. Cuando cargas a un muerto en tus brazos, se queda siempre contigo.

El corazón de Kate saltó dentro de su pecho. Siguió trozando la cinta. *Sigue, no pares. Ya casi.*

—Tú eres psiquiatra —continuó él—, ¿qué crees que tengo? ¿Delirio de persecución? ¿Trastorno narcisista de la personalidad? ¿O sólo soy un psicópata común y corriente?

—¿Quieres la verdad? —jadeó ella.

—Dame lo mejor que tengas —dijo él, encogiéndose de hombros.

—Creo que estás harto de jugar. Quieres mostrarle al mundo quién eres en realidad y todo lo que has logrado. Quieres alardear un poco.

—Ya alardeé todo lo que quería —dijo él con una mueca.

—Estás dañado —dijo Kate, suavizando su tono—, y quizá no puedas ser curado, pero puedes cambiar. Puedes detenerte cuando tú quieras.

—Ah, Kate —rio Palmer—, eres tan transparente.

—Entonces cuéntame —insistió ella—, no tengo nada más que hacer.

El silencio se prolongó por un par de minutos.

—Tú sabes lo que eres. Pero percibo que quieres cambiar eso —dijo Kate. Estaba mintiendo, claro. Él no cambiaría nunca. Lo único que ella hacía era intentar ganar tiempo. Sus dedos estaban ocupados y sus manos hormigueaban mientras seguía usando el anillo a modo de serrucho miniatura—. Debes estar cansado de seguir jugando con gente que no entiende la complejidad de lo que hiciste. ¿No se vuelve aburrido un mundo en el que todos los demás son estúpidos?

—Por eso es que tú estás aquí. No he acabado contigo —dijo él con la ceja arqueada—. ¿Y no es ésa la pregunta más importante? ¿Qué voy a hacer contigo?

Ella asintió lentamente.

—¿Entonces? Deja de irte por las ramas, Kate. Pregúntamelo.

Ella tragó saliva.

—¿Qué vas a hacer conmigo?

Él sonrió, alegremente.

—¡No lo sé! Eso es lo mejor. Pero ahora me perteneces.

A Kate no le quedaban más emociones para negociar. Sintió cómo su resistencia se derretía, como carne desprendiéndose del hueso. Y entonces, en un veloz movimiento, se arrancó la cinta de las muñecas, se desabrochó el cinturón de seguridad y se lanzó hacia delante, apretando a Palmer del cuello con todas sus fuerzas. Él soltó el volante y pisó el freno, pero perdió el control del vehículo.

El jeep se derrapó por la carretera, llenando el aire del aroma de hule quemado, y salió disparado de la carretera, bajó a toda velocidad por el bosque nevado, golpeó contra arbustos y cayó en hoyos hasta que se estampó contra un árbol. La colisión fue explosiva. Los cristales se quebraron. Kate salió volando hacia delante en el momento en que se abrían las bolsas de aire, y sintió cómo su cabeza se estrellaba contra el plástico y el aire atrapado. Y después... nada.

59

Kate escuchó un tictac distante y abrió los ojos, vagamente consciente de dónde estaba. Veía el mundo a través de una lente difusa. El miedo le quemaba las entrañas. El jeep había chocado contra un gigantesco árbol de hoja perenne que ahora estaba doblado, con la corteza arrancada y el tronco partido. El vehículo se sostenía en pie, pero en un ángulo muy pronunciado. La parte delantera estaba abollada y el parabrisas había estallado en pedazos.

Vapor. Humo. Se movió en su asiento y pedazos de vidrio cayeron de su regazo. De su cabello. Una brisa helada rozó su rostro: la puerta del conductor estaba abierta y Palmer se había ido. Miró hacia la blancura del exterior y no lo encontró por ninguna parte.

Intentó abrir la puerta pero, claro, estaba cerrada con llave. Intentó arrastrarse hacia los asientos delanteros del auto pero sus piernas y tobillos seguían amarrados. La guantera se había abierto y todo su contenido había volado al asiento trasero. Kate hurgó entre los escombros: mapas, monedas, gafas de sol, una grasienta pañoleta roja. Se envolvió la pañoleta en la mano como protección, tomó el pedazo de cristal más grande que encontró, y se cortó la cinta de las piernas y tobillos. Unos momentos más tarde estaba libre.

Gateó y se impulsó por la puerta abierta del lado del conductor. Cayó sobre sus piernas temblorosas; la nieve le llegaba a las rodillas. Intentó recuperar el equilibrio y analizó la escena. Habían rodado unos diez metros por la falda de la montaña antes de estamparse contra el árbol. El vapor subía de distintas partes del jeep abollado; el impacto había destrozado el metal como si se tratara de tela de gasa. Una de las puertas traseras había sido arrancada de sus bisagras y los rines de las llantas no estaban. El olor de la gasolina que goteaba del chasis llegó hasta su nariz. La cajuela estaba abierta y su contenido estaba derramado por la nieve: maletas, cables para pasar corriente, bolsas de sal para carretera, una llanta de repuesto, una pala para nieve.

Kate escuchó un gemido y volteó. Palmer estaba tirado boca abajo en la nieve a unos cinco metros de ahí. No se movía. Tenía coágulos de sangre congelados en la piel y en el cabello. Uno de sus brazos estaba torcido hacia atrás, posiblemente roto. Los músculos de Kate se tensaron, listos para echar a correr. Tendría que escalar de vuelta al camino en un ángulo muy vertical, a menos que pudiera encontrar un sendero que la llevara de regreso a través de los cedros y los abetos.

—Kate —gimió Palmer, levantando la cabeza. La sangre se derramaba por su rostro, en los dientes—. Ayúdame.

Ella sintió un arranque de disgusto. Tomó la pesada pala para nieve y se quedó donde estaba, atenta a cualquier movimiento en falso.

—Mi brazo... creo que está roto —musitó él.

Kate aferró la pala con más firmeza y se preguntó si podría escapar. Incluso con el brazo roto, era posible que la alcanzara. Ya la había atrapado una vez. Miró la ladera de reojo. ¿Debía arriesgarse? Él se limpió la sangre del rostro con el brazo bueno y respiró con gran esfuerzo.

—No iba a lastimarte.

—No te... no te muevas —advirtió ella, negando con la cabeza. Tenía más náuseas cada vez.

—Nunca pensé en lastimarte, Kate. Nunca fue parte de mis planes. Teníamos algo, ¿cierto? ¿Acaso no lo sentiste?

—Vete a la mierda. No tengo idea de qué demonios hablas —siseó ella. Sus sienes punzaban. Lo único que podía escuchar era el golpeteo enloquecido de su propio corazón—. Mataste a mi familia. ¿Y por qué? Por celos, por venganza. Eres un hombrecito patético.

La mirada de él era indolente, como la de un tiburón, y ella podía leer su futuro en aquellas pupilas frías y calculadoras.

—Te lo juro. Jamás te habría lastimado.

Lo miró con repugnancia. No le importaba. Había contemplado cómo su mundo entero se desvanecía frente a sus ojos.

—¿En verdad crees que puedes manipularme? Mírate —escupió con desprecio— Dio un paso hacia atrás—. Me voy. No sé si lo logre, pero mis probabilidades en este momento son mejores que las tuyas.

—No puedes irte así nada más. Tú no eres así.

Miró la ladera y divisó un *cairn*, una torre de piedras con la que los senderistas marcaban rutas. Había canales de drenaje bajando por la ladera. Quizá la escalada de vuelta al camino no sería tan abrumadora como había creído.

—¿Kate?

Lo miró hacia abajo.

—No te engañes —dijo él—, jamás podrás olvidar que me abandonaste aquí para que muriera congelado.

Las olas de náusea la acometían mientras le daba la espalda y se dirigía al límite arbolado. Tambalearse a través de la nieve puso a prueba sus fuerzas, pero siguió adelante con las piernas acalambradas, enterrando los talones zancada a zancada. Apenas había avanzado diez metros cuando tropezó con algo medio enterrado en la nieve. La pala voló de entre sus dedos. Un viejo portafolios de cuero, que debía haber salido despedido del jeep, asomaba entre la nieve. Kate lo sacó.

El interior parecía el muestrario de un vendedor, con compartimientos de terciopelo azul y pequeños frascos de cristal, cada uno dentro de su propia cavidad de terciopelo. Algunos de los frascos se habían esparcido por la nieve. Los recogió y vio que cada uno contenía una muestra de cabello atada en un extremo: rubio, castaño, pelirrojo, negro. Cada frasco estaba cuidadosamente etiquetado con un nombre y una fecha. Cayó de rodillas y los reunió todos sobre su regazo. Susie Gafford, Emera Mason, Vicky Koffman, Lizbeth Howell, Hannah Lloyd, Maggie Witt, Tabitha Davidowitz, Makayla Brayden. Había otros nombres que no reconocía.

Kate hundió los dedos entre la nieve, buscando el frasco de Savannah. ¿Dónde estaba su hermana? Hurgó en el portafolios. ¡Había tantos frascos...! Sacó todos los restos de otras chicas hasta que lo halló. Savannah Wolfe. Y entonces colapsó en la nieve, inerte como una muñeca de trapo. Contempló el cabello dorado de su hermana dentro del frasco de cristal, aturdida. Su aliento formaba nubes frente a ella.

—¿Kate?

Levantó la mirada. Palmer Dyson estaba erguido sobre ella. Intentó moverse: demasiado tarde. No le quedaban fuerzas. Sus pies eran dos bloques de hielo. Sollozó mientras tanteaba el suelo en busca de la pala, que estaba a centímetros de su alcance.

—¿En verdad quieres saber cuáles son mis planes para ti, Kate?

60

Palmer la sostuvo del cabello y la levantó del suelo con ambas manos. Su brazo no estaba roto después de todo: era otro de sus juegos. Kate lanzó golpes a ciegas y él le soltó un puñetazo en el rostro. Su mandíbula crujió y un chorro de sangre salió de su boca y roció la nieve. El dolor era tan intenso que no lograba respirar. Él le apretó la barbilla con una mano y le enseñó la sangre en sus dedos.

—Deja de pelear contra mí. No quiero matarte —dijo, y la azotó contra un árbol. Kate perdió la conciencia por un instante y él la sacudió hasta que revivió, sólo para anclarla contra el tronco con un brazo. Se atragantó con la sangre caliente acumulada en su boca. Él la observó cuidadosamente.

—Tarde o temprano todos estaremos muertos. Es tan aburrido... La muerte es muy vulgar.

Ella escupió sangre. Vio estelas de luz dentro de sus párpados. Intentó patearlo, pero era inútil.

—He matado más gente de la que crees —dijo él en tono de confidencia—. Así que no creo que pueda curarme. Quizá no pueda cambiar, Kate, quizás es hora de que tú cambies.

La sujetó de la garganta con ambas manos y apretó, aplicando la presión justa con los pulgares hasta que su tráquea se cerró y no podía respirar. Se acercó tanto a ella, que podía escuchar los latidos de su corazón: el golpeteo de los músculos, las válvulas abriéndose y cerrándose, los pulmones expandiéndose y colapsándose. Experimentó un odio tan puro y brillante al debatirse entre sus manos, que creyó que eso le daría fuerzas, pero él sólo apretó más.

—No puedes ganar. Ya lo sabes.

La liberó y ella cayó de rodillas. La agarró del cabello y la arrastró hacia los restos humeantes del jeep. Kate se torcía y se sacudía, arañándole las manos, pero él parecía no darse cuenta mientras la llevaba hasta un rollo de cuerda que había caído en la nieve y lo recogía. Kate alcanzó a ver una pequeña varilla de metal delgada como un lápiz: un medidor de presión para llantas. Estaba a sólo unos centímetros de distancia, pero cuando intentó asirlo, él la incorporó y comenzó a dar vueltas a la cuerda alrededor de sus muñecas. Ella gritó e intentó resistirse, pero él era demasiado fuerte.

—¡Todo será más fácil si no peleas! —gruñó él, enojado.

—¡No! —exclamó ella, y lo golpeó en el rostro. El anillo de James le cortó la mejilla. Él se tocó el rostro, palpando la herida. Antes de que pudiera atraparla de nuevo, ella lo acometió y los dos rodaron por la cuesta nevada. Kate aferró el medidor de aire y enterró la varilla de metal en su cuello, pero no penetró más de un par de centímetros, sin causarle mucho daño. Sólo lo hizo enojar. Se lo arrancó y lo lanzó a la distancia para luego derribar a Kate y detenerla contra el suelo.

—No te muevas —dijo suavemente—. Vas a superar esto, pequeña. Yo te voy a ayudar. Es una promesa.

—¿Superar qué? —musitó ella.

—Absolutamente. Todo.

Ella sintió una especie de entumecimiento que trascendía su piel, su cuerpo.

—¿Qué me vas a hacer?

—Ya verás. Ahora mismo no te hará ningún sentido, pero cuando veas la imagen completa todo quedará más claro.

—¿Qué imagen?

—Vas a estar bien —prometió él, limpiándose la sangre del rostro—. Te voy a llevar a un lugar seguro.

Ella se esforzó por seguir respirando a pesar del terror.

—¿Para hacer qué?

—Shhh... —susurró él, apartándole el cabello del rostro—. No te preocupes. Te alimentaré bien y estarás bien cuidada. Ahora eres mi Julia.

Una inesperada descarga de adrenalina inundó sus venas. Gritó con todas sus fuerzas y su llamada se repitió en el eco de la montaña. Quizás alguien allá afuera la escucharía. Él le tapó la boca con la mano.

—Quiero contarte algo de tu hermana —dijo—. Ella me enseñó acerca de la humildad. Al principio, esa noche, lloró, pero después me miró a los ojos, tranquila. Cedió. Entendió que había una voluntad más grande detrás, y que yo no podía ser derrotado. Me hizo detenerme por un segundo a repensar las cosas, ¿sabes? Porque yo sabía lo que iba a hacerle. Pero todo estaba planeado, no podía detenerlo. Ella me dio el regalo de la resignación. Y eso es lo único que quiero de ti, Kate. Resignación.

Ella escuchó un potente golpeteo y comprendió que se trataba de su propio corazón, que palpitaba enloquecido. Pensó en Savannah entre las manos de ese hombre. Él levantó la cuerda de nuevo, pero antes de que pudiera atarle las manos, ella las levantó y hundió los pulgares en sus ojos indolentes. Él aulló de dolor y trastabilló hacia atrás, luchando contra la inclinación de la montaña. Kate se levantó del suelo y buscó un arma a su alrededor. Cualquier cosa. Tomó una rama y se la lanzó. Aterrizó en su pecho y él gruñó, mirándola con odio. Recogió otra rama y se abalanzó contra él, mientras la blandía con fuerza contra su rostro. El impacto reverberó por sus brazos y pecho. Escuchó cómo los huesos de su nariz crujían y cayó de rodillas, confundido, incapaz de enfocar la mirada. Tenía una cortada profunda en la frente y sangraba profusamente. Ahora, al fin, Kate tenía una posibilidad.

Corrió por la pala que estaba a unos metros, impulsada por una furia enloquecida. La asió y volvió hacia él sin titubear. Encontró su equilibrio en la nieve y se preparó. Una energía monstruosa se apoderó de ella mientras levantaba la pala por encima de su cabeza y la azotaba con fuerza sobre el cráneo de Palmer.

Escuchó un sonido hueco y el impacto lo hizo caer de frente en la nieve. Ella miró sin pizca de emoción mientras él jadeaba por aire e intentaba arrastrarse sobre manos y rodillas, avanzando patéticamente centímetro a centímetro hacia los escombros del jeep y dejando un rastro de sangre en la nieve. Logró ponerse en pie, tambaleándose e inclinándose hacia el lado derecho como si no tuviera la menor idea de dónde estaba. Lo había lastimado. Algo no estaba trabajando bien en su cerebro.

Lo siguió con cautela mientras él intentaba reponerse. Se tropezó, cayó y continuó a gatas el resto del camino hacia el jeep. Tocó la puerta abollada con los dedos sangrientos. Miró a su alrededor por un instante, totalmente confundido, y luego encontró los ojos de ella. Ella permanecía en pie, inmóvil, apretando la pala. Un sentimiento terrorífico la golpeó en el estómago cuando él se puso de rodillas, estiró los brazos y balbuceó:

—Kate.

Entonces cayó hacia atrás como un peso muerto, aterrizando de espaldas, con los brazos estirados mientras la gasolina goteaba sobre su cuerpo. Un dolor sordo se expandió desde el pecho de Kate mientras miraba, esperando que despertara. Él no movió ni un dedo por un lapso muy largo.

—Estás mintiendo —siseó ella—, no estás muerto.

Se acercó un poco, lista para levantar la pala de nuevo. El deseo de destruirlo por completo se había apoderado de ella. Pero él no se movió. La sangre brotaba de sus heridas, ramificándose como tinta en la blancura. Pero ella no confiaba. Le había mentido antes, probablemente estuviera mintiendo ahora.

Kate se agachó junto al cuerpo con mucho cuidado. ¿Eso había sido él respirando? ¿Se habían movido sus párpados?

Esperó. Apretó la pala. Parpadeó para apartar el sudor de sus ojos.

¿Y si despertaba y la atrapaba? ¿Y si la convertía en su Julia, una Julia a la que pudiera controlar? Retrocedió hasta que estuvo a salvo, fuera de su alcance. Él no hizo ni un ruido. Miró sobre su hombro hacia la ladera. Una formación de gansos salvajes volaba sobre su cabeza. Las temperaturas heladas seguían bajando. Tendría que dirigirse al *cairn*, y escalar la ladera para salvarse. Encontró una botella de agua en la nieve, la levantó y bebió, sedienta. Ésa era su oportunidad. Giró, buscando su bolsa. Ahí, junto a los cables. Hurgó en busca de su teléfono e intentó llamar al 911, pero no tenía señal. Notó espirales carmesí bajando por su abrigo. Estaba cubierta de sangre. No le importó. Encontró un botiquín y un par de barras proteínicas y las metió en su bolsillo. Encontró el encendedor Zippo de su madre en el fondo de su bolsa, lo prendió, y estudió la flama.

Lo primero que haría cuando volviera a casa, sería pedirle a James que se casara con ella. Después ayudaría a Maddie Ward a convertirse en una adolescente normal. Intentaría encontrar algo de paz.

Un gemido grave.

Kate volteó. Oh, Dios. Palmer se movía. Se guardó el encendedor y levantó la pala una vez más. Él levantó la cabeza y la miró con expresión enloquecida. Intentó incorporarse.

—No —dijo ella con firmeza.

Él se puso de rodillas.

—¡No te atrevas! —chilló ella.

Pero él la ignoró y se levantó.

—La gente paga por sus acciones —dijo.

El aire apestaba a gasolina: la chamarra de él estaba empapada. El miedo que la había paralizado la fortaleció. Sacó el viejo encendedor y se lo mostró, amenazante.

—¡Quédate ahí! ¡No te acerques!

Él la ignoró y dio un paso hacia ella, y ella retrocedió. Entonces comprendió con absoluta claridad que él no se detendría. Y que ella ya había corrido suficiente. Prendió el Zippo y se lo lanzó. Su chaqueta se encendió en llamas. Un aroma sulfuroso le llenó las fosas nasales mientras se daba la vuelta y echaba a correr, escalando la ladera y escondiéndose detrás de una roca.

Le tomó un momento atreverse a volver la mirada para verlo sacudirse a ciegas, alimentando el fuego con más oxígeno antes de colapsar junto al jeep. Agitó los brazos y el izquierdo golpeó el tanque roto. Hubo una breve pausa antes de que el vehículo estallara con un estruendo tal que la montaña lo devolvió con un eco atronador mientras una bola de fuego se elevaba por los aires. Kate se abrazó a la roca mientras las vibraciones recorrían todo su cuerpo, músculos y huesos. Terrones de polvo cayeron a su alrededor y se protegió la cabeza con las manos.

Esperó por una eternidad antes de asomarse. El jeep Renegade se había ladeado. Algunos árboles estaban en llamas y gruesas volutas de humo se levantaban de los escombros con un rugido constante. Alcanzó a ver algo negro en el suelo; las llamas lamían las extremidades quemadas y retorcidas. Estaba muerto. Se había terminado.

Kate se hundió en un montón de nieve, profundamente exhausta. Se preguntó cuánto le tomaría morir congelada. La tentación de cerrar los ojos era poderosa. *Cuántas ganas tenía de quedarse dormida....*

Un fuerte viento revolvió las copas de los árboles y se llevó el humo en la dirección opuesta. Seguía preocupándole que él saliera de las cenizas y la persiguiera. Sus emociones comenzaban a aflorar. Inhaló el aire amargo y se envolvió con más fuerza en su abrigo mientras una bandada de pájaros pasaba volando por encima de su cabeza.

Al principio, creyó que estaba imaginando la figura en el humo. Después se dio cuenta de que estaba viendo a una niña, una niña que llevaba un vestido de verano del color de la leche descremada: el más pálido azul.

—¿Savannah?

La niña emergió de la blancura y se detuvo frente a Kate. Sus ojos verdes resplandecían y su cabello dorado caía alrededor de sus hombros como un halo enorme. La cabeza de Kate daba vueltas. Su cráneo punzaba. La agonía y la culpa atravesaban su corazón. Era hora de decir adiós.

Toc, toc.

¿Quién es?

Savannah.

Savannah ¿quién?

¿Ves? Ya te olvidaste de mí.

Kate sonrió. El aire olía a caos, a bálsamo y a flores muertas.

—Nunca me voy a olvidar de ti, hermanita.

Miró a su alrededor. Savannah se había ido.

Se limpió las lágrimas y emprendió el camino al *cairn* a un costado de la montaña, escalando el sendero y dejando atrás árboles de hoja perenne, coníferas y abetos. Saldría de aquel bosque con sus propios pies.

Epílogo

Seis meses después

Kate tomó la cámara y la aseguró a la cuerda. Su piel emitía calor mientras subía la pared de piedra. La última parte del viaje siempre era la más difícil. Hurgó en su mochila y se cubrió las manos con un poco de polvo suelto. Se agarró a la roca antes de ajustar su posición. Sus brazos temblaron de esfuerzo mientras los dedos de sus pies buscaban refugio en las indentaciones más pequeñas y sus dedos se aferraban a grietas del ancho de una moneda.

Alcanzó la cumbre del peñasco de ciento ochenta metros de altura y se sentó en la orilla, respirando trabajosamente. Se puso en pie y giró hacia el sol matutino. La luz le iluminó el rostro y los hombros. Agosto en Seattle. Al oeste estaba Puget Sound. Al este la Cordillera de las Cascadas, con sus cumbres nevadas elevándose sobre la línea de los árboles. Abajo, extendidos por la falda de las montañas a cientos de kilómetros en todas direcciones, estaban los senderos salvajes. Una escalada matutina los había llevado hasta aquel bloque tras un trecho de carretera empinada a lo largo de un camino boscoso. Sacó su botella de agua de la mochila y bebió ansiosamente; luego se limpió la boca con la mano. Su sudor tenía un dejo a cuero. Había sido una escalada difícil, pero el esfuerzo había valido la pena.

Seis meses atrás Kate había salido de los bosques de Maine en pleno invierno con nada más que una deshidratación y un par de costillas lastimadas. Era su psique la que había sido golpeada y quebrada. Palmer Dyson había dejado dos huellas moradas sobre su tráquea. Y ella las había visto desaparecer poco a poco, desde el cobalto al verde y al amarillo, hasta que, después de unos días, ya no quedaba nada. Sanar tomaba tiempo: tenía que recordárselo a sí misma todos los días.

La profundidad de su horror se había entretejido con sus pesadillas, que olían a adrenalina húmeda, a la urgencia abrasadora de huir y a las inhalaciones secas y calientes. Las pesadillas podrían curarse con la terapia, pero la carga del miedo permanecía. No podías apagarlo como a un interruptor. No podías hacerlo desaparecer con medicamentos. Tenías que forzarlo hacia la luz, razonar con él y convencerlo de no ocupar tanto espacio en tu vida. La recuperación era lenta, pero su vida volvía a su ritmo natural gradualmente.

Kate había vuelto a terapia; Ira estaba ayudándola a lidiar con sus numerosas pérdidas. Extrañaba a su padre terriblemente. Se sentía culpable por haber sospechado de él, que sólo había hecho lo mejor que había podido. Al principio, había una pregunta que no dejaba a Kate en paz: Julia podía haber tenido a cualquier hombre, pero había elegido a Bram Wolfe. ¿Por qué? Era vivaz y hermosa. Los hombres se congregaban a su alrededor. Pero entre más pensaba en su padre y en los días finales de su madre, más comprendía lo que Julia había amado de Bram: su decencia. Había logrado mantenerla sobre la tierra por un rato.

Palmer Dyson había dejado un largo rastro de muerte a su paso. Había treinta y ocho muestras de cabello en el portafolios y estaba vinculado a desapariciones en sitios tan lejanos como Oregon. La policía de Blunt River estaba cooperando con jurisdicciones de al menos seis estados. Se especulaba que

Palmer convertía sus vacaciones en juergas de muerte, asesinando por todo el país para calmar su adicción. Se estaban abriendo casos que habían sido abandonados por no tener pruebas y los medios lo llamaron el Asesino Rasurador. Para Kate, todo aquello revelaba las mentiras de Palmer, la manera en que había tratado de culpar a su madre por su naturaleza retorcida. Había matado a muchas chicas que no tenían ni una remota conexión con Julia o con su deseo de vengarse de William Stigler. Simplemente amaba matar.

A Kate le costaba aceptar el hecho de que había acabado con la vida de otro ser humano. Era como si Palmer se hubiera arrastrado al interior de su cabeza y se hubiera instalado ahí. No se habían presentado cargos en su contra; la policía, la fiscalía, los medios y el público en general coincidían en que había sido un caso de defensa propia. Algunos la llamaron una heroína, pero Kate no podía dejar de pensar en que una vez que has penetrado en la oscuridad, la oscuridad te penetra a ti.

Derrick Ward había sido condenado por el asesinato de Nelly. Dijo que al volver a casa y encontrarse con que Nelly había abandonado a su hija en un hospital psiquiátrico en Boston, su discusión, una de muchas respecto a cómo trataba a su esposa a Maddie, se había salido de control. Admitió que había estado bebiendo y que no era la primera vez que golpeaba a Nelly. Maddie no volvería a casa jamás, pero su hogar de acogida estaba funcionando bien y continuaba en tratamiento con Ira. Aunque ya no era paciente de Kate, necesitaba amigos, y Kate se alegró mucho de asumir ese papel.

James escaló la última saliente y se unió a ella en la cumbre.

—Uf —suspiró—, ¿de dónde te estuviste agarrando? Ésta ha sido de las más difíciles.

—Qué dices —alardeó ella—, fue cosa de nada.

—Sí, sí, Lara Croft —se burló él, limpiándose el polvo de las manos y dedicándole una sonrisa—. Necesito nuevos chistes, ¿cierto?

—¿Tú crees? ¿En verdad?

—Pero sigo siendo hilarante, ¿no?

—Mi novio es muy rudo.

Él sonrió. La rodeó con los brazos y entrelazó los dedos sobre su espalda baja. Estaban sobre una gran piedra arenisca desde la que había vistas impresionantes. En el aire flotaba la embriagadora esencia del pino del oeste.

—Bonito, ¿eh? —dijo ella.

—Hermoso.

Él ahora pasaba mucho tiempo en el gimnasio, enterrando su ansiedad en actividad física. Atlético, bronceado, guapo y tan arrogante como siempre... pero sufría en silencio, y Kate lo sabía. Pretendía ser fuerte para ella.

Tenía una fotografía guardada en el cajón del escritorio de su oficina, algo que había salido de los archivos del doctor Holley: una vieja polaroid de la madre de Palmer Dyson. Se la habían tomado en un manicomio en Manchester. Parecía una rata acorralada. Había sido ingresada en plena crisis nerviosa, cuando acababa de atacar a su hijo con un par de tijeras. Por fortuna, no había alcanzado ningún órgano vital o arteria principal. De otra manera, Palmer Dyson no habría sobrevivido para convertirse en uno de los más célebres asesinos en serie de la historia contemporánea. Cada que Kate veía esa imagen, se preguntaba: *¿Cómo es que no le diste en el corazón, estúpida?*

Quería tirar la polaroid porque la hacía sentir un poco de lástima por él. Sólo un poco. Impedía que lo odiara tan completamente como quería. Le hablaba de características hereditarias, padres monstruosos, la eterna discusión entre crianza y naturaleza. Como psiquiatra infantil, no podía evitar sentir empatía por la víctima. El rostro de la señora Dyson revelaba que el paso de la sanidad a la locura estaba cubierto por la membrana más delgada.

En fin. Ya había llegado el momento.

Kate abrió su mochila y sacó los regalos que Nikki McCormack le había dado seis meses atrás: un par de lentes de los cincuenta, un peine de carey, una brújula corroída y, por último, un peso de plomo para faldas de los años veinte. Dijo unas palabras y lanzó los objetos. Los dos contemplaron cómo los regalos de Nikki desaparecían, integrándose a un paisaje de piedras areniscas y basalto, una acuarela de sienas, terracotas y amarillos ocre. Aterrizaron en algún lado sin hacer ruido.

James la miraba de cerca, esperando alguna señal de alarma.

—¿Estás bien?

Kate se aterrorizó por un instante. ¿Qué debía decir? ¿Que no? ¿Que nunca más volvería a estar bien realmente?

—¿Te quieres casar conmigo? —se oyó decir.

Él no respondió de inmediato. En cambio, esperó a lo largo de varios incómodos segundos antes de comenzar a reír a carcajadas.

—Guau. ¿Me acabas de proponer matrimonio?

Los ojos de ella se llenaron de lágrimas.

—Me pareció que había llegado el momento —dijo.

—Eres increíble —dijo él.

Ella sonrió tan ampliamente, que las mejillas le dolieron.

—Me casaré contigo con una condición: quiero mi anillo de regreso. Y luego yo te lo pediré a ti como se debe, como todo un buen caballero británico, y te pondré ese anillo en el dedo y veré si se queda ahí. Quiero ver qué pasa cuando sea un anillo de compromiso de verdad.

—Qué manipulador eres —dijo ella con una carcajada.

—No lo puedo evitar. La curiosidad que siento por tu dedo es científica.

—¿En verdad? —bromeó ella—, ¿cuál dedo crees que te mostraría ahora mismo?

Él le acarició la mejilla y le tomó el rostro amorosamente.

—Mi novia es hermosa.

Aquella noche, en la cama, él la abrazó y se negó a dejarla ir. El mundo se sentía frágil, lleno de orillas corroídas de las que uno podía caerse. Ella necesitaba un cierre. Algo que pusiera fin a los agonizantes viajes al pasado que no podía evitar. Había matado al monstruo, pero él la había convertido en una asesina. Estaba cambiada para siempre.

Tres de la mañana. Kate estaba tendida en la cama, mirando por la ventana del hotel del centro de Seattle. Mañana era su último día de vacaciones. Volverían a Boston para continuar con sus vidas. Sólo que ahora tendrían una boda que planear. A veces le resultaba increíble que el mundo siguiera girando.

Permaneció despierta, esperando que amaneciera. Su respiración y la de James estaban en sincronía perfecta. Él se había dormido sobre su estómago, con el brazo izquierdo bajo la almohada para, en la mañana, quejarse de que los dedos se le habían entumido. Como siempre. La gente era tan predecible. Cerró los ojos y lo vio de nuevo: aquel cuerpo torcido y quemado. Podía lavarse los ojos con cloro, y lo seguiría viendo.

Despertó con un jadeo. Ni siquiera había notado que se había quedado dormida. James la salvó. Siempre lo hacía.

—Hey, amor, ¿estás bien?

—Tuve un mal sueño —replicó ella, y se acomodó junto a él, que la atrajo con ternura. Juntos miraron las luces de la ciudad. A veces, el mundo se volcaba y la verdad era demasiado horrible. Pero también podía liberarte. El mundo revelaba sus colores. Y del otro lado, brillaba, resplandeciente.

Agradecimientos

AGRADEZCO ESPECIALMENTE A:

Titan Books por este nuevo inicio tan brillante.

Mi extraordinaria agente, Jill Marr, por su honestidad, sabiduría y pasión. Gracias, Jill, por sacar lo mejor de mí.

Mi editora en Titan, Miranda Jewess, por su aguda mirada y meticulosas aportaciones.

Mi gestora de derechos, Andrea Cavallaro, por sus increíbles habilidades.

La excepcional Sandra Dijkstra y el increíble equipo de su Agencia Literaria Sandra Dijkstra, incluyendo al encantador de libros, Derek McFadden.

El equipo básico en Titan Books, incluyendo a Sam Matthews, Katharine Carroll, Lydia Gittins y Joanna Harwood.

Doris Jackson, por ayudarme a desenredar mi pasado.

Christopher Leland y Peter LaSalle por inspirarme en un momento crítico de mi vida.

Mi padre, que me enseñó cómo ver el mundo. Te extraño, papá.

Mi familia, por sobrevivir y triunfar.

Mi hermano, Carter. Gracias, colaborador Super-8, por empujarme hasta la línea de meta.

Mi talentoso marido, Doug. Grandes esperanzas en mi alféizar. Te conocí y perdí mi voluntad.

Esta obra se imprimió y encuadernó
en el mes de junio de 2018,
en los talleres de Impregráfica Digital, S.A. de C.V.,
Insurgentes Sur 1425-20, Col. Insurgentes Mixcoac,
C.P. 03920, Benito Juárez, Ciudad de México.